끝없는 사랑의 섬

LA ISLA DE LOS AMORES INFINITOS
BY DAÍNA CHAVIANO

Copyright ⓒ 2006 BY DAÍNA CHAVIANO
www.dainachaviano.com

Korean Translation Copyright ⓒ Munhakdongne Publishing Corp., 2010
All Rights Reserved.

This Korean edition is published by arrangement with
International Editors' Co., S.L. through MOMO Agency, Seoul.

이 책의 한국어판 저작권은 모모 에이전시를 통해
International Editors' Co., S.L.과 독점 계약한 (주)문학동네에 있습니다.
저작권법에 의해 한국 내에서 보호를 받는 저작물이므로
무단 전재 및 무단 복제를 금합니다.

이 도서의 국립중앙도서관 출판시도서목록(CIP)은
e-CIP 홈페이지(http://www.nl.go.kr/cip.php)에서 이용하실 수 있습니다.
(CIP제어번호: CIP2010002714)

La Isla de
Los Amores
Infinitos

끝없는 사랑의 섬

다이나 차비아노 장편소설 | 조영실 옮김

문학동네

나의 부모님에게

차례

그대 멀리 있어도

항상 내 가슴에 있네……

—에르네스토 레쿠오나(1895~1963)

파블로 집안의 가계도

중국 팡통

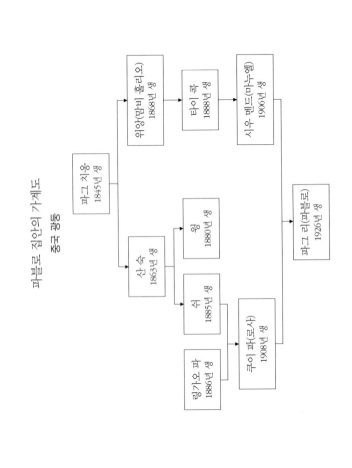

파그 지우
1845년 생

위앙(맏비 훌리오)
1868년 생

타이 룩
1888년 생

시우 멘드(마누엘)
1906년 생

산 숙
1863년 생

웡
1880년 생

서
1885년 생

링가오 파
1886년 생

루이 파(로사)
1908년 생

파그 리(파블로)
1926년 생

아말리아 집안의 가계도

이페 왕국(현재의 나이지리아) – 스페인 루앙가

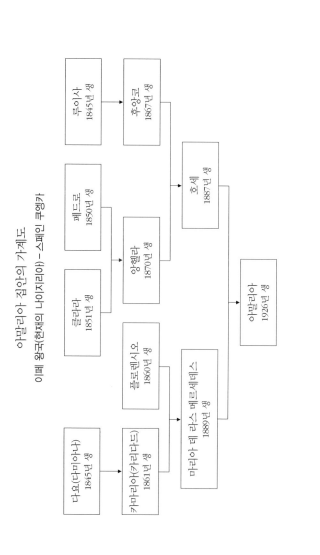

루이사
1845년 생

후앙코
1867년 생

페드로
1850년 생

블랑카
1851년 생

앙헬라
1870년 생

호세
1887년 생

플로렌시오
1860년 생

다요(디미아나)
1845년 생

카마리아(카리다드)
1861년 생

마리아 데 라스 메르세데스
1889년 생

아말리아
1926년 생

1부

·
·
·

세 개의 기원

미겔의 노트에서

"나의 치노, 나의 치나."*

쿠바인들이 애정을 담아 부를 때 쓰는 표현으로 반드시 중국인을 지칭하는 것은 아니다.

같은 뜻을 가진 표현으로 "나의 네그로"나 "나의 네그라"** 가 있다. 이 말도 피부색이 검은 사람에 한정해 쓰는 표현은 아니다.

말하자면 이 표현들은 우정이나 애정이 담겨 있는 관용어일 따름이고, 기원을 찾아보자면 쿠바 민족을 구성하는 주요한 세 민족—스페인인, 아프리카인, 중국인—이 혼합되기 시작한 시대로 거슬러 올라간다.

---

* 치노, 치나는 각각 중국 남자, 중국 여자를 가리킨다.
** 네그로, 네그라는 각각 흑인 남자, 흑인 여자를 가리킨다.

푸른 밤

너무 어두워서 세실리아는 제대로 알아볼 수 없었다. 벽에 붙여 놓은 테이블 뒤에 앉은 실루엣만 겨우 짐작할 수 있었다. 여자는 죽은 성인들의 사진, 그러니까 볼레로의 천재 베니 모레, 쿠바 음악가들의 사랑을 한 몸에 받은 디바 리타 몬타네르, 세계적인 작곡가 에르네스토 레쿠오나, 설탕처럼 달콤하고 환한 미소를 짓고 있는 짙은 밤색 머리의 가수 볼라 데 니에베 등의 사진 바로 옆에 앉아 있었다. 지금처럼 밤이 깊은 시각이면 바는 텅 비다시피 했고 말보로와 던힐, 코이바 시가의 연기로 물들어가기 시작했다.

세실리아는 친구들의 떠들썩한 수다에는 그다지 주의를 기울이지 않았다. 그 바에는 그날 처음 간 것이었다. 분명 매력적인 곳이라 느끼긴 했지만 그녀는 고집스러움—어쩌면 회의적인 기질—때문에 그 매력을 아직 인정하지 못하고 있었다. 바에는 어떤 에너지가 흐르고 있었다. 마치 다른 세계로 향한 문이 열려 있는 듯 마법의 향 같은 에너지기 떠디니고 있었디. 어쨌든 세실리이는 그 작고 허름한 바에 대해서 마이애미에 떠도는 이야기를 직접 확인해 보려는 참이었다. 그녀는 친구들과 함께 바 근처에 앉아 있었다. 불빛이 환한 두 군데 중 한 자리였다. 다른 곳은 스크린이었다. 스크린에는 옛날 영상이지만 화려하고 휘황찬란한 쿠바의 풍경이 펼쳐지고 있었다.

여자가 보인 건 바로 그때였다. 처음에는 그녀를 둘러싼 어둠보다 더 거뭇한 실루엣인 줄 알았다. 그림자로 보아 술잔을 입술에 대고 있는 것 같았다. 하지만 순식간의 일이어서 그런 동작을 했는지조차 미심쩍었다. 왜 여자에게 시선이 고정되었던 걸까? 아마도 여자를 둘러싼 이상야릇하고 쓸쓸한 분위기 때문이었을 것이다. 그러나 세실리아는 새로운 번민을 키우자고 그곳에 간 것이 아니었다. 여자 일은 잊어버리기로 하고 술을 한 잔 주문했다. 자신의 영혼을 변화시킨 수수께끼 같은 도시를 파헤쳐보려면 그 편이 더 나았다. 항상 잘 안다고 생각해왔던 그 도시가 최근에는 미로로 변해버린 듯했다.

세실리아는 여러 가지로부터 도피하기 위해 조국을 떠나왔다. 이제는 떠올릴 가치조차 없는 일들이었다. 1994년 그 낯선 여름, 건물들이 말레콘*을 따라 무너지듯 수평선 너머로 사라지는 모습을 보며 다시는 돌아가지 않으리라 맹세했다. 많은 사람이 백주에 뗏목을 타고 도망치던 해였다. 사 년이 지난 지금도 세실리아는

---

* 쿠바의 수도 아바나 구시가지 북쪽에 위치한 해안. 약 칠 킬로미터에 이르는 방파제가 세워져 있다.

여전히 표류하고 있었다. 그녀는 떠나온 나라에 대해 더이상 알고 싶지 않았다. 그러나 전 세계에서 아바나 다음으로 많은 쿠바인을 보듬고 있는 도시에 살면서도 그녀는 여전히 이방인 같은 기분이었다.

세실리아는 주문한 마티니를 맛보았다. 후각을 자극하는 투명하고 수증기 서린 액체의 진동과 술잔의 그림자가 눈에 보이는 듯했다. 그녀는 손가락 사이에서 흔들리고 있는 조그만 바다에 정신을 집중하려고 애를 썼다. 그때 뭔가 다른 느낌이 다가왔다. 뭐지? 바에 들어서서 뮤지션들의 사진과 옛 아바나의 영상 들을 쳐다보는 순간 들었던 바로 그 느낌이었다. 세실리아의 시선은 한구석에서 미동도 않는 실루엣과 또 한 차례 부딪쳤다. 이번에는 그녀가 노파라는 걸 알아챘다.

세실리아의 시선은 스크린으로 되돌아왔다. 스크린에서는 아바나의 바다가 말레콘에 온몸을 내던져 죽어가고 있었고, 베니 모레의 노래가 흘러나왔다. "……그대 입술에 입맞춤하고 내 영혼은 평화를 찾았어요." 그러나 평화를 찾는다는 가사와는 반대로 멜로디는 세실리아의 영혼을 자극할 뿐이었다. 그녀는 술 한 모금 기울이는 것으로 위로를 삼았다. 하지만 망각의 의지에도 불구하고 경멸 대상을 앞에 두고 심장이 요동을 칠 때 같은 수치스러운 기분이 몰아쳤다. 공포감이었다. 지금 저 볼레로가 불러일으키는 고통스러운 심장의 두근거림을 인정할 수 없었다. 문득 섬에 살 때는 그토록 싫어하던 몸짓과 말투, 표현 들이 그리워지기 시작하는 걸 깨달았다. 아바나의 소외된 동네 특유의 표현들. '하이, 스위티' '익스큐즈 미'가 넘쳐나는 도시에서, 수많은 곳에서 모여들어 어느

한 나라만의 것이라고 할 수 없는 스페인어와 영어가 뒤섞이는 이 곳에서 지금 그녀가 사무치게 듣고 싶은 것들이었다.

'세상에!' 잔에서 올리브를 꺼내면서 세실리아는 생각했다. '거기 있을 때는 내가 영어를 전공할 거라고 생각이나 했겠어.' 그녀는 올리브를 지금 먹어야 할지 맨 나중에 먹어야 할지 잠시 망설였다. '이 모든 게 셰익스피어를 원서로 읽어야겠다는 강박 때문에 일어난 거야.' 그녀는 기억을 떠올리며 올리브를 깨물었다. 이제는 영어가 혐오스러웠다. 물론 글로브 극장 무대에 올려지던 대머리 아저씨*가 싫은 것은 아니었다. 여전히 그는 좋았다. 다만 모국어가 아닌 언어로 생활하는 데 진저리가 났을 뿐이었다.

홧김에 올리브를 삼켜버린 게 후회됐다. 이제 마티니도 마티니처럼 보이지 않았다. 세실리아는 다시 고개를 돌려 구석을 쳐다보았다. 노파는 잔에는 거의 손도 대지 않은 채 여전히 그 자리에 있었다. 스크린에 비친 영상에 최면이 걸린 듯한 모습이었다. 스피커에서는 뜨겁고 묵직한 목소리가 지난 세월 속에서 솟아올라 퍼져가기 시작했다. "고통스러워요, 너무 고통스러워요, 혼자라고 느껴져서······" 맙소사, 정말 유치하기 짝이 없네. 하긴 볼레로가 다 그렇지. 하지만 지금 세실리아의 기분도 노랫말과 같았다. 수치심이 들어 단숨에 술을 반이나 들이켰다. 기침이 터져나왔다.

"세실리아, 왜 그렇게 빨리 마셔? 오늘은 유모 노릇 안 해준다." 프레디가 말했다. 원래 이름은 '파쿤도'이지만 모두 '프레디'라고 불렀다.

---

* 셰익스피어를 말함.

"또 잔소리가 시작됐군." 라우로가 중얼거렸다. 그의 별명은 라 루페, 본명은 라우레아노였다. "가만 놔둬, 괴로움 좀 삭이게."

소리 없이 부르는 듯한 느낌에 세실리아는 잔에서 눈을 들었다. 노파가 자신을 지켜보고 있는 듯했다. 그러나 연기 때문에 제대로 볼 수는 없었다. 정말로 세실리아가 친구 둘과 앉아 있는 이쪽 테이블을 쳐다보고 있는 것일까? 아니면 테이블 뒤쪽 뮤지션들이 드나드는 플로어를 보고 있는 것일까? 영상이 꺼지고 스크린이 하늘을 나는 새처럼 날아올라 천장 기둥 끝머리로 사라졌다. 알아채지 못할 만큼 아주 잠시 음악이 멈추더니 영혼을 울려대는 강렬한 열정으로 뮤지션들이 연주를 시작했다. 그리고 리듬은 그녀에게 설명할 수 없는 고통을 불러왔다. 갑자기 추억이 몰려들었다.

북유럽인으로 보이는 관광객 몇 명이 경악한 표정을 지었다. 바이런 경 같은 얼굴을 한 젊은이가 악마에 들씌운 듯 북을 처대는 모습을 보고 당황한 모양이었다. 옆에서는 구릿빛 살결의 물라토 여자가 클라베* 리듬에 맞춰 갈래머리를 흔들어댔고, 불가사의한 목소리의 흑인 남자가 오페라의 바리톤 음에서부터 손**의 비음 사이를 오르내리며 노래를 불렀다. 귀에 은귀고리를 한 모습이 마치 아프리카의 왕 같았다.

세실리아는 동족들의 얼굴을 찬찬히 훑어보고는 그들이 왜 매력적인지 알게 되었다. 자신의 혼혈성에 대해 의식하지 않는 것이었다. 그러니까 사람들의 혈통과 기원이 각양각색인 걸 생각하지

---

* 한 쌍의 나무 막대로 이루어진 아프로쿠반 음악의 타악기.
** 아프로쿠반 음악의 본원이 되는 리듬으로, 스페인 칸시온의 선율 구성과 북을 이용한 아프리카 리듬이 결합하여 탄생했다.

않는다는 점, 어쩌면 그런 사실에 무관심하다는 점이었다. 다른 테이블을 쳐다보았다. 밍밍하고 단조롭기만 한 생김새의 바이킹족들이 안쓰러워졌다.

"춤추러 나가자." 프레디가 그녀를 끌어당겼다.

"미쳤어? 내 인생에 저런 춤이 웬 말이야."

청소년기에는 천국으로 가는 계단이니 공동묘지를 가로지르는 기차니 하는 노래*들을 듣는 데 심취해 있었다. 록에 담긴 모반의 느낌이 그녀를 열정으로 가득 채워주었다. 그러나 청춘은 그걸로 끝났다. 지금은 모든 사람이 자리에서 일어나 들썩이게 만드는 과라차**를 추지 않을 수만 있다면 하지 못할 게 없다는 심정이었다. 턴을 한 뒤 멈췄다가 팔을 엮고, 리듬을 놓치지 않은 채 다시 팔을 풀며 춤을 추고 있는 사람들이 부럽기만 했다.

조르다 지친 프레디는 대신 라 루페를 잡아끌었다. 두 사람은 떠들썩한 플로어 한가운데로 나갔다. 세실리아는 주문한 지 몇천 년은 지난 듯한 마티니를 거의 바닥이 드러날 때까지 다시 한 모금 마셨다. 자리에 앉아 있는 사람은 노파와 그녀뿐이었다. 붉은 머리 에리크***의 후예들조차 춤추는 분위기에 가세해 있었다.

잔을 비운 세실리아는 드러내놓고 노파의 모습을 찾았다. 그녀가 시끌벅적한 분위기와 동떨어져 외따로 있는 모습을 보니 불안한 마음이 일었다. 담배 연기가 거의 사라진 뒤여서 노파의 모습이

---

* 레드 제플린의 〈Stairways to Heaven〉과 크리던스 클리어워터 리바이블의 〈Graveyard Train〉으로 대표되는 록음악.
** 19세기 중반 아바나에서 탄생한 춤곡의 하나.
*** 982년 그린란드를 발견한 노르웨이의 추장.

더 잘 보였다. 노파는 유쾌한 표정으로 눈을 반짝이며 플로어를 쳐
다보더니 갑자기 예상치 못한 행동을 했다. 고개를 돌려 세실리아
에게 미소를 지은 것이다. 세실리아도 미소로 답례하자 노파는 초
대의 뜻이 분명한 몸짓으로 옆 의자를 뒤로 뺐다. 일 초도 망설이
지 않고 세실리아는 노파의 테이블로 가 앉았다.

"친구들과 같이 어울려 춤을 추지그래요?"

노파의 목소리는 떨려 나왔지만 맑았다.

"배운 적이 없어요. 이제는 배우기도 늦었고요."

"아가씨가 늙는 게 뭔지 알아요?" 노파는 미소를 거두며 나직
이 말했다. "아직 한창인데."

세실리아는 아무 대답도 하지 않았다. 그녀의 관심은 노파의 목
걸이에 달린 물건에 쏠려 있었다. 자그마한 손이 거뭇한 빛깔의 돌
을 꼭 쥐고 있는 형상이었다.

"그게 뭐예요?"

"아!" 생각에 잠겨 있던 노파가 대답했다. "어머니의 선물이에
요. 악마의 눈의 저주를 막아주지요."

사방으로 부서지기 시작한 불빛이 어른거리며 노파의 얼굴을
비추었다. 이목구비로 보아 혼혈이긴 했지만 거의 백인에 가까운
물라토였다. 처음 생각했던 만큼 나이가 많은 것도 아닌 듯했다.
아닌가? 그림자가 흔들릴 때마다 다르게 보였다.

"난 아말리아라고 해요. 아가씨는?"

"세실리아예요."

"여기 처음 왔나요?"

"네."

"맘에 들어요?"

세실리아는 머뭇거렸다. "모르겠어요."

"인정하는 게 힘이 드는 모양이군."

아말리아가 목걸이의 신물을 만지작거리는 동안 세실리아는 잠자코 있었다.

귀로* 긁는 소리가 세 번 울리면서 과라차가 끝나고, 가느다란 피리 소리와 함께 다른 멜로디가 시작되었다. 아무도 자리로 돌아가 앉고 싶은 마음이 없는 듯했다. 노파는 마치 하멜른의 마법**처럼 음악에 끌려 다시 스텝을 밟기 시작하는 사람들을 쳐다보았다.

"종종 오시나요?" 세실리아는 용기를 내어 물었다.

"거의 매일 밤…… 기다리는 사람이 있어요."

"미리 약속을 정하지그러세요. 그러면 이렇게 혼자 계시지 않아도 될 텐데."

"이 분위기를 즐기는 중이에요." 노파의 시선은 플로어를 살피고 있었다.

"누구를 기다리는지 여쭤봐도 돼요?"

"그건 정말 긴 이야기예요. 짧게 줄여 얘기해줄 수도 있겠지만." 그녀는 말을 끊고 신물을 어루만졌다. "어떤 걸 원해요?"

"재미있는 쪽이요." 세실리아는 망설이지 않고 대답했다.

아말리아는 미소를 지었다.

"이야기는 백 년도 더 전에 시작돼요. 첫 부분이라도 들려주면

---

* 리듬 악기의 한 종류로, 나무로 만든 몸통을 막대로 긁어 소리를 낸다.

** 독일 하멜른 지방의 전설에 나오는 피리의 마법을 말한다. 쥐 떼로 고통받던 마을에 피리 부는 남자가 나타나 피리 소리로 쥐들을 강물로 유인했다는 전설.

좋으런만 오늘은 시간이 너무 늦었네요."

세실리아는 안절부절못하며 테이블을 손가락으로 긁었다. 노파의 말이 약속을 의미하는지 거절을 의미하는지 알 수 없었다. 머릿속으로 아주 옛날의 아바나 풍경들이 떠올랐다. 짙은 눈썹의 창백한 얼굴에 꽃으로 장식한 모자를 쓰고 성장을 한 여인들, 가게들이 늘어선 거리에 나붙은 현란한 전단지들, 모퉁이마다 물건을 사라고 외치며 다니는 중국인 야채 장수들……

"그건 더 뒤의 일이에요. 내가 들려주고 싶은 이야기는 그보다도 훨씬 전에 대서양 저편에서 일어난 일이에요."

세실리아는 노파의 말이 자신이 떠올리고 있는 몽상에 대한 대답임을 알아채고 깜짝 놀랐다. 그리고 자신이 읽어본 적도 들어본 적도 없는 이야기를 노파가 풀어놓기 시작하자 마음을 진정시키려고 애를 썼다. 불타는 듯 강렬한 풍경들, 낯선 언어를 말하는 사람들, 이질적인 미신들 그리고 미지의 장소를 향해 떠나는 부서질 듯 약한 배들에 대한 이야기였다. 뮤지션들은 여전히 연주를 하고 있고 커플들은 쉬지 않고 춤을 추고 있었다. 마치 둘이서만 이야기할 수 있도록 해주려는 모종의 계약이 노파와 그들 사이에 있기라도 한 것처럼.

아말리아의 이야기는 차라리 하나의 마법이었다. 아름다움과 난폭함을 머금은 어느 먼 나라의 높다랗게 솟은 수숫대 사이로 바람이 세차게 불고 있었다. 떠들썩한 축하연이 있는가 하면 죽음이 있고, 결혼식이 있는가 하면 대학살이 있었다. 우주의 어느 틈새에선가 풍경들이 쏟아져나오고 있었다. 잊혀진 세계의 기억들이 도망 다니는 통로를 누가 열어젖히기라도 한 것 같았다. 세실리아가 다시 헌실 세계로 돌아왔을 때 노파는 이미 떠나고 없었고, 춤추던 사람들도 각자 자리로 돌아간 뒤였다.

"아, 더는 못 추겠다." 라 루페가 의자에 주저앉으면서 숨을 몰아쉬었다. "피곤해 죽을 거 같아."

"정신을 놓고 있네, 애가." 자기 잔에 남아 있던 술을 마시며 프레디가 말했다. "켈트족 여자 시늉하느라고 말이지."

"그런 깜짝 놀란 얼굴로 아무렇지 않은 척할 필요 없어. 완전히 다른 세상에서 온 사람이야. 안 그래?"

"한 곡 더 연주해달라고 할까?"

"너무 늦었어." 세실리아가 말했다. "이제 가야 하지 않겠어?"

"세시, 이렇게 말해서 미안한데, 너 마치 혐-오-스-러-운 설인 예티 같아."

"미안해, 라우레아노. 하지만 머리가 좀 아파서."

"목소리 낮춰." 그가 말했다. "그렇게 부르지 마. 사람들이 나중에 질문해대겠다."

세실리아는 일어섰고, 지갑을 찾느라 핸드백 안을 더듬었다. 프레디가 그녀를 제지했다.

"아니야. 오늘 밤은 우리가 낼게. 그러자고 너를 초대한 건데."

나비처럼 가벼운 볼 키스. 희미한 어둠 속에서 세실리아는 노파가 정말 가버리고 없는지 다시 확인했다. 왠지 모르게 그곳을 떠나고 싶지 않았다. 스크린에서 시선을 떼지 못한 채 천천히 걸음을 옮기다가 의자에 걸려 넘어질 뻔했다. 스크린에서는 옛 시절의 남녀 커플이 손 음악에 맞춰 춤을 추고 있었다. 지금 세대는 아무도 춤출 줄 모르는 리듬이었다. 세실리아는 후끈한 밤의 열기 속으로 나왔다.

　노파의 이야기 속에서 솟아나온 환영들과, 음악의 신들이 살았던 격정적인 아바나를 회상하자 세실리아는 순간 이동을 한 듯한 기이한 기분이 들었다. 동시에 두 곳에 존재할 수 있는 성인(聖人)이라도 된 기분이었다.

　"나는 여기, 그리고 현재에 있는 거야." 세실리아가 혼잣말을 했다.

　그녀는 시계를 쳐다보았다. 너무 늦어서 경비도 자리를 떠나고 없었다. 아주 늦은 시간이라 오가는 사람도 없었다. 모퉁이까지 혼자 걸어가야 된다는 게 확실해지자 그제야 세실리아는 현실로 돌아왔다.

　구름이 달을 삼켜버렸지만 부연 우윳빛이 남아 구름에 구멍을 내고 있었다. 성벽 바로 옆에서 두 개의 쏘아보는 듯한 눈동자가 불쑥 나타났다. 고양이는 세실리아의 출현에 신경이 쓰이는 듯 관목 사이에서 왔다 갔다 했다. 그게 신호라도 되는 듯 둥근 달이 희부연 구름에서 빠져나와 고양이를 비추었다. 은빛 고양이였다. 세실리아는 그림자를 살폈다. 자신과 고양이의 그림자. 볼레로의 가사에서처럼 푸른 밤이었다. 아말리아의 이야기가 다시 떠오른 건 아마도 그래서였을 것이다.

하늘에서 기다려줘요

링가오 파는 죽기에 적당한 밤이라고 생각했다. 물 위로 수줍은 듯 솟아오른 연꽃 줄기 사이로 따뜻한 바람이 불고 있었다. 피할 수 없는 일에 대한 예감이 그녀의 마음속에 가득 차오른 것은 아마도 영혼의 손가락으로 그녀의 옷자락을 어루만지는 미풍 때문이었을 것이다.

링가오 파는 구름 내음을 더 잘 들이마시려고 까치발로 섰다. 그녀는 얇은 천 같은 꼬리가 달린 물고기들과 더불어 연못을 장식하는 연꽃처럼 여전히 날씬한 자태였다. 그녀의 어머니는 연못가에 앉아서 못 속에 가라앉아 있는 연꽃 줄기를 바라보곤 했다. 몸을 숙여 줄기를 만져보기도 했다. 연꽃 줄기를 만질 때면 어머니의 마음은 평화로 가득 찼다. 그녀는 꽃을 자주 만져서 딸아이가 그런 우아한 생김새를 타고난 게 아닐까 항상 생각했다. 링가오 파는 태어날 때부터 감탄을 불러일으켰다. 매끄럽기 그지없는 피부, 꽃잎처럼 보드라운 발, 반짝이는 곧은 머리칼. 그래서 어머니는 출산한 지 한 달이 지나 아이의 탄생을 기념하던 날 아이의 이름을 그렇게 붙이기로 했다. '연꽃'이라고.

그날 오후 링가오 파는 부풀어오른 축축한 들판을 바라보고 있었다. 그녀의 '장미꽃 봉오리'인 어린 쿠이 파에게 젖을 먹일 때 불어오르던 가슴 같았다. 아이가 열한 살이니 이제 곧 남편감을 찾아줘야 할 것이다. 그러나 그 일은 아주버니 웡의 손에 달려 있었다. 남편의 가장 가까운 친척이 해야 할 일이었기 때문이다.

그녀는 기우뚱한 걸음으로 집 안으로 들어갔다. 발이 작아서 균형을 잡는 게 불안정했다. 그녀의 어머니는 딸의 발이 자라지 못하도록 오랫동안 꽁꽁 동여매두었다. 좋은 데로 시집을 가려면 꼭 해야 할 일이었다. 그래서 그녀도 지금 싫다고 울면서 떼를 쓰는 어린 쿠이 파의 발을 동여매놓은 것이었다. 그것은 고통스러운 과정이었다. 엄지발가락을 제외한 발가락을 모두 발바닥 쪽으로 구부리고 붕대로 꽁꽁 동여매놓았다. 자신은 남편이 죽은 후 전족의 관습을 버렸지만 부러지고 뒤틀린 뼈마디들 때문에 그녀의 걸음걸이에는 영원한 흔적이 남아 있었다.

링가오 파는 메이 레이가 채소를 썰고 있는 부엌으로 들어갔다. 딸은 아궁이 앞에서 놀고 있었다. 메이 레이는 여느 하녀들과는 달랐다. 부잣집에서 태어난 그녀는 글을 읽는 법도 배웠지만 여러 차례 불운이 겹치면서 어느 지주의 첩으로 전락했다. 마침내 주인이 죽고 나서야 그 상황을 벗어날 수 있었다. 그녀는 혼자인 데다 재산도 없었기 때문에 웡 집안에서 허드렛일을 맡아 하고 있었다.

"양배추 구했어, 메이 레이?"

"네, 마님."

"소금은?"

"말씀하신 건 모두 구했어요." 그러고는 조심스럽게 덧붙였다. "마님은 걱정하실 필요 없으세요."

"작년과 같은 일이 또 일어나지 않았으면 해."

메이 레이는 수치심에 얼굴이 붉어졌다. 여주인이 그 일로 그녀를 나무란 적은 없지만 지난해 물난리가 자기 잘못으로 일어났다는 걸 알고 있었다. 이제 나이가 들어서인지 깜빡깜빡 잊어버리는 일이 생기곤 했다.

"올해는 별 문제 없을 거예요." 메이레이가 용기를 내어 말했다. "사당의 신들에게도 화려한 의복을 입혀두었어요."

"알고 있어. 하지만 신들은 가끔 앙심을 품곤 하잖아. 혹시 모르니 여유 있게 준비해두는 게 좋아."

링가오 파는 침실로 향했다. 끓고 있는 육수의 훈기가 그녀 뒤를 따라오고 있었다. 일찍 남편을 여읜 그녀에게 눈독을 들이는 농장주들이 많았다. 미모도 미모지만 남편 쉬가 얼마간의 가축 외에도 어마어마한 논밭을 남기고 죽었기 때문이다. 그녀는 그들의 청혼을 정중하지만 단호하게 거절해왔다. 그런데 이제 와서 아주버니가 마카오의 한 사업가와 재혼을 하라는 것이다. 그는 집안 재산을 관리하는 은행의 주인이었다. 아주버니의 목적은 집안의 재산이 안전하게 유지될 수 있도록 하는 것이었다. 링가오 파는 그 말을 듣고 어떻게 해야 할지 누구에게 의논해야 할지 알 수 없었다. 부모님도 돌아가셨기 때문에 남편의 형을 따르는 게 의무였다. 그러던 어느 날 더이상 아주버니의 결정을 피할 수 없다는 걸 깨달았다. 아주버니가 찾아와 5월 3일에 혼례를 치르라고 딱 잘라 말한 것이다.

경대 위에는 어머니가 선물한 은빗이 놓여 있었다. 자개 상감을 한 자그마한 빗을 기계적으로 어루만지던 그녀는 이윽고 머리를 풀어내려 정갈하게 감은 뒤 현관으로 나갔다. 그 순간 구름 뒤로 달이 나타났다. "당신 잘못이에요, 나쁜 노인 같으니." 그녀가 중얼거리며 불평했다. 밝은 달을 쳐다보니 화가 났다. 달에는 두 남녀가 남편과 아내로 맺어지도록 줄로 발을 한데 묶어놓는다는 변덕스러운 노인이 살았다. 그것은 아무도 피할 수 없는 운명이었다. 쉬의 아내가 된 것도, 지금 곤경에 처한 것도 그 운명 때문이었다.

들판 위로 내리비치는 푸른색 감도는 달빛을 보는 것도 이제 마지막이었다. 하지만 중요하지 않았다. 어떤 일이 일어나든 지옥 같은 번민을 견디는 것보다는 나을 테니. 웡 아주버니가 내리는 결정들은 그녀를 배려하지 않은 것이어서 그녀의 신념이 우롱당한 게 한두 번이 아니었다. 만일 자신이 다시 결혼을 한다면 저세상에 갔을 때 남편의 영이 그녀를 갈가리 찢어놓으리라는 걸 알고 있었다. 한 남자만이 한 여자를 소유할 수 있었다. 그러니 그런 일을 겪으니 남은 가족들을 다시 보지 못하는 게 나았다.

그녀는 일찍 저녁을 먹고 쿠이 파에게 잠옷을 입힌 뒤 아이가 잠들 때까지 평소보다 오랜 시간을 함께 있었다. 그리고 나서 집안일을 마치고 들어와 아이의 발치에 잠들어 있던 메이 레이에게 작별 인사를 했다. 링가오 파는 조용히 뜰로 나가 한참 동안 별을 쳐다보았다. 다음 날 아침, 메이 레이는 금빛 물고기들이 살고 있는 연못 옆의 나무에 링가오 파가 매달려 있는 것을 발견했다.

링가오 파는 1919년 안개가 자욱한 어느 새벽에 정절을 지킨 채 땅에 묻혔다. 그러나 그녀의 죽음이 웽에게 나쁜 결과를 가져다준 것은 아니었다. 무역상인 그는 은행가와 동업할 가능성은 잃었지만, 링가오 파가 정조를 지키는 모습을 보인 덕에 가문의 명성은 오히려 높아졌다. 게다가 그는 쿠이 파의 장래를 보살필 책임을 맡은 친척이었기에 재산은 그의 수중으로 들어갔고, 그래서 자본도 늘어났다. 지참금으로 쓰일 돈과 보석들은 마카오의 은행 금고에 보관되었다. 가축과 경작지에 관해서는 가능한 한 지금 얻을 수 있는 것보다 곱으로 불리려는 게 무역상의 생각이었다.

웽은 조상을 매우 공경하는 사람이었다. 그 지역의 다른 사람들과 달리 미신을 믿지는 않았지만 대대손손 이어지는 가문의 조상을 앞에 놓고 명예가 훼손될 일을 할 사람도 아니었다. 조상에 대한 이러한 신의를 지키기 위해 웽은 즉시 조카가 자신의 아이들과 같은 대우를 받을 수 있도록 손을 썼다. 그것은 여자아이를 천덕꾸러기 취급하는 그 지역에서는 흔치 않은 결정이었다. 그게 의무이기도 했지만 무역상은 자신이 아이의 보호자가 됨으로써 생기는 실리도 알고 있었다. 쿠이 파는 엄마처럼 예뻤고, 결혼을 하면 남편 소유가 될 땅은 물론이고 지참금으로 가져갈 집안 유품과 보석도 모자람이 없었다. 삼 년 전 웽은 카리브 해 한 섬에서 일어난 혼란스러운 상황 때문에 죽은 사촌 타이 콕의 아들도 떠맡았다. 사촌은 아버지의 행로를 따라 부를 좇아서 그곳으로 갔다. 타이 콕의 아들 시우 멘드는 말이 없는 아이였지만 수학에 남다른 재주가 있었다. 그래서 웽은 아이에게 사업을 가르치고 싶었다. 곧 혼례를 올릴 나이가 될 조카 쿠이 파의 남편감으로 그 아이보다 나은 배필은 없었다.

당장은 메이 레이가 어린 쿠이 파를 보살피면서 아이의 정조를 지키게 될 것이었다. 유모는 언제나 그랬듯이 밤이면 여주인의 침상 발치의 바닥에서 잠을 잘 것이고, 그러면 쿠이 파는 엄마의 부재로 인한 슬픔을 덜 느낄 것이었다.

아무튼 쿠이 파가 새로 살게 된 집은 온갖 사람이 드나드는 떠들썩한 곳이었다. 그 집에는 큰아버지 웽과 큰어머니 외에도 거의 방에서 나오는 일이 없는 산 숙 할아버지와 큰아버지의 결혼한 두 아들과 그들의 아내, 아이들, 공부를 하거나 책을 읽으면서 시간을 보내는 시우 멘드라는 아이 그리고 대여섯 명의 하인이 살고 있었다. 그러나 쿠이 파의 호기심을 가장 크게 끈 것은 친척들이 아니었다. 가끔 그곳에는 거무스레하고 꽉 끼는 옷을 입은 창백한 얼굴의 손님들이 찾아왔다. 눈이 둥그렇고 눈빛이 흐릿한 그 남자들이 말하는 광둥어는 거의 알아들을 수 없었다. 그들을 처음 보던 날 쿠이 파는 정원에 악마가 나타났다고 소리치면서 집 안으로 뛰어들어갔다. 무슨 일인지 살피러 나갔다 온 메이 레이는 그들이 백인 외국인이라고 설명해주면서 아이를 진정시켰다. 그때부터 아이는 큰아버지가 특별한 예를 갖추어 대하는 얼굴이 환히 빛나는 사람들의 왕래를 구경하는 데 열중했다. 그들은 이야기책에 나오는 거인들처럼 키가 컸고, 말할 때는 목구멍에서 이상한 음악 소리가 났다. 어떤 때에는 아이를 몰래 살피다가 깜짝 놀라게 하고는 미소를 지어 보이기도 했다. 그럴 때면 쿠이 파는 메이 레이를 찾아 도망치듯 뛰어갔다가 목소리가 멀어지고 나서야 되돌아오곤 했다.

낮 동안 쿠이 파는 부뚜막 옆에 붙어 앉아 유모 할머니가 젊은 시절에 알게 된 이야기를 들으면서 시간을 보냈다. 그렇게 바람의 신, 북극성 여신, 조왕신, 부의 신 등 많은 신의 존재를 알게 되었다. 대홍수 이야기도 좋아했다. 전쟁의 여왕에게 패배한 어느 장수가 수치심을 이기지 못한 나머지 구름을 걷어낼 듯 높고 거대한 대나무에 머리를 찧어대는 바람에 홍수가 생겼다고 했다. 그러나 쿠이 파가 가장 좋아하는 이야기는 보석의 호수 옆에 사는 서왕모의 생일 축하연을 찾아간 여덟 불사신의 이야기였다. 불사신들이 참석한 연회에는 눈에 보이지 않는 악기들이 연주하는 음악에 맞춰 원숭이 혀, 용의 간, 곰 발바닥, 불사조의 골수 등 온갖 산해진미가 넘쳐났다. 연회의 절정은 후식이었다. 삼천 년에 딱 한 번 꽃을 피우는 나무에서 따온 천도복숭아가 그것이었다.

메이 레이는 아이의 호기심을 채워주기 위해 기억을 더듬어야 했다. 평화로운 시절이었다. 의식하지 않은 채 살아도 되었고, 인생의 노년기에 이르러 가장 행복했던 시절로 기억될 만한 시간이었다. 그 단조로운 삶이 딱 한 번 중단된 적이 있었는데, 쿠이 파가 심하게 병이 났을 때였다. 마치 사악한 악령이 어린 존재를 앗기위해 날뛰기라도 한 듯 쿠이 파는 미열과 구토에 시달렸다. 어떤 의사도 병의 원인을 진단하지 못했다. 그러나 메이 레이는 침착함을 잃지 않고, 하늘과 땅, 물, 세 글자를 쓴 종이 세 장을 들고 삼신당을 찾았다. 사당 꼭대기에 올라간 그녀는 첫번째 종이는 하늘에 바치고 땅이라고 쓴 종이는 흙 속에 묻었다. 마지막으로 물이라고 쓴 종이는 우물 아래로 가라앉혔다. 그러자 며칠 지나지 않아 아이는 병이 낫기 시작했다.

메이 레이는 자기 방 한쪽 구석에 제단을 만들어 행복과 자비와 보호의 원천인 삼신을 모셨다. 쿠이 파에게도 삼신과 더불어 항상 조화롭게 사는 법을 가르쳤다. 그때부터 하늘과 땅, 물은 쿠이 파가 자신의 소원을 전하는 세 왕국이 되었다. 그곳에서 자신의 소원들이 이뤄질 수 있다는 것을 쿠이 파는 알았다.

몇 달에 걸친 우기가 지나고 조왕신이 인간들의 행동을 알리러 천상으로 올라가는 시기가 찾아왔다. 이어서 수확의 계절이 시작되었고, 그 뒤를 이어 태풍의 비바람이 도착했다. 여러 달이 흐르고 다시 조왕신은 인간이 신상(神像)의 입술에 달콤한 꿀을 바르며 드린 경건한 기도들을 들고 하늘로 비상하기 시작했다. 그리고 다시 농부들이 씨를 뿌리는 계절이 찾아오고, 우기가 돌아오고, 또 천 개의 바람이 종이 연을 찢어대는 계절이 돌아왔다. 쿠이 파는 부엌의 향기와 신들이 가득한 전설 틈에서 어느새 아가씨가 되었다.

많은 젊은 여자가 이미 갓난아기에게 젖을 먹이는 나이가 된 뒤에도 쿠이 파는 여전히 메이 레이의 땋은 머리를 붙잡고 다녔다. 그러나 웽은 알아차리지 못하고 있는 듯했다. 그의 머릿속은 숫자를 셈하고 사업 계획을 세우느라 바빴고, 일에 대한 열성 때문에 조카딸의 혼인은 뒤로 미루고 있었다.

어느 날 오후, 그는 남자들이 사업상의 거래를 하거나 매춘부를 찾을 때 들르곤 하던 찻집에서 이야기를 나누고 있었다. 그때 나이도 꽉 차고 지참금도 많은 여염집 아가씨가 탐욕스러운 큰아버지 때문에 부끄러운 미혼 신세를 면치 못하고 있다는 이웃 사람들의 비아냥거리는 소리가 들려왔다. 웽은 아무 말도 못 들은 것처럼 행동했지만 실상은 막 희끗해지기 시작하는 변발의 뿌리까지 벌게졌다. 집에 돌아온 그는 일 핑계를 대고 시우 멘드를 불렀다. 그러고는 시우 멘드가 서류를 살펴보는 동안 그를 찬찬히 관찰했다. 사춘기 소년은 건장하고 단정한 청년이 되어 있었다. 웽은 바로 그날 밤 가족들이 식탁에 둘러앉아 저녁식사를 할 때 자신의 결심을 알리기로 했다.

"쿠이 파를 결혼시키기로 했다."

쿠이 파를 포함한 모든 사람이 자기 접시에서 눈을 들었다.

"남편감을 찾아야겠네요." 그의 아내가 조심스럽게 말을 꺼냈다.

"그럴 필요 없소." 웽은 죽순 조각을 집어 들며 말했다. "시우 멘드가 좋은 남편이 되어줄 거요."

이번에는 모든 눈이 당황한 시우 멘드를 향했다가 다시 쿠이 파를 향했다. 쿠이 파의 시선은 고기 접시에 꽂혀 있었다.

"연 축제 기간에 혼례를 올리는 게 좋겠소."

그날은 안성맞춤인 날이었다. 9월 9일 중양절은 언덕이든 사당 꼭대기든 모두가 높은 곳으로 올라가 한나라 시대에 일어난 일, 즉 한나라의 어느 스승이 끔찍한 재난이 대지를 뒤덮을 거라고 미리 알려 제자의 목숨을 구한 일을 기념하는 날이었다. 젊은 제자는 산으로 몸을 피했고, 집에 돌아와보니 가축이 모두 익사해 있었다. 그날을 기념하는 축제는 폭풍이 머지않았음을 예고하는 동풍이 끝없이 격렬하게 불어오는 계절에 시작되었다. 그때가 되면 갖가지 모양의 수백 개의 종이 연이 공중으로 날아올랐다. 장밋빛 용, 격노한 듯 날개를 펄럭이는 나비들, 눈동자를 굴리는 새들, 곤충 전사들…… 현실에서 불가능한 존재들이 하늘을 놓고 서로 다투 느라 또다시 전설적인 전투를 벌였다.

혼례식 날, 쿠이 파는 가마 휘장 너머로 멀찍이 불사조의 실루 엣을 보았다. 붉은색 천으로 얼굴이 가려져 있어 불사조의 색깔을 알아보지는 못했다. 걸을 때는 발을 잘못 디뎌 넘어지지 않기 위해 항상 발 쪽을 쳐다보고 있어야 했다.

쿠이 파는 큰아버지가 두 사람의 결혼을 알린 그날 저녁 이후로 한 번도 시우 멘드를 보지 못했다. 그녀를 숨겨놓는 책임은 메이 레이가 맡았다. 두 젊은이가 식탁에 앉아 있는 자리에서 약혼을 확 인한 웽의 무례함에 경악한 메이 레이는 그 경솔함의 여파를 막아 두어야겠다고 결심하고는 모두가 일에 바쁜 틈을 타 관음보살을 모신 불단에 찾아가 도자기로 된 손을 하나 뽑았다.

"관음보살님." 관음상 앞에 선 그녀는 두 손으로 관음보살의 손 을 잡고는 절하며 빌었다. "우리 꼬마 아씨에게 복을 가져다주시 고 악령들을 물리쳐주옵소서. 혼례가 아무 탈 없이 끝나면 좋은 선 물을 바치겠습니다. 그리고 첫아들이 생기면 더 큰 선물을 드리지 요……" 그녀는 잠시 뜸을 들였다가 말했다. "단 엄마와 아이가 모두 건강해야만 합니다."

그녀는 절을 세 번 하고 도자기로 된 손을 부엌 한구석에 보관 했다. 물론 아무도 사라진 손에 대해 묻거나 하지는 않았다. 관음 보살에게 기원한 일이 이루어지면 손은 다시 나타날 것이었다.

결혼식을 올리고 몇 주 후 강물이 불어나 많은 사람이 죽었다. 가장 가난한 사람들은 배고픔에 시달렸고 제일가는 부자들은 약탈에 시달렸다. 가난한 자와 부자를 구별하지 않는 건 전염병뿐이었다. 들판에 찬 물의 높이는 급속도로 높아졌다가 내려갈 때는 한없이 느렸다. 그러고 나자 혼탁한 물 위로 벼 이삭이 솟아올랐다. 그다음, 축제에 때맞춰 조롱이라도 하듯 차가운 남풍이 사방으로 불어닥쳤다. 그러나 쿠이 파에게는 임신의 기미가 보이지 않았다. 메이 레이는 관음보살을 찾아갔다.

"제 기도를 들어주세요. 아니면 쥐들이 우글거리는 구석에 처박아놓겠습니다." 그녀는 관음보살을 협박하고 돌아섰다.

경고는 효과가 있었다. 몇 주 지나지 않아 쿠이 파의 배가 불러오기 시작했다. 메이 레이는 불단 옆에 과일을 가득 담은 바구니를 놓아두었다. 여러 달이 지나 호랑이해 중반에 다시 비가 억수같이 퍼붓는 계절이 되자 파그 리가 태어났다. 아기는 악마처럼 소리를 질러대더니 금방 엄마의 젖꼭지에 열중했다.

"이렇게 어린데 벌써부터 새끼 맹수의 기질이 보이는군." 아버지는 아이가 울어대는 소리를 들으면서 예언했다.

시우 멘드는 아들의 탄생을 기쁨과 염려의 마음으로 기다려왔다. 아내의 출산은 아버지가 돌아가신 곳이자 얼굴도 모르는 할아버지 위앙이 지금도 살고 있는 섬나라로 떠날 여행의 서곡이었다. 웽이 섬나라와 거래를 터 불교 용품과 농산물을 수출하고 싶어했기 때문이다.

"내가 직접 가야겠지만 그렇게 먼 곳을 여행하기에는 너무 늙었구나." 그는 그렇게 말했다.

시우 멘드의 머릿속으로 아버지가 떠나던 날의 기억들이 스쳐 지나갔다. 불확실한 소문들, 어머니의 눈물…… 그 이야기가 되풀이되면 어쩌나? 다시 돌아오지 못한다면 어쩔 것인가?

"쿠바도 변했다." 웽은 시우 멘드의 불안감을 알아차리고 말했다. "이제 중국인들도 쿨리*로 팔리거나 하진 않는다."

그가 이 말을 한 것은 고인이 된 시우 멘드의 증조할아버지 파그 치옹이 생각났기 때문이었다. 파그 치옹은 잘 모르는 상태에서 서명을 하는 바람에 계약에 묶여 칠 년 동안 섬나라에서 매일 열두 시간씩 일했고, 어느 날 오후 짚단을 짊어지다 쓰러져 죽었다. 그럼에도 시우 멘드의 할아버지 위앙은 당신 아버지를 뒤따라 섬나라로 갔다. 몇 년 후 아들 타이 콕, 즉 시우 멘드의 아버지 역시 부친과 함께하기 위해 아내와 아들을 사촌 웽에게 맡기고 떠났다. 그는 비록 인부로 일하지는 않았지만 복잡한 빚 문제에 얽혀들어 언쟁을 벌이다가 목숨을 잃었다. 그리고 이듬해 시우 멘드의 어머니가 열병으로 죽자 아직 아이였던 시우 멘드는 아버지의 사촌임에도 항상 삼촌이라고 부르던 남자의 보호 아래 남게 되었던 것이다.

"요즘은 상황이 어떻대요?" 찻잔에 차를 더 따르며 시우 멘드가 물었다.

"달라졌지." 웽이 말했다. "섬나라의 중국인들은 번창해가고 있어…… 사업을 하기에 좋은 상황이지. 적어도 위앙 삼촌은 그렇게 말씀하셨다."

---

* 육체노동에 종사하는 하층 인도인, 중국인.

그 섬에 간 지 삼십 년도 더 되었고 이민 간 가족 중에 유일한 생존자인 시우 멘드의 할아버지를 말하는 것이었다.

"아바나에 대해서 얘기해주세요, 삼촌."

"위앙 삼촌 말로는 우리와 기후가 비슷하다는구나." 무역상은 간단하게 말했다. 더이상은 알지 못하기 때문에 더 말해줄 것도 없었다.

그다음 주, 이제는 일상이 된 마카오 출장을 떠난 시우 멘드는 바다 건너에서 온 물건들을 파는 수입품 가게에서 지도를 한 장 샀다. 집에 돌아온 그는 바닥에 지도를 펼쳐놓고 적도를 따라 손가락을 짚어나갔다. 자신이 살고 있는 지방을 지나 태평양을 건너 아메리카를 지나 쿠바의 수도에 가 닿았다. 시우 멘드는 그 외에도 몇 가지를 더 발견했다. 두 도시의 기후가 비슷한 것은 우연이 아니었다. 광둥과 아바나는 완전히 동일한 위도에 있었던 것이다. 지도상에서 체험한 그 선명한 일직선의 여행이 좋은 징조라고 느껴졌다. 아들이 태어나고 한 달 후 시우 멘드는 지구의 반대편을 향해 떠났다.

한 여자를 알았네

그녀는 자동차의 시동을 켜면서 한숨을 내쉬었다. 아침 햇살은 빛나건만 아직 잠이 덜 깬 상태였다. 피곤해 죽을 지경이었다. 때이르게 찾아온 노쇠함일까. 최근에는 모든 걸 잊어버리곤 했다. 말년에 모든 사람을 헷갈려하던 할머니 로사의 유전자가 핏속을 헤엄쳐 다니는 게 아닌가 싶었다. 외할머니 델피나의 유전자를 물려받았다면 어떤 비행기가 추락할지, 누가 누구랑 결혼할지 그리고 망자들이 뭐라고 말하는지 등을 미리 알 수 있었을 텐데. 그러나 세실리아는 단 한 번도 다른 사람들이 알아채지 못하는 것을 본다거나 알아들은 일이 없었다. 그게 그녀의 운명이었다. 그녀가 물려받은 것은 예지력이 아니라 일찍 늙는 유전자였다.

자동차 경적 소리가 그녀를 몽상에서 끌어냈다. 그녀는 요금 징수소 앞에 멈춰 있었다. 긴 차량 행렬이 그녀가 요금을 지불하기만을 조급하게 기다리고 있었다. 금속 통에 돈을 던져 넣었다. 통이 동전을 삼키자마자 가로대가 올라갔다. 자신의 차는 수백 수천 수만 대의 자동차 틈에 끼어 있는 한 대일 뿐이었다. 그녀는 고속 도로를 벗어나 주차장에 도착하기까지 차를 십 분 더 몰았다. 똑같은 일을 수없이 반복해온 사람의 무의식적인 행동이었다. 별 관심도 없는 일을 다룬 기사를 건네려고 오늘 아침도 여느 때와 다름없이 똑같은 엘리베이터를 타고 올라가 편집부까지 이어진 긴 복도를 따라 걸었다. 그런데 사무실에 들어서자 평소보다 부산스럽게 느껴졌다.

"무슨 일이야?" 종이 몇 장을 들고 다가오던 라우레아노에게 물었다.

"골치 아프게 됐어."

"무슨 일이 일어났어?"

"무슨 일이 일어난 게 아니라 앞으로 일어날 거라서." 남자가 말하는 동안 그녀는 컴퓨터를 켰다. "교황이 쿠바에 간대."

"그런데?"

친구가 멍한 눈으로 그녀를 쳐다보았다.

"몰라서 묻는 거야?" 그가 마침내 말했다. "그러면 세상이 끝장나버릴 거야."

"아이, 라우로, 아무것도 끝장나지 않아."

"맞다니까! 교황이 공산주의 국가 땅을 밟을 때마다 그랬어. 쿵하고 끝장나는 거지! 이제 안녕, 로마! 빠이빠이, 꼬마야! 그렇게 되는 거라고."

"그냥 잠자코 있지그래." 세실리아는 오래된 메모를 집어 쓰레기통에 내던지면서 중얼거렸다.

"내 말을 안 믿으면 너만 손해지." 라우로가 종이들을 책상 위에 올려놓으며 말했다. "이거나 봐, 네가 부탁했던 거."

세실리아는 힐끗 눈길을 주었다. 어제 부탁했던 자료였다. 마이애미 전역에 출몰하는 유령의 집 이야기를 기사로 써보지 않겠느냐고 누가 말했다. 편집장이 그런 기사를 좋아할지는 알 수 없었다. 그러나 뭔가 새로운 걸 제출하려고 이틀째 머리를 쥐어짜던 중이었고, 그게 그녀가 가진 유일한 기삿거리였다.

"별로 마음에 들지 않는데." 기사를 읽어보고 편집장이 말했다.

세실리아는 반박하려고 했지만 그가 그녀의 말을 막았다.

"테마가 문제가 아냐. 다른 각도에서 접근한다면 흥미로울 수도 있겠어. 하지만 다른 이야기를 찾아보는 게 더 나을 것 같군. 그 유령의 집에 대해 더 흥미로운 자료를 보충하게 되면 여섯 달 안으로 일요일 자 부록 어딘가에 넣도록 해보지. 그러나 서두를 필요는 없어. 메인 기사는 아니니까."

그래서 그녀는 지난주에 시작한 르포 두 개를 끝냈다. 그러고 나서 유령의 집에 대한 기사들을 읽는 데 몰두했다. 나중에 인터뷰할 때 자료로 쓸 수 있을 만한 이름들은 메모해두었다.

기사의 마지막쯤에 이르러 한 이름에 눈길이 멈췄다. 아마도 우연일 테지만 아바나에 살 때 알던 이름과 같았다. 그녀일까? 그 이름을 가진 다른 사람은 알지 못했다. 성으로는 의문을 확인할 수 없었다. 그녀의 성은 기억나지 않았다. 그리스 여신과 같은 이름만 알 뿐이었다.

가이아는 나무에 가려진 저택에 살고 있었다. 코코넛 그로브*의 대부분을 나무가 뒤덮고 있었다. 세실리아는 정원을 가로질러 진한 마린블루색으로 칠한 집에 도착했다. 문과 창문은 훨씬 밝은 색이었다. 생일 케이크의 카스텔라처럼 먹음직스러워 보였다. 입구 한쪽에 매달린 종이 딸랑거리며 고적한 소리로 오후를 가득 채우고 있었다.

바로 옆의 봉황나무에서 오렌지빛 꽃잎이 빗방울처럼 그녀 위로 떨어져내렸다. 세실리아는 머리를 흔들어 꽃잎을 떨어내고 문을 노크했다. 문고리는 오래된 나무 문 속에 묻혀 거의 소리가 나지 않았다. 드디어 그녀는 양들이 달고 다니는 방울과 비슷한 엉성한 구리종을 발견하고는 추에 매달려 있는 줄을 흔들었다.

잠깐 침묵이 있고 난 후 문 저편에서 목소리가 들렸다.

"누구세요?"

누가 눈 모양의 문구멍으로 그녀를 쳐다보고 있었다.

"저는 세실리아라고 해요. 기자인데요……"

말을 채 끝내기도 전에 문이 열렸다.

"안녕!" 세실리아가 기억하는 대학 시절의 모습 그대로인 그녀가 소리쳤다. "어쩐 일이야?"

"나 기억해?"

"물론이지!" 진지해 보이는 미소를 지으며 그녀가 대답했다.

세실리아는 그녀가 외톨이로 지내왔다는 느낌을 받았다.

"들어와. 거기 서 있지 말고."

---

* 미국 마이애미 시의 한 지역.

고양이 두 마리가 소파 위에 느긋하게 앉아 있었다. 그중 한 마리는 이마에 황금빛 점이 있는 흰 고양이였는데, 눈을 깜빡거리며 세실리아를 빤히 쳐다보았다. 암고양이들에게나 가능할 법한 알록달록한 색깔의 다른 한 마리는 순식간에 안으로 들어가버렸다.

"시르세는 부끄럼을 정말 많이 타." 여자가 설명했다. "앉아."

세실리아는 소파 앞에서 망설였다.

"폴리페모, 나가!" 가이아가 고양이를 쫓아냈다.

세실리아는 두번째 고양이가 테이블 아래로 숨고 나서야 비로소 소파에 앉았다.

"여긴 어쩐 일이야?" 가이아가 창에서 가까운 안락의자에 자리를 잡으면서 물었다. "네가 마이애미에 있는 줄도 몰랐네."

"사 년 전에 왔어."

"맙소사! 나는 팔 년 됐어. 세월 정말 빠르지?"

"지금 일하는 신문사에서 기사를 하나 쓰고 있는데, 관련 자료를 확인하다 네 이름을 봤어. 그 기사를 쓴 기자가 네 주소와 전화번호를 가지고 있었는데 전화번호는 옛날 것이더라구. 그래서 온다는 연락을 미리 못했어."

"뭐에 대한 기산데?"

"유령의 집 이야기야."

가이아의 표정이 어두워졌다.

"그래, 기억나. 이 년쯤 전이었어. 그렇지만 그 이야기를 또 하고 싶지는 않은데."

"왜?"

가이아는 옷깃을 만지작거리기 시작했다.

"유령의 집을 본 게 그때가 처음은 아니었어." 그녀가 고통스럽다는 듯 신음을 내뱉었다. "쿠바에서도 봤거든. 사실은 그 집에 들어가보기도 했어."

"정말 흥미로운걸."

"이곳의 유령의 집과는 전혀 상관없어." 가이아는 서둘러 말했다. "그 집은 사악한 집이었어. 공포스럽고…… 여기 것은 달라. 뭘 의미하는지는 나도 모르겠어."

"유령들은 뭘 의미하는 게 아니야. 그냥 그곳에 존재하거나 존재하지 않는 거지. 사람들은 그 유령을 보기도 하고 못 보기도 하고. 유령을 믿는 사람들이 있는가 하면 유령을 봤다는 사람을 비웃는 사람도 있잖아. 유령들이 뭔가를 의미한다는 말은 들어본 적이 없어."

"아무도 그 뜻을 모르니까 그렇지."

"무슨 소리야?"

"유령의 집은 비밀을 간직하고 있어."

"어떤 비밀?"

"경우에 따라 달라. 내가 아바나에 있을 때 들어가본 집에는 그 섬나라의 악한 것들은 모두 모여 있었어. 이곳에 나타난 집은 달라. 뭔지는 잘 모르겠지만 아무튼 굳이 알아볼 생각은 없어. 그 집을 본 걸로 충분해. 더이상 유령들에 대해 알고 싶지 않아."

"가이아, 네가 이 기사 쓰는 일을 도와주지 않으면 나는 정말 곤란한 상황에 처하게 될 거야. 우리 편집장은 단순히 유령의 집이 나타났다는 것 이상의 흥미로운 이야기를 바라고 있어."

"다른 사람들한테 물어봐."

"직장을 옮기거나 이사를 했더라고. 남은 사람은 너뿐이야. 그리고 우연찮게도 너는 내가 아는 유일한 사람이고…… 네가 말한 대로 유령들이 무슨 의미를 갖고 있다면 말이야, 그러면 이 만남은 뭔가를 의미하는 거잖아."

가이아의 눈이 바닥의 카펫을 훑었다.

"저쪽 세상에 대해서는 아무것도 묻지 않을게." 세실리아가 졸랐다. "그냥 네가 본 것만 얘기해줘."

"기사를 읽어보면 되잖아."

"이미 읽었어. 그렇지만 네가 다시 이야기해주면 좋겠어." 그러면서 세실리아는 핸드백에서 담뱃갑만 한 녹음기를 꺼냈다. "내가 전혀 모르는 내용이라고 생각하고 말하면 돼."

가이아는 돌아가기 시작한 테이프를 쳐다보았다.

"좋아." 그녀는 화를 내듯이 말했다. "내가 그 집을 처음 본 것은 한밤중이었어. 극장에서 집으로 돌아오는 중이었는데 사방이 아주 깜깜했지. 얼마 걷지 않았는데, '그 집'의 불이 갑자기 켜진 거야."

"그 집이 어디 있었는데?"

가이아는 일어서서 문가로 가더니 문을 열고 나가 나무들 사이로 몇 걸음 걸었다. 세실리아는 녹음기를 들고 그녀를 따라 걸었다.

"여기야." 풀도 나무도 자라지 않고 이상하리만치 말끔한 빈자리에 멈춰 서더니 가이아가 가리켰다.

켈트족의 나라에서 요정들이 춤을 추느라 풀이 말라버려 생긴 동그라미 같았다. 세실리아는 불안하게 주위를 둘러보았다. 공포를 느꼈던 것일까, 아니면 환영이 다시 나타나기를 바란 걸까? 아마도 둘 다였을 것이다.

"그 집은 어떻게 생겼어?"

"옛날식 목조 건물이었어. 그런데 우리 집하고 다르게 훨씬 컸어. 2층집이었지. 바다가 보이게 지은 집 같았어. 2층은 발코니로 둘러싸여 있었고."

"누가 있는 걸 봤어?"

"아니. 그런데 사방에 불이 켜져 있었어."

"그래서 어떻게 했어?"

"뒤돌아서서 자동차에 올라타 그대로 호텔로 가버렸지. 현실일 리가 없다는 걸 알았거든." 그녀는 왔던 길을 되돌아 다시 집 쪽으로 걸어가면서 한 번 더 주위를 힐끔거렸다. "호텔에서 이틀을 머물렀어. 혼자 돌아갈 용기가 나지 않았거든. 출근도 하지 않았지. 결국 친구에게 전화를 걸어 집까지 함께 가달라고 했어. 누가 집 안으로 침입하려 했었다고, 그래서 집에 돌아가기가 겁난다고 거짓말을 했지. 친구는 경찰서로 가자고 했지만 나는 어쩌다 한 번 일어난 일일뿐더러 아무것도 훔쳐간 게 없으니 그냥 집에 데려다주기만 하면 된다고 고집했어. 아무튼 친구는 집 안에 들어와 별일이 없는지, 모두 제자리에 있는지 확인하고 싶어했어. 친구가 방을 여기저기 살펴보는 동안 내가 실수로 응답기를 켰는데…… 지금부터 하는 이야기는 모두 오프 더 레코드야." 그녀는 몸을 숙여 세실리아가 테이블 위에 올려두었던 녹음기를 껐다. "그래서 말하지 않은 건데. 하긴 지금 그 집이 나타날 리도 없지."

"뭔데?"

"내가 호텔에 머무는 동안 우리 사장님이 나에게 여러 차례 전화를 걸다가 지친 거야. 그래서 직접 집으로 찾아왔는데, 그러다

내 사촌을 만났다는 메시지를 자동응답기에 남겼더라고. 사촌을 통해 내가 감기가 심해 집에서 몸조리 중이라는 걸 알았다며, 감기가 옮을까 겁이 나 문병도 하지 못하고 그냥 돌아갔다고 미안하다고 하더라. 그러면서 빨리 낫기를 바란다고, 사촌에게도 안부 전해달라는 말도 했어."

"그 사촌이 누군데?"

"몰라. 난 사촌이 없어."

"어쩌면 잘못 알고 딴 집에 들어갔는데 누가 사장한테 장난을 친 건지도 모르지."

"우리 사장님은 여기 여러 번 왔었어. 내가 어디 사는지 잘 알고 있단 말이야. 같이 온 친구는 그 메시지를 듣고 얼이 나간 표정을 지었지. 너도 짐작할 수 있겠지. 누가 집을 침입했다는 내 이야기와 너무 앞뒤가 안 맞잖아. 그래서 사실대로 말할 수밖에 없었어."

"그랬더니 네 말을 믿어?"

"다른 방법이 없잖아. 하지만 어쩌다 이 이야기를 하게 되더라도 자기 이름은 들먹이지 말아달라고 신신당부했지. 아주 유명한 변호사거든."

"그 집을 두번째 봤을 때는 어땠어?"

"그 집을 다시 봤다고 말한 적 없는데."

"처음이라는 말을 했잖아. 그러니 두번째도 있을 거고…… 괜찮다면 녹음을 할게."

가이아는 잠시 뭔가 털어놓으려는 듯하더니 결국 생각을 바꾸었다.

"다른 목격자를 찾아봐. 이 일에 대해 더 얘기하고 싶지 않다."

"그 사람들이 어디 사는지 모른다고 했잖아."

"주술용품 가게에 가서 알아봐."

"거기서 뭘 알아낼 수 있다고?"

"그런 곳에 가면 항상 이런저런 이야기를 들을 수 있어. 뭔가 털어놓고 싶어하는 사람들이 있으니까."

세실리아는 말없이 고개를 끄덕이고는 녹음기를 챙겨 넣었다. 가이아가 자신을 쳐다보는 동안 이유를 알 수 없는 연민 비슷한 기분이 가슴을 두드렸다.

다시 혼잡한 차들, 그리고 앞으로 내달리려는 절망적인 운전자들…… 뭔가를 해야 한다. 틀에 박힌 하루 일과를 깨뜨릴 뭔가를. 최악의 것은 끝없이 찾아드는 고독감이었다. 많지도 않은 그녀의 가족들은 삼십 년 전에 이곳에 온 이모할머니를 제외하고는 모두 섬에 남아 있었다. 나머지 친구들, 함께 자라고 웃고 아파했던 사람들은 전 세계에 흩어져 살고 있었다.

지금은 친구라고 해봤자 프레디와 라우로뿐이었다. 두 남자는 매우 닮았으면서도 아주 달랐다. 라우로는 말랐고 폐결핵에 걸린 듯 눈이 퀭했다. 별명대로 전설적인 볼레로 가수 라 루페와 무척 닮았고, 라 루페가 그랬던 것처럼 호들갑스러웠다. 반면 프레디는 뚱뚱하고 눈은 동양적이었다. 그런 생김새와 콘트랄토 목소리 덕분에 역사상 가장 뚱뚱한 볼레로 여가수의 이름을 따서 프레디라는 별명이 붙었다. 라우로가 변덕의 여왕이라면 프레디는 신중함의 대가였다. 그들을 보고 있자면 마치 두 여가수가 환생한 것 같았고 그들도 그녀들과 닮았다는 사실을 자랑스러워했다. 세실리아에게 그들은 계속해서 잔소리를 하면서도 챙겨줘야 하는 말썽쟁이 오빠들 같았다. 그녀는 두 사람을 매우 좋아했다. 하지만 그들이 유일한 친구라는 사실을 생각하면 언제나 기분이 우울했다.

아파트 문을 열자마자 그녀는 옷을 벗고 샤워를 했다. 미지근한 물이 얼굴 위로 떨어졌다. 세실리아는 스펀지로 몸을 문지르면서 거품에서 나는 장미향을 부드럽게 들이마셨다. 주술이자 정화이며 영혼의 안식을 위한 의식이었다. 그녀는 카리다드 성모 성당에서 매달 받아오는 성수를 두어 방울 머리에 떨어뜨렸다.

그녀는 샤워하는 순간을 좋아했다. 샤워할 때 그녀는 모든 이에게 권능을 행사하는 그분 앞에서 자신의 번민과 불행을 털어놓았다. 그분의 이름이 올로핀*이든 야훼든, 남자든 여자든, 그 둘이든 모두든, 누구든 상관없었다. 원칙적으로 그녀는 미사를 지내지 않았다. 영적인 존재든 아니든 어떤 종류의 안내자도 권위자도 믿지 않았다. 혼자서 신과 이야기하는 걸 좋아했다.

세실리아는 거울 속의 자신을 바라보았다. 바에서 노파를 만난 일이 떠오르면서 지금쯤 바가 문을 열었을지 궁금해졌다. 이제는 노파가 환영처럼 느껴지기까지 했다. 어쩌면 알코올에 취해서 꿈을 꾼 것인지도 모른다. 좋아, 마티니가 그렇게 흥미로운 환영을 불러내는 거라면 오늘 밤에는 여러 잔을 마셔야겠군. 프레디나 라우로에게 전화를 할까? 그녀는 혼자 가기로 마음먹었다.

삼십 분 후 그녀는 보도 옆에 차를 대고 있었다. 입장료를 내고

---

* 아프리카 요루바족의 최고신으로, 올루드마레라고도 한다.

문 안쪽으로 들어섰다. 아주 이른 시간이어서 거의 모든 테이블이 비어 있었다. 스크린에는 여신 같은 리타의 영상이 빛나고 있었다. 그녀가 땅콩 광고 노래를 부르고 있었다. "오늘 밤은 잠들 수 없을 거야, 땅콩을 한 봉지 먹지 않는다면…… 따앙콩…… 따앙콩…… 기분이 좋아지고 싶으면 땅콩을 한 보옹~지 먹어요……" 그녀는 봉지라는 단어를 길게 늘여 발음했다. 세실리아는 물라토 여가수가 눈을 지그시 감으며 한 봉지 먹으라고 내밀었다가 고양이 같은 동작으로 뒤로 빼는 몸짓이 하도 우아해서 홀딱 빠져 있었다. 마치 생각이 바뀌어 그 맛있는 걸 자기가 먹어야겠다는 듯한 몸짓이었다.

"옛날 사람들은 자태가 달랐어요."

세실리아는 질겁했다. 그녀의 오른쪽 구석에서 흘러나온 목소리였다. 그러나 그 사람이 누구인지 알아보려고 쳐다볼 필요는 없었다.

"그리고 말하는 품새도 달랐지요." 세실리아는 그렇게 대답하고 목소리가 나는 쪽으로 더듬어 다가갔다.

"또 올 거라고는 생각 못 했는데."

"그 이야기를 계속 듣고 싶어할 거라고도 생각 안 하셨어요?" 세실리아는 손으로 더듬어 자리를 잡으면서 대답했다. "저를 잘 모르시는 모양이네요."

아말리아의 눈에 미소가 떠올랐지만 세실리아는 알아차리지 못했다.

"이야기를 좀더 들려주실 수 있는 거죠?" 세실리아가 그녀를 채근했다.

"온 세상 시간을 전부 다 갖고 있어요."

아말리아는 잔을 들어 한 모금 마시고는 이야기를 시작했다.

그대로 인한 열병

"이 아이는 '악마의 눈의 저주'에 걸렸어요."

여사제는 방 한가운데에 자리를 잡고 물이 가득 찬 그릇에서 기름 세 방울이 흐려지다가 사라지는 것을 바라보고 있었다. 그것은 틀림없는 저주의 조짐이었다.

"맙소사!" 클라라는 성호를 그으며 낮게 말했다. "그럼 이제 어쩌지요?"

"진정해요." 여사제는 조수에게 손짓을 하면서 중얼거렸다. "일단 딸을 이리로 데리고 왔으니 됐어요. 그게 중요하지."

앙헬라는 자신을 치료하기 위한 의식이 진행되는 동안에도 무심한 표정만 짓고 있었다. 그녀는 몸 구석구석으로 치솟아오르는 불길에 완전히 사로잡혀 있었다. 오한으로 온몸이 땀에 흠뻑 젖었다. 지옥의 불길에 빠진 듯 호흡은 점점 가빠졌고, 한곳을 뚫어지게 바라볼 뿐 목소리도 내지 못하고 움직이지도 못했다. 마치 혼몽

한 소용돌이에 빠진 듯했다. 그녀는 자신이 '악마의 눈의 저주'에 걸렸다는 진단에는 무관심한 채 여사제가 시키는 대로 물그릇만 받쳐 들고 있었다. 기름 등불이 머리 위에서 흔들거리며 사방으로 그림자를 토해내고 있었다. 등불이 여사제의 주문으로 쫓아낼 수 있는 것보다 더 많은 요괴를 끌어들이고 있는 듯했다.

조금 전 나갔던 조수가 솥을 들고 들어왔다. 포도주에 끓인 헨루다 풀과 고수였다.

두 악마가 너에게 눈의 저주를 내렸으나,
삼위께서 너를 치유할 것이다.
성모마리아와 성부, 성자, 성신께서……

여사제는 기도문을 계속 외면서 앙헬라의 몸 위로 성호를 그어댔다.

머리에 붙었으면 엘레나 성녀님께
이마에 붙었으면 비센테 성자님께
눈에 붙었으면 암브로시오 성자님께
입에 붙었으면 폴로니아 성녀님께
손에 붙었으면 우르바노 성자님께
몸에 붙었으면 달콤하신 성체님께
발에 붙었으면 안드레스 성인님께 비옵니다.
서른세 천사님께도 비옵니다.

여사제는 주문을 외면서 앙헬라의 손에서 물그릇을 낚아채더니 구석으로 내던졌다. 물이 나무 바닥에 쏟아져 거뭇한 자국이 남았다.

"이제 됐다. 애야. 주님과 함께하거라."

앙헬라가 엄마의 부축을 받으며 일어났다.

"안 돼! 그쪽으로 가면 안 된다!" 여사제가 말렸다. "그 물을 밟으면 안 돼. 그러면 다시 저주를 받게 된다."

그들이 그 집을 떠날 때는 이미 밤이 깊어 있었다. 페드로는 쿠엥카의 얼어붙은 산 옆에 자리한 마을 어귀에서 서른 걸음쯤 떨어진 곳에 솟아오른 바위 위에 서서 그들을 기다렸다.

"어떻게 되었소?" 그가 안절부절못하며 물었다.

클라라는 어깨를 으쓱했다. 페드로는 오랜 세월 그녀와 함께 산 덕에 그 몸짓을 바로 이해했다. '모두 해결되었어요. 어쨌든 나중에 얘기해요.' 그도 클라라도 편히 잠을 자지 못한 게 벌써 몇 달이었다. 딸아이는 얼마 전까지만 해도 들판을 뛰어다니며 온갖 종류의 벌레와 새를 쫓아다니던 천진난만한 어린아이였는데 지금은 완전히 다른 사람이 되어 있었다.

처음에는 환영이 찾아왔다. 페드로는 이미 얘기를 들어 알고 있었지만 놀라지 않을 수 없었다. 오래전 그가 클라라에게 청혼하던 날 오후 아내는 경고했다. 마르티니코라는 두엔데*가 기억할 수 없는 아주 오랜 옛날부터 그녀 집안의 모든 여자를 따라다녔다고.

---

* 일종의 귀신, 유령, 요정으로. 설화나 민담에서 신부의 모습을 한 난쟁이나 짓궂은 사내아이의 모습으로 등장한다.

"나는 십대가 되면서 마르티니코를 보게 되었어요." 클라라는 말했다. "우리 엄마도 그랬고 할머니도 그랬고, 우리 집안 여자는 전부 그랬어요."

"여자아이가 태어나지 않으면 어떻게 되오?" 그는 의혹을 느끼며 물었다.

"그때는 맏아들의 아내에게 이어져요. 우리 증조할머니의 경우가 그랬어요. 할머니는 푸에르토야노에서 태어나 고조할머니의 외아들과 결혼했지요. 증조할머니는 프리에고로 집을 옮기고 싶어했어요. 그러면 친정 식구들에게 일일이 설명을 하지 않아도 되니까요."

페드로는 웃어야 할지 화를 내야 할지 알 수 없었다. 그러나 약혼녀의 표정은 일의 심각성을 말해주고 있었다.

"상관없소." 마침내 그가 말했다. 상황이 심각하리라는 건 납득하고 있었다. "마르티니코가 따라다니든 안 따라다니든 당신과 나는 결혼할 거요."

페드로는 보이지 않는 존재에 대한 아내의 불평에 익숙해지기는 했지만 속으로는 늘 그 모든 환영은 상상에서 비롯된다고 믿고 있었다. 그 이야기가 아내 집안 대대로 깊이 뿌리를 내리는 바람에 정말로 존재하지 않는 것을 보게 된 게 아닐까 싶었다. '전염'을 피하기 위해 그는 환영이 보이는 집안 내력을 딸에게 얘기하지 말라고 아내에게 다짐을 두었다. 요정이니 뭐니 하는 초자연적인 존재들에 대해 입도 뻥긋하지 않기로 한 것은 말할 것도 없었다. 그래서 어느 날 겨우 열두 살인 앙헬리타*가 놀라하며 속삭이는 말을 들었을 때 그는 숨이 멎을 정도로 경악했다.

"저 난쟁이는 저기서 뭐 하는 거예요, 네?"

"무슨 난쟁이 말이니?" 아버지는 까치발을 딛는 시늉을 하며 힐끗 돌아다본 뒤 정신을 바짝 가다듬었다.

"신부님 옷을 입은 자그마한 남자가 식기를 쌓아놓은 저 위에 앉아 있는걸요." 딸아이는 목소리를 더 낮추며 대답하더니 아버지의 표정을 살피고는 덧붙였다. "안 보여요?"

페드로는 온몸의 털이 곤두서는 느낌이었다. 그렇게 조심을 했건만 딸아이의 피가 초자연적인 전염병에 감염된 것이 분명했다. 그는 놀라서 딸아이의 팔을 붙잡고 작업장 밖으로 나왔다.

"아이가 그를 봤소." 그는 아내의 귀에 대고 소리를 낮춰 말했다. 그러나 클라라는 오히려 그 소식을 기뻐하며 반겼다. "이제 우리 딸도 숙녀가 된 거예요."

아무리 노력해도 자신은 볼 수 없는 존재를 보고 듣는 여자를 둘씩이나 데리고 사는 일은 간단하지 않았다. 특히 딸아이에게 일어난 변화를 받아들이기가 어려웠다. 아내의 증세에 대해서는 이미 알고 있었다. 하지만 앙헬라는 암탉을 뒤쫓아 다니거나 나무에 기어 올라가기를 좋아하는 보통의 여자아이였다. 가끔씩 마을을 돌아다닌다는 유령들이나 마법에 걸린 가시나무 이야기에 관심을 기울이는 걸 본 적도 없었다. 그런데 지금 이런 일이 일어나고 만 것이다!

---

* 앙헬라의 애칭.

클라라는 앙헬라와 오랫동안 이야기를 나누었다. 그녀를 찾아오는 남자가 누구인지, 왜 두 사람만 그를 볼 수 있는지를 딸에게 설명해주었다. 함구하고 지내야 한다는 주의를 줄 필요도 없었다. 딸아이는 이미 분별력 있는 아이가 되어 있었다.

페드로만 맥이 빠져 있었다. 앙헬라는 슬픔에 잠긴 표정으로 자신을 바라보는 아빠의 모습을 보고 깜짝 놀란 적이 한두 번이 아니었다. 무슨 일인지 본능적으로 알아차린 딸은 더 살갑게 굴면서 여전히 아빠의 딸임을 보여주려 애썼고, 페드로도 차츰차츰 그런 번민을 잊어가기 시작했다. 또 다른 사건이 터진 것은 두엔데 마르티니코의 존재에 거의 적응이 되었을 즈음이었다.

열여섯번째 생일이 막 지난 어느 화창한 날, 앙헬라는 얼굴이 하얗게 질려 훌쩍거리며 잠에서 깨어났다. 말도 하기 싫어했고 밥도 먹지 않겠다고 했다. 세상에 관심이 없는 듯 동상처럼 멍하니 있기만 했다. 그녀는 나무에서 떨어지기 직전의 잘 익은 과일처럼 심장이 터질 듯한 기분이었다.

부모는 그녀를 달래기도 하고 맛있는 간식들로 꾀어보기도 하다가 끝내는 언성을 높이며 딸을 방에 가둬놓았다. 하지만 그들은 화가 난 게 아니라 겁이 났을 뿐이다. 어떻게 반응해야 할지 알 수 없었다. 갖은 수를 다 써도 소용이 없자 클라라는 여사제를 찾아가기로 결심했다. 여사제는 순전히 오빠가 톨레도의 주교인 덕분에 천상의 힘과 친척이 된 해박한 여자였다. 주교가 하느님의 말씀으로 영혼을 치유한다면 여동생은 성인들의 도움으로 몸을 치료했다.

의식을 집행하는 여사제를 보면서 클라라는 자신의 의구심이 사실이었음을 확신했다. 딸아이는 악마의 눈이 건 저주의 희생양이 된 것이다. 그러나 여사제는 어떤 예상치 못한 일에 대해서도 처방을 갖고 있었다. 악마를 몰아내는 주문을 외고 나자 클라라는 훨씬 진정되는 기분이었다. 그 기도문이 효험이 있을 거라 확신했다. 페드로는 자신도 그런 확신을 가질 수 있기를 바랐다. 집으로 돌아가는 동안 그들은 호전된 기미가 있는지 딸아이를 넌지시 살폈다. 앙헬라는 그 산악 지대의 습하고 차가운 오솔길을 처음 밟아보기라는 하는 양 고개를 떨어뜨린 채 땅만 쳐다보며 걸었다. 1886년 그 고즈넉한 해의 산길은 평소보다 훨씬 황량해 보였다.

"시간이 지나야겠지." 페드로는 혼잣말을 했다.

바람에서는 피 냄새가 났고 빗방울은 뼈만 남은 손가락처럼 그녀의 피부에 들러붙었다. 햇살은 눈동자를 파고드는 불꽃이었다. 달빛은 그녀의 어깨를 핥아대는 혀가 되었다. 악마를 쫓는 주문을 건 지 석 달 후 앙헬라는 이런저런 괴물이 보인다고 불평을 늘어놓았다.

"악마의 눈의 저주에 걸린 게 아니군." 클라라가 다시 찾아갔을 때 여사제는 말했다. "당신 딸은 부인병에 걸렸어요."

"그게 뭔데요?" 클라라가 놀라서 물었다.

"아이가 들어서는 자궁이 원래 위치를 벗어나서 지금 온몸으로 돌아다니고 있는 거예요. 여자들이 정신의 고통을 느끼는 건 그 때문이에요. 이 아이는 적어도 조용히나 있지, 다른 여자들은 시기심에 가득 찬 라미아*처럼 고함을 질러대요."

58

"그러면 뭘 어떻게 해야 하나요?"

"이건 심각한 병이에요. 내가 추천해줄 거라곤 기도뿐이에요……
이리 오너라, 앙헬라."

세 여자는 촛대 주위에 무릎을 꿇고 앉았다.

성부와 성자와 성신의 이름으로,
하루하루의 미사와
성 요한 복음의 이름으로 기도하나니,
고통받는 어머니시여,
제자리로 돌아오소서.

그러나 기도는 아무 소용이 없었다. 날이 밝으면 앙헬라는 구석
에서 훌쩍이곤 했다. 태양이 천구에 가 닿는 시간이면 앙헬라는 점
심식사에 손도 대지 않은 채 쳐다보고만 있었다. 여러 시간을 헤매
고 다니다가 문 앞에 꼼짝 않고 앉아 있기도 했다. 그러는 동안 마
르티니코는 나대고 다녔다. 날이 저물 시간이면…… 그리고 그게
제일 끔찍한 일이었다. 부인병으로 앙헬라가 멍해 있는 동안 두엔
데의 장난은 더 심해지고 있었다.

오후에 앙헬라가 문간에 앉아 그림자가 길어져가는 걸 바라볼
때면 가축에게 풀을 뜯게 하거나 물을 먹이러 나온 사람들에게 돌
멩이가 날아오곤 했다. 물건을 팔고 돌아가는 상인들이 공격받기

---

* 그리스 신화에 나오는 괴물로. 상반신은 아름다운 여인이나 하반신은 뱀의 모습
으로 묘사되었다. 아이들을 잡아먹고 그 피를 빨았다고 한다.

도 했다. 마을 사람들은 페드로에게 불평을 늘어놓았다. 그러자 마르티니코의 비밀을 밝힐 수밖에 도리가 없었다.

"두엔데든 요괴든 우리 성유 등잔 좀 안 부쉈으면 좋겠어요." 소식을 접한 사람들이 한결같이 부탁했다.

"앙헬라와 이야기해보지요." 페드로는 목에 가시가 걸린 듯한 목소리로 대답했다. 마르티니코의 행동은 딸아이의 기분에 따라 다르지만 그가 어떤 짓을 할지는 딸아이의 의지로도 어쩔 수 없다는 걸 이미 아는 마당이었다.

"앙헬라, 그러지 말라고 네가 설득 좀 해야겠다. 마르티니코가 계속 사람들을 성가시게 하면 우리는 여기서 쫓겨날 거다."

"아빠가 말씀하세요." 앙헬라가 대답했다. "아마 아빠 말씀은 들을걸요."

"내가 부탁을 안 해본 줄 아느냐? 하지만 내 말은 안 들리는 모양이더구나. 내가 말을 걸 때는 나타나지 않는가 싶었다."

"오늘은 왔어요."

"가까이에 있니?"

"바로 앞에 있어요."

그 말을 듣고 페드로는 잼 단지를 엎을 뻔했다.

"안 보이는데."

"말씀하시면 들을 거예요."

"마르티니코 씨……"

그는 몇 번이나 하던 대로 예의를 갖춰 말문을 열었다. 그러고는 앙헬라에게 하는 행동이 어떤 문제들을 불러일으키는지 한달음에 설명해나갔다. 미천하고 가엾은 도자기공일 따름인 자신 때문이 아니라 아내와 딸아이를 봐서 부탁한다고, 두 사람 덕분에 존경하는 마르티니코 씨도 인간과 더불어 살 수 있는 게 아니냐고 말했다.

마르티니코는 페드로의 말을 듣고 있는 게 분명했다. 이야기를 하는 동안 주위가 조용해졌다. 지나가던 이웃 둘이 허공에 대고 쏟아놓는 페드로의 장광설을 들었다. 그러나 이제는 두엔데의 존재를 알고 있기에 또 무슨 장난질을 할지 마음을 놓지 못한 두 사람은 돌팔매를 당하기 전에 가던 걸음을 서둘렀다.

이야기를 마친 페드로가 자신이 한 말에 흡족해하며 돌아서서 작업장으로 가려던 순간이었다. 갑자기 사방에서 비 오듯이 돌이 쏟아지더니 그중 하나가 머리를 맞혔다. 아버지를 도우러 달려가던 앙헬라는 엉덩이에 정통으로 몽둥이를 맞았다. 두 사람은 작업장으로 숨어야 했다. 그러나 돌멩이는 집을 무너뜨리겠다고 위협이라도 하듯 빗발쳤다. 앙헬라는 몇 달 만에 처음으로 혼몽한 상태에서 깨어난 듯했다.

"이 지긋지긋한 두엔데야!" 그녀는 피가 흐르는 아버지의 얼굴을 닦으며 소리 질렀다. "증오해. 다시는 보고 싶지 않아!"

금방 사방이 잠잠해졌다. 쏟아져내리는 소란스러운 돌팔매질에 놀란 새들의 울음소리만 들려왔다. 잔뜩 화가 난 앙헬라는 나가지 말라는 아버지의 애원에 신경도 쓰지 않았다.

"다시 우리 아빠나 엄마, 나한테 돌을 던지면 영원히 우리한테서 쫓아버릴 테니 그리 알아!" 앙헬라는 빽빽 고함을 쳐댔다.

바람조차 잠잠해지는 듯했다. 페드로는 머리카락이 쭈뼛 곤두서는 느낌이었다. 그 공포가 마르티니코의 기분을 말해주는 듯했다.

페드로의 머리에 붕대를 감은 뒤 가족들은 일찍 잠자리에 들었다. 페드로는 다시는 마르티니코에게 말을 걸지 않겠다고 다짐했다. 돌팔매를 맞은 사람이 다른 사람들이었으면 싶을 정도였다. 딸아이의 협박이 제대로 효과가 있어서 다시는 두엔데가 나타나지 않을지 확신할 수 없었다. 아무튼 휴식이 필요했다. 주문받은 그릇을 이틀째 만들던 중이었고, 다음 날 무늬를 넣을 생각이었다.

한밤중에 그들은 엄청나게 큰소리에 잠이 깨었다. 달이 한 조각 지상으로 떨어지기라도 한 듯했다. 페드로는 촛불을 켜들고 추위에 떨면서 집 밖으로 나갔다. 아내와 딸도 따라 나왔다. 들판은 껌껌한 동굴 같았다.

도자기 작업장은 아수라장이었다. 그릇들이 사방으로 날아다니다 벽에 부딪혀 산산조각이 났고 탁자들은 뒤집힌 채 흔들거렸다. 도자기 회전대는 제어할 수 없는 풍차처럼 빙빙 돌고 있었다…… 페드로는 그 재난을 쳐다보기만 했다. 절망감에 눈이 멀 지경이었다. 고집쟁이 마르티니코가 자신의 일을 완전히 망쳐놓은 것이다.

"여보, 물건들을 챙겨요. 우리 토렐릴라로 이사 갑시다." 그는 한숨을 내쉬며 중얼거렸다.

"뭐라고요?"

"파코 삼촌에게 갑시다. 도자기 작업실이 다 망가져버렸으니."

클라라는 울기 시작했다. "당신이 애써 해놓은 일이……"

"가능한 대로 내일 내다 팔겠소. 그 돈으로 삼촌을 도와 사프란* 재배하는 일을 같이 하면 되오. 마침 여러 번 부탁을 받았던 참이오."

그는 물건들을 부수느라 정신이 팔린 두엔데가 자기 말을 듣지 못하리라 확신하며 덧붙였다.

"이제부터 마르티니코는 사프란이나 먹게 될 거요."

---

* 붓꽃과 식물로 암술대를 말려 향료, 염료로 쓴다. 라만차 지방의 특산물로 파에야 요리를 만들때 노란색 염료로 쓴다.

연기와 거품

바다는 가장자리까지 기어 올라와 해초 더미를 쓸어 올리기도 하고 근처에서 졸고 있는 사람들의 발에 입맞춤도 해댔다. 은밀하게 움직이는 맹수처럼 물러갔다가 다시 공격하기를 지칠 줄도 모르고 되풀이했다.

"아니야. 다시 가본 적이 없어." 가이아가 말했다. "그리고 앞으로도 절대 가보지 않을 거야."

"왜?"

"기억이 너무 많으니까."

"우리 모두 그렇지."

"나처럼 끔찍한 기억은 아닐걸."

태양이 사우스비치로 가라앉았다. 마이애미의 변덕스러운 밤이 모습을 드러내자 금빛 살결의 젊은이들은 그에 맞춰 옷차림을 바꾸기 시작했다. 세실리아와 가이아는 몇 시간째 바닷가에 앉아서 섬에 살 때 함께했던 경험에 대해 이야기하며 시간을 보내고 있었다. 그간에 살아온 개인적인 이야기는 화제에 올리지 않았다. 세실리아는 이야기를 꺼내보려고 했지만 가이아가 고집스럽게 왠지 모를 침묵을 지키곤 했다.

"그 유령의 집 때문이지, 그렇지?" 세실리아가 운을 떼었다.

"응?"

"쿠바에 돌아가고 싶지 않은 건 나한테 이야기한 그 유령의 집 때문이라고."

가이아가 인정했다.

"나한테 가설이 하나 있는데." 가이아가 잠시 뜸을 들이다 우물거렸다. "위치나 외양을 바꾸는 그런 종류의 집들은 어떤 장소의 영혼인 것 같아."

"같은 지역을 배회하는 집이 둘이거나 그 이상이면?" 세실리아가 물었다. "모두 같은 도시의 영혼인 거야?"

"한 장소에 한 개 이상의 영혼이 있을 수 있잖아. 어쩌면 한 영혼의 여러 모습일 수도 있고. 장소는 사람처럼 여러 얼굴을 가진 거지."

"네 말처럼 유령의 집이 모습을 바꾼다는 얘기는 한 번도 들어본 적이 없는걸."

"나도 그래. 하지만 아바나에는 사람이 들어갈 때마다 모습이 바뀌는 저택이 있어. 지금 마이애미에는 산책하듯 사방으로 돌아다니는 집이 있고."

세실리아는 모래를 휘저어 소라를 찾아냈다.

"아바나의 유령의 집은 어때?" 세실리아가 물었다.

"속임수의 공간이지. 혼란을 주려고 만들어진 괴물이야. 그곳에서는 어느 것도 눈에 보이는 그대로가 아니야. 보이는 그대로인 것은 아무것도 없어. 그런 불확실한 곳에서는 사람의 영혼이 살 준비가 되어 있지 않다고 생각해."

"하지만 우리가 뭔가에 확신을 가져본 적이 있기는 한가?"

"삶에는 항상 우연과 의외의 일이 있잖아. 그 정도가 우리가 받아들이는 불확실성이야. 그런데 단단한 일상을 교란시키는 일이 일어나면 마구잡이로 의구심이 자라나기 시작하지. 그러면 분별력에 위험이 생기는 거야. 다른 사람들의 삶은 정상적인 기준대로 흐른다는 사실을 알면 우리 각자의 두려움을 견뎌낼 수 있어. 나의 두려움은 외부에 표출되지 않는 개인적이고 사소한 어긋남이기를 마음 깊은 곳에서 바라는 거지. 하지만 내 두려움이 주변 사람들에게 영향을 주자마자 나는 원래의 받침대를 잃어버리는 거야. 다른 사람에게 달려가 도움이나 위로를 구할 수 있는 가능성을 상실하는 거지…… 아바나의 유령의 집이 그래. 깊이를 알 수 없는 어두운 우물 같아."

세실리아는 그녀를 곁눈질로 관찰했다.

"마이애미의 집도 그런 집이라고 생각해?"

"물론 아니지." 가이아는 강하게 부정했다.

"그러면 왜 그 집에 대해 이야기하고 싶어하지 않는 거야?"

"유령의 집들은 자기 도시의 영혼의 조각을 갖고 있다고 말했잖아. 어두운 조각도 있고 밝은 조각도 있어. 나는 이게 어떤 조각인지 알고 싶지 않은 거야. 행여나……"

"두번째로 그 집을 봤을 때의 이야기를 안 해주니 정말 아쉬워."

세실리아는 별로 기대하지 않은 채 말을 툭 던졌다.

"나는 해변에 있었어."

세실리아는 흠칫했다.

"여기?"

"아니. 올드 커틀러 가 근처 해먹 파크에 있는 해변 말이야. 가 본 적 없어?"

"사실 별로 돌아다니지를 않아서." 세실리아는 멋쩍어하며 대답했다. "마이애미에는 볼 것도 별로 없는걸."

이번에는 가이아가 신기하다는 듯 세실리아를 바라보았다. 그러나 아무 말도 하지 않았다.

"그래서 어떻게 됐어?" 세실리아가 재촉했다.

"어느 날 오후, 그 해변 맞은편에 있는 레스토랑에 갔어. 바다를 바라보며 점심 먹는 걸 좋아하거든. 식사를 마치고는 공원을 잠시 걷기로 했지. 어미 캥거루가 새끼를 데리고 있는 모습을 쳐다보며 한가로이 시간을 보내고 있었어. 캥거루들은 코코나무에 올라갔다가 막 숲 속으로 들어서는 중이었지. 그런데 갑자기 어미 캥거루가 멈춰 서더니 꼬리를 쳐들고 새끼 캥거루를 품더니 숲으로 도망을 치는 거야. 처음에는 무엇 때문에 그렇게 놀랐는지 몰랐어. 그런데 멀지 않은 거리에 집이 한 채 덩그러니 있는 게 보였어. 빈 집 같았어. 관목에 덮여 있어서 가까이 가기 전에는 집인 줄도 몰랐지만. 그때 문이 열리더니 옛날 옷차림을 한 여자가 보였어."

"긴 옷 말이야?" 세실리아가 책에서 읽은 여자 유령들을 떠올리며 끼어들었다.

"아니, 그런 것과는 아주 달랐어. 꽃무늬 원피스를 입은 부인이었어. 사오십 년대풍 옷처럼 보였어. 여자 뒤를 따라 노인이 나왔는데, 노인은 나를 전혀 신경 쓰지 않았어. 노인은 고리에 건 빈 새장을 메고 있었어. 조금 더 다가가봤지. 그랬더니 발코니로 빙 둘러싸인 2층도 보이더라구. 그제야 나는 그 집을 알아보았어. 내가 전에 우리 집 옆에서 보았던 바로 그 집이었던 거야."

"여자가 너한테 말을 걸었어?"

"무슨 말을 하려고 했던 것 같은데 내가 틈을 주지 않았어. 도망쳐버렸거든."

"기사에 이 얘기 써도 돼?"

"안 돼."

"그렇지만 새로운 사실이잖아. 지난번 이야기에는 나오지 않았던 거야."

"나중에 생각이 났으니까."

"목격자는 너뿐이야." 세실리아가 불평했다. "그런데 네가 해주는 얘기를 전혀 쓸 수 없단 말이야?"

가이아가 손톱을 깨물었다.

"해변 앞에 있는 레스토랑에 가서 물어봐. 어쩌면 종업원이 뭘 봤을 수도 있으니까."

세실리아는 고개를 저었다. "너만 한 목격자를 찾을 수 있을 것 같지는 않다."

"아틀란티스가 어디 있는지 알아?"

"코럴 게이블스에 있는 서점 말이야?"

"내 친구가 하는 곳인데 너에게 정보를 줄 수 있을 거야. 친구 이름은 리사야."

"그녀도 그 집을 봤어?"

"아니. 하지만 그 집을 본 사람들을 알고 있어."

어둠이 모래 위에 내려앉았다. 가이아는 이미 떠난 뒤였다. 그러나 세실리아는 남아 등 뒤에서 들려오는 노천카페의 음악을 듣고 있었다. 이유는 모르지만 두번째로 나타난 집 이야기가 그녀를 짓눌렀다. 왜 가이아는 누가 됐든 친구와 함께 그 해변에 가지 않았던 걸까? 가이아도 그녀처럼 혼자여서일까?

세실리아의 시선은 밤이 깊어갈수록 흔들림이 심해지는 바다의 물결 위로 미끄러져 나갔다. 부모님이 남자 형제를 선물해주었더라면 자신의 인생이 어땠을까 생각해보았다. 그녀가 섬을 떠날 생각을 하기 훨씬 전에 두 분은 몇 달 차로 돌아가셨다. 그녀는 엘 베다도의 커다란 집에 혼자 남겨졌다. 그리고 수천 명의 사람이 미친 듯 떼를 지어 "자유, 자유!"를 외치며 거리로 쏟아져 나오던 며칠 동안 그녀는 결국 도망치기로 결심했다.

혼자 있는 것에 지친 세실리아는 타월을 집어 들어 가방에 넣었다. 바에 가기 전에 샤워를 할 생각이었다. 휴일을 즐기러 나온 사람들, 친구들끼리 모인 사람들, 연인과 뭔가 계획을 짜는 사람들. 일상적인 업무가 있는 사람은 그녀뿐인 듯했다. 노파와 가끔씩 이야기를 나누는 것도 업무라고 할 수 있다면 말이다. 그러나 그 외에 별달리 할 일이 없었다. 아파트까지 가는 데 삼십 분, 식사하고 옷 입는 데 삼십 분이면 충분했다.

도착해보니 바는 이미 춤추는 사람들과 연기로 가득 차 있었다.

숨통을 옥죄어오는 유독성 안개. 암 전문 병원의 대기실 같은 분위기에서 제대로 숨을 쉴 수가 없었다. 폐가 적응하기 전이라 여러 차례 잔기침이 나왔다.

'인간은 어떤 망할 상황에도 적응할 수 있는 존재야.' 세실리아는 생각했다. '그러니 그 망할 상황이 유발하는 어떤 재앙에서도 살아남지.'

사람들은 남자 가수의 목소리에 이끌려 플로어로 나가 서로 몸을 부대끼며 춤을 추고 있었다. 바 앞에는 한 쌍의 연인이 저세상 같은 어둠 속에서 애정 어린 눈으로 서로를 마주보고 있었다. 테이블에 남아 있는 손님은 그들뿐이었다.

세실리아는 한쪽 끝에 가서 앉았다. 그녀에게는 웨이터조차 오지 않았다. 어쩌면 웨이터도 칠십 년이나 된 옛날 볼레로가 흘러나오자 플로어로 휩쓸려 간 걸지도…… "그대 방황으로 나는 커다란 고통을 겪고 있어요. 그대 떠나 깊은 고통을 느껴요. 내 눈물이 검은 눈물임을 그대는 모르지만 나는 웁니다…… 내 인생처럼 검은 눈물방울이에요……" 갑자기 볼레로가 탄식조에서 경쾌한 룸바풍으로 바뀌었다. "그대는 나를 혼자 내버려두고 싶어하네요. 나는 고통받고 싶지 않아요. 그대와 함께 떠나겠어요, 죽는 게 힘들다 해도, 나의 성녀여……" 연인들도 룸바풍 곡에 맞춰 팔을 풀고 부드럽게 엉덩이와 어깨를 움직이면서 볼레로의 장송곡 같은 분위기를 떨쳐냈다. 세실리아는 생각했다. 그래, 우리 민족은 비극까지도 즐기는 사람들이지.

"이건 내가 제일 좋아하는 노래 중 하나예요." 세실리아의 등 뒤에서 목소리가 들려왔다.

세실리아는 놀라 일어서서 뒤를 돌아보았다. 여자는 그녀가 모르는 사이에 살짝 들어온 듯했다.

"우리 어머니가 제일 좋아하던 노래이기도 하고." 여자가 말을 이었다. "이 노래를 들을 때마다 어머니 생각이 나요."

세실리아는 그녀의 얼굴을 뚫어지게 바라보았다. 이전에는 어둠 때문에 속았다는 생각이 들었다. 여자는 쉰 살 정도로밖에 보이지 않았던 것이다.

"남편이 쿠바로 떠날 때 쿠이 파가 어떤 생각이었는지, 또 반쯤 미친 그 아가씨는 어떻게 되었는지 얘기를 안 해주시네요."

"어느 아가씨 말이에요?"

"환영을 보던 그 아가씨요…… 두엔데가 보인다고 믿던……"

"앙헬라는 미친 게 아니에요." 여자가 분명하게 말했다. "환영을 본다고 정신이 나간 건 아니에요. 그건 아가씨가 누구보다 잘 알 텐데."

"제가 왜요?"

"아가씨 할머니가 미쳤다고 생각해요?"

"우리 할머니가 환영을 본다고 누가 그러던가요?"

"아가씨가 말했지."

세실리아는 분명 할머니의 영적 능력에 대해 한 번도 여자에게 말한 적이 없었다. 혹시 첫날밤에 말했나? 약간 취해 있긴 했지만……

"이야기가 어떻게 끝나는지 알고 싶을 뿐이에요." 세실리아는 그 일을 대수롭지 않게 여기며 말했다. "어쨌든 광둥의 그 집안과 두엔데를 보는 스페인 여자가 무슨 관계가 있는지 아직 모르잖아요."

"아직 이야기의 세번째 부분을 얘기하지 않았으니까요." 여자가
말했다.

검은 눈물들

농장으로 난 길을 온갖 종류의 나무가 둘러싸고 있었다. 오렌지 나무와 레몬나무가 산들바람에 향기를 실어보내고 있었다. 다 익은 구아바는 누군가가 나뭇가지에서 따주길 기다리다 지쳐 땅에 떨어져 터지곤 했다. 어떤 길에서는 옥수수밭의 날카로운 잎사귀들이 오후를 할퀴고 있었다.

카리다드는 계속 눈물을 찔끔거리면서도 호기심과 감탄이 뒤섞인 눈으로 풍경을 응시하고 있었다. 그녀와 다른 노예들은 하구에 이 그란데에서부터 그곳까지 먼 거리를 여행해왔다. 카리다드가 우는 것은 옛 주인을 떠나와서가 아니라 엄마의 유품을 제당공장에 두고 왔기 때문이었다.

다요—부족 사람들은 어머니를 그렇게 불렀다—는 이페의 한 밀림 해안에 살다 백인 남자들에게 납치되었다. 백인들은 이페를 '아프리카'라고 불렀다. 카리다드는 아버지가 누구인지 끝내 알지 못했다. 다요조차도 몰랐다. 다요는 쿠바로 가는 여정에서 세 남자에게 여자 노릇을 했다. 그 뒤에는 그 섬나라의 어느 제당공장 주인에게 팔려갔고, 거기서 온통 우윳빛이 도는 이상한 아이를 낳은 것이다.

출산 직전에 다요는 다미아나라는 세례명을 얻었다. 몇 년 후 그녀는 딸에게 자신의 진짜 이름은 '복이 온다'는 뜻을 갖고 있다고 설명해주었다. 그녀는 부모에게 찾아든 복이었던 것이다. 불임 여성들에게 아이를 가져다주는 신인 오슌 푸미케에게 여러 차례 기도한 끝에 찾아온 행운이었다. 다미아나는 딸아이에게 자신의 부족을 상기시킬 만한 아프리카식 이름을 붙여주고 싶었지만 주인들이 허락하지 않았다. 하지만 그녀는 아이가 너무나 아름다웠기 때문에 '달 같다'는 뜻의 '카마리아'라는 이름을 몰래 붙여주었다. 온 사방에 환하게 빛을 발하는 아기였기 때문이다. 그러나 그 이름은 혼자서만 불렀다. 주인들에게 아이의 이름은 늘 카리다드였다.

엄마와 딸은 운이 좋아서 플랜테이션 농장으로는 보내지지 않았다. 다미아나는 젖이 많이 나왔기 때문에 막 태어난 주인집 딸의 유모 노릇을 했다. 카리다드는 어느 정도 자라자 여주인의 방에서 시중을 들게 되었다. 주인 여자는 늘 미소를 지었고, 자잘한 심부름에도 카리다드에게 동전을 주곤 했다. 그래서 엄마와 딸은 자유를 사려는 계획을 구상할 수 있었다. 그러나 불행하게도 운명이 그들의 계획을 바꾸어놓았다.

1876년 여름, 전염병이 일대를 휩쓸고 지나가자 수십 명의 주민이 목숨을 잃었다. 백인이든 흑인이든 가리지 않았다. 약초에 대한 지식도, 약초 훈증 요법도 아무 소용이 없었다. 흑인들이 몰래 행하는 주술 의식도 마찬가지였다. 주인도 노예도 열병에 쓰러져갔다. 카리다드는 엄마를 잃었고, 주인은 아내를 잃었다. 죽은 아내를 떠오르게 하는 노예 소녀의 모습을 견뎌낼 기운조차 없어진 주인은 카리다드를 사촌에게 선물하기로 결정했다. 사촌은 아바나 신시가인 엘 세로의 저택에 살고 있었다.

카리다드는 최악의 상황에 대비해 마음의 준비를 했다. 그녀는 한 번도 바깥일을 해본 적이 없었고, 지금까지 누려왔던 특권을 다시 누릴 수 있을지도 알 수 없었다. 새벽부터 해질 때까지 일하는 상상을 해보았다. 온통 까맣게 타고 때에 절어 밤이면 술에 취하거나 노래하고 싶은 기분만 들지도 몰랐다.

카리다드는 자신이 휴양용 별장으로 가는 중이라는 사실을 몰랐다. 그곳은 휴식과 명상의 장소였다. 그녀는 자신이 탄 이륜마차가 지나치는 농장을 유심히 바라보았다. 별장은 과일나무가 가득한 정원으로 에워싸인 몽환적인 분위기의 저택이었다. 그녀는 한순간 두려운 마음을 잊고 이륜마차를 모는 두 마부의 이야기에 귀를 기울였다.

"저곳은 도냐 루이사 에레라가 히바코아 백작과 결혼하기 전에 살던 집이지." 한 사람이 말했다. "그리고 저 집은 페르난디나 백작의 집이라네." 한쪽에는 정원이 아름답게 단장되어 있고 정면에 육중한 문이 달린 저택을 가리키며 그가 말했다. "저택 입구는 두 마리 사자상으로 유명했지."

"사자상에 무슨 일이 있었는가?"

"피나르 델 리오 후작이 저 조각상들을 본떠 자기 집 한쪽에 사자상을 세웠지. 그러자 노발대발한 백작이 자기 사자상을 없애버리라고 시켰다네. 저기, 후작 저택의 사자상들이 보이는군……"

카리다드는 설사 그 저택에 쭉 살면서 늘 봐왔다 하더라도 사자 두 마리가 엄호하는 철문의 웅장함을 말로 표현할 수 없었을 것이다. 한 마리는 앞다리에 머리를 기댄 채 잠든 모습이었고 다른 한 마리는 졸린 듯 나른한 표정이었다. 저택에 감도는 붉은 핏빛과 심청색 그리고 신비스러운 초록빛이 나는 정교한 스테인드글라스를 정확히 묘사하는 것도 불가능했다. 창을 보호하고 있는 가장자리를 덧댄 격자들이며 현관 앞에 세워진 휘황찬란한 로마식 기둥들도 마찬가지였다. 그런 풍경을 묘사할 어휘력이 없었다. 그 아름다움 앞에 그녀는 호흡이 멎었다.

"이건 산토 베니아 백작의 저택일세." 남자는 동료가 잘 볼 수 있도록 몸을 약간 비키며 말했다.

카리다드는 소리를 지를 뻔했다. 저택은 대리석과 크리스털로 조각된 꿈속의 집 같았고 열대의 빛과 색깔이 무한히 증식하고 있었다. 지평선까지 펼쳐진 정원은 경이로움 자체였다. 분수에서 쏟아지는 물방울들이 속삭이듯 유희를 벌였고, 새하얀 조각상들은 태양을 받아 진주처럼 반짝였다. 그토록 아름다운 광경은 본 적이 없었다. 엄마가 살았다는 밀림 속에서도, 돌로 쌓은 성벽과 미스터리한 미로를 따라 걷던 꿈속에서도 그런 광경은 보지 못했다. 엄마는 자신이 어릴 때 그 유적들 사이를 얼마나 돌아다녔는지 이야기해준 적이 있었다.

조금 전의 저택은 금세 시야에서 사라지고 이제 그들은 피사드가 훨씬 수수한 저택으로 향하고 있었다. 부유한 집안이 대부분 그러듯이 멜가레스-에레라 집안도 갈수록 불안정하고 뒤죽박죽되어가는 도시 생활에서 벗어나고 싶어 별장을 지어두었다. 도시는 물건을 사라고 온종일 외치고 다니는 상인과 가게 들로 넘쳐났고, 지방에서 온 여행자나 상인 들이 묵을 숙박업소가 들어섰으며, 신문 지면은 치정 사건과 각종 범죄로 채워졌다.

호세 멜가레스의 별장은 파티로 유명했다. 일 년 전에도 딸아이 테레사의 결혼식을 기념하는 파티가 열렸다. 테레사는 후작인 알멘다레스 2세의 딸인 마리아 테레사 에레라와의 사이에서 얻은 결실이었다. 러시아의 알렉세이 대공도 그 결혼식에 참석했다.

노예들을 실은 이륜마차는 이제 농장으로 들어섰다. 놀라 당황해하는 노예들이 있는가 하면 체념하는 노예들도 있었다. 무리는 곧바로 도냐 마리테에게 인도되었다. 마부들은 여주인을 그렇게 불렀다. 여주인이 문간으로 나오는 동안 노예들은 멀찍이 거리를 두고 서 있었다. 그녀는 잠시 노예들을 관찰하더니 그들을 향해 걸어왔다. 걸음을 옮길 때마다 나는 옷자락이 사락거리는 소리에 노예들의 초조함은 누그러질 줄 몰랐다.

"이름이 무엇이냐?" 그녀가 무리 중 유일한 여자아이에게 물었다.

"카마리아입니다."

"그런 이름이 다 있느냐?"

"어머니가 주신 이름입니다."

도냐 마리테는 소녀를 찬찬히 훑어보았다. 도전적인 대답 뒤에서 뭔가 고통을 감지했기 때문이다.

"어머니는 어디 있느냐?"

"죽었습니다."

그녀는 소녀의 목소리가 떨리는 것을 놓치지 않았다.

"이전 농장의 주인은 너를 어떻게 불렀느냐?"

"카리다드입니다."

"좋아, 카리다드. 너는 나랑 같이 있게 될 거다." 그러고는 레이스가 달린 부채를 흔들더니 두 사내아이를 가리켰다. 그 아이들은 이곳까지 오는 동안 내내 서로 손을 꼭 붙잡고 있었다.

"토마스." 도냐 마리테가 돌아서며 노예들을 그곳까지 데려온 남자에게 말했다. "정원사가 필요하지 않은가? 주방에도 누군가 더 있어야겠고."

"그렇습니다, 마님."

"그러면 그 일은 자네가 챙기도록 해. 그리고 너희들은 따라오너라." 그녀는 소녀와 사내아이들에게 말했다.

여주인은 몸을 돌려 걸음을 옮기기 시작했다. 소녀는 아이들의 손을 잡고 그녀를 따랐다.

회랑이 중앙 정원을 둘러싸고 있고 그 주위를 따라 건물이 빙 둘러 세워진 집이었다. 그러나 다른 저택과는 달리 이 집의 회랑은 폐쇄 구조여서 정원으로 향하는 문이 없었다. 대신 널찍한 프랑스식 블라인드와 기하학적인 디자인의 창 덕분에 빛과 바람이 잘 통해서 방들은 환하고 서늘했다.

"호세파." 여주인이 한 흑인 여자에게 말했다. "이 아이들을 목욕시키고 나서 식사를 챙겨주도록 해."

나이 든 여자 노예가 그들을 씻기고 깨끗한 옷으로 갈아입힌 뒤 주방으로 데리고 갔다. 아이들은 그 섬에서 태어났기 때문에 조상들이 쓰던 언어를 알아듣지 못했다. 그래서 노파는 모자라는 스페인어로 아이들을 가르치는 수밖에 없었다.

"종 나면 노예 밥 먹는 거 해라 시간…… 주인 노예 더러움 많이 싫어해. 그러니 아침 항상 깨끗이 닦아라." 사내아이들에게도 말했다. "너희들도 그런 거 다 같이 해."

카리다드는 자신이 침실 하녀로 일하게 되었다는 걸 알았다. 여주인의 옷을 다리고 정돈하고 신발을 닦고, 여주인에게 향수를 뿌려주거나 간식을 챙겨주고 부채질을 해줘야 할 것이다. 호세파는 카리다드가 그 일을 모두 제대로 할 수 있도록 가르쳐줄 것이다. 이전에 해본 일들이기는 하지만, 성곽 바깥 아바나의 세련된 생활에는 더 섬세한 솜씨가 필요했기 때문이다.

가끔 소녀는 도냐 마리테가 다른 농장으로 산책하러 갈 때 따라가기도 했다. 유난히 아름다운 농장이어서 그들이 이따금 방문하는 곳이었다. 농장은 돈 카를로스 데 살도와 도냐 카리다드 라마르의 소유였다. 이전 주인이 죽으면서 그들에게 물려준 것이었다.

소녀가 여주인과 함께 처음 그 농장에 가던 날 세 명의 노예가 장미와 재스민이 온통 뒤덮인 정원에 물을 뿌리고 가지치기를 하고 있었다. 그들이 지나가는 모습을 보고 소녀와 얼굴색이 비슷한 물라토 남자가 모자를 벗었다. 그러나 카리다드는 그것이 백인 여주인에 대한 존경의 표시로 그러는 것이 아니라는 느낌을 받았다. 노예의 시선이 자신에게 꽂혀 있었다는 걸 맹세할 수 있었다. 그게 플로렌시오와의 첫 만남이었다. 그러나 석 달이 지날 때까지 그는 그녀에게 말을 건넬 용기를 내지 못했다.

어느 날 오후 카리다드가 여주인들이 마실 음료를 준비하고 있을 때 플로렌시오가 다가왔다. 그렇게 하여 그녀는 그도 자신처럼 백인과 흑인 노예 사이에서 태어났다는 사실을 알게 되었다.

플로렌시오의 어머니는 예전 주인한테서 돈 카를로스에게 팔려왔다가 자유를 살 수 있었다. 그러나 그녀는 아들과 함께 새 저택에 계속 남아 있기를 원했다. 카리다드는 이해할 수 없는 일이라고 생각했지만 플로렌시오는 그런 경우들이 있다고 말해주었다. 저택에 딸린 노예들은 자기 힘으로 일해서 먹고사는 것보다 주인의 보호를 받고 살면서 의식주를 해결하는 걸 더 선호했다. 자유는 스스로 책임을 지는 것이라 대면할 준비가 되어 있지 않다고 느끼는 노예들도 있었다. 그들은 뭘 어떻게 해야 할지 몰라 신의 자비를 구하며 방황하느니 약간의 음식이라도 제공받으며 주인들을 섬기며 사는 걸 선호했다. 플로렌시오는 교육을 좀 받았기 때문에 글을 깨쳤고 억양에서도 제대로 교육을 받은 티가 났다. 그것은 복잡한 업무를 맡길 수 있는 교육받은 노예를 두고 싶어한 주인의 열망 때문이었다. 플로렌시오는 이 년 전에 죽은 어머니와는 달리 독립해서 장사를 하고 싶어했다. 이제 그 저택에 꼭 남아야 할 이유가 있는 것도 아닐뿐더러 그는 다른 대부분의 형제 노예가 그랬던 것처럼 자존을 손상시키는 노예 상태보다는 위험이 가득한 자유를 더 좋아했다. 그를 위해 오랫동안 저축도 해왔다. 그때 마침 다른 노예가 들어오는 바람에 두 사람의 대화는 중단되었다. 그 때문에 카리다드는 자신도 같은 이유로 돈을 모아두었다는 말을 건네지 못했다.

도냐 마리테는 가끔 도냐 카리다드의 집을 방문했다. 어떤 때는 살도-라마르 부부가 이웃을 찾아오기도 했다. 플로렌시오는 마차를 몰아야 했기 때문에 주인이 나들이할 때면 늘 따라다녔다. 그래서 카리다드가 손님에게 내갈 음료를 준비할 때 몇 마디 이야기를 나눌 틈이 생기곤 했다.

그렇게 시간이 몇 달 흘렀다. 두 사람은 시간의 흐름을 알아차리지 못했지만 두 달, 석 달 그리고 넉 달이 되자 물라토 소녀와 훤칠한 노예 청년의 사랑은 더이상 사람들에게 비밀이 아니었다. 주인들만 모를 뿐이었다.

"도냐 마리테한테는 언제 말할 거야?" 두 사람이 자유를 사고도 남을 정도의 돈을 모았다는 결론에 이르자 플로렌시오가 카리다드에게 물었다.

"다음 주에 할게. 마님도 준비를 할 수 있도록 시간을 줘."

"시간이라고?"

"나에게 참 잘해주셨어. 아무튼 빚진 게 있으니……"

"빚진 건 아무것도 없어." 플로렌시오는 동의하지 않았다. "나랑 같이 살고 싶지 않은 모양이구나."

카리다드가 다정하게 다가갔다.

"그렇지 않아, 플로르. 당연히 함께 살고 싶지."

"그런데 뭐가 문제인 거야?"

카리다드는 머리를 흔들었다. 인정하긴 싫었지만 갑자기 두려움이 일었다. 전에는 그런 두려움이 바보 같다고 생각했다. 잠잘 집과 잘 정돈된 주방이 있다는 데 익숙해져 거리로 나간다는 생각만 해도 겁이 났다. 자기 손으로 생계를 꾸려야 하고 불안정한 생활에 노출된 채 하늘 아래 보호막도 없이 사는 게 두려웠다. 그런 영상들이 그녀의 가슴속에 뿌리박혀 있었다. 너무 오랫동안 주인의 보호 아래 살아서 영혼이 묻혀버린 것이다. 카리다드의 기분은 그랬다. 혼자서는 용기가 없었다. 자신이 알지 못하는 세상이라는 생각에 겁이 났다. 그 속에 들어가 살 준비가 되어 있는지 아닌지 자문해본 적조차 없었다. 누구에게서도 배운 적 없는 법칙들이 지배하는 세상…… 나뭇가지 위에서 불안하게 균형을 잡느라 애쓰던 새끼 비둘기들이 떠올랐다. 비둘기들은 옆 나무에서 구구거리는 어미의 울음소리에만 대답을 했다. 자신도 그 새끼 비둘기처럼 날개를 펴고 창공으로 날아올라야 했다. 하지만 틀림없이 바닥으로 곤두박질치겠지.

"알았어. 내일 말할게." 마침내 카리다드가 분명하게 말했다.

그러나 도냐 마리테에게 말할 결심을 하지 못한 채 다시 며칠이 지나고 몇 주가 흘렀다. 플로렌시오는 장미나무 가지를 치다가 문득 맥이 풀렸다. 자유를 얻을 계획이 실패해서라기보다는 연인과 함께 있고 싶은 바람 때문이었다.

어느 날 오후 그는 주인 돈 카를로스의 전갈을 받고 갔다가 놀라운 소식을 접했다. 플로렌시오가 현관에 도착했을 때 주인 내외는 참폴라*를 마시며 오후의 서늘한 공기를 쐬고 있었다.

"이건 재앙이야!" 돈 카를로스는 아내의 창백한 얼굴 앞에 신문을 흔들어대며 말했다. "이제는 이 저택에서 살 수 없을 것 같소. 정원과 집을 돌보는 데만도 노예가 스무 명이나 필요하니."

---

*쿠바 청량음료의 하나.

"이제 어떻게 해야 하죠?"

"파는 수밖에 도리가 없지."

플로렌시오는 얼굴에서 피가 싹 빠져나가는 느낌이었다. 판다니! 뭘 말이지? 집을 말인가? 노예들은? 그러면 카리다드와 떨어져 있게 될 텐데. 다시는 그녀를 못 볼지도 몰라…… 그제야 돈카를로스는 플로렌시오가 대문 앞에서 기다리고 있는 것을 알아챘다.

"플로렌시오, 마차를 준비해라. 돈 호세의 농장에 가야겠다."

플로렌시오는 주인의 명에 대답하고 그 자리에서 물러났지만 머릿속에 맴도는 생각 때문에 마구를 챙기면서도 제정신이 아니었다. 다시 집 안으로 들어가 장화를 신고 투구와 장갑을 챙겨야 했다. 삼각모자 쓰는 걸 깜빡할 뻔하기도 했다. 돈 카를로스는 손에 신문을 들고 회오리바람처럼 저택에서 나왔다. 슬픔에 잠긴 부인도 따라 나왔다. 두 사람은 이웃 농장까지 가는 짧은 여정 동안 귓속말을 나누었다. 그러나 플로렌시오는 주인 내외의 두런거림에 귀 기울이지 않았다. 머릿속은 단 하나의 결심으로 꽉 차 있을 뿐이었다.

주인 내외는 플로렌시오가 말을 건넬 새도 없이 마차에서 내렸다. 마차에 앉아 있어도 돈 호세와 주인의 상기된 목소리와 탄식이 들려왔다. 플로렌시오는 집 안으로 들어가기 전에 잠시 호흡을 가다듬었다. 마당을 가로질러 가는데 카리다드가 가로막았다.

"어떻게 하려고?"

"지난번에 같이 정한 대로 해야지."

"때가 안 좋아." 그녀가 소곤거렸다. "무슨 일이 생겼는지 모르겠지만 좋은 일 같지는 않아…… 겁이 나."

플로렌시오는 그녀의 애원에도 아랑곳않고 걸음을 재촉했다. 적절하지 않은 때에 거실에 들어서는 바람에 두 농장주는 하던 이야기를 중단하고 그를 쳐다보았다. 도냐 마리테는 자리에 앉은 채 초조하게 부채질을 하고 있었다. 그녀의 안색은 부채 가장자리의 레이스보다 더 하얬다.

"무슨 일이지?" 돈 카를로스가 달갑지 않은 표정으로 물었다.

"주인님…… 용서하십시오. 모두 계신 자리에서 드릴 말씀이 있어서요."

"나중에 하면 안 되겠나?"

"지금 하게 놔두세요." 돈 카를로스의 아내가 부탁했다.

"좋아." 돈 카를로스가 다시 신문에 얼굴을 파묻으며 한숨을 내쉬었다. 처음 보는 기사를 읽는다는 듯한 태도였다.

플로렌시오는 심장이 두방망이질하는 느낌이었다.

"카치타와 저는……" 다른 사람들 앞에서 카리다드의 애칭을 써본 적이 없다는 생각에 플로렌시오는 잠시 머뭇거렸다. "카리다드와 결혼하고 싶습니다. 자유를 살 돈도 있습니다."

돈 카를로스는 신문에서 얼굴을 들었다. "이봐, 이미 늦었다네."

"늦다니요?" 플로렌시오는 무릎이 꺾이는 걸 느꼈다. "주인님, 무슨 뜻인지요? 뭐가 늦었다는 말씀입니까?"

돈 카를로스는 신문을 접어 노예의 코앞에 들이밀었다. "다른 사람한테서 자유를 사기에는 늦었단 말이네."

플로렌시오의 등 뒤로 풀 먹인 스커트 자락 소리가 들렸다. 카리다드가 자신의 여주인보다 더 창백한 얼굴로 벽에 기대서 있었다. 플로렌시오는 그녀를 부축하러 달려갔고, 도냐 마리테는 다른 여자 노예에게 소금을 갖고 오라고 소리쳤다.

"뭐가 늦었습니까, 주인님?" 플로렌시오는 눈물 범벅이 된 채 물었다. "왜 우리가 자유를 살 수 없다는 말씀이십니까?"

"너희들은 오늘부터 자유니까." 돈 카를로스는 신문을 구석으로 내던지면서 대답했다. "노예제가 폐지되었단 말이다."

카리다드와 플로렌시오는 이십 년 전에는 성안 지역이던 곳으로 이사했다. 아직 대성당 근처나 광장 근처의 대저택은 크리오요 귀족들이 차지하고 있었다. 그러나 온갖 종류의 가게가 이미 터를 넓혀가고 있었다. 큰 자본 없는 평민 장사꾼들의 가게였다. 카리다드와 플로렌시오처럼 이전에는 대부분 노예였던 그들은 약간의 돈에 의지해 가게를 열었다.

플로렌시오는 몬세라트 지역을 열심히 살펴보고 다녔다. 성 밖의 새로운 동네로 사람들의 발길이 늘어갈 거라고 예상했기 때문이다. 그래서 광장 근처에 이층집을 하나 샀다. 젊은 부부는 2층에는 살림을 차리고 1층은 주점으로 개조했다. 주점에서 바다 건너에서 들어온 물건들도 팔 생각이었다.

그들의 평화로운 생활을 방해하는 건 없어 보였다. 시간이 흘렀는데 아이가 생기지 않아 카리다드가 갈수록 초조해하는 것을 제외하면. 해를 거듭하면서 임신에 좋다는 방법은 다 써봤지만 소용없었다. 그러나 카리다드는 포기하지 않았다. 어려움도 있었지만 어쨌든 좋은 시절이었다. 장사도 번창해갔다. 하지만 괴로움도 따랐다. 확실한 게 하나도 없었다. 카리다드는 놀라운 인내심을 발휘하며 엄마가 될 날을 열성적으로 기다렸고, 플로렌시오는 주점을 꾸리는 일에 빠져 가진 재주를 낭비하고 있었다. 동네 사람들과 술 한잔하는 날도 자주 있었다.

"플로르, 잠깐 와볼래요?" 카리다드는 카운터 뒤에서 뭔가 물건을 찾는 시늉을 하며 남편을 불렀다. 그가 다가오자 그녀는 주의를 주었다. "벌써 세 잔째야."

플로렌시오는 그녀가 부르면 순순히 다가올 때도 있었지만 어떤 때는 핑계를 대기도 했다. "돈 에르미니오는 중요한 고객이야. 이번 잔만 마시게 해줘. 금방 올게."

그러나 중요하다는 고객은 자꾸 늘어갔고 플로렌시오가 하루에 마시는 주량도 늘어갔다. 카리다드는 알면서도 가끔은 내버려두었다. 그러던 어느 날 드디어 배가 불러오기 시작했고, 그래서 더 이상 남편 옆에 붙어 있을 수가 없었다. 태어날 아기를 위해 기저귀와 담요의 가장자리에 수를 놓는 데 열중했다. 주점으로 내려와도 남편이 몇 잔이나 마셨는지 알아낼 수가 없었다.

"플로르." 그녀는 배를 어루만지며 남편을 불렀다.

남편은 불쾌한 기색으로 테이블에서 일어섰다.

"그냥 좀 가만히 있을 수 없어?" 그가 손님이 가득 찬 홀과 창고 사이를 나누는 커튼 뒤쪽에서 발끈 소리를 질렀다.

"내가 하려던 말은 당신이 마신 술이 벌써……"

"알아, 알아!" 플로렌시오는 소리를 질렀다. "챙겨야 할 손님을 제대로 챙길 수 있게 좀 내버려둬."

그러고는 다음 잔 생각에 함빡 미소를 지으며 홀로 나갔다. 카리다드는 슬픔에 잠겨 방으로 돌아왔다. 장사가 잘되고 있는데도 남편의 그 좋던 성격이 왜 성마르게 변해버렸는지 알 수 없었다. 플로렌시오는 지역 사람들의 요청에 잘 응대할 줄 알았기 때문에 갈수록 유력 인사 고객이 늘어갔다. 그가 취급하지 않는 물건들도 문의를 해오는 경우가 많았다. 베를린산 검은 스타킹, 옴이나 백선에 바르는 헬머리히 비누, 투박한 빈산 무명천, 톨루발삼 향수, 이륜마차의 마구, 치약, 비시 생수 등…… 플로렌시오가 일에 내보이는 조바심은 아내가 이해할 수 있는 정도를 넘어섰다.

"이제 곧 선적 화물이 도착할 겁니다." 남편은 환한 미소를 지어 보이며 거짓말을 하곤 했다. "어느 주소로 보내드릴까요, 사모님?"

주소를 받아 적은 그는 아내에게 가게를 맡기고 비슷한 물건을 찾아 시내의 가게들을 돌아다녔다. 일단 물건을 발견하면 할인을 받으려고 여러 개를 한꺼번에 샀다. 그리고 다음 날 고객에게 물건이 도착했다고 알려주었다. 그날부터 가게에는 새로운 제품이 전시되고, 잘 팔리면 주문을 더 넣었다.

플로렌시오 가게의 명성은 옆동네로까지 퍼졌다. 동쪽으로는 시내 동편 중심부인 대성당 광장까지 전해졌고 반쯤 무너진 성벽을 넘어 서쪽 농장에까지도 퍼져나갔다. 이따금 백작이나 후작이 나타나 연인에게 선물하려고 동양에서 온 옷감이나 마닐라산 숄을 찾곤 했다.

플로렌시오의 성격은 장사가 잘되어갈수록 난폭해졌다. 카리다드는 남편의 정신이 그런 소란스러운 일거리에는 맞지 않는 게 아닐까 하고 생각했다. 저택에 살던 시절을 그리운 마음으로 떠올렸다. 그때는 그녀가 남편에게 중요한 단 한 사람이었는데 이제는 그녀를 거들떠보지도 않았다. 거의 매일 밤 술에 취해 다리를 질질 끌며 층계를 올라와 침대에 널부러지곤 했고, 그러면 그녀는 배를 어루만지며 말없이 눈물을 흘렸다.

어느 날 아침, 시장에서 돌아온 그녀는 건물 옆쪽의 계단 대신 주점을 통과해 집 안으로 들어가기로 마음먹었다. 플로렌시오는 테이블 앞에 앉아 있었다. 남자들은 플로렌시오에게 연달아 술을 들이켜게 하려고 옆에서 부추기고 있었다. 남편은 그 왁자지껄한 헛소리들에 장단을 맞추느라 신이 나 있었다. 빈 잔이 늘어갈 때마다 남편 앞에는 더 많은 동전이 모였다.

"이런! 여기 진짜 제대로 놀 줄 아는 사람들이 있었네." 등 뒤에서 유쾌한 목소리가 들려왔다. "이런 걸 왜 나한테 얘기해주지 않은 거지?"

카리다드는 뒤를 돌아보았다. 거의 백인으로 착각할 정도의 물라토 여자가 길에 선 채 주점의 소란스러운 광경을 쳐다보고 있었다. 소형 마차에서 막 내린 듯했다. 마부는 그녀를 기다리고 있었다. 카리다드는 낯선 여자를 재빨리 훑어보았다. 얼굴에는 나이 든 흔적이 비쳤지만 주홍색 원피스의 곡선은 놀라울 정도로 젊은 몸매를 드러내고 있었다.

"당신도 즐기러 왔수?" 여자가 물었다.

"내 남편이에요." 카리다드는 목에 가시가 걸린 기분으로 플로렌시오를 가리키며 대답했다.

"아! 집 나온 수비둘기를 찾으러 왔구먼."

"아니에요. 여기가 우리 집이에요. 우리 가게지요."

여자는 카리다드를 빤히 쳐다보다 갑자기 정신이 든 듯 물었다.

"많이 남았나요?" 그녀가 카리다드의 배를 향해 살짝 손짓했다.

"아니에요."

"좋아요. 당신이 주인이고 남편은 아주 바쁘시니 당신이 도와주면 되겠네요…… 석탄산 비누가 필요해요. 여기서 판다던데."

"모르겠네요. 물건은 남편이 챙기거든요. 어쨌든 찾아볼게요."

카리다드는 홀을 지나 뒤쪽 창고 안으로 들어갔다. 잠시 후 부대로 만든 커튼 뒤에서 머리를 내밀고 여자에게 물었다.

"몇 개나 필요하신가요?"

"다섯 다스요."

"그렇게나 많이요?" 카리다드가 순진하게 물었다. "이 비누는 매일 쓰는 게 아니에요. 전염병에 걸렸을 때만 쓰는 거예요."

"알고 있어요."

카리다드는 뭔가 생각난 듯이 그녀를 뚫어지게 바라보았다. 그러나 아무 말 없이 다시 커튼 뒤로 몸을 숨겼다. 보도로 나간 여자는 거칠게 부채질을 해대며 마부더러 더 가까이 마차를 대라고 손짓했다. 카리다드는 상자를 힘들게 끌어당기며 창고에서 나왔다. 그러나 더 끌고 나갈 수가 없었다. 아랫배가 콕콕 찌르는 듯한 느낌이었다. 채찍질을 당하는 듯한 통증에 몸이 움찔했다. 카리다드는 거리를 쳐다보았다. 그러나 여자는 모퉁이에서 일어나고 있는 일을 쳐다보느라 정신이 팔린 듯했다. 남편을 돌아다보았다. 여전히 그녀가 있든 말든 신경 쓰지 않았다. 그녀는 사람들 사이로 힘겹게 걸음을 옮겼다.

"플로르, 도와줘요."

남편은 그녀를 제대로 쳐다보지도 않은 채 테이블에 놓인 새 잔을 집어 들었다.

"플로르……"

남편 앞에는 빈 잔이 여섯 개였다. 이제 막 한 개가 더 늘어 일곱 개가 되었다.

"플로르." 플로렌시오가 여덟째 잔을 입으로 가져가던 순간 카리다드가 남편의 팔을 붙잡았다.

그 순간 플로렌시오가 무섭게 밀쳐내는 바람에 그녀는 바닥에 나뒹굴었다. 그녀는 고통으로 비명을 질렀다. 무슨 일이 일어난 걸 알고는 남자들의 왁자지껄한 목소리가 잦아들었다. 낯선 여자가 그녀를 구하러 달려왔다.

"괜찮아요?"

카리다드는 머리를 흔들었다. 굵은 눈물방울이 얼굴을 타고 흘러내렸다. 여자와 한 남자의 부축을 받으며 일어섰다.

"관둬요." 카리다드가 다시 상자를 끌려고 하는 것을 본 여자가 가로막았다. "마부를 불러 끌어내라고 할게요. 모두 얼마죠?"

여자는 값을 지불하고 나가다 말고 카리다드에게 눈길을 주었다. 카리다드는 그 시선을 받자 울고 싶은 기분이었다. 소동이 벌어지고 난 후 고함 소리는 잦아들었고 이웃 남자들은 대부분 돌아갔다. 그러나 카리다드는 다른 것에 신경 쓸 상황이 아니었기에 난간에 의지하며 2층으로 올라갔다.

그날 밤 플로렌시오가 비틀거리며 2층 침실로 들어왔다. 진하고 불쾌한 훈기가 훅 끼쳐왔다.

"이런 제기랄, 창문 좀 열 수 없어?"

낯선 울음소리가 방을 가득 채우고 있었다. 플로렌시오는 촛불이 거의 미치지 않은 구석으로 가보았다. 아내는 침대에 누워 있었다. 가슴에는 뭔지 모를 꾸러미를 꼭 안고 있었다. 그제야 플로렌시오는 방 안에 넘쳐흐르는 냄새가 피 냄새라는 것을 알아챘다.

"카치타?" 오랜 시간이 흐른 후 처음으로 그녀의 애칭을 불렀다.

"딸이야." 그녀가 실낱같은 목소리로 중얼거렸다.

플로렌시오는 침대로 다가갔다. 흔들리는 촛불에 아이가 흠칫하자 카리다드는 남편의 손에서 촛불을 받아 침대 옆 탁자 위에 올려놓았다. 남편은 천천히 침대 위로 몸을 숙여 엄마 가슴에 폭 안겨 잠이 든 아기를 바라보았다. 머릿속을 뒤덮고 있던 안개가 일순간 걷혔다. 내기 게임의 규칙, 누군가가 채워준 술잔, 농담 소리, 아내의 신음 소리 등이 어렴풋이 떠올랐다……

"왜 안 불렀어, 왜……" 플로렌시오는 울음을 터뜨렸다.

카리다드는 남편의 머리를 쓰다듬었다. 그가 무릎을 꿇고 용서를 비는 두 시간 내내 그녀는 그렇게 그의 머리를 쓰다듬어주었다.

다음 날 그는 술을 한 잔도 입에 대려 하지 않았다. 그다음 날도 마찬가지였다. 사흘째에는 여러 단골이 동네에서 가장 이름난 '주당'과 한판 붙어보겠다는 도전자를 데려왔지만 마찬가지였다. 그의 갑작스러운 금주 선언에도 동네 남자들은 여전히 그의 별명을 소리쳐 불러댔다. 정신 차리고 생활하려는 그의 의지를 어느 누구도 받아들이고 싶어하지 않았다. 그러나 플로렌시오는 모두 무시했다. 머릿속에는 다른 구상이 가득했다.

마리아 데 라스 메르세데스가 태어나면서 부양해야 할 입이 하나 늘었다. 플로렌시오는 자신의 계속된 술주정으로 가게의 명성이 많이 줄어들었다는 걸 깨닫고는 다시 회복시키기로 마음먹었다. 몇 달 동안 어느 때보다 열심히 일했다. 예전에는 가게에 다양한 물건을 갖추는 데 전념했다면 이제는 제일 좋은 물건을 갖다두기로 결심했다. 귀한 물건을 찾으러 항구로 나갈 때 가게를 봐줄 만한 점원도 하나 고용했다. '라 플로르 데 몬세라트'는 다시 산보객이나 여행자 들이 길을 물으러 들르는 장소가 되었다. 가게는 아주 유명해져서 금세 동네의 안내소 역할을 했다.

그러나 도시는 점점 커져갔고 가게 수도 늘었다. 성 바깥으로 새로운 가족들이 이사를 해왔고 자연히 새 동네가 생겨났다. 플로렌시오는 옛 성곽 건너편 동네에서 번창하고 있는 가게들을 앞서지 못하는 게 아닌가 하는 의구심이 생겼다. 그래서 가장 멀리 사는 고객들을 끌어들일 방도를 곰곰이 생각한 끝에 커다란 전단지에 가게 이름과 주소를 적어 일꾼을 시켜 집집마다 돌려야겠다고 마음먹었다. 플로렌시오의 아이디어는 아니었다. 몇 주 전 본 토르콰토의 마차에 이렇게 적힌 전단지가 붙여져 있었던 것이다. 옛날에 마부였던 그는 툭하면 싸우기 일쑤여서 보티하 베르데*라는 별명으로 불렸다.

토르콰토네
질 좋은 포도주, 사과주, 베르무트 있습니다

---

* '성숙하지 못한 녀석'이라는 뜻의 욕.

플로렌시오는 점원에게 옷감이든 뭐든 물건들의 견본을 들고 칼사다 델 몬테 쪽으로, 멀리 떨어진 엘 세로의 저택들까지 다녀오라고 시켰다. 곧 주문이 들어오기 시작했다. 가끔은 자신이 직접 배달하기도 했다. 처음 넉 달 동안은 전단지를 나눠주며 동네를 오가는 게 전부였다. 한눈에도 확장되어가는 구역이라는 걸 알아볼 수 있었다. 도시는 성곽의 나머지 부분들은 그대로 남긴 채 진기하고 다중적인 복제 괴물처럼 커져갔다. 하지만 플로렌시오는 눈을 감고도 그곳을 지나다닐 수 있을 정도였고 도시 사교계의 소소한 일들조차 여행객에게 하나하나 읊어줄 수 있을 정도로 꿰고 있었다.

"대성당 광장에 이사 온 사람들이 누군지 알아?" 어느 날 아내에게 물었다.

"누군데?"

"돈 호세와 도냐 마리테야."

"정말?"

남편은 숟가락을 그대로 든 채 고개를 끄덕였다.

"어떤 집인데?" 그녀는 멜가레스-에레라 부부를 섬기던 시절을 회상하며 물었다.

"전에 아과스 클라라스 후작이 살던 집이야." 플로렌시오가 씹던 음식물을 삼키며 대답했다.

"그럼 농장은?"

"팔려고 내놨지."

"왜 그랬을까? 그런 집으로 이사한 걸 보면 돈이 필요해서 그러지는 않았을 텐데……"

"페르난디나 백작이 농장을 사고 싶어했다는 소문이 있더군."

"자기 농장은 어쩌고?"

"피나르 델 리오 후작의 면상을 더이상 보고 싶지 않았나보지 뭐. 후작이 사자상을 따라 세운 뒤부터 그를 눈엣가시처럼 여겼잖아."

"그건 옛날 일이잖아."

"부자들에게는 용납할 수 없는 일들이 있지."

"어쨌든 도냐 마리테가 이제 근처에 산다는 거지? 우리 가게에서 물건을 사갈까?"

"프랑스산 무명천 견본을 들고 가볼 참이야."

점원이 가게를 그만두겠다고 한 것이 그즈음이었다. 카리다드는 다른 사람을 고용하는 대신 자신이 가게를 맡아보겠다고 나섰고, 말리는 남편을 결국 설득했다. 어린 메치타는 이제 함께 데리고 다닐 만한 나이가 되었다.

"이곳은 항상 나를 놀라게 하는군요." 카리다드가 일을 시작한 지 일주일이 지났을 때 문간에서 한 목소리가 들려왔다. "도냐 카리다드가 가게를 맡기로 한 모양이죠?"

카리다드가 고개를 들어보니 안면이 있는 듯한 여자가 서 있었다.

"석탄산 비누 있어요?" 여자는 길 쪽에서 다가오며 물었다.

단 한 번 만난 이후 시간이 많이 흘렀지만 카리다드는 좀 의외다 싶은 물건을 찾아 가게에 왔던 여자를 기억하고 있었다. 딸을 낳던 날 오후의 일이었다.

"다섯 다스 필요해요." 여자는 대답을 기다리지 않고 말했다. "그런데 지금 가져갈 건 아니에요. 도냐 세실리아 앞으로 보내달라고 돈 플로르에게 말해주세요. 주소는 항상 보내던 그대로…… 돈은 물건이 배달되면 지불할게요."

돌아서서 나가려던 여자는 막 들어오던 흉한 생김새의 흑인과 부딪쳤다.

"플로렌시오 있소?" 남자가 쩌렁쩌렁 울리는 목소리로 묻는 바람에 딸아이가 놀라서 그를 쳐다보았다.

"아뇨. 어디 있느냐 하면……"

"그럼 전해주시오. 토르콰토가 왔었다고. 그리고 나랑 엮이지 말라고. 내 손에 끝장난 사람이 한둘이 아니니."

"남편이 무슨 일을 했다고 그래요?" 카리다드는 겨우 중얼거릴 뿐이었다.

"내 고객을 빼앗아가고 있단 말이오. 그건 허락할 수 없지."

"남편은 다른 사람의 고객을 빼앗지 않아요. 일을 하고 있을 뿐이에요."

"내 고객을 빼앗아가고 있다니까." 흑인은 되풀이했다. "아무도 보티하 베르데의 구역을 넘볼 수는 없어."

그러고는 들어올 때처럼 씩씩거리며 나갔다. 카리다드는 심장이 두근거렸다.

"조심해요. 저 흑인 위험한 사람이에요." 목소리가 들려왔다.

그녀는 도냐 세실리아가 여전히 문 옆에 서 있었다는 걸 모르고 있었다.

"우리 남편은 저 사람에게 해되는 일을 하지 않았어요."

"그건 보티하 베르데에게 중요하지 않아요. 저 사람이 그렇게 믿으면 그만인 거지."

그녀는 돌아서더니 아이 앞에 잠시 멈춰 섰다. 아이는 놀라 휘둥그레진 눈으로 그녀를 쳐다보았다.

"정말 예쁜 아이군요." 그녀가 떠나기 전 한마디 했다.

그날 밤 플로렌시오가 돌아왔을 때 카리다드는 이미 딸아이에게 저녁을 먹인 뒤 초조하게 남편을 기다리고 있는 중이었다.

"전해줄 말이 있어……" 그녀는 말을 꺼내려다 남편의 얼굴 표정을 살피고는 말을 멈추었다. "무슨 일 있어?"

"페르난디나 백작이 파티를 열 거래. 어디서 여는지 알아?"

아내는 어깨를 으쓱했다.

"멜가레스 집안 별장에서 한다는군."

"결국 농장을 산 거야?"

"맞았어! 그리고 이제 사람들 입에 오르내리는 그 공주 부부를 위해 파티를 열고 싶은 거야."

"부르봉가의 에울랄리아 공주 말이야?" 최근의 사교계 소식을 꿰고 있는 카리다드가 말했다.

"그리고 남편 오를레앙의 안토니오 왕자…… 백작은 가장 멋진 야외 파티를 열고 싶어해. 당신, 파티에 필요한 양초와 음료를 누구한테 주문할 거라고 생각해?" 플로렌시오는 허리를 굽혀 절을 하는 시늉을 했다. "제게 맡겨주십시오."

"우리한테는 그런 집에서 쓸 만한 양초가 없잖아. 그리고 내 생각에는 남아 있는 술도……"

"알아. 내일 새벽 항구로 나가볼 거야."

카리다드는 남편의 저녁상을 차리기 시작했다.

"토르콰토가 찾아왔었어."

"여길?"

"화가 잔뜩 났던데."

"그 깜둥이! 여러 번 전갈을 보냈더군. 감히 이곳으로 찾아올 거라고는 생각지 못했는데."

"조심해야 해."

"허풍쟁이야. 별일 없을 거야."

"겁이 나."

"그런 생각 마." 남편은 빵 조각을 입 안에 잔뜩 넣은 채 말했다. "또 찾아온 사람 있어?"

"응, 비누 다섯 다스를 주문한 부인이 있어……"

"도냐 세시구먼. 항상 똑같은 걸 사지."

"그 많은 비누는 무엇에 쓴대? 세탁소라도 갖고 있나?"

"메치타는?" 남편이 말을 끊었다.

카리다드는 이제 글을 깨치기 시작한 딸아이가 자라가는 이야기를 늘어놓느라 캐묻던 말은 잊어버렸다. 카리다드가 가르쳐줄 수 있는 것은 많지 않았다. 그러나 딸아이가 몇 가지 단어를 또박또박 읽을 수 있도록 하는 정도는 충분히 가능했다.

백작의 저택에서 벌어진 파티는 도시 최대의 사건이었다. 식기와 장식품 들의 호화로움, 손님용 테이블보와 냅킨 세트, 성대하게 차려진 맛있는 음식 등 행사를 빛나게 하는 데 필요한 모든 게 세세한 부분까지 잘 준비되어 있었다. 그럴 만도 했다. 스페인 왕실을 대표하는 두 사람이 파티의 주빈이었으니. 부르봉가의 공주는 나중에 자신의 비밀 일기장에 이렇게 써놓았다. "나의 명예를 위해 페르난디나 백작 부부가 열어준 파티는 우아함과 품격, 위엄,

모든 면에서 생생한 감동을 주었다. 모든 것이 마드리드 사교계보다 세련되었다." 그다음에는 자신이 아이였을 때 어떻게 백작 부부를 알게 되었는지 회상하는 문장이 있었다. 백작 부부는 어머니의 집인 카스티야 왕궁에 자주 초대받던 사람들이었다. 공주는 크리오요 여성들의 아름다움에도 깊은 인상을 받았다. "쿠바 여인들의 아름다움, 그녀들의 기품, 우아함, 특히 그 감미로움에 대해 과장된 말들을 들은 적이 있었다. 그러나 사실은 상상했던 것 이상이었다."

그 호화스러움 가운데에서 공주는 저택의 살롱과 회랑을 비추던 수백 개 양초의 광채는 간과한 모양이었다. 그러나 플로렌시오는 저택을 떠나기 전에 그 위력을 목격했다. 길에서도 스테인드글라스의 다채로운 빛을 알아볼 수 있었다. 거석 기둥이 우뚝 서 있는 현관은 광휘를 뿜어내고 있었다. 마치 돌이 반투명한 성질을 띤 듯했다. 공주는 아바나 여인들의 발그레한 뺨을 더욱 불태우는 사과주와 적포도주에도 별 주의를 기울이지 못한 모양이었다. 그녀들은 음료를 쌓아놓고 마시다시피 했는데도 말이다.

플로렌시오는 양초 상자와 술통을 저택으로 옮겨 나르느라 이틀을 보낸 뒤였다. 하늘에 보랏빛 해무리만 간신히 남아 있는 시간이 되어서야 그는 귀가를 서둘렀다. 그가 탄 마차가 저택에서 멀어지는 동안 여러 대의 마차가 지나쳐 갔다. 한참 시간이 흘러 더이상 음악 소리가 들리지 않는 거리에 다다랐다. 셔츠 속에 보관한 자루가 동전의 무게로 묵직했다. 그는 마체테*의 손잡이를 한

---

* 라틴아메리카에서 덤불이나 사탕수수 등을 베는 데 사용하는 칼.

번 쓰다듬고는 말을 재촉해 몰았다.

플로렌시오는 보지 않아도 훤한 길을 가면서 머릿속으로는 그 돈으로 하려는 일을 생각했다. 구상을 시작한 지 좀 되었는데 이제는 때가 되었다는 생각이 들었다. 지금 하고 있는 가게를 팔고 도시의 더 좋은 동네에 있는 다른 가게를 살 생각이었다.

거리의 가로등 불빛이 성안으로 가는 여정의 마지막 길을 안내해주고 있었다. 울퉁불퉁 험한 보도를 따라 달린 끝에 익숙한 곳에 다다르자 플로렌시오는 마차에서 내려 노래를 흥얼거리기 시작했다. 가게 옆쪽에 임시로 만든 마구간으로 말을 끌고 들어가느라 잠시 씨름해야 했다. 문득 낯선 휘파람 소리가 주의를 끌었다. 그제야 가게 문이 열려 있는 것을 알아차렸다.

"카치타?" 하지만 대답이 없었다.

그는 마구를 채운 그대로 말을 세워둔 채 이륜마차에서 초롱불을 가져와 살그머니 가게로 다가갔다.

카리다드는 몸부림을 치며 싸우는 소리와 선반이 와당탕 무너지는 소리를 듣고 양초를 들고 계단을 달려 내려갔다. 플로렌시오가 항상 침대 밑에 두는 마체테를 들고 갈 생각은 하지도 못했다. 아래층에 내려가보니 가게는 난장판이 되어 있었다. 바닥에 발을 딛는 순간 장애물에 부딪혀 걸음이 가로막혔다. 그녀는 촛불을 들어올리며 몸을 구부렸다. 바닥은 깨진 유리 천지였다. 그러나 그녀의 눈에는 죽어가는 플로렌시오의 몸 아래로 넓게 퍼져가는 검은 웅덩이만 보일 뿐이었다.

2부
·
·
·
꿀처럼 달콤한 말을
전하는 신들

〜 미겔의 노트에서 〜

"나는 중국인을 달고 다닌다."

쿠바에서 나쁜 운이 따라다니는 사람을 가리킬 때 흔히 쓰는 표현이다. 중국의 마법은 아프리카의 주술과 마찬가지로 아주 강력해서 아무도 그 효과를 없애거나 깨뜨릴 수 없다는 믿음에서 나온 말이다.

쿠바에서는 불행이 쫓아다니는 사람을 가리킬 때 "사자가 따라다닌다"는 표현도 쓴다. 그러나 "나는 중국인을 달고 다닌다"는 표현이 더 치명적인 불운을 나타낸다.

왜 혼자라고 느껴질까

세실리아는 지금은 포장이 된 옛날 거리로 들어섰다. 길은 해먹 파크의 해변으로 이어졌다. 왼편의 푸른 호수 위에 백조 한 쌍이 날렵하게 떠 있었다. 하지만 세실리아는 백조를 쳐다볼 여유가 없었다. 길을 따라 입장권 판매소로 가 입장료를 낸 다음 해변까지 차를 몰아갔다. 레스토랑 간판이 보이자 차를 주차해놓고는 레스토랑 입구로 향했다.

예감한 대로였다. 가이아가 충고한 대로 서점으로 가는 대신 두 번째로 유령의 집이 나타났다는 곳을 살펴보기로 마음먹었는데, 어렵지 않게 정보를 얻었던 것이다. 레스토랑에서 가장 나이가 많은 직원 밥에게서였다. 예순이 다 된 그는 웨이터로 시작하여 지금은 매니저를 맡고 있었다.

밥은 유령의 집 얘기를 알고 있었을 뿐 아니라 다른 직원들한테서도 봤다는 얘기를 여러 번 들었다고 했다. 흥미로운 것은 부근

에서 제일 오래 산 사람들이 오히려 최근까지도 유령의 집이 나타
난다는 말을 들은 적이 있는지 제대로 기억하지 못한다는 사실이
었다.

"무슨 이유가 있어서 그런 일이 생겼을 거요." 밥이 말했다. "그
런 일은 뭔가 호소하는 중이거나 찾는 중일 때 생기거든."

그는 유령의 집을 한 번도 본 적이 없고 그 집에 사는 사람도 본
적이 없지만 유령의 집의 존재를 확신하고 있었다. 사실이 아니라
면 그렇게 많은 사람의 말들이 세부적인 것들에까지 일치할 리 없
다고 생각했다. 목격자들은 모두 샬레와 비슷한 해변의 이층집이
었다고 묘사했다. 백 년 전 마이애미에서 지어진 초기 건축물들과
유사한 양식으로 지붕에 처마가 두 개 달렸다고 했다. 그러나 그
집에 사는 사람은 최근 스타일의 옷을 입고 있었다고 했다. 목격자
들의 말이 엇갈리는 건 이런 부분에서였다. 어떤 사람들은 노인 둘
이었다고 했다. 여자는 꽃이 수놓인 옷을 입었고 남자는 손에 빈
새장을 들고 있었다고 했다. 또 다른 사람들에 따르면 여자가 하나
더 있었다. 두 여자가 함께 있는 걸 봤는데, 엄마와 딸 아니면 자매
가 분명했다고 한다. 그러나 노인의 출현은 그 여자들과 아무 관
계가 없었다. 노인은 여자들의 존재에 주의를 기울이지 않았다는
것이다. 그건 여자들도 마찬가지였다. 밥은 뭔가 볼 수 있지 않을
까 해서 며칠 밤을 촛불을 들고 지켜봤지만 운이 따르지 않았다고
했다.

"저쪽 세상을 볼 수 있는 사람이 있는가 하면 못 보는 사람도 있
는 거지." 그는 헤어지면서 말했다. "운 나쁘게도 나는 못 보는 사
람에 속하는 것 같소."

세실리아는 델피나 할머니를 떠올리며 그 말에 수긍했다. 그러고는 테라스로 나가 안도의 한숨을 내쉬었다. 이제 써먹을 수 있는 새로운 소재를 찾은 것이다.

미풍이 불어와 소금과 요오드 냄새가 강하게 코끝을 자극했다. 멀리서 한 쌍의 연인이 탁 트인 바다와 해변을 가르고 있는 방파제 위를 산책하고 있었다. 아직 해가 지려면 두어 시간 남아 있었다.

세실리아는 코코야자나무의 웅성거림에 귀를 기울이며 물 가장자리로 다가갔다. 아무도 보이지 않았다. 다시 델피나 할머니를 생각하면서 작은 숲으로 걸어갔다. 할머니가 살아 있다면 한번 가보기만 해도 무슨 사연이 깃든 집인지 단번에 알 터였다. 할머니는 지나간 일이든 미래의 일이든 자유로이 볼 수 있는 능력이 있었다. 유령을 볼 수 없는 자신이나 레스토랑의 미국인 매니저와는 다른 존재였다. 세실리아는 자신을 쫓아다니는 유일한 유령이 있다면 그건 고독일 거라고 생각했다.

그녀는 숲 속을 잠깐 걸은 후 집으로 돌아가기로 했다. 게 한 마리와 도마뱀 몇 마리가 팔딱팔딱 뛰며 그녀를 따라왔다. 내일은 메모한 것들을 차례대로 맞춰 기사를 작성할 생각이었다.

그녀는 자신을 기다리고 있는 텅 빈 아파트를 떠올리자 숨이 막혀왔다. 길을 따라 운전을 하는 동안 하늘이 자줏빛으로 물들어갔다. 금세 밤이 내려앉아 도시를 뒤덮을 테고, 그러면 간판의 네온사인이 무수히 반짝일 것이다. 클럽, 극장, 레스토랑, 카바레 등은 관광객으로 북적일 것이다.

아파트의 네 벽 사이에 갇혀 책과 추억만이 깃든 곳에 혼자 있을 생각을 하자 갑자기 견디기 힘들어졌다. 그녀는 아말리아를 떠올랐다. 마이애미를 떠돌아다니는 유령의 집과는 달리 아말리아가 해준 이야기는 시작이 있었다. 분명히 끝도 있을 터였다. 머나먼 공간과 시간 속에서 길을 잃은 사람들이 그녀의 일상보다, 그리고 자꾸만 손가락 사이를 미끄러져 빠져나가는 그 유령의 집보다 더 현실감 있게 느껴졌다. 그녀는 더 생각할 것도 없이 리틀 아바나를 향해 차를 돌렸다.

'모퉁이를 돌 때마다 그곳에는 항상 과거가 있는 거야.'

그런 생각을 하며 그녀는 사람들이 가득 들어찬 골목으로 들어섰다.

달의 눈물

쿠이 파의 기분은 슬프기도 하고 행복하기도 했다. 매일 오후가 되면 아들을 안고 모성의 수호신 관음보살의 여러 모습이 그려진 병풍 옆에 앉았다. 그러고는 관음보살에게 남편 시우 멘드가 무사히 돌아오게 해달라고 기도했다. 관음보살은 자신의 왕좌가 있는 그 신비한 섬으로 갈 때 자갯빛 수련을 타고 갔다. 쿠이 파는 관음상을 보고 미소 짓곤 했다. 관음 곁에 있으면 안심이 되었다. 자비의 여신께서 땅으로 내려와 고난에 처한 자들을 보살피겠다고 하늘의 뜻을 거스르기까지 했는데 어떻게 안심이 되지 않을 수 있겠는가? 쿠이 파는 다른 신들은 두려웠지만 관음은 사랑했다. 다른 신들은 얼굴에 무서운 표정을 짓고 있지만 관음의 얼굴은 달처럼 환한 빛을 뿜어냈다. 그래서 쿠이 파는 두려울 때마다 관음에게 의지했다.

웽은 수출업을 위해 필요한 법적인 절차들을 해결하러 정기적으로 도시에 나갔다. 가끔은 시우 멘드의 소식을 갖고 돌아오기도 했다. 새끼 호랑이의 기질을 갖고 있어서 '로우푸차이'라는 별명이 붙은 어린 파그 리는 모든 이의 사랑과 보살핌을 받으며 자랐다. 쿠이 파를 키워준 유모 메이 레이는 친손자 대하듯 파그 리를 돌보았다. 오후가 되어 쿠이 파가 기도를 드리거나 남편의 소식을 기다리고 있으면 아이는 화덕 옆에 앉아 메이 레이가 들려주는 신들의 이야기와 하늘나라 이야기를 들으며 혼자서도 잘 자라는 듯했다. 다섯 살이 되자 다 큰 아이들이나 알 만한 정도의 낱말도 익힐 정도로 총명해져갔다. 호랑이띠로 태어난 사람에게는 별로 이상한 일도 아니었다.

파그 리가 좋아하는 이야기는 꽃을 먹고 사는 용맹한 태양왕의 전설이었다.

"할머니이." 아이는 거의 매일 졸라댔다. "태양왕이 불사약을 먹고 싶어하는 이야기 해줘요."

생선 토막과 야채로 수프를 끓이던 메이 레이는 잔기침을 하면서 목소리를 가다듬었다.

"그러니까 어떻게 되었느냐 하면 말이죠, 불사약은 어느 여신의 손에 있었어요. 여신은 약을 잘 숨겨두려고 무지 신경을 썼죠. 세상 무엇과도 바꾸고 싶어하지 않았어요. 태양왕이 달라고 몇 번이나 간청했지만 아무 소용이 없었죠. 그러던 어느 날 왕은 한 가지 꾀가 떠올랐어요. 백옥귀산(白玉龜山)에 올라가 그곳에 아름다운 수정궁을 만든 거예요. 아주 웅장하고 휘황찬란해서 여신은 당장 수정궁이 갖고 싶어졌지요. 그래서 태양왕은 불사약과 수정궁을 바꾸자고 제안했어요. 여신은 그러자고 했죠. 왕은 아주 만족해하며 불사약을 들고 집으로 돌아왔어요······"

"불사약을 바로 먹으면 안 된다는 이야기는 빼먹었어요." 파그 리가 끼어들었다.

"아, 그렇지! 여신은 불사약을 바로 먹으면 안 된다고, 그 전에 열두 달을 굶어야 한다는 말을 했죠. 그런데 태양왕이 불사약을 숨겨놓은 장소를 달의 여왕이 찾아낸 거예요······"

"또 빼먹었어요!" 파그 리가 말했다. "왕이 밖으로 나가 불사약을 지붕에 숨겨놓았잖아요······"

"그래 맞다, 맞아." 메이 레이는 수프에 양념을 더 넣으면서 말했다. "달의 여왕은 우연히 불사약이 있는 곳을 알아냈어요. 여왕은 태양왕이 밖으로 나간 사이 궁전을 이리저리 돌아다니다가 궁전 가장 높은 곳에서 환한 빛이 새어나오는 것을 보았죠. 신비의 불사약이었어요. 그렇게 불사약을 발견하게 되었고······"

"먼저 옷장 위로 올라갔잖아요."

"맞다, 옷장 위로 기어 올라갔지. 궁전 지붕이 너무 높았거든요. 그런데 불사약을 삼키자마자 몸이 붕 떠오르기 시작해······"

"지붕에 부딪히지 않으려고 벽을 붙잡아야 했어요." 파그 리가 지적했다. 아이는 이 부분을 가장 좋아했다.

"남편이 돌아와 약이 어디 있느냐고 묻자 달의 여왕은 창문을 열고 날아올랐어요. 태양왕이 붙잡으려고 했지만 이미 멀리멀리 날아올라 달이 있는 곳까지 가버리고 말았어요. 달은 계수나무로 가득했어요. 여왕이 갑자기 기침을 하는 바람에 불사약이 한 조각 튀어나왔는데, 그게 새하얀 토끼로 변했대요. 이 토끼가 여자들의 정신에 해당하는 '음(陰)'의 조상이에요."

"하지만 태양왕은 잔뜩 화가 났어요." 신이 난 파그 리는 남은 뒷이야기를 기다리지 못하고 직접 이야기를 이어갔다. "그래서 달의 여왕을 혼내주기 전에는 가만있지 않겠다고 맹세했어요. 모든 것을 듣는 옥황상제님이 왕이 협박하는 것을 듣고 왕 앞에 나타나 여왕을 용서하라고 했어요."

"그래, 그랬어요. 옥황상제는 태양왕을 달래려고 태양의 궁전과 사르사*로 만든 마법의 빵을 선물하며 말했어요. '이 빵은 더위를 막아줄 것이다. 만일 이 빵을 먹지 않으면 궁전의 불에 타 죽을 것이니라.' 그러고는 여왕을 보러 갈 수 있도록 달로 된 부적을 주었어요."

"달의 여왕이 태양왕을 만나러 갈 수는 없었어요. 마법의 빵이 없어서 궁전의 뜨거운 불을 막아낼 수 없었거든요."

"맞아요. 왕이 다가오는 걸 본 여왕은 도망치려고 했어요. 하지만 왕은 여왕의 손을 붙잡았어요. 그러고는 이제는 더이상 원한이 없다는 걸 보여주려고 계수나무 가지 몇 개를 아래로 내던졌어요. 향기로운 계수나무 가지가 광한궁(廣寒宮)으로 변하자 왕은 궁전을 보석으로 장식해주었어요. 그때부터 달의 여왕은 그 궁전에 살고 태양왕은 보름마다 한 번씩 여왕을 찾아갔어요. 그렇게 해서 하늘에는 양과 음의 조화가 생기게 된 거예요."

"그래서 달은 아주 둥글고 환해요." 파그 리가 소리쳐 말했다. "아주 행복했거든요!"

다음 날 오후, 아이는 몇 시간을 텃밭 사이로 뛰어다니며 놀다

---

* 백합과 관목.

가 다시 부엌으로 달려와 다른 이야기를 해달라고 졸랐다. 아이가 메이 레이보다 더 잘 외우고 있는 이야기였다.

우기가 왔다. 파그 리는 들판에 물이 넘쳐나는 광경을 바라보았다. 엄마는 아이를 집 안에 잡아두고 웽이 소개해준 선생님과 공부를 시작하도록 했다. 이제 파그 리는 친구들과 나가 놀 수 없었다. 몇 시간이고 복잡한 글자들을 열심히 따라 쓰느라 손가락에 먹물을 묻히곤 했다. 언젠가는 책 속에 숨어 있는 이야기들을 혼자 힘으로 읽어낼 수 있으리라는 기대로 위로를 삼았다. 그리고 오후에 숙제가 끝나면 화덕 옆에 앉아 들을 수 있는 메이 레이의 이야기 선물도 있었다.

대기가 차가운 어느 가을날 아침 시우 멘드의 편지가 도착했다. 집으로 돌아온다는 소식이었다. 쿠이 파는 장미라는 뜻의 이름처럼 활짝 피어나는 듯했다. 모든 신 가운데 삼신이 가장 섬김을 받는 것은 이유가 있었다. 메이 레이는 이제 하도 나이가 들어 할 일을 쉽게 잊어버리곤 했기 때문에 쿠이 파는 직접 삼신당을 공들여 돌보았다. 행운은 우연히 찾아오는 게 아니었다.

오 년 만에 처음으로 쿠이 파는 열정적으로 일을 하나 벌였다. 하녀를 데리고 마을로 나가 향 몇 상자와 제일 좋은 꿀 한 단지 그리고 수백 개의 초를 샀다. 아들과 남편, 메이 레이 그리고 자기가 입을 새 옷도 하나씩 맞췄다.

동지 축제 준비를 시작하기 훨씬 전부터 웽 집안의 제단들은 이미 커다란 초와 꽃으로 환하게 빛났다. 새해에도 건강과 복을 주십사 비는 여자들의 기도 소리가 겨울날의 차가운 공기 속에 퍼져나갔다. 쿠이 파는 조왕신 제단으로 가 북쪽 방향에서 따온 벌꿀을 조왕신의 입술에 발랐다. 그것은 신들이 사용하고 알아듣는 언어였다. 해마다 인간은 달콤한 꿀과 향기로운 꽃, 향 연기, 화사한 색깔의 옷을 신들에게 바쳤다. 꿀은 자신들의 하소연과 간청을 하늘나라의 옥황상제께 들고 올라가 전해줄 신에게 바치는 것이었다. 이렇게 많은 선물을 바쳤으니 틀림없이 시우 멘드가 무사히 돌아오리라 믿었다.

모든 게 분주하게 돌아가는 덕분에 파그 리는 한숨 돌릴 수 있었다. 공부가 잠시 중단되었을뿐더러 어른들은 아이에게 신경을 쓸 틈도 없었다. 파그 리는 친구들과 어울려 들로 뛰어다니며 연날리기를 했다. 오후가 되면 피어오르는 폭죽을 보며 감탄하기도 했다. 더 즐거운 일은 이맘때가 되면 메이 레이가 달콤한 과자들을 만든다는 것이다. 아이들은 나중에 따로 챙겨준다는 걸 알면서도 메이 레이가 조금만 방심하면 과자를 훔쳐내곤 했다. 즐거움의 절반은 맛있는 간식을 훔쳐내 숨어서 먹는 것이었다.

매일 밤 쿠이 파는 사당에 가서 신의 입술에 꿀을 발랐다.

"제가 아들을 어떻게 키웠는지 옥황상제님께 전해주십시오. 저는 혼자입니다. 아이 아빠가 있어야 해요."

향에서 피어오르는 연기 사이로 신이 반쯤 눈을 감고 미소를 짓는 듯했다.

예상도 못한 어느 날 밤 시우 멘드가 돌아왔다. 햇살에 그을려 더욱 까매져 있었고 매우 느긋한 분위기여서 가족들은 모두 놀랐다. 쿠바에 머무는 동안 그는 웽이 아바나로 보내주는 초와 조각상, 번창을 기원하는 상징물들, 향, 그 밖에 제의에 쓰이는 여러 물건을 매일 할아버지 위앙에게 확인받고 내다 파는 일을 맡아 처리했다.

그 빛의 도시에 현혹되어 그는 고국을 거의 잊고 지냈다. 시우 멘드는 할아버지 집에 산 탓이니 잘못은 할아버지에게 있다고 생각했다. 노인은 맘비였기 때문에 공화당 정부로부터 연금을 받았다. '맘비'는 쿠바에서 스페인 식민 통치에 대항해 싸운 반란군을 부르는 말이었다. 시우 멘드는 할아버지와 같이 살면서 위험으로 가득 찼던 할아버지의 인생 이야기를 듣다 섬나라에 대한 매력을 크게 느꼈던 것이다.

오후가 되면 가족들은 모여앉아 시우 멘드가 들려주는 섬나라 이야기를 들었다. 이국적인 과일들이 있고 매혹적인 존재들이 한없이 다양하게 넘쳐나는 그 섬은 마치 한나라 시대의 전설에 나오는 곳 같았다. 가장 흥미로운 이야기는 맘비 할아버지 위앙의 이야기였다. 아주 젊었을 때 그곳에 간 할아버지는 어느 비범한 사람을 알게 되었다. 일종의 계시를 받은 그 사람의 확신에 찬 연설을 듣고 할아버지는 모든 이의 자유를 위한 싸움에 가담하게 되었다. 그렇게 하여 맘비가 되었고, 수십 번의 모험으로 가득한 인생을 살게 된 것이다. 위앙 할아버지는 집 현관에 앉아 긴 파이프로 담배를 태우면서 자신의 인생 이야기를 시우 멘드에게 들려주었다. 어느덧 섬나라에 간 지 오 년이 지나 귀국할 때가 왔고 시우 멘드는 그 나라를 저버린다는 기분과 가족에게 돌아가고 싶은 바람 사이에서 갈등을 느끼며 다시 배에 오른 것이었다.

시간이 많이 흘렀다. 시우 멘드는 섬나라의 소금기 밴 맑은 공기를 잊을 수 없었다. 그러나 눈앞에 산적한 일에 파묻혀 추억들은 침묵하는 기억의 그물망 속에 붙잡혀버렸다. 그 무렵 나라를 바꾸겠다는 위협으로 벌어진 내전 소식이 새로운 바람에 실려 들려왔다. 동쪽에서 일본 사람들이 진군해 온다는 이야기도 있었다. 그러나 우기처럼 왔다가 가는 무성한 소문일 뿐이어서 마을 사람들은 아무도 신경을 쓰지 않았다.

사람들은 신년인 쥐의 해를 맞이하는 데 여념이 없었다. 이 년만 더 지나면 파그 리가 태어나고 십이지가 완전히 한 바퀴 돌아 다시 호랑이해가 올 터였다. 아이는 불의 기운을 타고났으니 돌아오는 호랑이해는 땅의 기운이 된다. 아무튼 시우 멘드는 이제 아들에게 아내를 찾아줄 때가 되었다는 생각을 했다. 쿠이 파는 아직 너무 이르다고 반대했지만 남편은 아내의 말에 귀를 기울이지 않았다. 그는 여러 차례 망설이다가 삼촌과 몇 번 은밀히 상의한 끝에 신붓감의 아버지와 이야기를 해보기로 했다. 두 집안 사이에 장래의 결혼을 기약하는 선물 교환이 있었다. 그러고는 각자 돌아가 결혼식을 위해 자기 집안에서 해야 할 일들을 시작했다.

그러던 어느 날 오후 전쟁이 터졌다.

햇살을 받은 수숫대가 초록으로 자라 오르자 미풍에 흔들리는 들판이 바다처럼 출렁였다. 쿠이 파는 침실에 들어앉아 슬리퍼에 수를 놓고 있다 고함 소리를 들었다.

"저기 온다! 저기 와!"

그녀는 본능적으로 보석들을 보관해놓은 곳으로 달려갔다. 손

아귀에 잡히는 대로 한 움큼 집어 옷 속에 숨겼다. 고함 소리가 다시 들려오기 전에 파그 리를 데리고 문으로 가다가 남편과 마주쳤다. 남편은 옷매무새가 흐트러진 채 땀을 흘리고 있었다.

"들판으로 가!" 시우 멘드가 조바심치며 소리를 질렀다.

"아이이*!" 쿠이 파는 부엌을 향해 메이 레이를 불렀다. "아이이!"

"그만둬요!" 남편은 아내를 밖으로 끌어내며 말했다. "다른 사람들과 같이 도망갔을 거요."

밭으로 들어가 채 백 걸음이나 옮겼을까 싶었을 때 총소리가 울려퍼졌다. 그리고 멀리서 고통에 찬 비명 소리가 들려왔다⋯⋯ 그들은 수수밭 사이로 숨어들었다. 수수 이파리가 얼굴을 할퀴고 살을 베었지만 시우 멘드는 걸음을 멈추지 않았다. 멀어질수록 더 안전했다. 수수밭 속으로 깊이 들어갈수록 빗방울처럼 뒤를 따라오는 총소리는 더 커졌다. 파그 리가 고통을 호소했지만 아버지는 멈추지 못하게 했다. 대포 소리가 희미한 소음이 될 정도로 멀어지자 시우 멘드는 비로소 아내와 아들을 쉬게 했다.

그들은 수숫대 사이에 숨어 가능한 한 편하게 자리를 잡았다. 그러나 밤새 아무도 잠을 이루지 못했다. 잠시 후 비명 소리가 들렸다. 쿠이 파는 누구의 목소리일까 생각하며 자신의 손을 아플 정도로 꽉 움켜쥐었다. 공포와 불편함 때문에 아이가 훌쩍거렸다.

"그래도 우리는 살아 있잖아." 시우 멘드는 두 사람을 안심시키

---

* 이모, 고모, 아주머니 등을 뜻하는 중국어. 유모에 대한 쿠이 파의 친밀감이 담겨 있다.

며 말했다. "다른 사람들도 그럴 가능성이 있어. 이제 그 사람들을 만나게 될 거야."

머리 위로 달이 떠올랐다. 이슬처럼 축축한 달이 옷을 적셨다. 한기와 습기가 뼛속까지 파고들었다. 쿠이 파는 아들을 안으며 은빛 동그라미를 향해 눈을 들었다. 자비의 신 관음의 얼굴이 사무치게 떠올랐다. 하늘은 온통 울고 있는 듯했다. 수수밭에 차오르는 물은 달의 눈물일까? 시우 멘드는 두 사람에게 더 바짝 몸을 붙였다. 아침이 올 때까지 세 사람은 그러고 있었다.

총성이 갈수록 줄어들더니 어느 순간 완전히 사라졌다. 길쭉하게 날이 선 수수 이파리 사이로 둥그런 태양이 보이자 쿠이 파는 안도의 숨을 내쉬었다. 그러나 시우 멘드는 밖으로 나가지 못하게 했다. 그들은 벌레들과 배고픔, 갈증에 시달리며 하루 종일 수수밭에 숨어 있었다. 다시 해가 지고 하늘에 별이 반짝이기 시작하자 그제야 시우 멘드는 나갈 시간이 되었다고 생각했다.

잔뜩 공포에 질린 채 그들은 밭 가장자리까지 되돌아왔다. 그곳에서 시우 멘드가 그들을 멈춰 세웠다.

"내가 나가보겠소." 그가 아내에게 말했다. "내가 돌아오지 않으면 도망쳐요. 여기 있으면 안 돼요."

쿠이 파는 남편의 고통스러운 비명 소리를 듣게 되지 않을까 매 순간 두려워하며 불안하게 기다렸다. 하지만 다시 밤의 침묵을 차지한 귀뚜라미의 울음소리뿐이었다. 순간 옷 속에 감추었던 보석 생각이 났다. 더 안전한 곳에 숨겨야 했다. 남편이 없으니 떠오르는 곳이 있었다. 그랬다. 그곳에 숨기면 아무도 발견하지 못할 것이다……

곤충들은 여명이 찾아오기 전 선선한 바람이 감돌자 울음소리를 죽였다. 둥근 달이 조금씩 움직였다. 냉기와 습기는 더해갔다. 끝없이 펼쳐진 눈물 어린 안개가 그들 머리 위로 솟아올랐다. 바람이 유령처럼 불더니 발걸음 소리가 수수밭으로 다가왔다. 쿠이 파는 잠든 아이를 가슴에 끌어당겼다. 시우 멘드였다. 어두웠지만 남편 얼굴 표정이 너무도 분명해 쿠이 파는 물어볼 필요조차 없었다. 무릎이 꺾이며 그녀가 남편 앞에 주저앉았다. 아이를 받칠 힘조차 없었다.

"가야 하오." 남편은 그렁그렁한 눈으로 아내를 일으키며 말했다. "이제 할 수 있는 건 아무것도 없소."

"하지만 집은……" 그녀는 중얼거렸다. "밭도……"

"집은 이제 없소. 땅은…… 파는 게 좋겠소. 군인들이 물러가긴 했지만 다시 돌아올 거요. 여기 남아 있고 싶지 않소. 웽 삼촌에게 약속한 것도 있고."

"큰아버지를 봤어요?"

"돌아가시기 직전에."

"그럼 메이 레이는요? 다른 하인들은?"

시우 멘드는 대답 대신 아이를 잡고 다른 손으로는 아내를 붙잡았다.

"다른 곳으로 갈 거요." 그가 목이 멘 목소리로 말했다.

"어디로 갈 건데요?"

남편은 잠시 아내를 쳐다보았다. 그러나 남편의 눈은 그녀를 보고 있는 게 아니었다. 마침내 대답을 했을 때 그것은 남편의 목소리 같지가 않았다. 옥황상제의 나라로 돌아가고 싶어하는 인간의 목소리였디.

"쿠바로 갈 거요."

당신을 증오해, 하지만 아직도 사랑해

토요일마다 그러듯 세실리아는 부두를 따라 걸었다. 보드를 타는 사람들과 아이를 데리고 나온 부부, 자전거를 타는 사람, 조깅하는 사람으로 가득한 공원을 바라보았다. 목가적인 동시에 황량하기도 한 풍경이었다. 행복해하는 표정의 수많은 얼굴을 보면서 그녀는 기분이 좋아지기는커녕 고독감을 느꼈다. 그러나 그런 번민은 공원에서만 느끼는 것이 아니었다. 온 세상이 그랬다. 문명이라고 부르는 모든 곳에서 그랬다. 대인 관계가 필요 없는 야생의 험준한 지역이 오히려 행복하지 않을까 싶었다. 사람들과의 관계는 그녀의 불안감을 더 자극할 뿐이었다. 하지만 뜨겁고 바다가 있는 라틴의 도시에서 태어난 그녀는 지금 뜨겁고 바다가 있는 앵글로색슨 도시에서 살고 있다. 그러니 고독은 그녀의 업이었다.

그녀는 늘 자신의 시간과 세상에서 이방인이 된 기분이었다. 그런 느낌은 최근 들어 더했다. 아마도 그래서 그 바에 자꾸 가는 것인지도 몰랐다. 아말리아의 이야기를 통해 자신의 현재를 잊을 수 있었다.

세실리아는 항상 지리적으로 멀리 떨어진 곳의 사람들에게 관심을 갖고 살아왔다. 엄마와는 정반대였다. 엄마는 자신의 땅인 섬나라와 관련된 것이라면 모두 사랑했다. 그래서 딸에게도 세실리아라는 이름을 지어주었다. 시릴로 비야베르데의 소설 『세실리아 발데스』에 대한 오마주였다. 소설은 거의 의무적으로 읽어야 할 고전이었다. 하지만 세실리아는 그런 열정은 그림자만큼도 물려받지 못했다. 그녀는 자신의 과거에 무관심했다. 학교에 가면 늘 되풀이되는 말을 들어야 했다. 이 섬나라에는 배고픈 사람, 힘센 사람이 늘 있어왔다고. 서로 다른 역사의 시기에도 많이 가진 사람이 있는가 하면 적게 가진 사람이 늘 있어왔다고. 그것은 라 펠로나*가 올 때까지 착취자들과 착취당하는 자들이 끝없이 되풀이된다는 이야기였다. 예지력 있는 할머니가 그 별명을 붙이자 그의 승리에 찬 입성을 환호하던 이웃 사람들은 대경실색했다.

그 뒤에 일어난 일은 이전에 일어났던 일들보다 심했지만 학교에서는 그에 대해 다루지 않았다. 라 펠로나는 낫을 휘둘러 사람들의 생명과 재산을 휩쓸었다. 오 년도 채 지나지 않아 나라는 지옥의 문전에 있었다. 델피나 할머니는 이번에도 아무도 예견하지 못한 것을 보았다. 할머니의 예지력을 의심했던 사람들은 그때부터 신에 가까운 누군가가 그녀의 입을 통해 말한다는 사실을 인정했

---

* '머리칼 없는 여자'라는 뜻. 해골은 머리털이 없다는 데서 비롯된 '죽음의 사자'를 비유하는 표현으로 자루가 긴 낫으로 사람의 목을 친다고 한다. 이 소설에서는 피델 카스트로를 말한다.

다. 그녀는 이제 공식적인 예언자가 되었다. 시간이 지나 할머니가 가족들과 사구아로 이사 가게 되자 사람들은 상이라도 당한 듯 애통해했다.

그러나 할머니는 점치는 일을 업으로 삼지 않았다. 결혼을 하고 난 뒤에는 아바나로 집을 옮겼다. 딸도 잘 키우고 꽃도 가꾸고 싶어서였다. 할머니는 장미와 카네이션을 키우는 솜씨가 매우 뛰어났다. 그래서 이웃에서는 꽃을 좀 팔라고 했지만 그럴 때마다 할머니는 줄기를 자르고 싶지 않다며 거절했다. 아주 가끔 특별한 경우에만 몇 송이씩 잘라 선물했는데, 그러면 이웃 사람들은 보석이라도 받은 듯 좋아했다.

세실리아는 풀밭 사이로 난 구불구불한 길을 따라 걷기 시작했다. 야생 나팔꽃과 협죽도가 드문드문 나 있었다. 할머니의 집은 정원이나 마찬가지였다. 자기 식기와 가구 들, 바카라*용 컵, 옷 등 모두 꽃이 모티브였다. 화사하고 찬란한 자연 속에 있으니 자꾸만 할머니 생각이 났다.

휴대전화 벨이 울리는 바람에 세실리아는 상념에서 깨어났다. 프레디였다.

"뭐 해?" 프레디가 물었다.

"산책 좀 하고 있어."

"오늘 밤 할 일 있어?"

세실리아는 산책로를 벗어나 해변으로 향했다.

"〈디스커버리〉 채널에서 피라미드에 대한 프로그램을 방영한대

---

* 이탈리아식 주사위 놀이.

서 보려고 하는데."

"바에 같이 가지 않을래?"

세실리아는 바로 대답하지 못한 채 몇 걸음 더 걸었다.

"외출할 마음이 생길지 어떨지 모르겠어."

그러고는 구두를 벗기 시작했다.

"세실리아, 너 바람도 좀 쐬고 그래야 해. 작년에는 휴가철 내내 집에 틀어박혀 있었잖아."

"나를 잘 알면서 그래."

"반사교적이지."

"은둔자라고 하는 거야." 세실리아가 고쳐 말했다.

"수녀의 소명을 가졌지." 프레디가 덧붙였다. "근데 불행하게도 너는 가톨릭 신자가 아니라서 수녀원에 들어갈 수가 없으니 이를 어째? 그렇게 되기만 하면 너한테는 환상적일 텐데. 남자를 찾아야 할 필요도 없고 말이야."

"남자를 찾아다닐 맘도 없어. 차라리 수녀복을 입고 말지."

"거봐. 폐허가 된 아바나의 성 세실리아 수녀님. 푸른 수염 거인*이 죽으면 사람들이 너를 기리기 위해 바레토 숲에 작은 수도원을 세워줄 거야. 네 집이 되는 거지. 사람들은 그곳까지 순례를 가고. 아마 손수레든 바퀴 달린 썰매든 뭔가를 타고 언덕 위 트로피카나**에서 수도원을 향해 뛰어내리겠지. 모두 술에 취해 있고 옷에 반짝이 장식을 달고 있을 거야. 아마 상도 있지 않겠어? 나띵

---

* 페로의 동화 속에 등장하는 아내를 여섯 번이나 죽였다는 괴물.
** 세계적으로 유명한 아바나의 카바레.

굴어 죽지 않고 살아남아 수도원에 도착하는 사람은 그 달의 성인 성녀로 공표되는 거지……"

세실리아는 더이상 프레디의 말에 귀를 기울이지 않고 바위에 부딪는 바다를 바라보았다. 그곳에서 그녀는 은둔자였다. 그곳에는 과거가 없었다. 그녀의 과거는 저쪽 도시에 남겨두고 왔다. 행복한 유년의 일부이자 잃어버린 청소년기의 일부이며, 돌아가신 부모님이 있는 그 도시를 잊으려고 무척 애써왔다…… 어쩌면 부모님 때문인지도 모른다. 혼자라는 돌이킬 수 없는 사실을 기억하기 싫어서.

문득 이모할머니 생각이 났다. 델피나 할머니의 유일한 자매였다. 이모할머니는 삼십 년 전 할머니의 충고에 따라 쿠바를 떠난 뒤 줄곧 마이애미에 살고 있었다. 세실리아는 그녀를 딱 한 번 만났을 뿐 다시 만날 기회가 없었다.

"내 말 듣고 있어?" 프레디가 소리를 빽 질렀다.

"응."

"그래서 같이 갈 거야 말 거야?"

"생각 좀 해보고 나중에 알려줄게."

고독이 단테의 바퀴*처럼 그녀 주위를 짙게 감쌌다. 라우로에게 전화하려고 수첩을 뒤졌다. 매번 전화번호를 휴대폰에 저장시켜놓아야지 생각하면서도 잊어버리곤 했다. 그래서 다 해진 수첩을 항상 들고 다녔다. 같은 페이지에 있는 번호 하나가 눈에 들어왔

---

* 〈신곡〉의 '천국 편'에서 단테가 맞닥뜨린 빛을 내는 바퀴. 그 바퀴 속에 나타난 하느님의 얼굴을 배례함으로써 〈신곡〉의 여행이 끝난다.

다…… 그래, 아직 가족이 있기는 했다. 시내에 살고 있는 노파. 왜 다시 그녀를 보러 가지 않았을까? 고통 때문이었다고 말할 밖에. 다시는 결코 가질 수 없는 무언가를 추억하고 마음에 계속 담아두게 될까봐 두려웠다. 하지만 그건 너무 이기적인 게 아닐까? 어떤 게 더 나쁠까? 기억을 회피하는 일일까, 기억과 대면하는 일일까? 그녀는 마음을 다잡고 전화번호를 누르기 시작했다.

롤로는 넓은 보도와 풀을 막 깎아낸 잔디밭이 펼쳐져 있는 동네에 살고 있었다. 쿠바 요리의 두 대표 주자인 라 카레타와 베르사유 레스토랑에서 아주 가까운 거리였다. 그 레스토랑들은 밤 나들이를 즐기는 사람들이 많이 들르는 곳이었다. 대부분의 레스토랑이 자정도 되기 전에 문을 닫아 제대로 돈벌 기회를 잃는 반면 이 레스토랑들은 새벽까지 열려 있었다.

세실리아는 기억을 더듬어 집을 찾아보려 애썼다. 그러나 건물들이 모두 똑같은 모양이었다. 종이를 꺼내 번지를 살펴보았다. 모퉁이를 잘못 들어섰다. 두 블록 더 걸어가서야 집을 찾을 수 있었다. 층계를 올라가 초인종을 눌렀다. 초인종은 소리가 나지 않았다. 안에서는 앵무새 지저귀는 소리 사이로 간간이 웅웅거리는 이상한 소리가 들려왔다.

"풉풉, 꺼져……" 앵무새가 소리를 질렀다.

바닥을 질질 끄는 발걸음 소리가 문 쪽으로 가까워졌다. 세실리아는 문구멍 너머로 어른거리는 그림자를 보았다.

"누구요?"

세실리아는 한숨을 내쉬었다. 노인들은 왜 이런 식일까? 누군지 보이지 않는 건가?

"저예요 할머니…… 세시예요."

내다보이는 사람이 짐작되는 그 사람인지 확신이 없어서 확인하고 싶은 걸까? 아니면 기억을 못하는 걸까?

문이 열렸다.

"들어와라, 애야."

앵무새는 계속 야단이었다.

"가버려, 가라고……"

"조용히 못 하니, 피델리나! 계속 그러면 셀러리를 먹일 테다."

그러자 소리가 그쳤다.

"어째야 할지를 모르겠구나. 이웃에서 들고일어나기 직전이다. 죽은 데메트리오가 남겨놓은 게 아니었다면 벌써 어디 줘버렸을 텐데."

"데메트리오라고요?"

"구 년 동안 나랑 빙고 게임을 한 사람이다. 네가 나를 보러 온 날도 여기 있었잖니."

세실리아는 기억이 없었다.

"이 염병할 앵무새 한 마리를 유산으로 남겨줬는데 하루 종일 쉬지도 않고 재잘대는구나."

새가 다시 깍깍거렸다.

"퓽퓽, 나가…… 꺼져. 이런 구더기 같으니."

"피델리나!"

고함 소리가 아파트를 울려댔다.

"이러다간 곧 사람들한테 공산주의자라고 몰릴 것 같구나."

"누가 저런 말을 가르친 거예요?"

세실리아는 구더기라는 단어를 기억하고 있었다. 마리엘 항구의 엑소더스* 직전에 페루 대사관에 피신한 수천 명의 망명자를 비난하며 섬사람들이 합창해대던 말이었다.

"이 악마 같은 새가 아바나에서 나온 비디오를 보고 배웠지 뭐냐. 찾아오는 사람들한테 매번 저렇게 조롱을 해대니."

"풍풍, 꺼져……"

"에휴, 이러다가 이웃 사람들이 나를 산 채로 불태우겠다고 할라."

"천 조각 없어요?"

"뭐 하게?"

"있어요?"

"그래."

"갖다주세요."

할머니는 방으로 가더니 시트를 접어 갖고 왔다. 세실리아는 시트를 펴서 새장으로 집어던졌다. 새소리가 그쳤다.

"그런 건 별로다." 이모할머니가 미간을 찌푸리며 말했다. "잔인하잖니."

"새가 사람들 고막에 대고 저딴 소리를 해대는 게 더 잔인해요."

---

* 1980년 4월 만여 명의 쿠바인이 정치적 피난처를 찾아 아바나 주재 페루 대사관에 들이닥치는 등의 상황이 발생하자, 카스트로 쿠바 대통령은 아바나 남서쪽의 마리엘 항구를 개방하고 원하는 사람은 쿠바를 떠날 수 있도록 허용했다. 그러자 마리엘 항구를 통한 대규모 망명이 이루어졌고, 뗏목을 타고 쿠바를 떠난 사람이 6개월간 12만 5천 명에 달했다.

이모할머니는 한숨을 내쉬었다. "커피 마시겠니?"

두 사람은 주방으로 갔다.

"왜 저 새를 버리지 못하시는지 모르겠네요."

"데메트리오가 남긴 거라니까." 이모할머니는 고집스럽게 말했다.

"다른 사람한테 선물하는 게 뭐 나빠요."

"그래, 그럼 데메트리오한테 한번 물어나보자꾸나. 하지만 그가 찾아오고 싶어할 때까지 기다리는 수밖에. 나는 델피나가 아니잖니."

세실리아는 커피포트에 정신을 팔고 있다가 마지막 말을 듣고 곧바로 시선을 들었다.

"네?"

"델피나라면 지금 당장 그를 불러내서 어떻게 하면 좋을지 물어볼 수 있겠지만 나는 기다려야 할 거 아니냐."

세실리아는 이모할머니에게서 눈을 떼지 못했다. 델피나 할머니의 영적 능력을 의심한 적은 한 번도 없었다. 가족들이 얘기하는 일화가 너무 많았으니까. 그러나 지금은 이모할머니의 말이 사실인지 나이가 많아서 분별력이 없어진 건지 확신할 수 없었다.

"나 정신 나간 거 아니다." 이모할머니는 안색 하나 변하지 않고 말했다. "가끔은 그가 여기 가까이 돌아다니는 게 느껴져."

"할머니도 유령을 봐요?"

"얘기했잖니. 난 델피나와는 다르다니까. 델피나는 델포이의 신관처럼 신탁의 사자였어. 어머니는 언니가 세례를 받을 때 이미 예감했지 싶다. 델피나는 원할 때마다 망자들과 얘기를 나눌 수 있었단다. 델피나가 불러내면 망자들은 웅성거리며 떼로 나타났지. 나도 망자들과 얘기를 할 수는 있어. 하지만 그들이 나타날 때까지 기다려야 해."

"그럼 우리 엄마랑 이야기할 수 있어요?"

"아니, 델피나나 데메트리오하고만 가능해."

세실리아는 커피에 설탕을 넣었다. 그녀는 이게 모두 사실인지 확신하지 못했다. 이모할머니 기분을 상하게 하지 않고 물어볼 방법이 없을까?

"망자들과 얘기를 나눈 게 언제부터인데요?"

"어릴 때부터였다. 정원에서 놀고 있는데 우리 할머니가 왔길래 이야기를 나누었어. 가족들이 보고 싶어서 왔나보다 생각했지. 근데 바로 그 시간에 할머니는 코바동가 병원에서 죽어가고 있었다는 걸 다음 날 알게 되었다. 그 이야기는 델피나에게만 털어놓았지. 그랬더니 언니가 나를 달래면서 걱정 말라고 하더구나. 자기는 더 심한 경우도 있었다고 말이야. 그래서 언니도 망자들을 볼 수 있다는 사실을 알게 된 거야."

"하지만 델피나 할머니는 그 죽음을 예감하지 못했잖아요. 가족 가운데 어느 누구도 이모할머니가 환영을 본다는 얘기는 안 했는데요."

"내 증상은 중요하지 않았거든. 델피나에게 일어나는 일들이 하도 별난 게 많아서 말이다. 좋은 소식이든 나쁜 소식이든 늘 먼저 알 수 있었으니까. 비행기가 추락한다든지 누가 누구와 결혼하는지, 또 갓 결혼한 부부에게 자녀가 몇이나 생기는지, 세상 어느 곳에서 천재지변이 일어나 수천 명의 사람이 죽게 되는지…… 그런 일들을 알아맞혔어. 델피나는 너희 엄마가 너를 가졌을 때 제일 먼저 알았단다. 너희 할아버지가, 주님과 함께하시기를, 저세상에서 알려주었거든. 언니는 너덧 살 때부터 아주 오래전에 죽은 집안사람들과 이야기를 나누었단다. 처음에는 집에 찾아온 손님인 줄 알았대. 그런데 아무도 손님에게 말을 걸지 않으니 자기도 아는 척하면 안 되는 걸로 생각했지. 더 나이가 들어 말을 할 수 있게 되자 망자들에게 물어보았지. 그제야 그들이 현실의 사람이 아니라는 것을 알게 되었어…… 살아 있지 않은 사람이라고 해야겠구나."

"놀랐겠네요."

"언니가 '손님들' 얘기를 하자 기겁한 건 부모님이었다. 부모님은 언니가 미쳤거나 지어낸 이야기라고 생각했어. 언니는 그게 아니라고 두 분을 설득하려고 했지. 그래서 증조부와 증조모가 두 분의 어린 시절에 대해 언니에게 들려주었던 것을 이야기했단다…… 델피나가 알 턱이 없는 비밀스러운 얘기였지. 그래서 부모님은 더 경악했지."

세실리아는 다 마신 커피 잔을 개수대에 놓았다.

"어쩌다가 이런 이야기를 하게 되었지?" 롤로 할머니가 중얼거렸다. "방으로 가자꾸나."

그들은 주방을 나와 다른 방으로 갔다. 문을 열어놓고 문 바로 옆에 앉았다.

"네 얘기 좀 해다오." 이모할머니가 재촉했다.

"해드릴 만한 얘기가 없어요."

"그럴 리가 있니. 너처럼 젊고 예쁜 아가씨라면 연애도 하고 있겠지."

"일하느라 시간이 없어요."

"시간은 만드는 거란다. 외출도 안 한다고는 믿기지 않는구나."

"가끔 해변에 가곤 해요."

세실리아는 바 얘기는 하지 못했다. 조카손녀가 그런 음침한 곳에 다닌다는 걸 알면 좋아하지 않을 듯했다.

"내가 네 나이 때 아주 잘 다니던 작은 바가 두어 군데 있었지."

"이 도시에는 갈 만한 데도 없어요. 세상에서 가장 따분한 곳이라니까요."

"여기에도 좋은 곳들이 있단다."

"그런 곳이 어디 있어요?"

"비스카야 궁전도 좋고, 아니면 코럴 캐슬도 괜찮아."

"가보지 않았어요."

"그럼 언제 주말에 전화할 테니 같이 가보자꾸나." 이모할머니는 손가락으로 조카손녀를 겨누며 다짐했다. "두고 봐라. 괜한 헛수고 하는 게 아닐 테니."

삼십 분 후 층계를 내려오면서 세실리아는 다시 앵무새의 울음소리를 들었다. 새장에서 놓여난 모양이었다.

이모할머니 말이 맞았다. 엄청난 추녀이기라도 한 듯이 틀어박혀 살 이유가 없었다. 바 생각이 났다. 여러 번 갔지만 춤은 한 번도 추지 않았다. 실내가 어두워서 그녀가 어떻게 춤을 추는지 아무도 알아보지 못할 터였다. 게다가 과광코*가 뭔지조차 모르는 스웨덴인이며 독일인들 틈에 서 있으면 명문가의 여왕 같을 것이다.

---

* 쿠바 룸바의 하나.

그러나 막상 바에 도착하기만 하면 매력적이기 그지없는 아말리아의 이야기에 세실리아는 춤이고 뭐고 다 잊어버렸다.

세실리아는 차를 몰았다. 집에 들러 옷을 갈아입고 바에 앉아 마티니를 한잔하며 외로움을 쫓을 시간은 있었다. 심장이 간질거리는 기분이었다. 그리고 사실 아말리아의 기억 속에 담긴 옛날이야기가 자신을 기다리고 있는데 고독이 뭐 그리 대수겠는가?

내 영혼의 영혼

마을은 비야 델 우모 근방에서 서쪽으로 조금 떨어진 곳에 있었
다. 카르보네라스 데 과다사온으로 가던 사람이 말해준 대로였다.
마을의 생김새는 쿠엥카 산악 지대에 널리고 널린 다른 마을들과
비슷했다. 무엇보다 지도에도 나오지 않는 마을이라는 게 그랬다.
그러나 다른 점도 있었다. 마을 사람들은 그곳을 토렐릴라라고 불
렀지만 그 이름은 산자락 기슭에 사방으로 피어 융단을 만들며 강
가까지 이어져 있는 초롱꽃과는 아무 상관이 없었다. 그 지역에 아
주 흔한 사프란의 보라색과도 전혀 관계가 없는 이름이었다.

토렐릴라는 그 지역에 사는 환상의 존재 때문에 붙여진 이름이
었다. 전해오는 이야기에 의하면 그곳에는 마을보다 오래된 정령
이 살고 있었다. 그 정령은 몇백 년 전부터 마을의 샘에 살고 있었
다. 사람들은 정령을 '샘의 요정'이라고 불렀다. 성 요한 축일이면
요정을 볼 수 있다고 믿는 사람도 많았다. 그날이 되면 요정이 물

의 궁전을 빠져나와 반쯤 무너진 망루 옆에 앉아 머리를 빗곤 한다는 것이었다. 나이 든 할머니들은 요정이 갈리시아 지방의 '모우라'와 친척이라고 믿었다. 그래서 그날 머리를 빗으러 나오는 거라고 했다. 아스투리아스 지방의 샘의 요정 '사나'의 조카라고 말하는 노인들도 있었다. 개울과 강에 사는 사나들도 몸단장에 매우 집착했다. 어쨌든 북쪽 지방의 친척 요정들이 흰색을 좋아하는 것과는 달리 토렐릴라에 사는 이 산악의 요정은 연보라색 튜닉을 입었다.*

앙헬라는 토렐릴라에 왔을 때 이런 사실을 전혀 몰랐다. 들은 적이 있다 해도 전혀 관심을 보이지 않았을 터였다. 앙헬라도 그녀의 부모도 파코의 집에서 대략 백 보쯤 떨어진 작은 집을 단장하는 데 여념이 없었다. 전에는 창고로 쓰던 곳이었다. 이제는 지붕 틈새로 햇살도 들어왔다. 여기저기 금이 간 창으로 밤의 냉기가 스며들기도 했다.

다행히 들일이 별로 없는 철이었다. 아직 이삭도 나지 않은 어린 싹이 잡초 때문에 죽지 않도록 살피기만 하면 됐다. 페드로와 파코는 마을 남자 둘과 함께 집을 고치느라 여념이 없었다. 그사이에 여자들은 이불과 커튼에 수를 놓았다. 코가 발그레하고 땅딸막한 도냐 아나가 바느질을 하면서 간간이 그 지역의 관습에 대해 앙헬라에게 주의를 주었다.

"오솔길에서 멀리 벗어나지 마라." 아나 할머니가 말했다. "이곳은 산악 지대라 온갖 종류의 짐승이 돌아다니거든…… 그리고

---

* 토렐릴라(Torrelila)는 '탑(torre)'과 '라일락 또는 연보라색(lila)'의 합성어이다.

모르는 사람은 믿지 마라! 아무리 해를 입히지 않을 것처럼 보이는 사람이라도 믿으면 안 돼. 가엾은 히메나 부인과 같은 일이 생겨서는 안 되지. 히메나는 그림이 그려져 있다는 동굴에서 플루트를 연주하는 악마를 봤다지 뭐냐. 그때부터 완전히 미쳐버렸어……"

앙헬라는 반쯤 흘려듣고 있었다. 마르티니코는 어떻게 되었을까 잠시 생각했다. 가족들이 아름다운 풍경에 취해 잠시 쉬었던 '마법 도시'를 지나고 나서부터 두엔데는 더이상 나타나지 않았다. 마법 도시라는 이름은 천 년 동안 물의 손길이 흘러내려 바위들에 무늬가 생겼기 때문에 붙여진 것이었다. 그 바위들 사이로 걸어다니면 마치 유령 마을이나 신비한 성의 정원을 산책하는 듯했다.

마르티니코는 온갖 소음을 만들며 그들이 가는 길에 나뭇가지를 꺾어가며 따라오더니 그 도시의 언덕 실루엣이 보이자 죽음과 같은 침묵을 지켰다. 앙헬라는 그 성가신 두엔데가 적어도 하느님의 지으심에 무심하지는 않구나 생각했다. 시간이 좀더 지나자 두엔데가 자취를 감추었다는 걸 알아챘다. 그러나 대수롭게 생각하지는 않았다. 그 도시에 넘쳐나는 구석진 곳을 뒤지고 있을 거라 생각했기 때문이다. 토렐릴라에 도착한 지 이틀이 지나고 나서야 더이상 두엔데가 나타나지 않는다는 사실을 깨달았다. 영원히 두엔데에서 벗어나게 된 걸까? 아마도 두엔데는 살기에 더 좋은 곳을 찾아다니는 존재인 모양이었다.

"그러나 그 상태는 별로 오래 지속되지 않아." 아나 할머니는 커튼 주름의 끝부분을 확인하며 말했다. "그렇게 그녀는 계속 기다리는 거야. 자신을 마법에서 꺼내줄 젊은이를 말이지. 그 일을 해내는 사람은 그녀와 결혼을 하고 또 어마어마한 부를 얻게 되는 거지…… 어떤 사람들은 불멸까지도 얻게 된다고 말했지."

앙헬라는 아나 할머니가 동화 얘기를 하고 있는지 그 지방의 전설을 이야기하고 있는지 알지 못했다. 하지만 굳이 물어볼 생각은 없었다. 어떻든 별로 관심이 없었다. 엄마가 화덕의 바비큐 고기 꺼내는 일을 도와달라고 부를 때까지는 자기 일에 몰두하느라 남자들이 귀가하고 있다는 것조차 알아채지 못했다.

매일 아침 산자락의 조용한 신음 소리가 들렸다. 오래 묵은 고통이 요동치는 듯했다. 앙헬라는 오후가 되면 하루의 일을 끝내고 요리에 쓸 만한 야생풀을 뜯으러 근방으로 나갔다. 자루에 빵과 꿀, 과일을 담아 들고 먹으면서 걷곤 했는데 어느 오후 사람의 발이 거의 닿지 않은 좁은 오솔길을 따라 걷다가 산속의 다채롭고 무성한 초록색 나무들 사이에서 길을 잃었다. 울적한 기분이 조금씩 되돌아오는 느낌이었다. 몇 달 전 마르티니코가 찾아오기 전에 느끼던 그런 기분이었다. 이제는 번민도 같이 묻어 있었다. 아마도 뭔가를 기다리는 듯한 숲의 침묵 때문일 터였다. 아니면 습관처럼 쉬지 않고 고통스럽게 두방망이질해대는 심장의 고동 때문이거나.

그렇게 몇 주가 흘렀다.

어느 날 아침, 평소보다 일찍 잠자리에서 미끄러져 나와 풀을 뜯으러 가기로 했다. 밤새도록 이상한 불안감을 느꼈다. 이전에는 가보지 않았던 곳까지 올라가는 길에 가슴이 심하게 고동쳤다.

앙헬라는 본능의 힘에 이끌려 안개 자욱한 컴컴한 봉우리로 올라갔다. 바람이 휘잉 이상한 소리를 내며 불었다. 소리가 어디서 나오는지 금세 알아차렸다. 샘 옆에 망루가 무너져내려 산산조각 나 있었고, 잔해 사이에서 공기가 희롱을 하고 있었다. 올라오느라 힘이 들었던 그녀는 잠시 쉬려고 앉았다.

여름이 다가오고 있는데도 산악 지대라서 아침의 냉기가 사방에서 새어나왔다. 앙헬라는 햇살을 느끼려고 고개를 들어 태양을 바라보았다. 햇살은 이제 막 힘차게 데워지기 시작했다. 등 뒤에서 얇은 천이 사삭거리는 소리가 산들바람 소리를 덮었다. 앙헬라는 깜짝 놀라 뒤돌아보았다. 샘 옆에서 한 소녀가 발을 물에 담근 채 머리를 빗고 있었다.

"안녕." 앙헬라가 인사를 건넸다. "네가 오는 줄 몰랐어."

"날 못 본 거야." 소녀가 머리 손질을 멈추지 않은 채 대답했다. "네가 길에 나타났을 때부터 여기 있었는걸."

앙헬라는 대답하지 않고 낯선 소녀의 어깨 위로 흘러내리는 황금빛 머리카락을 쳐다보았다. 갑작스럽게 불안한 슬픔이 느껴졌다. 소녀는 손질을 멈추고 미소를 지어 보였다.

"이런 곳에 다니면 안 돼."

"그런 주의를 받긴 했어." 앙헬라는 아나 할머니의 말을 떠올리며 수긍했다.

"이 산에는 어린 여자아이에게 위험한 게 너무 많아."

"너도 어린데 숲에서 태연히 머리를 빗고 있잖아."

낯선 아이는 앙헬라를 잠시 쳐다보더니 말했다. "너 무슨 일이 있구나."

"나 말이야?"

소녀는 대답을 기다리며 앙헬라를 가만히 바라보고만 있었다. 앙헬라의 발이 이슬에 젖은 고사리 사이에서 노닐고 있었다.

"나도 모르겠어." 앙헬라가 마침내 인정했다. "가끔 울고 싶어져. 근데 이유를 모르겠어."

"사랑의 병인가?"

"누굴 사랑하고 있지도 않은걸."

"그 고사리를 뜯어서 집으로 가져가." 소녀가 말했다. "행운을 가져다줄 거야."

"너 마녀니?"

소녀가 웃어댔다. 웃음소리는 산봉우리에서 흘러 내려오는 개울의 속삭임 같았다. 앙헬라는 소녀가 머리에 다시 빗을 꽂은 걸 보고 어떤 징조를 느꼈다.

"말해줄 게 더 있어." 그녀는 아침 햇살을 가리기 시작하는 안개를 바라보더니 말을 이었다. "오늘은 특히 위험한 날이야. 꿀 가져왔니?"

"좀 줄까? 빵도 있어."

"내가 먹을 게 아니야. 누군가 또 다른 존재를 만나면 갖고 있는 음식을 건네주도록 해."

"누가 먹을 걸 달라는데 안 준 적은 없는걸."

"아무도 너에게 뭘 달라고 하지는 않을 거야. 네가 주겠다고 해야 해. 오늘이든 여름이 시작될 며칠 사이 언제가 됐든." 소녀의 눈빛이 어두워졌다. "그러지 않으면……"

소녀는 말을 하다 말았다. 앙헬라는 더 무서운 이야기라면 듣고 싶지 않았다. 샘 안에 가라앉은 소녀의 보라색 얇은 옷자락 밑으로 나온 무언가를 보았기 때문이다. 소녀의 발그레한 낯빛과는 전혀 다른, 비늘이 달린 초록색 꼬리가 수면 아래로 휘감겨 있었다.

앙헬라는 떨리는 목소리로 물었다. "근데 너는 필요한 거 없니?"

소녀는 다시 미소를 지었다.

"있어. 하지만 너는 갖고 있지 않아."

앙헬라는 망설이며 일어섰다.

"나 네가 누군지 알아." 고통과 공포 사이에서 씨름하던 앙헬라가 속삭였다.

"내가 누군지 모르는 사람은 없지." 소녀는 망설이지 않고 대답했다.

"미안한데 내가 아직 이곳에 낯설어서 말이야…… 너 같은 애가 더 있니?"

"응. 하지만 멀리 살아." 소녀는 앙헬라를 빤히 쳐다보며 대답했다. "이곳에는 사람이 아닌 다른 존재들도 살아."

"두엔데 말이야?" 앙헬라는 마르티니코를 생각하며 물었다.

"아니. 어떤 존재들은 인간이 살기 훨씬 이전부터 이곳에 살았어. 인간이 올 때 따라온 존재들도 있고. 나도 여기에서는 이방인이야. 그렇지만 이곳에 속한다고 느껴. 내 고향은 기억도 안 나." 소녀는 고개를 들어 공기를 코로 들이마셨다. "이제 가렴. 너무 오래 있으면 안 돼."

앙헬라는 주어진 시간이 다 지나면 소녀가 어떻게 변하는지 확인하고 싶지 않았다. 고사리를 뜯어 뒤도 돌아보지 않고 집으로 돌아왔다.

"애야, 대체 어딜 갔다온 거니?" 반 마리가 채 안 되는 암양 고기를 굽느라 아궁이 옆에 서 있던 클라라가 나무랐다.

앙헬라는 산에서 꺾어온 향이 나는 풀을 서둘러 꺼냈다. 그러나 고사리는 자루에 담아 그릇 뒤에 숨겨두었다. 고사리가 어디에 소용이 있을지는 알 수 없었다.

"파코 할아버지를 찾아온 손님들이 있어서 점심을 함께할 건데 너는 밖에서 헤매다니기나 하고. 왜 이렇게 늦은 거니?" 엄마는 한 번 더 나무라더니 대답할 틈도 주지 않고 덧붙였다. "빵 갖다 놓고 포도주도 챙기렴. 식탁은 포도 덩굴 아래에 준비해놨다."

"몇 사람이에요?"

"어디 보자. 아나 할머니와 파코 할아버지, 이웃 사람 둘, 우리 식구 셋, 도냐 루이사와 아들."

"도냐 루이사요?"

"마을 입구에 사는 혼자된 아주머니란다."

앙헬라는 어깨를 으쓱했다. 이 마을에 온 뒤 알게 된 사람이 한둘이 아니었다. 그 많은 사람의 얼굴이 기억날 리 없었다. 주방을 나가면서 빵 바구니와 포도주 병을 집어 들었다. 아나 할머니는 식탁을 돌며 나이프와 포크, 접시를 내려놓고 있었다. 식탁에는 남자들과 검은 상복을 입은 여자가 앉아 있었다.

"앙헬리타, 도냐 루이사 기억하지?" 그녀가 오는 것을 본 페드로가 물었다.

그녀는 고개를 끄덕였지만 속으로는 '한 번도 본 적이 없는 사람인걸' 하고 생각했다.

"이 아이는 도냐 루이사의 아들 후안이다."

"후앙코라고 부르렴." 여자가 말했다. "애 아빠도, 평안히 잠들기를, 그렇게 불렀지. 나도 그렇게 부르고."

앙헬라는 소년을 돌아보았다. 소년도 우물 속처럼 검은 눈을 들어 그녀를 쳐다보았다. 앙헬라는 심연으로 가라앉는 기분이었다.

어른들은 그날 오후를 어떻게 하면 사프란의 암술머리를 제일 잘 볶을 수 있는지, 농작물을 먹어치우는 벌레를 어떻게 죽일 것인지 등을 의논하면서 보냈다. 마을의 한 농부가 탄산염인지 뭔지 그 비슷한 물건을 사프란이라고 속여 파는 바람에 다른 사람들의 평판도 크게 훼손되었다는 등의 이야기도 있었다. 포도주를 실컷 마셔대는 가운데 바비큐 고기도 바닥났다. 혼자된 아주머니를 포함한 여자들이 그릇과 남은 음식을 집 안으로 들여가는 동안에도 남자들은 여전히 술을 마시고 있었다.

"저기, 어두워지기 전에 했으면 좋겠는데……" 루이사가 말했다. "지금 바로요. 아직 해가 많이 남았지만 혼자 가기가 겁이 나서요."

"앙헬라가 같이 가줄 거예요." 클라라가 말했다. "아이는 남자들과 좀더 같이 있으라고 하고요…… 앙헬라, 도냐 루이사랑 같이 가서 고사리 좀 찾아드리렴."

앙헬라는 그제야 멍하던 정신이 바짝 드는 듯했다. 식기 뒤에 숨겨놓은 고사리가 생각났다.

"뭐 하시게요?"

"뭘 하려고 그러겠니 애야." 엄마가 목소리를 낮추며 말했다.

"오늘이 성 요한 축일이잖니."

"고사리가 있으면 올해의 불운과 열병을 막아낼 수 있거든." 루이사가 덧붙였다.

"어서. 늦기 전에 서둘러라."

앙헬라는 자루를 들고 도냐 루이사를 따라나섰다.

"너도 몇 줄기 꺾으려무나." 집에서 멀어지면서 루이사가 말했다. "사랑도 가져다주고 행운도 불러온단다."

앙헬라는 얼굴이 붉어졌다. 마음속 생각을 도냐 루이사가 알아채지 않았을까 겁이 났다. 그러나 여자는 오솔길의 관목을 헤치는 데 정신이 팔려 있었다.

앙헬라는 몇 시간 전에 걸었던 길을 벗어나 다른 길로 부인을 데리고 갔다. 그 선한 부인이 샘가에 앉아 머리를 빗고 있는 요정을 보고 놀라게 하고 싶지는 않았다. 그래서 반대 방향으로, 특히 숲이 무성한 곳으로 루이사를 이끌었다. 삼십 분쯤 걸었을까 앙헬라가 멈춰 섰다.

"저는 이쪽을 찾아볼게요." 소녀가 낮게 말했다. "저 나무 뒤에 동굴이 몇 개 있어요."

"그래라. 나는 이쪽을 찾아보마. 나 혼자 스무 걸음 이상 멀어지지는 않으마. 고사리가 없으면 이곳에서 너를 기다리고 있을게."

두 사람은 서로 다른 길로 갔다. 앙헬라는 몇 걸음 떼기도 전에 고사리 한 무더기를 발견했다. 이슬의 습기가 아직 남아 있었다. 도냐 루이사에게 주고 자신도 가질 만큼 많은 고사리를 뜯을 수 있었다. 고사리 한 줄기로는 지금 부인이 필요로 하는 양을 채우기에는 충분하지 않을 거라는 생각이 들었다……

그때 휘파람 소리가 나무 위로 퍼져 올랐다. 앙헬라는 멈춰 서서 소리에 귀를 기울였다. 산새들의 울음소리와 같은 반복적인 소리가 아니었다. 조화로우면서 계속 이어지는 애절한 소리였다. 한 번도 들어본 적이 없는 생경한 카덴차 같았다. 그녀는 소리가 어디에서 나는지 알아보려고 고개를 돌렸다가 갑작스레 급한 마음이 들어 소리를 찾으러 달려나갔다.

멜로디는 이 바위에서 저 바위로, 이 나무에서 저 나무로 뛰어다니고 있었다. 그러더니 동굴 입구에서 멈췄다. 이제는 물보라가 많이 생기는 폭포와 여름날의 폭풍우, 아주 오래된, 얼어붙은 듯이 추운 밤 등과 화음을 맞추며 멜로디가 피어올랐다. 노래에는 산과 산속에 사는 여러 존재들이 함께 울려나오고 있었다. 앙헬라는 굴 속으로 들어갔다. 자신을 부르는 듯한 소리에 저항할 수 없었다. 불꽃이 굴 안을 밝혀주고 있었고, 그 옆에 한 노인이 길이가 다른 밀대들을 붙여 만든 악기를 불고 있었다. 노인이 입에 문 피리에서는 장중한 저음이 나는가 하면 고음이 만들어지기도 하고, 섬세한 소리가 나는가 하면 파도치듯 거친 소리가 나기도 했다. 앙헬라는 바위 벽에 그려진 그림들을 바라보았다. 아주 커다란 고대 동물들과 그 주변에 모여 있는 사람들을 그린 그림이었다. 앙헬라는 노인이 연주를 멈추고 시선을 들 때까지 움직이지 않고 가만히 있었다.

"아주 옛날 그림이란다." 노인은 앙헬라가 그림에 흥미를 느끼고 있다는 걸 알아채고는 설명해주었다.

다리를 편하게 펴려는 듯 노인이 몸을 뻗었다. 그러자 암양의 발처럼 생긴 노인의 발이 보였다. 뒤엉킨 머리카락 속에 뿔이 두 개 반쯤 숨어 있는 것도 보였다. 앙헬라는 산속의 악마 이야기가 떠올랐다. 그러나 직감으로 발굽 달린 자그마한 노인이 연보라색 요정이 말한 산속 존재들 중의 하나일 거라고 생각했다. 앙헬라는 본능적으로 자루를 열고, 아침에 먹다 남긴 꿀 항아리를 찾아 노인에게 내밀었다. 노인은 안에 든 꿀 냄새를 맡아보더니 놀란 표정으로 그녀를 쳐다보았다.

"나한테 꿀을 주는 사람은 몇백 년 만에 처음이구나." 그러고는 한숨을 내쉬었다. 노인은 손가락으로 꿀을 찍더니 맛있게 빨았다.

"이곳에 사세요?" 앙헬라가 물었다. 겁이 나기보다는 호기심이 일었다.

노인은 다시 한숨을 쉬었다. "나는 사방을 돌아다니는데, 원래 내 고향은 바다 건너에 있는 군도의 한 섬이란다." 노인이 동쪽을 가리키며 말했다.

"사람들이 올 때 따라왔나요?"

노인은 고개를 저었다. "사람들이 나를 내쫓았다. 그 사람들이 일부러 그런 건 아니야. 나를 잊어버렸다고 해야겠지…… 우리 같은 신들은 사람한테서 잊히면 숨어 살 수밖에 없다."

앙헬라는 코끝이 찡했다. 혼란스러운 기분이 들 때마다 그랬다. 산속에 있는 것은 정령이고, 신은 다른 존재 아니었나? 정령이란 존재도 마르티니코를 알고 나서야 수긍할 수 있게 되었다.

"신은 하나밖에 없는 거 아니에요?"

"사람들이 원하는 만큼 신의 수도 많단다. 사람들이 우리를 창조하기도 하고 파괴하기도 해. 우리는 고독은 견딜 수 있지만 무관심은 못 견딘단다. 무관심이야말로 우리를 죽일 수 있는 유일한 것이지."

앙헬라는 고독한 신이 안쓰럽게 느껴졌다.

"제 이름은 앙헬라예요." 손을 내밀며 말했다.

"판." 노인이 앙헬라의 손을 잡으며 말했다.

"판은 가진 게 없는데요." 앙헬라가 자루 속을 뒤지며 말했다.

"아니, 그게 아니고! 판이 내 이름이야."*

앙헬라는 멍한 표정이 되었다.

"이름을 바꾸셔야겠어요. 사람들이 헷갈리잖아요."

"아무도 기억하지 못하는걸." 노인은 한숨을 내쉬었다.

"뭘 기억하지 못하는데요?"

노인의 얼굴이 밝아졌다.

"아무것도 아니다. 너는 나를 아주 친절하게 대해줬어. 네가 원하는 게 있으면 도와주고 싶구나. 아직은 몇 가지 능력이 있거든."

앙헬라는 심장이 팔딱팔딱 뛰었다.

"딱 하나 갖고 싶은 게 있긴 해요."

"말해봐라……" 노인은 말을 하려다 아이 뒤에 뭔가 있는 걸 보고는 말을 끊었다. 앙헬라도 뒤를 돌아다보고는 벌떡 일어섰다. 동굴 입구에서 마르티니코가 괴상망측한 표정을 지어대며 깡충깡충 날뛰고 있었다.

"이럴 수가." 앙헬라가 신음 소리를 냈다. "지옥으로 떨어진 줄 알았는데!"

앙헬라는 노인을 곁눈질하며 입술을 깨물었다. 그러나 노인은 기분이 상한 것 같지 않았다. 오히려 놀라면서 순진하게 물었다.

---

* 목신 판을 가리킨다.

144

"그가 보이니?"

"당연하지요. 이건 저주예요."

"그 저주를 풀어주마."

"그럼 하나 더 도와주실 수 있어요?"

"딱 한 가지 소원만 들어줄 수 있단다. 나중에 네 후손 중 누가 내 도움을 필요로 하면 원하는 걸 들어줄 수 있긴 해…… 두 번 말이지. 단 우리 사이의 약속을 알지 못해야 해."

"왜 그런데요?"

"그게 규칙이란다."

"무슨 규칙요?"

"저기 위쪽에서 정한 거지."

그랬다. 산에 사는 신들보다 강한 힘을 가진 존재가 있었고 그 힘은 산의 신들이 마음대로 할 수 없게 제약하고 있었다.

앙헬라는 공중제비를 해대는 마르티니코를 고통스럽게 쳐다보았다. 그리고 산자락 마을에서 자신을 기다리고 있을 눈빛도 떠올렸다.

"좋아요." 앙헬라는 결심했다. "제 저주는 계속 짊어진 채 살아가겠어요."

"무슨 소리냐?" 노인이 반문했다. "저놈한테서 벗어나는 것보다 간절하게 바라는 게 있니?"

앙헬라는 판에게 자신의 영혼이 찾아낸 한 영혼이 겪고 있는 고통에 대해 이야기했다.

후안은 확신에 찬 목소리로 그녀를 처음 본 순간부터 사랑하게 되었다고 앙헬라에게 말했다. 그러나 앙헬라는 판 신이 그렇게 믿도록 만들어놓은 건 아닐까, 고대의 신의 완벽한 작품이 아닐까 싶었다. 그녀는 한 달에 한 번씩 꿀과 포도주를 동굴에 갖다놓고 왔다. 그 뒤 다시는 보지 못했지만 늙은 신이 맛있게 음식을 먹으리라고 확신했다.

한편 두 사람의 연애 기간은 그다지 길지 않았다. 그러나 후안이 새 보금자리를 꾸미기에는 충분한 시간이었다. 여러 마을 사람의 도움을 받아 앙헬라의 부모 집 근처에 새집을 지었다. 남자들이 나무를 잘라 사포로 문지르고 못질을 하는 동안 여자들은 신부의 혼수 준비를 도왔다. 식탁보, 커튼, 침대보, 담요 등 갖은 혼수를 만드느라 실을 잣고 뜨개질을 했다.

신혼 초의 몇 달은 목가적이었다. 무슨 이유에선지 마르티니코는 다시 나타나지 않았다. 아마도 앙헬라의 인생에 자신보다 중요한 누군가가 있다는 것을 알고 산속으로 물러갔는지도 모를 일이었다. 앙헬라는 마르티니코가 없어 슬프지는 않았다. 마르티니코는 예의 없는 두엔데여서 성가시기만 했고, 그래서 금방 잊어버렸다. 다른 문제들이 생긴 탓도 있었다.

후앙코는 벌레들이 생겨 마을의 농작물이 모조리 죽어가는 바람에 해결책을 찾느라 골치를 썩었다. 게다가 후앙코는 늘 품에 간직하고 다니는 미스터리한 편지를 읽고 있다가 앙헬라가 다가오면 놀라는 모습을 여러 번 보이곤 했다. 누가 남편에게 편지를 보냈을까? 왜 저렇게 비밀이 많을까? 한편으로는 앙헬라의 건강도 점점 약해지는 듯했다. 항상 피곤했고 자주 토하곤 했다. 하지만 이번에도 민간요법 치료사한테 데려갈까봐 엄마한테는 아무 말도 하지 않았다. 앙헬라는 옷의 앞여밈이 제대로 잠기지 않는다는 걸 알고 나서야 무슨 일인지 깨달았다.

"이제 때가 되었군." 소식을 듣고 후안이 말했다.

"무슨 말이야?"

남편은 주머니에서 구겨진 종이를 꺼내 펼쳤다.

"이게 뭐야?" 앙헬라는 읽을 생각도 못 하고 물었다.

"마놀로 삼촌이 보낸 편지야. 여러 차례 편지를 주셨는데 도와 줄 사람이 필요하대. 우리가 오기를 바라서."

"어디로 말이야?"

"아메리카."

"거긴 정말 멀잖아." 앙헬라는 배를 쓰다듬으며 반대했다. "그 런 긴 여행은 하기 싫어."

"들어봐, 앙헬리타. 이번 농사는 수확할 게 제대로 없는데, 우리 는 다시 시작할 만한 돈이 전혀 없어. 벌써 마을을 떠났거나 다른 일을 시작한 이웃들도 많아. 이제 이곳에서는 사프란을 재배하지 못해. 더 남쪽으로 이사를 갈 수도 있겠지만 나는 돈이 없고 빌릴 곳도 없어. 그러니 마놀로 삼촌의 초청은 좋은 기회야."

"부모님을 두고 떠나기 싫어."

"금방 돌아와. 돈을 좀 모으면 돌아오는 거야."

"하지만 그 낯선 땅에서 혼자 어쩌란 말이야? 아이 키우는 일을 아는 사람이 누군가 있어야 해."

"어머니도 함께 가면 돼. 항상 죽기 전에 삼촌을 한번 보고 싶다 고 하셨거든."

앙헬라는 남편의 고집을 꺾지 못하고 한숨을 내쉬었다.

"우리 부모님하고 같이 이야기를 해보자."

그것은 앙헬라의 부모에게는 청천벽력과도 같은 소식이었다. 후안은 장인 장모를 위로할 말을 찾지 못했다. 페드로 자신도 이 마을을 떠나자고 아내에게 이야기를 꺼내본 적이 있었다. 그러나 아내는 들은 척도 하지 않았다. 그런데 지금 뜻밖에도 딸과 헤어져야 할뿐더러 손자가 태어나는 것도 못 보게 되었으니. 도냐 루이사가 함께 간다는 걸 알고 마음이 조금 놓였을 뿐이다. 적어도 딸이 출산할 때 사돈이 옆에 있어줄 테니.

다섯 사람은 여장을 꾸렸다. 항구까지 가는 길도 멀었기 때문에 후안은 집에서 작별을 나누자고 장인 장모를 설득했다. 돌아오는 길은 달랑 두 분뿐이라는 사실이 싫었다. 그들은 눈물과 당부의 말들을 나누며 작별했다. 앙헬라는 집 앞까지 이어진 흙먼지 자욱한 오솔길 옆에 서 있던 부모의 모습을 절대로 잊지 못할 터였다. 그게 마지막으로 본 부모의 모습이었다.

앙헬라는 뱃고물에 서서 희미해지는 수평선을 바라보았다. 회색빛 포말 속으로 사라져가는 자신의 고향은 요정의 나라 같았다. 그곳에는 중세의 탑과 궁전 들이 있었고 붉은 지붕과 이제는 멀어져 가는 활기찬 항구도 있었다.

앙헬라는 루이사와 후안과 함께 오랫동안 갑판에 서 있었다. 남편은 새로운 삶을 구상하며 쉬지 않고 떠들었다. 뭔가 새로운 일을 시작한다는 데 들떠 있었다. 아메리카 얘기도 많이 들어본 적이 있는 듯했다. 모두가 부자가 될 수 있는 신비의 땅이라고 했다.

"추워요." 앙헬라가 말했다.

"같이 들어가라, 후앙코." 루이사가 말했다. "나는 조금 더 있다 가마."

후안은 다정스럽게 앙헬라에게 숄을 덮어주었다. 두 사람은 계단을 내려와 객실로 들어왔다. 후안은 누추한 객실의 녹슨 자물쇠를 여느라 잠시 씨름했다. 그리고는 옆으로 비켜서서 아내를 먼저 들여보냈다. 앙헬라가 신음했다.

"왜 그래?" 후안은 진통이 시작되는 게 아닌가 싶어 물었다.

"아무것도 아냐." 앙헬라는 환영을 지우기 위해 눈을 감으며 중얼거렸다. 그러나 그런 속임수도 소용이 없었다. 다시 눈을 뜨자 마르티니코가 옷을 다 헤쳐놓고 선실 가운데 앉아 있는 게 보였다. 제일 좋은 담요로 머리를 뒤집어쓴 우스꽝스런 모습이었다.

운명이 내게 제안한 것

프레디와 라우로는 해마다 비스카야 궁전에서 열리는 르네상스 박람회에 세실리아를 끌고 갔다. 그들은 이 가게 저 가게로 돌아다니며 온갖 종류의 옷을 세실리아에게 입혀보았다. 결국 세실리아는 두 사람 표현에 따르면 그날 가면무도회의 하이라이트가 될 만한 이미지로 변신했다. 세실리아는 이제 수공예품 가게와 점집 들사이를 걷고 있었다. 바람에 스커트 자락이 휘날렸다. 머리에는 프레디가 씌워준 화관을 쓰고 있었다.

모든 사람이 축제를 즐겼다. 아이들도 어른도 모두 가면과 형형색색의 의상을 뽐냈다. 하프 소리가 공중에 퍼져가고 유랑 가수들이 만돌린과 플루트, 작은북을 쳐대면서 분수 사이를 돌아다녔다. 세실리아는 잘 정돈된 정원을 방황하는 공주 차림의 여자들 사이를 비집고 다녔다. 가장무도회에는 상인들과 수공업자들도 가세했다. 이쪽에서는 대장장이가 화덕의 불길 위에서 무쇠를 망치질

하고 있는가 하면 저쪽에서는 뚱뚱한 여자가 맘씨 좋은 미소를 지으며 페로의 동화에서 튀어나온 듯 실을 잣고 있었다. 그 뒤에서는 은색 턱수염의 노인이 마법사 멀린의 차림을 하고 보석과 광석으로 세공한 지팡이를 팔고 있었다. 머리가 좋아지는 수정, 정신적인 충격에 좋은 오닉스, 전생을 알고 싶으면 자수정……

"이런 게 있는 줄도 몰랐으니, 난 그동안 도대체 어디서 살았던 거야?" 세실리아가 낮은 소리로 말했다.

"달나라지 뭐." 라우로가 깃털 장식이 달린 모자를 써보며 대답했다.

"브로워드 박람회에 안 가봐서 그래. 훨씬 더 크다니까." 프레디가 말했다.

"게다가 마법의 숲에서 열리지!" 라우로가 끼어들었다. "브로워드 박람회는 정말 멋져. 아서 왕의 원탁의 기사들처럼 전속력으로 말을 달릴 수 있는 중세풍 경마장까지 있다니까. 갑옷을 벗은 기사들을 보면 너무 멋있어서 심장이 멎을지도 몰라!"

그러나 세실리아는 그 말을 듣고 있지 않았다. 자그마한 나무 상자가 가득한 진열대에 정신이 팔려 있었다.

"멜리사!"

라우로가 소리치는 바람에 세실리아는 정신이 들었다. 젊은 여자가 그들 쪽을 돌아보았다.

"라우레아노!"

"아, 그렇게 부르지 마." 그는 사방을 살피며 낮게 말했다.

"이름을 바꿨어?"

"여기서는 라우로야." 그러고는 목청을 올리며 말했다. "하지만 아주 가까운 친구들은 라 루페라고 불러. '끝나버렸네, 이제 우리 사랑은 죽어버렸다네. 끝났어, 맹세코 사실이라네······'"

낯선 여자는 웃음을 터뜨렸다.

"멜리사, 이쪽은 세실리아야." 라우로가 말했다. "프레디는 알지?"

"글쎄······"

"나 알잖아." 프레디가 상기시켜주었다. "아바나에서 에드가가 인사시켜줬잖아. 난 절대 잊지 못해. 새하얀 옷차림의 아주 화사한 모습이었으니까. 네가 쓴 시를 낭송하자 사람들이 거의 실신할 정도였잖아······"

"기억나는 듯하네." 멜리사가 말했다.

"여기서 뭐 하는 거야?"

"물건을 사려고 박람회가 열릴 때마다 와." 멜리사가 손에 들고 있던 두 개의 지팡이를 내보였다. "어떤 걸 살지 망설이는 중이야."

"이게 더 낫지 않아요?" 세실리아가 하나를 골라 건네며 말했다.

멜리사는 처음으로 그녀에게 시선을 고정시켰다.

"나도 집어봤는데 별로더라고요."

멜리사는 다시 돌아서서 두 개의 지팡이를 놓고 고민했다.

"나라면 이걸 살 텐데." 세실리아가 다시 말했다. "정말 예뻐 보이잖아요."

"보이는 모습은 안 중요해요." 멜리사의 대답이었다. "내가 필요한 건 '다르게 느껴지는' 지팡이거든요."

라우로는 세실리아를 끌고 약간 떨어진 진열대 쪽으로 갔다.

"멜리사와는 언쟁을 하지 마."

"왜?"

"주술사야. 쿠바에 살 때부터. 켈트 마술인가 뭐, 그런 걸 한대. 조심해."

"그렇다고 해도 걱정할 필요 없어." 프레디가 다가와 말했다. "저들은 지은 것의 세 곱절로 돌려받는 게 이치라고 믿거든. 그래서 오히려 해를 입힐까봐 염려할 뿐이야. 생각하는 것도 조심하게 되는 거고."

"주술사는 주술사야. 옆에 가면 그런 기가 잔뜩 흐른다니까. 방심하면 기에 눌려 쓰러질 수도 있어."

"맙소사!" 프레디가 소리쳤다. "이런 무식한 친구를 봤나!"

세실리아는 더이상 친구들 말에 주의를 기울이지 않았다. 멜리사가 수공예품을 흥정하고 있는 가게로 천천히 다가갔다.

"뭐 하나 물어봐도 돼요?"

멜리사가 돌아보았다.

"그래요."

"지팡이가 왜 필요한 거예요?"

"설명하자면 긴데. 근데 관심이 있는 모양이니까," 그녀는 가방을 뒤지더니 명함을 꺼냈다. "금요일에 이 주소로 찾아와요. 수업을 시작하는 날이에요."

명함에는 이름이 하나 쓰여 있었다. '아틀란티스.' 아래쪽에는 그곳에서 취급하는 물건들이 죽 적혀 있었다. 비전(秘典), 양초, 향, 수정 크리스털, 음악……

"우연치고는 참!" 세실리아가 소리치듯 말했다.

"왜요?" 멜리사가 지폐를 꺼내 계산하며 무심한 표정으로 물었다.

"며칠 전에 누가 이 서점 주인인 리사를 찾아가보라고 했거든요. 나는 기잔데 어떤 집에 대한 정보를 구하고 있어요."

"당신 아우라에 그림자가 있어요." 멜리사가 말을 끊었다.

"네?"

멜리사는 계산을 끝냈다.

"당신 아우라에 유령이 있다고요." 그녀는 같은 말을 되풀이했을 뿐 눈을 맞추지 않고 머리 위에 떠 있는 듯한 걸 쳐다보았다. "조심해야 해요."

"그 수업에 가면 나를 보호해줄 물건을 살 수 있나요?"

세실리아의 물음에 빈정거리는 듯한 대답이 돌아왔다.

"당신이 필요한 보호는 물건을 산다고 구해지는 게 아니에요. 여기 안에서 해결해야 할 문제지." 그러고는 손가락으로 세실리아의 이마를 가리켰다. "놀라게 하고 싶지는 않지만 머릿속에서 해결하지 않으면 당신한테 나쁜 일이 생길 거예요."

그녀는 돌아섰고 사람들 틈에 파묻혔다. 지팡이를 짚은 모습이 마치 여행을 떠나는 드루이드* 마법사 같았다. 몸에 튜닉을 휘감은.

"뭐라고 해?" 라우로가 물었다.

세실리아는 사라져가는 실루엣을 잠시 바라보았다.

"확실히는 모르겠어." 그녀는 중얼거렸다.

---

* 고대 갈리아의 켈트족의 종교인 드루이드교의 사제 계급.

그녀는 길에 서서 진열장을 들여다보았다. 피라미드, 타로 카드, 크리스털, 티베트의 종, 인도의 향, 유리구슬…… 그리고 이마에 다이아몬드 같은 눈이 박혀 있는 청동 불상이 마치 제왕처럼 진열되어 있었다. 불상 주위에는 깃털을 엮어 매단 고리들이 걸려 있었다. 나바호 인디언들의 숙면을 부르는 부적이었다. 잠자리에 두고 자면 좋은 꿈이 찾아오고 악몽을 물리쳐준다고 했다.

문을 밀자 방울 소리가 나며 문이 열렸다. 달짝지근한 당밀 냄새 같은 것이 금세 머리카락에 들러붙는 느낌이었다. 가게 안은 차갑고 향으로 가득했다. 하프 음악이 실내에 퍼지고 있었다. 카운터 위에는 여러 개의 알록달록한 돌이 놓여 있었다. 두 여자가 돌을 만지작대 딸그락거리는 소리가 들려왔다. 한 사람은 손님이고 다른 한 사람은 주인인 듯했다.

세실리아는 방해하지 않으려고 책이 가득한 선반을 조용히 살펴보았다. 점성술, 요가, 환상, 카발라, 신지학…… 마침내 손님이 세 개의 돌을 골라 계산하고는 나갔다.

"안녕하세요?" 세실리아가 인사를 건넸다.

"어서 오세요. 뭘 도와드릴까요?"

"제 이름은 세실리아예요. 기자이고 지금 유령의 집에 대해 기사를 쓰고 있어요."

"들었어요. 가이아가 전화했더군요. 그런데 오늘은 적당한 날이 아니네요. 조금 이따 강연회가 있어 처리해야 할 일이 좀 있어서요."

문에서 종소리가 났다. 남녀 한 쌍이 들어와 인사하고는 신지학

서적 코너로 갔다.

"다른 날 통화하고 나서 만나면 어때요?" 리사가 말했다.

"언제요?"

"지금 정하기는 어렵네요. 내일이 됐든…… 안녕! 제시간에 왔네!"

들어선 사람은 멜리사였다.

"안녕하세요?" 세실리아가 인사했다.

멜리사는 모르는 사람 보듯 바라보더니 시선을 들어 세실리아의 머리 위를 쳐다보았다.

"미안해요, 옷차림이 달라져서 못 알아봤어요."

"나는 강의실을 정돈해야겠다." 리사가 커튼 뒤로 들어가며 말했다.

"뭐 하나 물어볼게요." 둘만 남게 되자 세실리아가 말했다.

멜리사는 가볍게 고개를 끄덕였다.

"일전에 만났을 때 내 아우라에 그림자가 있다고 했잖아요."

"지금도 있어요."

"근데 왜 뭘 어떻게 해야 할지 조언은 안 해주나요?"

"나도 방법을 몰라요."

세실리아는 놀란 표정으로 멜리사를 바라보았다.

"정말이에요. 나도 몰라요. 아우라는 모두 기의 문제이고 감각의 문제여서…… 항상 확신할 수 있는 건 아니에요. 남아서 내 강연을 들어보면 어때요? 혹시 알아요? 앞으로 뭔가 도움이 될지."

세실리아는 도움이 될 거라 믿지는 않았지만 다른 할 일도 없었기 때문에 그러기로 했다. 기사를 쓰기 위해 서점 주인과 얘기를 나눌 필요도 있었다. 그렇게 해서 사람들이 온갖 종류의 기를 발산한다는 걸 알게 되었다. 멜리사의 말에 따르면 사람들은 누구나 의식하든 안 하든 해로운 기운이나 치유가 되는 기운을 다른 사람을 향해 뿜어낼 수 있었다. 적절한 훈련을 받으면 그런 기를 느낄 수도 있고 자신을 보호할 수도 있다. 기를 만드는 도구는 다양했다. 물, 유리, 비수나 검, 지팡이처럼 끝이 뾰족한 물건들…… 다음 강연에서는 희망자들을 대상으로 아우라를 보기 위한 훈련을 한다고 했다. 정신적인 충격이 존재한다는 걸 인정하는 데 첫걸음이 되는 훈련이라고 했다.

집에 돌아온 세실리아는 녹음해두었던 밥과 가이아의 목격담을 듣던 중 갑자기 작은 직관—어쩌면 델피나 할머니에게서 물려받은 것인지도 몰랐다—하나가 떠올랐다. 그녀가 조사하고 있는 유령의 집 혹은 기묘하기 짝이 없던 그날의 강연에 대해 무시하지 말아야 한다는 것이었다. 그녀가 알아가고 있는 여러 정보가 서로 맞아떨어지는 듯했다. 그 모든 게 연결되어 있기라도 하듯. 눈에 보이지 않는 세계가 존재할 수 있다. 그리고 그 세계는 탐구해볼 만한 가치가 있다. 게다가 그녀가 그런 걸 의심할 만한 입장인가? 델피나 할머니의 손녀이면서.

순간적으로 아말리아 생각이 났다. 이런 아우라와 기에 대해 아말리아는 어떻게 생각할까? 세실리아는 아말리아의 머릿속에서 어떤 세계가 펼쳐지고 있는지 알지 못했다. 그녀는 자신의 이야기와 무관한 얘기는 한 번도 하지 않았다. 세실리아는 항상 어떤 에피소드가 시작될 때마다 자신에게로 흘러 들어오기를 기대하면서 아말리아의 이야기를 듣고 있었다. 그래서 다시 바에 찾아가곤 했다. 아말리아의 이야기는 세실리아에게 나쁜 버릇이 되고 말았다. 알면 알수록 더 알고 싶어졌다. 그것은 피할 수 없는 마술이었다.

"오늘 밤도 예외는 아니겠구나." 세실리아는 혼잣말을 했다.

용서해다오, 양심이여

카리다드는 창문 앞에서 지나가는 사람들을 바라보았다. 새벽은 나무 창틀에 축축한 흔적을 남겼다. 이 집에서 보내는 마지막 날이었다. 이 집에 처음 왔을 때에는 자신의 인생이 달라질 거라는 희망으로 가득 차 있었다. 여러 결말을 상상했지만 지금과 같은 결말은 생각도 못 했다.

플로렌시오를 땅에 묻고 가게로 돌아왔을 때는 어떻게든 가게를 꾸려나가겠다는 각오가 되어 있었다. 셈을 할 줄도 모르고 글도 제대로 몰랐지만 바다 건너온 수입품을 파는 가게는 그럭저럭 현상을 유지했다. 그러나 죽은 남편과 달리 장사 수완이 없어 취급하는 물건들의 종류가 줄어들었다. 물건을 조달해주는 거래처에서도 플로렌시오에게 해주던 것처럼 주문을 바로바로 들어주지 않았다. 중개업자를 찾아야 했지만 별로 달라지지는 않았다.

카리다드는 그곳에 남아 고생스럽게 생계를 꾸려갈 수도, 살림이 나아지도록 더 애를 써볼 수도 있었다. 그러나 누구에게도 털어놓지 못한 이유 때문에 결국 떠나기로 결심했다. 남편의 혼령이 그녀를 따라다녔기 때문이다. 종종 남편의 발소리가 들렸다. 목덜미 뒤쪽에서 남편의 숨결이 느껴질 때도 있었다. 바람에 남편의 냄새가 실려올 때도 있었다. 옆 자리에 누가 누웠던 듯 침대가 푹 꺼져 있는 것을 본 게 한두 번이 아니었다. 더이상 견딜 수가 없어 가게를 내놓기로 했다. 가게를 판 돈으로 다른 가게를 사서 다른 장사를 시작할 수 있을 터였다. 여자들이 쓰는 물건을 파는 가게를 할 생각도 해두었다.

그날 아침 카리다드는 평소보다 일찍 자리에서 일어났다. 낮에 공증인이 서류를 가져오면 서명을 하기로 되어 있었다. 그녀는 한기에 몸을 떨며 석유램프를 켰다. 이제 축축하고 살갗을 도리는 듯한 열대의 겨울이 가까워져 있었다. 금빛 햇무리가 환한 광채를 내뿜으며 사물을 비추는 덕분에 거리는 밝아왔지만 실내는 아직 어두웠다. 환하게 밝아오는 도시는 유령의 모습 같았다. 열대의 빛은 그런 마법으로 섬을 가득 채웠다. 섬사람들은 자신들의 문제에 짓눌려 사느라 마법을 제대로 알아채지 못했다. 카리다드의 제일 큰 문제는 딸이었다. 딸은 무엇이든 알고 싶어하는 열정적인 아이였다. 그러면서도 이상하게 말이 없었다. 카리다드는 딸이 그런 열정적인 눈으로 무슨 생각을 하고 있는지 결코 알지 못했다. 그랬다. 남편의 눈을 가득 채웠던 열정이 딸의 눈에서도 빛나고 있었다.

카리다드는 바닥에 램프를 내려놓고 화덕에 불을 붙이려고 몸을 굽혔다. 물을 데울 생각이었다. 불꽃이 장작을 핥아대는 모습을 지켜보았다. 빨간 숯이 될 때까지 불길이 붉게 달아오르다가 창백해지더니 회색으로 물들어갔다. 그렇게 장작의 변신을 응시하고 있는데 어깨에 손가락이 와 닿는 느낌이 들었다. 그녀는 딸이 잠에서 깼다고 생각하며 뒤돌아보았다. 하지만 마체테로 가슴이 짓이겨지고 피범벅된 얼굴의 남편 혼령이 그녀 앞에 서 있었다. 카리다드는 소리를 지르며 뒤로 물러섰다. 그 바람에 램프가 화덕의 불길 속으로 떨어졌다. 불길 한가운데에 떨어진 램프는 폭발했고 램프의 기름으로 화덕의 불길이 더욱 거세졌다. 불길은 돌 화덕 밖으로 번져 나오더니 주방 벽을 뒤덮었다. 그 바람에 카리다드는 다리를 데었지만 불길을 잡느라 정신이 없었다. 그녀는 손에 잡히는 천 조각으로 불길을 내리쳤다. 그러나 마른 장작 탓에 불길은 커지기만 했다.

"메르세데스!" 그녀는 자고 있는 딸아이의 방으로 달려가며 소리쳤다. "메르세데스!"

놀란 아이는 눈을 크게 뜨고 엄마를 쳐다보았다. 무슨 일이 일어났는지 알지 못하는 상태였다.

"침대에서 나오너라!" 카리다드가 시트를 빼내면서 소리쳤다. "집에 불이 났어!"

사람들이 불을 끄러 달려왔을 때 라 플로르 데 몬세라트는 이미 연기만 자욱한 폐허가 된 뒤였다. 이웃 사람들은 공포와 호기심이 뒤섞인 눈으로 그 모습을 구경하고 있었다. 여자들은 카리다드에게 다가와 물과 커피를 건네주었다. 기운을 내라고 술을 약간 주기도 했다. 그러나 그녀는 전 재산이었던 가게의 잔해를 넋을 잃고 바라볼 뿐이었다.

한낮이 되어도 카리다드는 두 팔로 다리를 감싼 채 여전히 길가에 웅크리고 앉아 있었다. 딸아이는 엄마의 머리칼을 어루만지며 가슴에 엄마를 안고 위로하려 애썼다. 공증인이 왔을 때도 그런 모습이었다. 공증인은 폐허가 된 가게와 보도에 나앉은 두 사람의 모습을 잠시 바라보았다. 이 재난이 자신과 어떤 식이든 관계가 있다는 게 믿기지 않는 표정이었다. 공증인은 결국 한숨을 내쉬더니 뭘 어떻게 해볼 도리가 없다는 걸 알고 뒤돌아서서 멀어져 갔다.

세실리아는 매우 활기차게 잠자리에서 일어났다. 기분이 아주 나빠지는 그 영원할 것 같던 여름 더위가 물러가 있었다. 다른 사람들은 모두 자고 있었다. 그녀는 새벽의 활기를 이용해 늘 하던 대로 라 플로르 데 몬세라트에 물건을 주문하러 가기로 했다. 빈 마차가 옆을 지나가도 무시하고 걸어갔다. 우박이 떨어지는 듯한 서늘한 바람을 느끼며 바깥을 걷는 기분은 상쾌했다. 그녀는 예순이 넘은 나이였지만 아직 오십대로 보였다. 사십대로 보는 남자들도 있었다. 이십대 여자들도 그녀의 매력적인 몸매를 부러워했다. 미인이 많은 나라에서 볼 수 있는 아름다움의 전형이었다.

그녀는 포장도로 가운데 있는 물웅덩이를 피해가며 날렵하게 걸었다. 가게에 도착하기도 훨씬 전에 연기 냄새가 공기에 실려왔지만 그녀는 모퉁이를 돌면서 재난 현장을 발견하기 전까지 냄새에 별로 신경 쓰지 않았다. 세실리아는 잠시 얼이 나가 그 자리에 우뚝 서서 화재 흔적을 바라보기만 했다. 그러다 두 사람이 집 앞에 쭈그리고 앉아 있는 걸 발견하고 가만히 다가갔다.

"도냐 카리다드." 세실리아가 속삭이듯 불러보았다. 좋은 아침이라고 인사를 건넬 수가 없었다.

카리다드는 고개를 들었지만 대답하지 못했다. 집의 잔해를 한 번 더 쳐다보고는 낮게 웅얼거릴 뿐이었다.

"오늘은 비누가 없는데요."

세실리아는 입술을 깨물었다. 아이가 엄마한테 꼭 붙어 있는 게 보였다.

"어디 갈 데는 있어요?"

카리다드는 고개를 저었다.

세실리아는 모퉁이에 서 있던 마차를 손짓해 불렀다.

"가요." 카리다드를 부축해 일으키면서 세실리아가 말했다. "여기 이러고 있으면 안 돼요."

카리다드는 그녀가 이끄는 대로 순순히 마차로 갔다. 세실리아는 주소를 소리쳐 말했고 마부는 바다 쪽으로 말을 몰았다. 그러나 바다로 가지는 않았다. 거리를 몇 개 지나고 난 뒤 왼쪽으로 방향을 틀더니 어느 조용한 동네에 마차를 세웠다.

건너편 보도에서 그녀들을 쳐다보고 있던 한 남자가 길을 건너왔다.

"당신 얼마요, 이쁜이?" 카리다드에게 다가오더니 남자가 물었다.

남자는 그녀가 확 밀치는 바람에 땅에 엎어질 뻔했다. 화재를 당하고 난 후 그녀가 처음으로 보인 반응이었다. 남자는 때리기라도 할 듯 카리다드에게 달려들었다. 세실리아가 가로막았다.

"이 시간에는 문을 열지 않습니다, 레오나르도. 그리고 이분은 그런 사람이 아니에요."

세실리아의 도도한 태도에 남자는 그 자리를 떠났다.

"미안해요." 세실리아가 대문을 열어주며 낮게 말했다.

카리다드는 잠시 의구심이 들었지만 결국 안으로 들어섰다. 집 안에는 방도 식당도 보이지 않았다. 정원 하나뿐이었다. 한가운데 정원이 있고 그 주변을 천장 있는 회랑이 죽 둘러싸고 있었다. 그리고 회랑을 따라 문이 죽 이어져 있었다. 여기저기 놓인 가구 위에는 여러 가지 여자들 소지품이 올려져 있었다. 그제야 카리다드는 세실리아를 처음 알게 되었던 날의 기억을 떠올렸다.

"그럼 비누는⋯⋯?" 어떻게 물어야 할지 몰라하며 그녀가 입을 열었다.

세실리아는 잠시 그녀를 바라보았다.

"알고 있는 줄 알았어요. 색싯집이에요."

선택의 여지가 없었다. 길에 나앉지 않으려면 그 색싯집밖에 없었다. 세실리아는 유일하게 비어 있던 방을 카리다드에게 내주었다. 방의 주인이 흔적도 없이 사라져버리는 바람에 비게 된 방이었다. 엄마와 딸은 오후에는 방에 틀어박혀 있었다. 카리다드는 오전에만 딸이 뜰로 나가 놀도록 허락했다. 그 시간에 자신은 하녀로 일했다. 그러나 그 집에는 청소를 해주는 여자가 이미 있었다. 카리다드는 정신을 분산시키려고 방을 쓸거나 더러운 옷가지를 빨아놓거나 그도 아니면 설거지를 하며 시간을 보냈다. 청소하는 여자는 카리다드가 자기 자리를 빼앗으려 한다고 생각해 세실리아에게 불평을 늘어놓았다.

"진짜로 일을 해보면 어때요?" 어느 날 오후 세실리아가 제안했다. "당신 고객을 따로 갖도록 해줄게요. 살아온 환경이 다르고 익숙하지 않다는 건 알아요."

"절대로 그런 일은 할 수 없어요."

"당신은 누구보다 아름다워요. 돈을 얼마나 벌 수 있는지 알기는 해요?"

"싫어요." 카리다드는 되풀이해 대답했다. "게다가 딸한테 어떤 본을 보여주겠어요? 이제 다 큰 숙녀인데."

세실리아는 한숨을 내쉬었다.

"이런 말 해서 안됐지만 일을 하지 않으면 당신은 여기 있을 수 없어요. 그 방을 몇 달째 쓰지 않고 두는 바람에 돈을 날리고 있는 셈이라서요. 그 방을 쓰겠다는 아가씨가 둘이나 돼요."

"일을 구하면 방세를 낼게요. 하녀가 필요한 사람들이 있을 테니까요……"

"남의 아이를 자기 집에 두고 싶어하는 사람은 없어요." 세실리아가 말했다.

카리다드는 겁이 나 말했다. "나는 할 수 있어요…… 할 수 있어요……"

"다른 사람들한테는 하지 않는 제안을 하는 중이에요. 당신 손님을 받아요…… 내 말 들어요. 그러면 당신 값이 올라갈 거예요."

"모르겠어요." 카리다드가 더듬거리며 말했다. "생각 좀 해보고요."

"겁낼 거 없어요. 나는 평생 이 일을 해왔는데 사람들이 말하는 것처럼 그렇게 나쁘지는 않아요."

"평생이라고요?"

"아이 때부터요."

"어떻게……?" 카리다드는 믿을 수가 없어 되물었다. "어쩌다가 그렇게 되었는데요?"

"로마 델 앙헬 근처에서 살았는데, 반쯤 벌거벗은 채 거리에서 노는 아이였어요. 집도 없고 가족도 없이 되는대로 살아가고 있었죠. 막 가슴이 생기고 있었지만 알아채지도 못했어요. 어느 여자가 나를 붙잡아 돈을 받고 내 순결을 팔았어요. 그래서 여기 있는 거예요. 아직 죽지 않고 살잖아요." 그러고는 다정하게 미소를 지었다. "들어봐요. 나는 아주 잘나가는 사람이에요. 소설에도 나왔다니까요."

"소설에요?" 카리다드는 어떻게 살아 있는 사람이 책에 나왔다는 건지 의아해 물었다.

"내가 아직 길거리에서 시간을 보낼 때 어떤 변호사가 나를 발견했어요. 교수가 되려고 변호사 일을 그만둔 사람이었지요. 그는 나를 볼 때마다 불러서 동전이나 캐러멜을 주곤 했어요. 나를 사랑했던 것 같아요. 나는 겨우 열두 살이었고 그는 아마도 서른은 넘었을 테지만 말이에요. 내가 색싯집에 팔려온 뒤로는 더이상 그 사람을 보지 못했어요. 그런데 그후 한 손님이 얘기해주더군요. 어느 교수가 소설을 썼는데 주인공 이름이 나와 같다고 말이에요."

"그 사람이 당신 얘기를 쓴 건가요?" 카리다드는 문득 흥미가 생겼다.

"그건 당연히 아니지요! 그는 나에 대해 전혀 몰랐는걸요. 내가 소설 속의 세실리아 발데스와 같은 점이라고는 이름과 로마 델 앙헬에 살았다는 것뿐이에요."

"그래서 그 소설을 읽어봤나요?"

"어느 손님이 얘기해주더군요. 맙소사! 돈 시릴로가 지어낸 이야기가 어땠는지 알아요? 생각해봐요. 소설 속의 나는 순진한 아가씨인데, 부유한 백인 남자아이에게 유혹당해요. 그런데 우리가 배다른 남매라는 게 밝혀져요. 참 퇴폐적이지 않아요! 결국 부유한 남자아이는 목숨을 죗값으로 치러요. 명망 있는 집안의 아가씨와 결혼식을 하려는 순간 질투심에 사로잡힌 흑인 남자가 교회 입구에서 총을 쏴버렸거든요. 나는 정신이 나가서 결국 정신병원에 들어가는 걸로 끝나요…… 작가들은 어떻게 그런 말도 안 되는 헛소리를 지어낼 수 있을까요?" 세실리아는 인상을 찌푸리더니 혼자 생각에 잠겼다. "나는 늘 작가들이란 정신적으로 좀 문제가 있는 사람들이라고 생각해왔어요."

"그러면 다시는 그 사람을 보지 못했어요?"

"돈 시릴로요? 어느 날 우연히 마주쳤어요. 체포되어 갇혀 있더군요. 정치적인 문제에 휘말렸던 모양인데, 그래서 다른 나라로 갔었다나봐요. 그런데 사면되어 돌아온 거였어요. 결국 그는 나를 평생의 사랑으로 여기게 되었어요. 입맞춤 한 번 한 적이 없는데 말이에요. 내가 사는 곳을 알기 전에는 집으로 돌려보내지 않으려 했어요. 그래서 여러 번 나를 찾아 이곳에 왔다니까요. 믿을 수 있어요?"

"그래서 받아들였어요?"

"내가 미쳤어요? 주인 여자에게 그 이야기를 한 적이 있는데 얘기를 듣고 나보다 더 놀라더군요. 나는 그 사람이 올 때마다 손님이랑 같이 있다고 했어요. 정신 나간 사람과 엮이기는 싫었어요."

그러면서 한숨을 내쉬었다.

"그런데 어느 날 길에서 마주쳤지 뭐예요. 참 미안하더군요. 그래서 저녁식사 초대를 받아들였어요. 뉴욕으로 떠나기 전에 나를 보러 왔다더군요. 그후 두 번 더 아바나로 돌아왔는데, 올 때마다 꽃이나 과자 등을 갖고 왔어요. 내가 대단한 귀부인이기라도 한 듯 말이에요. 마지막으로 본 게 삼 년 전이에요. 여든이 넘었는데도 여전히 장미 꽃다발을 들고 이 집 문을 두드리더라니까요."

"뉴욕으로 돌아갔나요?"

"그래요. 그리고 곧 죽었어요…… 그런데 살다보면 참 이상한 일도 있지요. 이 집에 올 때 들이닥친 젊은이 기억나요?"

"네."

"이름이 레오나르도인데, 소설 속에 나오는 그 백인 남자와 이름이 같다니까요. 돈 시릴로가 죽고 나서 며칠 후 그 청년이 우리집에 나타났어요. 내가 직접 맞아주길 바랐지만 내가 그런 일을 할 나이는 아니잖아요. 여러 번 찾아왔지만 올 때마다 본척만척하니까 화가 나 돌아갔어요. 다른 아가씨들한테는 관심이 없다더군요. 혹시 시릴로의 환영이 아닐까 하는 생각이 들 때도 있어요. 소설을 써서 나에게 저주를 걸어놓은 것인지도 모르고…… 아무튼 이제는 당신한테 집착하게 되었네요."

세실리아는 꿈에서 깬 듯한 표정을 짓더니 손바닥으로 이마를 쳤다.

"왜 진작 그 생각을 하지 못했는지 몰라. 당신을 주재하는 오리샤*가 누군지 알아요?"

168

"오슌**일 거예요."

"내가 기도를 올려줄게요. 당신이 남자를 겁내는 걸 떨쳐줄 테니 두고 봐요."

카리다드는 잠시 망설였다. 계속 거절해야 할지 그냥 내버려둬야 할지 갈피를 잡지 못했다. 어떤 오리샤도 그녀의 근심이 사라지게 해주지는 못할 것이었다. 그러나 아무 말도 하지 않았다. 주술 의식은 카리다드가 생각할 시간을 가질 수 있도록 며칠 후에 하기로 했다. 딱 한 가지 마음에 걸리는 게 있었다.

"메치타는 아무것도 몰랐으면 좋겠어요."

"한밤중에 하지요. 아이가 자고 있을 때."

그날 밤 메르세데스는 잠들지 못했다. 단조로웠다가 통통 튀는 노랫소리 때문에 눈꺼풀에 맺히기 시작하던 잠이 달아나버렸다. 침대에서 빠져나온 아이는 엄마가 방에 없다는 걸 알았다. 조용히 문을 열어보았지만 보이는 건 고적한 뜰을 비추는 달빛뿐이었다. 목소리를 따라 복도를 지나 흔들거리는 노란 불빛이 비쳐드는 커다란 창으로 다가갔다. 메르세데스는 소리를 내지 않고 살그머니 의자를 찾아 올라서서 내다보았다. 정원 한구석에서 이가 다 빠진 노파가 노래 리듬에 맞춰 몸을 흔들고 있었다. 도냐 세실리아는 발가벗은 여인의 머리 위에 기름 같은 액체를 들이붓고 있었다. 찌르

---

* 아프리카 요루바족의 정령.
** 사랑, 결혼, 모성을 주관하는 여신.

는 듯한 꿀 향기가 코를 자극했다. 오니— 노예였던 할머니 다요를 따라서 엄마도 꿀을 그렇게 불렀다—때문에 여자의 살갗이 반들거렸다.

"오순 예예 모로, 여왕 중의 여왕님, 이 꿀을 당신 딸의 몸에 붓습니다. 당신의 이름으로 비나오니 당신을 섬길 수 있도록 허락해주소서." 세실리아는 움직이지 않고 가만히 앉아 있는 여자 주위를 돌면서 빌었다.

"당신의 딸이 강해지길 원하옵니다. 언약을 맺지 않고도 사랑을 할 수 있도록 자유로워지고 싶어합니다. 그리하여 비오니, 오순 예예 카리, 부끄러움을 물리쳐주시고, 두려움과 수치심을 떨쳐내주옵소서……"

눈에 보이지 않는 바람 때문에 촛불이 흔들거렸다. 누가 옆문을 여는 듯했다. 그때까지 움직이지 않고 가만히 있던 여자가 얼음장 같은 바람에 몸을 떠는 듯하더니 손으로 사타구니를 쓸면서 오니를 발라댔다. 창에 비친 달빛이 그녀를 환히 비추고 있었지만 메르세데스에게 그녀의 얼굴은 보이지 않았다.

"오시셰 이와아아 마, 오시셰 이와아아 마 오모데 카 시레 코 바라 비 로 소오오……" 흑인 노파가 숨이 넘어갈 듯한 목소리로 노래했다. 여자는 부드럽게 미소를 짓더니 이상야릇하고 관능적인 춤을 추기 시작했다.

아이는 다리 사이에 간지럼을 느꼈다. 자기도 꿀을 몸에 바르고 싶었다. 도시와 사람들을 축축하게 적시고 있는 이슬과 뒤섞이고 싶은 욕망을 느꼈다. 여자를 미친 듯이 웃게 만드는 순간 속에 자신도 빠져들고 싶었다. 대지의 진동에 맞춰 엉덩이를 흔들고 싶었다.

세실리아가 여자에게서 멀어졌다. 이제 노파가 내는 아프리카 조상의 목소리는 야수가 내달릴 때처럼 관능적이고 흥분한 목소리로 변했다. 벌거벗은 여자는 몸을 활처럼 휘며 신음을 내뱉었다.

"당신 여자예요, 레오나르도." 세실리아가 말했다.

어둠 속에서 사람의 형상이 나타났다. 메르세데스는 그 형상이 자신들을 놀라게 했던 남자라는 걸 한눈에 알아보았다. 여자는 다가오는 남자를 향해 돌아섰다. 그제야 아이는 엄마의 얼굴을 알아보았다. 남자가 바짝 다가섰고 엄마는 거부하지 않고 몸을 만지도록 내버려두었다.

메르세데스는 정원이 자신의 주위를 빙빙 돌기 시작하는 걸 느꼈다. 그러더니 모든 사물이 밤의 어둠보다 깜깜해졌다. 달도 사라지고 세상도 사라졌다.

레오나르도는 카리다드의 벗은 몸을 안고 바로 옆에 있는 방으로 들어갔다. 노랫소리는 여전히 밤을 울려대고 있었다. 세실리아는 문을 열고 뜰로 나가다가 아이가 실신해 있는 것을 발견했다. 무슨 일이 생긴 건지 금방 알아챘다. 그녀는 아이를 안고 침대로 데려갔다. 가까이 있는 대야에 물이 있나 찾아보았다. 물이 없자 문 옆에 둔 꿀단지가 생각났다. 그녀는 꿀을 가져다 손가락으로 조금 떠서 아이의 입술과 이마를 적셔주었다. 오니의 강한 단내에 아이의 정신이 되돌아온 듯했다.

"꿈을 꾼 모양이구나." 아이와 눈이 마주치자 세실리아가 말했다. "침대에서 떨어졌어."

메르세데스는 아무 말도 하지 않았다. 혼자 있고 싶어서 눈을 감았다. 세실리아는 방을 나왔다.

문이 닫히자마자 아이는 침대에서 몸을 일으켜 꿀단지를 찾았다. 생각할 겨를도 없이 단지 속에 손을 집어넣었다. 밖에서는 계속해서 사랑의 오리샤를 찬양하는 북소리가 울렸다. 그러는 사이 메르세데스는 자기 몸 구석구석에 꿀을 발랐다. 그녀의 흥분에는 오니를, 조급함에는 불을…… 오슌의 마법이 그녀에게도 스며들고 있었다.

3부

.
.
.

예언의 도시

"중국에 있다."

쿠바에서 "아무개가 중국에 있다"고 하면 그 사람이 중국에 남기
로 했다는 뜻이 아니라 자기가 본 것, 들은 것을 전혀 이해하지 못
한다는 뜻이다.

막 쿠바에 도착한 중국인 이민자들이 문화적으로 매우 이질적인
환경에 살면서, 언어조차 전혀 몰라 의사소통의 어려움과 혼란스러
움을 겪자 이런 표현이 나왔을 가능성이 크다.

쿠바의 밤

　세상 제일의 미남들이 사우스비치를 산책하고 있었다. 세실리아도 라우로와 함께 신문사를 나와 부티크와 노천카페로 가득한 사우스비치로 점심을 먹으러 나온 참이었다.

　아루굴라*와 블루치즈, 땅콩 등이 들어간 샐러드를 먹으면서 그녀는 자신의 이상한 운명을 생각했다. 부모도 형제도 없이 자신이 한 번도 상상한 적 없는 도시에서 혼자 무기력하게 살고 있었다. 아우라 강습에 가봐야겠다고 생각한 것도 이상한 일이 아니었다. 첫 수업을 받고 나니 두번째 수업에 가게 되었고, 그러자 자연스럽게 세번째 수업도 가게 되었다…… 라우로는 그런 건 남자 친구만 생기면 다 치료되는 문제라며 놀려댔다. 세실리아는 그 말을 무시했다. 친구의 말이 맞지 않을까 의구심이 들기는 했다. 평범하

＊참깨 향이 나는 샐러드용 채소. 루콜라, 로킷이라고도 부른다.

게 살아가지 못하는 것을 부정하려고 감정을 지어내고 있는 건 아 닐까?

한참 샐러드를 먹는 데 열중하고 있는데, 기다리다 지친 라우로 가 신문을 펼쳤다. "이것 좀 봐. 한창 신비주의를 쫓아다니고 있으 니 이런 거에 관심 있겠는데." 그러고는 그 지면을 빼내 세실리아 에게 건네주었다.

"뭘 보라는 거야?"

라우로는 손가락으로 난을 찾아 가리키고는 자신이 읽던 지면 으로 다시 눈을 돌렸다. 리사의 서점 아틀란티스에서 또 다른 강연 을 연다는 안내 광고였다. '마르티*와 환생'이라는 제목이었다. 제 목의 대담함에 웃음이 나올 뻔했다.

"같이 가볼래?" 세실리아가 물었다.

"아니, 나는 오늘 밤 더 근사한 약속이 잡혀 있어."

"너 좋은 기회를 놓치는 거야."

웨이터가 빈 접시를 가져가고 커피를 내왔다.

"맙소사!" 라우로는 시계를 보더니 소리쳤다. "빨리 계산서 달 라고 하자. 거의 한 시간이나 지났어. 번역할 기사가 세 개나 남았 는데."

"아직 여유 있어."

"여행사에 전화해서 크루즈 건도 알아봐야 해. 무슨 일이 있어 도 성벽이 무너지는 장면은 놓칠 수 없지."

---

* 호세 마르티(1853~1895). '쿠바 독립의 아버지'로 불리는 쿠바의 문인이자 혁 명가.

"무너지려던 성벽은 이미 다 무너졌는데."

"말레콘 방파제 얘기야. 로마의 그 노인네가 온통 수증기같이 가벼운 흰 가운을 입고 아바나에 도착하면, 두고 봐, 섬에 난리가 날 테니."

"아무 일 없을 거야."

"그럼 넌 빠져. 나는 여리고 성에 나팔 소리가 울릴 때 맨 앞줄에 앉아 있을 테니."

"광대극에서 울리는 중국 뿔피리가 아닌 바에야 그 미치광이들의 나라에 가서 뭘 듣겠다는 건지 모르겠네."

해가 지고 있었다. 집에 도착한 지 삼십 분 만에 그녀는 연습 준비를 다 마쳤다. 불을 하나씩 껐다. 그러자 사물을 거의 분간할 수 없을 정도의 어둠이 집 안에 가라앉았다. 그런 조건이 필요했다. 아니, 적어도 강연에서 멜리사는 그렇게 하라고 조언했다.

그녀는 구석에 놓여 있던 키 작은 종려나무를 끌고 와 벽에 붙여놓았다. 화분에서 몇 걸음 떨어져 앉은 뒤 눈을 감고 마음을 가라앉히려 노력했다. 그러고는 눈꺼풀을 반쯤 뜨고 나무를 바라보았다. 그러나 시선을 화분에 고정시키지는 않았다. 지시 사항을 찬찬히 떠올렸다. "똑바로 보지 말고 무심히 응시할 것. 앞에 있는 물건에 관심이 없는 듯이." 순간 종려나무 잎을 비스듬히 따라 흐르는 우윳빛이 보인 것 같았다. '환영일 수도 있어.' 후광이 점점 커졌다. 후광이 부드럽게 통통 고동치는 듯했다. 안으로 줄어들었다가 밖으로 커졌다가, 다시 줄었들었다가 커졌다가…… 마치 빛으로 만든 심장 같았다. 살아 있는 존재의 아우라를 보고 있는 걸까?

그녀는 다시 눈을 감았다. 그리고 다시 눈을 뜨자 선명한 달빛이 종려나무를 감싸고 있었다. 그러나 빛은 바깥에서 들어온 것이 아니었다. 이파리들에서 그리고 절을 하듯 굽은 섬세하고 가느다란 줄기에서 나오고 있었다. 뿌리가 묻혀 있는 흙에서도 빛이 흘러나왔다. 쿠바, 나의 조국, 나의 섬…… 왜 지금 그곳이 떠오르는 걸까? 우윳빛 광채 때문일까? 머릿속에서 바라데로의 바다 위로 휘영청 솟아오른 달이 보였다. 피나르 델 리오의 들판 위로 솟아오른 달도 보였다…… 그곳의 달은 빛이 다르게 보였다. 살아 있는 것 같았다. 어쩌면 쿠바에서는 모든 게 맛도 다르고 향기도 다르고 보이는 것도 다 다르다던 노인네들한테서 옳은 것일지도 모른다. 마치 쿠바가 낙원이거나 다른 별이라도 되는 듯이. 그녀는 그런 생각을 떨쳐버리려고 애를 썼다. 자신의 섬이 낙원이었다 해도 지금은 저주받은 땅이고, 저주받은 것은 품안에 들어오지 못한다. 적어도 그녀의 마음속에는 들어 있지 않았다.

그녀는 피로감에 눈을 떴다. 후광이 사라진 듯했다. 그러나 완전히 사라진 것은 아니었다. 일어서서 불을 켰다. 종려나무는 더이상 불꽃을 뿜어내는 환영이 아니라 화분에 심은 작고 평범한 나무일 뿐이었다. 진짜로 뭔가 보인 걸까? 바보 같은 짓을 한 게 아닐까 싶기도 했다.

"다행히 아무도 보지 않았으니까." 세실리아가 혼잣말을 했다.

그녀는 시계를 쳐다보았다. 한 시간 후에 아틀란티스의 네번째 강연이 시작될 것이다. 세실리아는 화분을 제자리에 끌어다놓고 불을 끈 다음 방으로 들어갔다. 그녀는 여전히 이파리 주위를 떠다니는 은빛 광채를 알아채지 못했다.

라우로는 울화통을 터뜨리며 그녀를 따라나섰다. 그날 밤 스케줄이 바뀌었기 때문이다. 서점에 도착하니 사십여 명의 사람이 미친 꿀벌처럼 웅성거리고 있었다.

"저 수다스러운 남자⋯⋯" 강연장의 다른 쪽 끝으로 세실리아를 끌면서 라우로가 중얼거렸다. 그리고는 두 명의 부인과 이야기를 나누는 젊은 남자를 가리켰다. "저 남자, 내 쪽으로는 오지 말았으면 좋겠어."

"안녕, 리사." 세실리아가 인사했다.

여자가 돌아보았다.

"어, 잘 지냈어요?"

"오늘은 녹음기를 갖고 왔어요. 어디 가까운 데 자리가⋯⋯"

"미안해요, 세시. 오늘도 얘길 나누기는 어렵겠어요."

"하지만 메시지를 남긴 지 삼 주나 됐어요. 지난번 강연에서도 보이지 않던데. 그 전에도 그랬고."

"미안해요, 아팠어요. 지금도 아주 좋지는 않아요. 친구가 일을 도와주지 않았다면⋯⋯"

문 앞에서 나는 소리로 보아 강연자가 온 모양이었다. 세실리아는 막 들어선 사람들 틈에 섞인 그녀를 처음에는 알아보지 못했다. 놀랍게도 족히 백 살은 된 듯한 노파가 마이크가 놓여 있는 테이블로 다가왔다. 지팡이에 힘들게 몸을 지탱하고 있었다.

"나중에 봐요." 리사는 낮게 말하고는 멀어져 갔다.

이젠 앉을 좌석도 없었다. 바닥의 카펫은 깨끗한 게 새것인 듯했다. 세실리아는 라우로와 함께 문 근처의 바닥에 앉았다.

"저 친구는 어딜 가든 항상 말썽을 일으킨단 말이야." 라우로가 귀에 대고 쏘아댔다. "내가 쿠바에 있을 때 저 녀석 때문에 친구 둘이 싸웠는데, 그 이유가…… 세상에, 믿을 수가 없어! 저 사람 헤라르도 아냐?"

라우로는 자리에서 벌떡 일어나 강연장의 반대편 끝으로 쏜살같이 달려갔다. 세실리아는 옆 자리에 가방을 내려놓았다. 하지만 잠시 후 라우로는 그냥 새 자리에 앉아 있겠다는 손짓을 했다.

노파는 책의 여러 구절을 읽으면서 강연을 시작했다. 죽은 뒤에도 혁명을 이어가기 위해 영혼이 환생할 거라고 했던 마르티의 말들이었다. 그리고 나서는 시를 한 편 낭송했다. 조국이 겪는 고통이 카르마의 결과라고 이해하는 듯한 시였다. 원주민 종족을 절멸시키고 흑인 노예를 학살한 역사를 후대에 환생한 영혼들이 속죄할 수밖에 없다는 뜻인 것 같았다. 세실리아는 그 말을 듣고 입이 딱 벌어졌다. 쿠바 독립의 주창자가 순식간에 심령술사로 변해버린 것이다.

강연이 끝나자 세실리아는 노파에게 가까이 다가가보려고 했다. 그러나 강연을 들은 사람보다 노파와 이야기하고 싶어하는 사람이 더 많은 듯했다. 그래서 생각을 바꾸어 카운터에서 손님을 챙기느라 바쁜 리사한테 가보기로 했다. 그러나 그것도 쉽지 않았다. 세실리아는 책장을 훑어보면서 기다리기로 했다.

이제 마이애미는 수수께끼 같은 도시가 되어버렸다. 어쩌면 제일 나이 많은 사람들이 대학살에서 사랑으로 구해낸 영성(靈性)이 마이애미에 보존되어 있는 게 아닌가 하는 생각이 들 정도였다. 그 영적 후광은 관광객이 다니는 곳들을 피해 이 도시의 구석진 곳들에 숨어 있는 게 아닐까. 아마도 이 도시는 타임캡슐일지도 모른다. 떠나온 곳으로 돌아갈 날을 기다리며 영광된 옛 시절의 가재도구들을 잠시 보관해둔 다락방일지도. 세실리아는 이 도시의 다중적인 영혼들에 대한 가이아의 이론을 생각해보았다.

"세시. 삼십 분째 말을 걸고 있는데 어떻게 쳐다도 안 봐."

라우로가 화가 나서 콧김을 내뿜었다.

"뭐라고?"

"내가 한 말을 전부 다시 해줄 거라고는 꿈도 꾸지 마. 너 왜 그래?"

"생각을 좀 하던 참이야."

"그렇겠지. 내가 말하는 거 빼고는 모두 생각하지."

"마이애미는 눈에 보이는 그대로가 아니야."

"그게 무슨 소리야?"

"밖에서 보면 차갑지만 안은 그렇지 않잖아."

"세시, 플리즈. 형이상학적인 것이 들어갈 오늘 용량은 벌써 다 찼거든. 이제 베르사유로 가서 카페콘레체*나 마시고 싶어. 돼지 과자도 먹고, 아바나의 발레 페스티벌 이야기나 하면서 최신 흐름을 따라잡고 싶다고. 같이 갈래?"

---

* 뜨거운 커피와 데운 우유를 일대일의 비율로 섞어 마시는 아침식사용 커피. '카페라테'의 스페인어.

"아니, 나 피곤해."

"그럼 내일 보자."

세실리아는 몇 분 후면 가게 문을 닫는다는 걸 확인했다. 서가에서 『주역』을 한 권 꺼내 돌아서다가 한 젊은 여자와 부딪혔다.

"미안합니다." 세실리아가 낮게 말했다.

"나랑 같군요." 젊은 여자가 대답 대신 말했다. "당신도 망자들을 달고 다니네요."

그 말만 하고 여자는 경악한 세실리아를 그대로 둔 채 멀어져 갔다. 마이애미를 돌아다니는 또 다른 미친 여자였다. 이 여자들을 만나는 사람이 왜 나여야 하는 거지? 그래, 그런 사람들이 있는 장소를 드나드니까 그런 거야.

"지금 막 나간 여자 알아요?" 세실리아는 『주역』을 들고 계산대로 다가서며 리사에게 물었다.

"클라우디아? 알죠. 서점 일을 도와주던 친군데, 왜요?"

"아무것도 아니에요."

리사는 책을 담아줄 봉투를 찾느라 여기저기 뒤졌다.

"수요일 낮에 봐요." 지난번 약속을 지키지 못한 것을 미안해하며 리사가 제안했다.

"정말요? 지난번에 내가 얼마나 기다렸는지 알죠?"

"우리 집에서 이야기하기로 해요." 리사는 영수증에 주소를 휘갈기며 말했다. "당신이 못 올 일이 생기거나 하는 경우가 아니면 전화로 다시 확인하지 않아도 돼요. 기다리고 있을게요."

밖으로 나오자 세실리아는 안도의 한숨을 내쉬었다. 마침내 기사를 완성할 수 있게 되었다.

차는 길 끝에 있었다. 그러나 가까이 다가가기도 전에 타이어 바람이 빠져 있는 게 보였다. 펑크가 난 걸까, 바람만 빠진 걸까? 바퀴를 살펴보려고 몸을 숙였다. 어디를 어떻게 살펴야 하는지 알 수 없었다. 펑크 났나? 균열이 생긴 건가? 보이지 않는 작은 구멍이어도 바람이 새어나갈 수 있다. 타이어 속에 일어난 일을 어떻게 알아?

그림자 하나가 그녀를 덮었다.

"Do you need help?"

가로등을 등지고 있어 남자의 얼굴이 보이지 않았다. 그러나 범죄자가 아니라는 건 금방 알 수 있었다. 빛을 등지고 섰어도 옷을 세련되게 차려입은 모습이 보였다. 남자의 얼굴을 쳐다보려고 고개를 돌렸다. 외모로 보아 미국인은 아니었다. 이 도시에서는 미국인이 아니면 십중팔구 라틴계였다.

"타이어가 펑크 난 것 같아요." 그녀가 쿠바식 스페인어로 대답했다.

"Yes, you're right. 갈아 끼울 건 있어요?" 남자는 영어와 스페인어를 자연스럽게 섞어가며 말했다.

"트렁크에 예비 타이어가 있어요."

"트리플 A*에 전화 걸래요?…… What I mean, 휴대폰이 없으면 내 걸 쓰세요."

라우로는 수천 번 말했다. 여자는 긴급 구조 서비스에 가입해두어야 한다고. 고속도로에서든, 지금처럼 밤중에 차가 고장 나면 어

---

* 미국자동차협회.

떻게 할 거냐고 하면서.

"트리플 A 가입 안 했어요."

"그렇군요. 염려 마세요. 제가 갈아 끼워드릴게요."

특별히 잘생긴 건 아니었지만 매우 매력적이긴 했다. 세포 하나하나에서 남성미가 뿜어져 나왔다. 세실리아는 남자가 타이어를 갈아 끼우는 동안 그 모습을 지켜보았다. 본 적은 여러 번이지만 따라 하기엔 어려운 작업이었다.

"어떻게 감사드려야 할지 모르겠군요." 그녀는 핸드백에 넣어 다니는 세정용 로션을 내밀며 말했다.

"별말씀을요…… by the way, 제 이름은 로베르토입니다."

"저는 세실리아예요. 반가워요."

"근처에 사나요?"

"대충 가까워요."

"쿠바 사람인가요?"

"네, 당신은요?"

"저도요."

"저는 아바나 출신이에요."

"저는 마이애미에서 태어났지요."

"그러면 쿠바인이 아니군요."

"쿠바인입니다." 남자가 강하게 말했다. "어쩌다 여기서 태어난 거지요. 부모님이 떠나왔기 때문에……"

이렇게 말하는 사람을 본 게 처음은 아니었다. 쿠바 혈통이나 유전자는 매우 강력해서 한 세대 이상이 지나야 비로소 포기할 수 있었다.

"저녁이나 함께했으면 싶은데요."

"고마워요. 하지만 저는……"

"그러고 싶어지면 전화주세요." 남자가 주머니에서 명함을 꺼내 건네주었다.

세실리아는 몇 블록을 지나 빨간 신호등에 걸렸을 때 그 불빛에 명함을 비춰보았다. 로베르토 C. 오소리오. 그 뒤에는 영어 이름이 적혀 있었다. 자동차 대리점 대표? 그런 직업에 종사하는 사람은 만난 적이 없었다. 그러니 흥미로운 변화가 될 수 있었다. 모험의 시작일 수도 있고…… 그 순간 그녀는 깜짝 놀랐다. 변화는 그녀가 두려워하는 것이었다. 변화가 그녀 인생에 좋은 결과를 가져온 적은 한 번도 없었다.

아파트에 도착했지만 요리할 기분이 아니었다. 세실리아는 주방 조리대에 서서 정어리 통조림과 비스킷 그리고 배 통조림으로 끼니를 때우고는 자리에 앉아 『주역』을 읽기 시작했다. 문득 자신의 점괘가 어떻게 나올지 궁금해졌다. 동전 세 개를 여섯 번 던졌더니 8괘의 57이 나왔다. 태양, 부드러움(투과성 또는 바람). 해석은 이랬다. "어딘가로 떠나는 게 좋다. 남자를 만나는 것도 괜찮다." 아래에 따로 적힌 구절들은 굳이 읽지 않았다. 그 구절을 마저 읽었다면 아마도 명함에 적힌 전화번호를 누르는 대신 다른 결정을 했을 것이다.

메시지를 남기고 전화를 끊었다. 이제 기다리는 수밖에 없었다…… 그러나 자신만의 은신처에서의 고독한 기다림은 아니었다.

그대가 나를 이해한다면

그들은 부두를 가득 메운 사람들의 물결에 밀려 배에 올랐다. 그러나 그 전에 운임을 지불해야 했다. 금목걸이 몇 개와 은팔찌 두 개를 건넸다. 지나치게 비싼 운임이었다. 쿠이 파가 챙겨놓았던 한 무더기의 보석 덕분에 가족은 갑판 위에 자리를 구했다. 배를 타기 전에 그들은 집과 땅을 헐값에 팔아치웠다. 사나운 파도에 흔들리면서 남편과 아내는 남은 돈과 보석을 헤아리며 새로운 삶을 시작할 계획을 세웠다. 다른 피난민들은 멀미가 너무 심해서 거의 온종일 잠을 잤다. 어쩌면 자는 척하는 것인지도 몰랐다.

도착하기 이틀 전에 많지도 않은 보석을 누군가 훔쳐가버렸다. 경찰이 승객들을 조사했지만 워낙 사람을 차곡차곡 실어서 샅샅이 수색하는 게 불가능했다. 시우 멘드는 공포에 사로잡혔다. 할아버지의 도움을 믿고는 있지만 아무것도 가진 것 없이 낯선 나라에 간다는 생각에 덜컥 겁이 났다. 그는 자신들을 기다리고 있는 도시를 생각하면서 조상님들께 기원했다.

바다 냄새가 달라져 있었다. 이제 배는 카리브 해의 짙은 물결 위에서 잔잔하게 흔들리고 있었다.

"봐라, 파그 리. 보름달이구나." 쿠이 파는 아들의 귀에 대고 속삭였다.

그들은 뱃전에 기대어 수평선 위로 솟아오른 환한 빛을 바라보았다. 환한 달빛 가운데 순간순간 섬광이 번쩍 하고 빛났다.

"저게 뭐예요, 아빠?"

아들의 눈에서 호기심을 감지한 시우 멘드가 설명해줬다. "등대란다. 밤길을 가는 배의 안내자 노릇을 하는 커다란 등불이지."

"커다란 등불이라고요? 얼마나 큰데요?"

"망루만 하지. 아마 더 클지도 몰라……"

아버지는 다른 신기한 이야기들도 들려주었다. 아들은 놀란 표정으로 피부가 검은 사람들 이야기며 사람의 몸속에 들어가 야생의 춤을 추게 만드는 신들의 이야기를 듣고 있었다…… 아! 그리고 음악도 있었다. 사방에 음악이 있었다. 섬나라 사람들은 가족끼리 모여 음악을 들었다. 음악에 맞춰 요리도 하고 공부도 하고 책도 읽었다. 침묵과 근신이 필요한 순간에도 음악이 함께했다. 그 사람들은 음악 없이는 살 수 없는 듯했다.

쿠이 파는 초자연적인 후광에 둘러싸인 듯한 달을 바라보았다. 얇은 천을 두른 듯 안개가 낀 모양이 비현실적인 느낌을 증폭시켰다. 이제 이전의 삶은 영원히 사라져버렸음을 깨달았다. 죽어서 다른 가족들 옆에 누워 있는 듯했다. 영혼은 미지의 도시를 향해 항해하고 있지만 어쩌면 그녀의 몸은 수수밭에 잠들어 있는지도 모른다. 저 신비의 섬에도 관음보살 붇닥이 있을 테지.

'자비로운 보살님, 고통받는 자의 주인이시여!' 쿠이 파는 빌었다. '두려움을 가라앉혀주시고, 가족들을 지켜주소서.'

그녀는 새벽이 밝아오고 긴 항해에 지친 배가 섬에 가까워질 때까지 계속 기도를 올렸다. 신과 인간 들이 같은 하늘 아래 살고 있는 섬이었다.

시우 멘드가 해준 그 많은 이야기의 어느 것도 그날 아침 쿠이 파의 눈앞에 나타나 수평선 위로 환하게 빛나던 광경에 대한 대비책은 되지 못했다. 중국 성벽의 축소판 같은 좁고 흰 방파제가 파도의 습격으로부터 도시를 막아주고 있었다. 햇살을 받은 건물들은 무지갯빛으로 물든 듯했다. 그리고 부두가 보였다. 항구도 보였다. 온통 형형색색의 초자연적인 세상이었다. 그리고 이상하게 생긴 사람들투성이였다. 마치 십대지옥 사방에서 튀어나온 존재들 같았다. 고함 소리며 옷차림, 후두음이 많은 언어.

배에서 내린 시우 멘드는 기억을 더듬어 복잡한 골목길을 따라 마차를 안내했다. 이따금 동향인과 만나면 고향의 언어로 길을 묻기도 했다. 쿠이 파는 모든 이의 시선이 자신들을 향해 있다는 걸 느꼈다. 중국인들도 예외는 아니었다. 자신들이 도시의 습한 더위와 전혀 어울리지 않는 옷차림이라는 걸 알아채는 데는 오랜 시간이 걸리지 않았다. 도시에는 몸의 윤곽이 다 드러나는 옷을 입고 다리까지 내놓고도 전혀 부끄러워하지 않는 여자들로 가득했다.

파그 리는 그 많은 감각의 향연에 흥분하고 있었다. 이쪽 보도에서 저쪽 보도로, 가끔은 길쪽에서 보도를 향해 동전을 던지는 아이들도 보였다. 다른 동전들을 맞히거나 치려는 것이었다. 무슨 놀이인지는 알 수 없었다. 그러나 놀이는 거리마다 되풀이되며 열기를 띠고 있었다. 놀이를 하는 아이들은 고함을 지르거나 말다툼을 하기도 했다.

마침내 그들은 동향인들이 가득한 동네로 접어들었다. 향불 냄새와 끓는 야채 냄새가 공기 중에 떠 있었다. 바다 냄새에 비하면 어디에서나 맡을 수 있는 향기였다.

"집에 돌아온 기분이네요." 여행하는 동안 내내 입을 열지 않던 쿠이 파가 한숨을 내쉬며 말했다.

"중국인 동네에 온 거라오."

쿠이 파는 외출이라도 하는 날엔 동네를 제대로 찾아올 수 있을까 싶었다. 모퉁이마다 금속 팻말에 길 이름이 적혀 있었지만 아무 소용이 없었다. 이 동네의 팻말을 제외하면 도시의 다른 지역 팻말들은 알아먹을 수 없는 글자들도 넘쳐났으니. 아시아인의 얼굴이 많았다는 것을 위로로 삼았다.

"할아버지!" 시우 멘드는 계단에 앉아 호젓하게 담배를 피우고 있는 노인을 보고 소리쳤다. 노인은 두어 번 눈꺼풀을 껌벅이면서 안경을 고쳐 쓰더니 팔을 벌리며 일어섰다.

"애야, 다시는 못 보는 줄 알았다."

그들은 포옹했다.

"돌아온다고 했잖아요…… 그리고 증손자도 데려왔습니다."

"얘가 네 아들이구나."

위앙은 볼에 입맞춤하는 인사를 하고 싶은 게 분명했지만 대신 먼 곳을 보는 듯한 시선으로 아이를 바라보았다. 그러고는 아이의 뺨을 어루만지며 만족해했다.

"그리고 여기가 네 처구나."

"그렇습니다, 존경하는 위앙 할아버지." 쿠이 파는 가볍게 몸을 숙이며 인사했다.

"이름이 뭐라고 했던가?"

"쿠이 파입니다." 시우 멘드가 말했다.

"네가 운이 좋구나."

"네, 좋은 아내입니다."

"그래서 하는 말이 아니다. 이름을 두고 하는 말이야."

"이름요?"

"쿠바 사람들과 관계를 맺고 살려면 서양식 이름이 있어야 해. 아주 흔한 이름이기는 하지만 마침 쿠이 파와 뜻이 같은 이름이 있어. 로사라고."

"로우사." 그녀는 어렵게 발음을 따라 했다.

"차차 발음을 배우게 될 게야." 위앙은 다시 한번 반갑고 놀란 눈으로 그들을 바라보았다. "왜 온다는 기별을 안 했니? 소요 사태에 대한 보도를 〈인민의 소리〉에서 읽었다마는……"

시우 멘드의 얼굴이 어두워졌다.

"할아버지, 나쁜 소식이에요."

노인은 손자를 바라보았다. 턱수염이 가볍게 떨리고 있었다.

"안으로 들어가자." 위앙이 가느단 목소리로 말했다.

시우 멘드는 문간에 놓여 있던 물 담배를 들었다. 네 사람은 집 안으로 들어갔다.

그날 밤 어린 파그 리는 거실에 임시로 만든 침대에서 잠이 들었다. 부부는 노인과 인사를 나누고, 따로 집이 마련될 때까지 침실로 쓰게 될 방으로 들어갔다.

"내일 탁을 만나러 가야겠소." 시우 멘드는 고인이 된 웽 삼촌과 거래하던 상인을 떠올리며 중얼거렸다. "할아버지께 짐이 되어서는 안 돼."

"당신도 집안 사업의 일원이에요."

"그렇지만 빈손으로 왔잖소." 시우 멘드는 한숨을 내쉬었다. "몽땅 도둑맞지만 않았어도……."

그는 쿠이 파의 표정이 변하는 것을 눈치챘다.

"무슨 일이오?"

"당신한테 할 말이 있어요." 그녀는 낮게 말했다. "하지만 소리 지르지 않겠다고 약속해요. 집이 작아서 다 들리니까."

시우 멘드는 아내의 말에 그러마고 했지만 사실을 알게 되자 놀라서 입을 다물지 못했다.

말을 마친 아내는 침대에 드러누워 다리를 벌렸다. 그러고는 남편이 그렇게 여러 차례 들어가보았고 아들을 세상으로 내보내기도 한 그곳을 손가락으로 더듬기 시작했다. 붉은 꽃 같은 아내의 성기에서 진주가 나왔다. 마치 꽃잎 사이에서 곤충이 마법처럼 날아오르는 것 같았다. 모든 여성이 지닌 천혜의 은닉처에서 진주 목걸이가 나오고 있었다. 시우 멘드가 쿠이 파를 수수밭에 두고 상황을 살피러 갈 때부터 보관해온 것이었다. 목걸이를 안에 넣은 채 그 긴 여정을 버텨온 것이다. 바다를 건너오는 동안 갖고 있던 보석을 모두 도둑맞았지만 진주 목걸이를 비롯하여 아직 꺼내놓지 않은 다른 보석들이 남아 있었다. 쿠이 파는 목걸이를 남편 앞에 내려놓았다. 마치 제단에 바친 제물 같았다. 그는 놀랍기도 하고 기가 막히기도 한 표정으로 목걸이를 집었다.

남편은 낯선 여자를 보듯 쿠이 파를 쳐다보았다. 자신이라면 그런 일은 상상도 못 할 터였다. 어쩌면 용기의 문제일지도 모른다. 그는 아내가 특별한 여자라는 생각을 했다. 그러나 그런 말은 하지 않았다. 목걸이를 만지면서 중얼거렸을 뿐이다.

"이제 우리가 직접 장사를 시작할 수 있겠군."

아내는 남편이 불을 끄고 그녀 위로 올라오자 그제야 남편의 감동을 느낄 수 있었다.

파그 리에게는 완전히 새로운 생활이 시작되었다. 먼저 새로운 이름이 생겼다. 이제는 웽 파그 리가 아니라 파블로 웽이었다. 그의 부모는 마누엘과 로사가 되었다. 파블로는 악마에 들린 듯한 언어로 가족들의 이름을 발음하는 법을 배우기 시작했다. 증조부 위앙이 도와주었다. 이곳에서 할아버지 이름은 쿠바인들의 존경을 한몸에 받는 맘비 홀리오 웽이었다.

가족들은 근처 단칸방 집으로 이사했다. 파블로는 새벽마다 부모를 따라 상하 거리와 레알타드 거리가 만나는 지점에 구입한 작은 창고를 손보러 갔다. 창고를 세탁소로 개조할 생각이었다. 잠이 덜 깬 아이는 엄마 손에 이끌려 어두운 길을 비틀거리며 걸었다.

창고에 도착하여 물건들을 이리저리 옮기기 시작하면 그제야 눈이 제대로 떠졌다.

그들은 해가 중천에 올라올 때까지 일을 했다. 그러고는 싸구려 식당에 가서 흰쌀과 야채를 넣은 생선 요리를 사 먹었다. 아이는 가끔 질 좋은 닭고기와 강낭콩을 반죽해 만든 맛있는 튀김을 주문했다. 일주일에 한 번씩 아버지는 중국인 훌리안의 아이스크림 가게에 가서 좋아하는 과일 아이스크림을 사 먹으라고 동전을 몇 닢 주기도 했다. 파블로가 좋아하는 과일은 마미, 코코, 구아바였다. 훌리안 아저씨네 과일 아이스크림은 그 도시에서 크림을 가장 많이 얹어주기로 소문 나 있었다.

오후가 되어 파그 리가 집으로 돌아오면 위앙은 현관에 앉아 담배를 피면서 중국인 동네의 분주한 일상을 구경하고 있었다.

"할아버지, 다녀왔습니다." 파그 리는 고개를 숙이며 인사했다.

"안녕, 티그리요*." 위앙이 대답했다. "오늘은 뭘 했니? 어디 얘기해보렴."

위앙은 대나무 파이프를 빨며 아이의 이야기를 들었다. 커다란 양철 깡통의 윗부분을 잘라 통을 만든 뒤 거기에 절반 정도 물을 채우고, 잘라낸 깡통의 나머지 부분에는 숯불을 담은 채 계단에 나와 앉았다. 파이프는 굵은 대나무 통으로 만들었고 옆쪽에는 가느다란 튜브가 끼워져 있었다. 그리고 빈 튜브 속으로 담뱃잎을 공 모양으로 집어넣고 둘둘 만 신문지를 화로에 가져대 불을 붙였다. 파블로에게 할아버지와의 대화는 창고에서 돌아와 아무리 피곤해

---

* '새끼호랑이.' 파블로가 호랑이해에 태어났고 호랑이 기질을 지녀 붙여진 애칭.

도 절대로 거르지 않는 일종의 제의였다. 그 습관은 학교에 다니기 시작한 뒤에도 바뀌지 않았다.

이제는 동네를 혼자 돌아다닐 수 있어야 했다. 증조부는 아이에게 일어날 수 있는 위험들에 대해 모두 가르쳤다.

"부유한 백인처럼 차려입은 중국인을 만나면 멀찍이 떨어져 있거라. 순박한 사람들의 장사를 망쳐놓는 갱단이 틀림없단다. 소리를 지르며 종이를 나눠주는 사람이 보일 때도 가까이 가지 말고. 근처에 경찰이 있으면 너에게 노동조합 지도부의 연설을 돕고 있다는 누명을 씌워 잡아갈 가능성이 크단다."

노인은 숨어 기다리는 세상의 모든 재앙의 가능성을 하나하나 말해주었다. 그러나 파블로는 증조할아버지가 선동꾼들이나 조합 지도부에 대해 완곡한 단어를 쓰고 있다는 걸 알았다. 가끔은 그들을 '혁명가'라고도 불렀다. 그러나 그들이 하는 일이 뭐냐고 물으면 할아버지의 대답은 매번 똑같았다.

"넌 아직 그런 걸 알아서는 안 되는 나이야. 우선 공부를 해라. 그러면 나중에 말해주마."

파블로는 다른 아이들 틈에 앉아서 삽화나 그림 들을 통해 수업 내용을 짐작해보려고 애를 썼다. 그러나 광둥어와 뒤섞인 그의 스페인어는 놀림감이었다. 광둥 출신의 두 동급생이 도와주기는 했지만 매번 풀이 죽어 집에 돌아오곤 했다. 어쨌든 파블로는 공책에 기호들을 잔뜩 그려댔고 겨우 절반 정도 이해한 교과 내용들을 두 언어를 섞어가며 이야기하곤 했다.

오후에는 언제나처럼 할아버지와 이야기를 나누었다. 그는 무엇보다도 한나라의 전설과 비슷한 데가 있는 이야기들을 좋아했다. 특히 이야기 속에 등장하는 한 남자를 좋아했다. 증조할아버지는 그를 '깨달음의 부처'라고 불렀다. 위대한 마술사였음에 틀림없었다. 그러니 그 남자가 하는 말을 제대로 알아듣지 못할 때가 많았는데도 할아버지는 그를 따라 곳곳을 다녔던 것이다. 위앙은 그가 나타날 때마다 빛이 보였다고 했다.

"아쿤."* 아이는 습관처럼 광둥어와 스페인어를 섞어가며 거의 매일 할아버지를 졸랐다. "할아버지가 한편이 되어 같이 싸운 깨달음을 얻은 부처 얘기 해줘요."

"아! '아팍'** 호세 마르티 말이구나."

"네, 말르티요." 아이는 에레(r) 발음을 힘들게 하면서도 신나 했다.

"한 위대한 성인이……"

할아버지는 쿠바 독립의 선구자―그의 초상은 교실마다 걸려 있었다―에 대한 이야기를 들려주었다. 어느 날 밤 다른 쿨리들을 따라간 비밀 모임에서 그를 만났다고 했다. 자유가 아직은 꿈일 뿐이던 시절의 이야기였다. 그 젊은이는 당시 나이가 어렸는데도 수감 생활을 해야 했고 커다란 공이 달린 족쇄를 차는 벌을 받아야 했다. 청년이 치욕을 잊지 않으려고 나중에 그 족쇄로 가락지를 만들어 끼고 다녔다는 이야기도 했다.

"그래서요?" 할아버지가 꾸벅거리면 아이는 재촉했다.

"고단하구나." 할아버지가 말했다.

---

* 할아버지라는 뜻의 중국어.

** 존경의 어조가 담긴 호칭인 '돈(don)'에 해당하는 중국어.

"좋아요, 아쿤. 라디오를 켤까요?"

그렇게 두 사람은 자리에 앉아 파그 리는 이제 잊어가고 있는 멀고 먼 고향에서 들려오는 뉴스에 귀를 기울였다.

아이가 새로운 나라를 알아가기 시작하는 동안 마누엘과 로사의 세탁소에는 손님이 점점 늘어갔다. 사람들은 세탁소의 명성에 이끌려 시간이 갈수록 더 많은 세탁물을 맡겼다. 얼마 안 가 동향인 한 사람을 고용해 세탁물을 집집마다 배달할 정도였다. 파블로도 가끔 배달 일을 도왔다. 파블로의 부모는 둘 다 스페인어로 읽고 쓰는 법을 몰랐기 때문에 손님마다 별명을 붙여 외워둬야 했다.

"이 흰옷은 이마에 점이 있는 물라토에게 갖다주고, 이 옷 두 꾸러미는 성미 괴팍한 할머니 댁에 갖다드려라."

그러면 파블로는 광둥어로 '점이 있는 물라토'라고 적힌 종이가 붙은 옷과 '마귀 할멈'이라고 적힌 옷 두 꾸러미를 찾아내 주인들에게 배달했다. 그는 손님들이 세탁을 맡기러 옷을 갖고 왔을 때도 마찬가지 방식으로 이름을 적었다. 동성애자인 돈 에프라인 델 리오를 면전에 두고는 '여자 같은 무뢰한'이라고 적었다. 마리아나 양은 중국인 아이가 알아듣지 못할까봐 천천히 또박또박 "마-리-아-나"라고 이름을 불러주었지만 파블로는 영수증에 아주 진지한 표정으로 휘갈겨 적었다. '애꾸눈 개를 데리고 온 아가씨'라고. 빵집 여자의 영수증에는 '수다쟁이 아줌마'라고 썼다. 이런 일은 계속되었다.

초창기 날들은 발견의 과정이었다. 서서히 수업 내용도 알아가기 시작했다. 선생님은 아이가 공부에 점점 흥미를 보이자 도와주려고 열심이었다. 그러나 그것은 곧 파블로의 숙제가 두 배가 된다는 뜻이었다.

이제 증조할아버지와 이야기를 나눌 시간이 별로 없었다. 학교에서 돌아오는 길에 파그 리는 바에서 흘러나오는 노랫소리를 들으며 보도를 따라 폴짝폴짝 뛰곤 했다. 뮤지션들이 식사를 하거나 술을 한잔하러 오는 바였다. 파그 리는 피를 끓어오르게 하는 끈적끈적한 음악을 더 듣고 싶었지만 그렇다고 도중에 멈추거나 하지는 않았다. 위앙 할아버지의 집 앞을 지나쳐 곧장 집으로 들어가면 엄마가 씻고 저녁 먹으라고 말할 때까지 공책에 머리를 파묻고 있었다.

그렇게 몇 달이 지나고 일 년, 이 년이 흘렀다…… 어느덧 로사와 마누엘 웽의 맏아들 파그 리도 청년 파블로가 되었다. 그가 호랑이띠라는 걸 알게 된 친구들도 그를 티그리요라고 부르기 시작했다.

지구 반대편에 있는 고향은 이제 가을이 되었을 테지만 카리브해 섬나라의 수도는 그렇지 않았다. 미풍이 사람들의 머릿결을 흔들어댔다. 숙녀들의 치맛자락을 들치기도 하고 공공건물의 깃발을 나부끼게 하기도 했다. 그것이 계절이 바뀌기 시작했다는 유일한 표시였다. 태양의 열기는 여전히 살갗을 따갑게 괴롭히고 있었다.

티그리요는 아버지 심부름으로 모퉁이 음식점에 갔다 돌아오는 길이었다. 매주 열리는 '볼리타'라는 구슬 게임 심부름이었다. 볼리타는 거의 모든 사람이 하는 게임으로 특히 중국인들이 많이 하는 불법 로또였다. 도박성 놀이에 대한 중국인들의 열정은 유전적

인 것이었다. 초기 이민자들이 들여온 유명한 중국식 퍼즐 '치파'
는 출신지가 다양한 이곳의 여러 인종한테도 스며들고 전염되었
다. 각 숫자의 상징을 외우지 못하는 쿠바인이 없을 정도였다.

치파 퍼즐에는 중국인 남자의 모습이 그려져 있었다. 남자 몸은
온갖 모양의 암호들로 뒤덮여 있었다. 정수리에는 말이 그려져 있
는데 이것은 숫자 1이었다. 귀에는 숫자 2인 나비, 다른 쪽 귀에는
3을 나타내는 선원, 입에는 4를 나타내는 고양이…… 그런 식으로
숫자 36까지 이어졌다. 그러나 볼리타는 숫자가 100까지여서 다
른 새로운 상징물과 암호를 덧붙여야 했다.

간밤에 티그리요의 어머니는 세찬 소나기에 새 구두가 한 켤레
쓸려오는 꿈을 꾸었다. 그 꿈에는 물과 구두라는 두 요소가 있었
다. 웽 가족은 11에 걸기로 했다. 11은 수탉을 의미하지만 동시에
비를 의미하기도 했다. 그리고 31에도 걸었다. 이것은 사슴이면서
구두를 의미했다. 의미가 여러 개인 것은 쿠바식, 미국식, 인도식
등 다른 퍼즐도 만들어졌기 때문이다…… 그러나 가장 대중적이
고 모든 사람이 잘 외우고 있는 것은 중국식이었다.

판돈을 모으는 볼리테로* 치옹의 바에 도착하기 전에 티그리요
는 치옹이 낯선 사람과 이야기를 나누는 걸 보았다. 양복을 입고
넥타이를 맨 중국 사람이었다. 세심하게 면도한 콧수염은 중국인
에게는 매우 드문 일이었다…… 적어도 파그 리가 아는 사람들은
그랬다. 치옹은 기겁한 얼굴로 사방을 두리번거렸다. 도와줄 사람
을 찾는 걸까, 누가 볼까 두려워서일까? 본능적으로 파그 리는 거

---

* 볼리타를 파는 사람.

리를 유지하며 극장 간판을 읽는 척했다. 치옹이 금고를 열고 지폐를 몇 장 꺼내 남자에게 건네주는 게 보였다. 그걸 보자 언젠가 위앙 할아버지가 조심하라고 주의 줬던 게 떠올랐다. "부유한 백인처럼 차려입은 중국인을 만나면 멀찍이 떨어져 있거라. 순박한 사람들의 장사를 망쳐놓는 갱단이 틀림없단다……" 그래, 볼리타는 옳은 사업이 아니지. 하지만 중국인인 치옹 아저씨가 다른 사람에게 해를 끼칠 리 없어. 치옹은 항상 바에만 있는 사람이었다. 동향 사람들과 인사를 나누기도 했고 상인들이 물어보면 주소를 알려주기도 했다.

티그리요는 한숨을 내쉬었다. 무슨 일이 있어도 정치 같은 복잡한 문제에 얽혀들어서는 안 되었다. 그는 남자가 멀어지자 곧장 길을 건너 바로 들어가 아무것도 보지 못한 척하며 내기 돈을 지불했다.

"어이! 티그레!"

그가 목소리가 나는 쪽을 돌아보았다.

"안녕, 호아킨."

호아킨은 슈 리라는 이름의 학교 친구였다. 쿠바에서 태어났지만 부모님은 광둥 사람이었다.

"널 만나러 가던 참이야. 영화 보러 가지 않을래?"

파블로는 잠시 생각했다.

"언제?"

"삼십 분 후에."

"내가 그리로 갈게. 시간에 늦으면 너희들끼리 가도 돼."

위앙이 현관에 앉아 있다 손을 흔들어 알은체했지만 파블로는 곧장 집 안으로 달려 들어갔다.

"엄마, 영화 보러 가도 돼요?" 광둥어로 물었다. 부모와 얘기할 때는 언제나 광둥어로 말했다. 가끔 증조할아버지와도 광둥어를 썼다.

"누구랑?"

"슈 리요."

"그래라. 근데 그 전에 은퇴한 선생님 댁에 이 옷 좀 갖다주렴."

"그 선생님 모르는데요."

"음반가게 옆집에 산다."

"거기도 어딘지 몰라요. 치옥 푼을 시키지그러세요?"

"아프단다. 네가 갔다 와야 해. 갖다 주고 바로 슈 리 집에 가면 되겠구나…… 아빠가 아직 안 오신 걸 다행으로 생각해. 영화 보러 가지 못하게 하셨을 거다."

파블로는 옷 꾸러미를 쳐다보았다.

"주소가 어디예요?"

"맹 씨네 음식점 알지?"

"그렇게 멀어요?"

"두세 집 더 가서란다. 문에 사자 모양인가 빗장이 있어."

파블로는 샤워를 하고 옷을 갈아입은 뒤 간단히 식사를 하고 달려나갔다. 가는 동안 사람들을 만날 때마다 시간을 물었다. 제시간에 도착하지 못할 듯했다. 일곱 블록이나 가서 음식점 앞을 지나 사자가 달린 빗장을 찾았다. 그러나 그 길에는 똑같은 모양의 문이 세 집이나 있었다. 자신의 나쁜 운과 영수증에 주소를 적어놓지 않는 부모의 유감스러운 습관을 원망했다. 이 도시에 이렇게 오랫동안 살았는데도 아직 숫자도 배우지 못했다니…… 음식점에서 두 번째 집이라고 했던가? 네번째 집이었나? 기억이 나지 않았다. 문을 하나씩 두드려보기로 했다. 그렇게 한 게 다행이었다. 아니면 불운이었든가…… 둘 다였을지도 모른다.

상처받은 유령들

'러스티 펠리컨'은 비스케인 만 입구에 있는 레스토랑으로, 바다로 둘러싸여 있었다. 원목 나무판에 붉은 글씨로 쓰인 이름을 보자 세실리아는 이모할머니가 말한 적이 있는 곳이라는 게 떠올랐다. 어마어마한 길이의 다리에서 바라볼 때까지만 해도 그다지 매력적으로 보이지 않았다. 레스토랑을 둘러싸고 있는 많은 배와 요트 때문에 외떨어진 장소라는 생각밖에 들지 않았다. 그러나 막상 시원한 실내로 들어가 유리벽 너머로 바다를 내다보자 할머니의 말이 옳았다는 생각이 들었다. 마이애미에도 꿈 같은 곳들이 있었다.

그들은 유리 수족관을 통해 해가 지는 모습을 바라보았다. 수족관이 그들을 시리우스성과 갈라놓고 있었다. 멀리서 배들이 물 위로 작은 물거품을 남기며 지나가고 있었다. 건물들은 석양빛을 받아 점점 환해졌지만 바다는 갈수록 어두워졌다. 식사를 마친 그들은 코앵트로*를 마시면서 여러 이야기를 나누었다.

로베르토는 자신의 어린 시절과 부모에 대해 이야기해주었다. 영어를 모르는 그의 부모는 관대하면서도 거친 이 나라로 처음 이민의 길을 연 사람들이었다. 친구들이 여자 친구도 사귀고 파티에도 가고 할 나이에 로베르토와 형제들은 학교 수업이 끝나면 공장에서 일했다. 타이어를 갈아 끼우는 일을 돕거나 창고에서 물건을 꺼내오고 전화를 받았다. 노력 끝에 돈을 모아 대학에 입학했지만 과정을 마치지는 않았다. 어느 날 학비를 사업에 써야겠다는 결심을 하게 되었던 것이다. 그건 잘한 선택이었다. 처음 이 년은 매일같이 채 대여섯 시간도 자지 않으며 열두 시간씩 일했지만 결국 원하던 걸 이루었다. 이제 그는 플로리다에서 가장 번창한 자동차 대리점의 대표였다.

세실리아는 로베르토의 세계, 로베르토의 생활이 자신과 얼마나 동떨어져 있는지 깨달았다. 그러나 남자의 미소와 쿠바에 대한 열정에 매력을 느꼈다. 그는 가본 적이 없으면서도 그곳을 조국이라고 여겼다. 그래서 그와 계속 만나기로 마음먹었다.

다음 날 밤 두 사람은 클럽에 갔다. 처음으로 그의 키스를 받았을 때 세실리아는 자동차경주에 대한 그의 광적인 열정, 두 시간마다 중개인에게 전화를 걸어 판매 상황을 물어대는 강박증 등의 단점을 싹 잊어주기로 했다. "더이상 완벽할 수 없어." 세실리아는 혼잣말을 했다. 다음 날 리사와 약속이 있다는 사실조차 깜빡 잊어버릴 뻔했다. 그들은 그날 밤 일찍 헤어졌고 그녀는 가뿐한 마음으

---

* 오렌지 껍질을 원료로 하여 만든 프랑스산 리큐어.

로 집으로 돌아왔다.

리사는 코럴 게이블스의 경계 지점인 오초 거리 근처에 살고 있
었다. 하지만 시끄러운 차 소리가 황갈색으로 꾸며진 아늑한 집 안
까지 들려오지는 않았다. 사방에 화분과 짙은 색깔의 오래된 나무
가구가 놓여 있었다. 세실리아는 녹음기를 켜서 궤짝 모양의 테이
블 위에 올려놓고 리사의 말에 귀를 기울였다. 파란 새 몇 마리가
정원 분수에서 목욕하는 모습이 유리문을 통해 보였다.

리사가 말했다. "유령들이 돌아오는 건 보통 복수나 해결되지
않은 범죄를 심판해달라고 하소연하기 위해서예요. 그런데 그 집
에 사는 유령들은 행복해 보여요."

"그렇다면……?"

"내 생각에는 뭔가 두고 떠나기 싫은 그리운 게 있어서 돌아온
것 같아요. 이상한 건 유령들은 늘 같은 장소에 나타나는데, 그 오
래된 집은 계속 옮겨 다닌다는 거지요."

"어쩌면 아무도 알아채지 못한 세부적인 게 뭔가 있지 않을까
요? 제게 보여준다고 했던 건 어디 있어요?"

리사는 진열장으로 가서 해질 대로 해진 공책을 꺼냈다.

"여기 모든 게 적혀 있어요." 그녀가 공책을 펼치면서 말했다.
"살펴봐요, 난 주방에 좀 갔다올 테니."

메모들은 깔끔하지 않았다. 어떤 것들은 읽기에 불편함이 없었
지만 어떤 글자들은 알아보기도 힘들었다. 그러나 유령의 집의 출
현에 대한 기록, 즉 날짜와 시간, 장소가 페이지마다 적혀 있었다.

가장 오래된 기록은 코코넛 그로브에서였다. 코코넛 그로브는 세실리아가 쿠바에서 온 이후 처음 지내던 아파트에서 별로 멀지 않은 곳이었다. 가장 최근 출몰한 곳은 코럴 게이블스의 리틀 아바나 근방이었다.

세실리아는 첫번째 목격자의 이름을 옮겨 적으면서 날짜를 눈여겨보았다. 1월 1일 새벽. 그날은 그녀가 도착한 지 다섯 달이 되던 때였다. 두번째 목격 날짜는 일주일 뒤인 1월 8일이었다. 그다음 날짜는 7월 26일로 되어 있었다. 이어서 8월 13일. 에어컨이 켜져 있었지만 날짜들을 확인하며 세실리아는 등에 식은땀이 흘러내리는 기분이었다. 아무도 알아차리지 못한 게 있었다.

"커피에 설탕 많이 넣어요?"

"날짜 얘기는 왜 안 했어요?"

"무슨 말이에요?"

"유령의 집이 나타난 날짜 말이에요."

"일관성이 있는 것도 아닌데 뭐하려요? 간격이 규칙적이지 않잖아요."

"규칙이 하나 있어요". 세실리아는 강한 어조로 말했다. "하지만 시간상의 문제는 아니에요."

리사는 명한 표정이 되었다. 생각도 못 한 말을 듣고 긴가민가했다.

"모두 나라와 관계있는 날짜예요…… 그러니까 쿠바에 나쁜 일이 생긴 날들이에요."

"그게 무슨 말이에요?" 리사가 세실리아 옆의 소파에 앉으면서 물었다.

"7월 28일. 7월 28일에 무슨 일이 있었는지 모른다고는 않겠죠?"

"모를 리가 있어요? 몬카다 병영 습격이 있던 날이잖아요."

"더 나쁜 건 그다음에 일어난 일들이었지요."

"다른 날짜들은 어떻게 되는데요?"

"1월 1일은 혁명이 승리한 날이고, 1월 8일은 반군들이 아바나에 진격한 날이죠. 그리고 8월 11일은 누가 태어난 날인지 당신도 알잖아요……"

"모르는 날짜도 있어요."

"아니에요, 모르는 건 없어요."

"아니, 있어요." 리사는 강조했다.

"언젠데요?"

"7월 13일요."

"화물선 '3월 13일호'에 피신해 있던 사람들이 학살당한 날이에요."

"4월 19일은요?"

"히론 광장에서 망명자들이 패배한 날이고요."

"4월 16일."

"쿠바 공산주의가 공식화된 날이에요."

"4월 22일."

"트럭에서 사람들이 죽은 날이에요."

리사는 기억을 떠올리려 애썼다.

"그 사람들이 누군데요?"

"폐쇄된 트럭에서 질식해 죽은 사람들 말이에요. 히론 광장에서 체포된 전쟁 포로들이었어요. 날짜를 기억하는 사람이 별로 없긴

해요."

"근데 당신은 어떻게 알아요?"

"생존자 두 사람을 인터뷰한 적이 있어요."

리사는 침묵을 지켰다. 날짜들에 대한 세실리아의 추론이 여전히 이해되지 않는다는 표정이었다.

"말도 안 돼요." 마침내 리사가 말했다. "도대체 왜 쿠바에 불행이 있던 날만 골라서 코럴 게이블스에 나타난다는 거죠?"

"나도 모르죠."

"가이아와 얘기해보는 게 좋겠네요."

"왜요?"

"유령의 집을 본 적이 있거든요."

"아, 맞아요. 아바나에서 유령의 집에 들어가본 적이 있다고 했어요. 거기서 무슨 일이 있었는지 말하던가요?"

"아니요." 어조는 강했지만 리사는 세실리아의 눈을 피했다.

세실리아는 거짓말인 줄 알았지만 더는 묻지 않았다.

"가이아에게 얘기해봐야겠어요. 노트 좀 빌려줄래요?"

"벌써 가려고요?"

"밤에 약속이 있어요."

"그럼 커피는?"

"다음에 마실게요."

"부탁인데 노트 잃어버리지 말아요. 복사를 해요. 알았죠?"

세실리아는 차를 몰고 떠나기 전에 현관 불이 꺼지는 걸 보았다. 집으로 가는 길에 혼란스러운 생각을 정리하려고 애썼다. 머리가 지끈거렸다. 그러나 연결성이 없는 장면과 얼굴 들만 떠오를 뿐이었다. 이 일을 이처럼 진지하게 생각해본 적이 없었다. 그러나 이제 모든 것이 달라졌다. 마이애미의 유령의 집은 쿠바에 기원이 있었다.

모진 바람이 휘몰아치네

앙헬라는 발코니에 나가 거리를 내다보았다. 그녀의 코끝에 와 닿는 서늘한 아침 냉기에 산악 지대의 음지식물들이 떠올랐다. 죽 지 않는 존재들이 사는 숲 속을 돌아다니던 날이 얼마나 오래전 일 인지. 거리를 지나가는 사람들을 바라보고 있자니 자신의 젊은 날 이 다른 사람의 추억같이 느껴졌다. 요정과 이야기를 나눈 적이 있 기는 한가? 외롭게 잊혀가던 신의 은총을 받은 적이 있던가? 여전 히 두엔데가 나타나는 것만 아니라면 모두 꿈이라고 느껴질 정도 였다.

이십 년은 긴 시간이었다. 특히 낯선 땅에 사는 사람에게는 더 욱 그랬다. 고국의 노래가 귀에 들릴 때마다 가슴속에서 번뇌가 고 동쳤다. "저 바다에까지 슬픔이 전해진다면, 아아! 여기서 부르는 이 노래가 바다에 전해진다면, 내 가슴은 그대의 포로가 되리라. 그대를 떠나 살 수가 없다오." 그랬다. 그녀는 고향이 그리웠다. 고향 사람들이 쓰는 말도 그리웠고, 내일은 없고 어제와 오늘만 있는 산악 지대의 끝없이 고즈넉한 삶도 그리웠다.

그녀의 부모는 그 산자락 마을에 그대로 살다 돌아갔다. 그녀는 돌아가겠다고 약속했지만 그러지 못했다. 지키지 못한 약속을 무겁고 오래된 고리짝처럼 간직하고 있을 뿐이었다.

후앙코는 좋은 남편이었다. 좀 성마르기는 했다. 그건 그랬다. 특히 마눌로 삼촌의 잡화점─사람들은 주점이라고 했다─을 물려받고 난 뒤부터는 더…… 그녀가 아이를 기르는 동안 후앙코는 음반회사를 차리겠다는 바람으로 돈을 모았다. 음반회사는 그를 흥분시키는 유일한 사업이었다.

"정신 나간 짓이에요." 앙헬라는 이웃에 사는 붉은 머리 물라토 과비나에게 속을 털어놓았다. "생각해봐요. 이 동네에서는 하찮은 주점 하나 운영하는 것도 용을 써야 가능해요. 그런데 강아지를 데리고 사는 그 그링고*와 경쟁을 하겠다니."

축음기 나팔 앞에 개가 한 마리 앉아 있는 빅터레코드사의 로고를 말하는 것이었다.

후앙코는 아바나에 음반회사를 차리는 것이 얼마나 수익성이 클지 설명해주었다. 뮤지션들이 더이상 뉴욕으로 여행할 필요가 없다고 했다. 그러나 그녀는 그런 정신 나간 소리를 더 듣고 싶지 않았다.

앙헬라가 강아지 로고의 그링고를 정말 증오하게 되자 주술에 대해 잘 아는 과비나가 주문을 걸어보면 어떻겠느냐고 했다. 그링

---

* '양키'처럼 미국인을 경멸적인 어조로 부르는 말.

고가 아니라 개에게.

"개가 죽으면 분노도 끝나는 거예요." 과비나의 말이었다. "그렇게 되면 주인도 기절할 게 분명해요. 광고판마다 개를 넣는 걸 보면 얼마나 좋아하는지 알 수 있잖아요."

"맙소사." 앙헬라가 말했다. "내 양심에 그런 죽음의 짐을 지고 싶진 않아요. 게다가 잘못은 개가 아니라 사방에 널려 있는 그 주크박스 때문인걸요. 그게 저주인 거예요."

"그렇지 않아요, 도냐 앙헬라. 음악은 신들의 축복이에요. 이 눈물의 계곡에 주어진 안식이고, 우리의 삶을 달콤하게 만들어주는 한 모금의 술이에요……"

"마음이 아파요, 과비나. 사실대로 말하면 우리 아들이 좀 빗나가고 있는 것 같아요."

"페피토*가요?" 물라토 여자가 말했다. "도대체 뭣 땜에 그 아이가 빗나가요? 비교할 데 없이 순한 아이가!"

"너무 순하지요. 이상한 벌레한테 물렸나봐요. 모퉁이에서 항상 들려오는 시끌벅적한 음악과 관계가 있는 것 같은데."

앙헬라는 한숨을 내쉬었다. 자신의 영혼과도 같은 페피토는 몇 주 동안 딴 세상에 살고 있었다. 어느 날 새벽 꽤 취해서 친구 두 명의 부축을 받아 귀가하더니 그후 얼마 지나지 않아서부터 이상해지기 시작했다. 그녀는 심장이 터질 지경이었다. 밤마다 외출을 하지 못하게 협박도 해봤다. 그러나 아들은 들은 척도 하지 않았다. 술에 취하면 웃음만 지을 뿐이었다. 뺨을 때릴 것처럼 얼굴에

---

* '페피토', '페페'는 모두 호세의 애칭.

대고 손을 흔들어대도 마찬가지였다.

그런 소동이 일어나자 마르티니코가 기다렸다는 듯이 작은 뭉게구름과 함께 나타나 도자기로 가득한 진열장 위로 뛰어올랐다. 앙헬라는 발작을 일으켰고 그러자 마르티니코는 더 신나했다. 그녀가 소리를 질러대자—반은 마르티니코를 향해, 나머지 반은 아들을 향해—가구들이 넘어지기 시작했다. 결국에는 소동에 놀란 후앙코가 방에서 뛰어나왔다.

"저 아이는 이제 어른이오." 분란의 첫째 이유가 뭔지 알게 되자 남편은 말했다. 두번째 이유는 알 수 없었다. "술 좀 하고 집에 들어오는 게 보통이지 뭐. 이리 와요, 어서 잡시다……"

"'술 좀 하고'라고요?" 앙헬라는 한밤중인 것도, 이웃 사람들이 듣는다는 것도 잊은 채 소리를 질러댔다.

"어쨌든 이제는 다 큰 어른이란 말이오."

"거참 어른다운 일이네요."

"가만히 좀 내버려둬요." 후앙코는 평소와 다른 어조로 앙헬라의 말을 가로막았다. "이제 자러 갑시다."

아들을 자리에 눕히고 나서 두 사람은 잠자리에 들었다. 계략도 성공하지 못하고 관객도 잃은 두엔데만 혼자 남았다.

다음 날 아침 아들은 잠자리에서 일어나더니 한 시간이나 욕실에 틀어박혔다. 결국 앙헬라는 무슨 일이냐고 소리를 지르며 물었다. 욕실에서 나온 아들은 아침도 먹지 않고 집을 나섰다. 전에 없던 이상한 행동이었다. 항상 카페콘레체 한 잔과 버터 바른 빵 반쪽, 계란 프라이 세 개에 햄을 곁들여 게 눈 감추듯 먹고 나서야 무슨 일이든 시작하는 아이였다. 앙헬라는 아들은 사라지고 진한 술

냄새만 남은 탓에 자신이 술에 취하는 기분이었다.

"방학이잖소." 아들의 귀가가 늦다고 아내가 불평하면 후앙코는 그렇게 대답하곤 했다. "학기가 시작되면 숨 쉴 틈도 없을 텐데 뭘."

그러나 학기는 아직 두 달이나 더 지나야 시작했고 아들은 아침마다 몇 시간이고 샤워기 아래에 서서 목 놓아 노래를 불렀다. "그녀 때문에 노래하고 그녀 때문에 운다네. 그녀에게 사랑을 느낀다네. 그대, 사랑하는 메르세데스, 내 고통을 거둬주오⋯⋯" 이런 노래를 부를 때도 있었다. "울지 마오, 울지 마오. 그녀는 진정코 도적이었을 뿐. 그녀를 위해 울지 마오, 관을 묻는 그대여⋯⋯" 한탄이 가득 묻어나는 룸바풍 가락에 앙헬라는 미칠 지경이었다.

어느 때보다도 개 광고의 그링고가 증오스러워졌다. 모퉁이마다 주크박스 부대가 노래를 불러대는 바람에 사람들이 모두 미친 것 같았다. 아들은 제일 먼저 그에 굴복한 사람들 중 하나였다. 그다음 쓰러질 사람은 틀림없이 그녀 자신이 될 것이었다. 좋아서 듣는 게 아니라 억지로 들어야 할 판인데 어떻게 그런 음악이 좋을 수 있겠는가. 최근 몇 년 동안 거리의 악사들과 동전을 집어삼키는 끔찍한 기계의 병폐가 성경에서 말한 역병처럼 도시를 휩쓸고 있었다.

"페페의 문제는 음악이 아니에요." 어느 날 오후 한탄을 늘어놓는 앙헬라를 보고 과비나가 알은체했다. "더 커다란 힘이 작용하고 있어요."

앙헬라는 갑자기 입을 다물었다. 친구가 그런 식으로 말하기 시작할 때마다 뭔가 계시를 받곤 했다.

"음악이 아니라고요?"

"그래요. 여기에는 뭔가 복잡한 문제가 깔려 있어요."

"여자 문제일까요?"

"그것도 평범한 여자가 아니에요."

앙헬라는 심장이 뒤집히는 기분이었다.

"어떻게 알아요?"

"나도 나만의 마르티니코가 있다고 했잖아요." 물라토 여자가 대답했다.

과비나는 남편과 아들 외에 앙헬라의 두엔데를 알고 있는 유일한 사람이었다. 후앙코는 이상한 사건들을 직접 보았기 때문에 두엔데를 받아들이고 있었지만 그 이야기를 내비치거나 하지는 않았다. 하지만 아들은 미신이라고 일축하면서 비웃었다. 반면에 과비나는 호들갑을 떨지도 놀라지도 않고 그 사실을 존중했다. 일상적인 골칫거리가 하나 더 생긴 정도로 받아들였다. 어느 날 오후 과비나는 자기 주변에 뭔가 나쁜 일이 생기면 벙어리 정령이 나타난다는 이야기를 했고, 그러자 앙헬라도 자신의 두엔데 이야기를 털어놓았던 것이다.

"여자라고요?" 앙헬라는 얼떨떨해하며 과비나의 말을 반복했다. 내 아들은 이제 아이가 아니다, 내 아들도 사랑을 할 수 있고 결혼을 할 수 있으며, 멀리 떨어져 살 수도 있다…… "확실해요?"

과비나는 방 한구석으로 시선을 보냈다.

"그렇다네요." 확신에 찬 대답이었다.

그 대답은 앙헬라 자신은 볼 수 없는 누군가가 과비나에게 전해주는 말이었다.

레오나르도는 평소보다 일찍 동네에 들어섰다. 그의 발걸음 소리에 대문들이 요술상자의 뚜껑처럼 열렸다. 색싯집들은 손님을 받을 준비를 하고 있었다.

그가 세실리아의 집에 도착했을 때 문은 이미 열려 있었다.

"들어와요." 주인이 직접 그를 맞았다. 그녀는 절대로 벗는 일이 없는 예의 검은색 숄을 휘감고 있었다. "아가씨들한테 알릴게요."

레오나르도가 그녀의 팔을 붙잡았다.

"누굴 보려고 왔는지 알고 있잖아요. 그녀한테 말해줘요."

"오늘 당신을 보려고 할지 모르겠군요."

레오나르도는 언짢은 표정으로 그녀를 쳐다보았다. 저 여자가 좋아지는 날이 있을까. 지난 시절에는 분명 그랬다. 그때는 격렬한 열정 때문에 머리로 생각하는 게 불가능할 정도였다. 그러나 도시 제일의 미인이었던 그녀도 이젠 망가진 흔적만 남았을 뿐이다. 이제 그녀는 떨리는 손을 젊은 날의 도도한 태도로 감추고 싶어하는 노파일 뿐이었다.

"오늘 밤 언질을 받았기 때문에 온 거예요."

세실리아는 남자의 술수를 받아넘겼다. "메르세데스가 한 약속은 믿을 게 못 돼요." 그녀가 옷매무새를 가다듬으며 분명하게 말했다. "죽은 제 엄마보다 더 변덕스러워요. 주님의 영광이 함께하기를……"

레오나르도는 조소를 머금었다.

"영광이라고요? 당신 같은 사람들에게 그런 여지가 있을지 모르겠군요."

세실리아는 이글거리는 눈빛으로 남자의 얼굴을 쳐다보았다.

"당신 말이 맞아요. 당신 같은 사람들이 갈 곳으로 함께 가겠지요."

레오나르도는 그럴 거라고 대답하려다가 어깨를 으쓱했다. 메르세데스에 대한 기억이 떠올랐기 때문이다. 그녀를 처음 본 건 그녀의 어머니가 아직 살아 있을 때였다. 카리다드가 꿀로 목욕을 한 이후 그는 그녀에게 미쳐 있었다. 그 시절 메르세데스는 어린아이에 불과했다. 그가 애인을 만나러 오면 아이는 반쯤 잠에 취한 채 엄마 방에서 나오곤 했다. 불이 나는 바람에 카리다드가 죽고 집이 불타 장사가 망할 때까지 그 아이를 다른 식으로 생각해본 적은 없었다. 레오나르도가 금방 아이에게 관심을 갖게 된 건 아니었다. 더이상 그 집을 찾지 않았기 때문에 아이의 존재도 잊고 있었다. 이 년 후 다시 그 집을 찾았지만 아주 가끔, 그것도 새벽 시간에만 들를 뿐이었다. 그러니 아이와 마주칠 일도 없었다.

"지금은 받을 수 없다는군요."

등 뒤에서 세실리아의 목소리가 들리는 바람에 그는 생각에서 빠져나왔다.

"그렇지만 나한테는……"

"오늘 밤 내내 안 된다는 게 아니에요. 지금 손님이 있다는 거지."

레오나르도는 소파에 털썩 몸을 묻고는 담배에 불을 붙였다.

몇 달 전 친구 하나가 대낮에 이 집에 같이 가달라고 조른 적이 있었다.

"도냐 세실리아는 지금 없어요." 금빛 얼굴의 아가씨가 문에서 나오며 알려주었다. "원하시면 기다려도 돼요."

아가씨는 나이트가운을 입고 있었지만 화사한 자태가 옷으로 가려지진 않았다. 레오나르도는 그녀가 멀어져 어느 방 안으로 사라지는 것을 보았다. 생김새가 왠지 익숙했지만 둔감해진 탓인지 그녀를 알아보진 못했다. 몇 시간 후 방에서 나오다 정원의 어둠을 밝히는 전등 아래에서 다시 그녀를 본 레오나르도는 심장이 과거를 향해 달음박질치는 걸 느꼈다. 여자아이는 죽은 엄마의 모습 그대로였다. 천사 같은 얼굴에 피부색이 더 밝은 것만 달랐다. 이미 늦은 시간이어서 더 머물러 있을 수가 없었다. 다음 날 밤 다시 와서 아이를 불러달라고 했다.

"애인들은 옛날 열정을 되살리고 싶어한다니까." 세실리아는 조롱하듯 말했다. "이제 엄마는 가고 없지만 딸은 남아 있다…… 말이 나왔으니 말이지 이 아이가 더 탐스럽긴 하지."

"그런 소리는 그만 떠들고 아이나 찾아와요."

"안됐지만 메르세데스는 지금 손님과 같이 있어요."

"기다리죠."

"꿈도 꾸지 말아요. 오늘은 오놀로리오가 그 아이를 보러 왔으니까요."

"누구라고요?"

"그 아이의 보호자이자 첫 남자…… 그 사람이 오면 아이는 그 남자가 원하는 대로 따라야 해요."

"주인도 아닌데 무슨……" 레오나르도는 세실리아의 표정을 보고 말을 중단했다. "왜 그래요?"

"주인이에요."

"무슨 소리예요?"

"그 아이를 샀어요."

"무슨 말을 하는 거예요?"

"불이 난 뒤 내가 이 집을 어떻게 일으켰다고 생각해요? 돈 오놀로리오는 오래전부터 그 아이에게 눈독을 들이고 있었죠. 하지만 그 애 엄마는 세상 무엇을 준대도 허락할 수 없다고 했어요. 카리다드가 죽자 오놀로리오는 아이의 '보호자'가 되게 해주면 돈을 주겠다고 제안했어요. 나로서는 받아들이는 수밖에 없었죠."

"그래서 어린아이를 남자에게 주었다고?"

"이젠 아이가 아니에요. 그리고 메르세데스도 좋아했어요. 반쯤 악마에 홀린 아이가 아닐까 항상 생각했다니까."

"그 아이가?" 얼굴을 떠올리며 레오나르도가 반박했다. "그럴 리가 없어요."

"당신한테만 알려주는 거예요."

레오나르도는 메르세데스를 보지도 못한 채 새벽이 되어서야 돌아갔다. 하지만 다음 날도 찾아갔다. 그다음 날, 또 그다음 날도. 마침내 한밤중이 가까워질 무렵 한 남자를 따라 방에서 나오는 메르세데스를 보았다. 물라토인 남자는 티 한 점 없이 새하얀 면직 옷을 입고 있었다. 그녀는 남자의 볼에 작별 인사를 하고 다시 들어갔다. 문은 반쯤 열린 채였다. 남자가 레오나르도 옆을 지나치며 말했다.

"내 여자에게 집착하는 거 알고 있어. 많은 남자가 싫증을 내고 다른 여자를 찾는데, 자네는 항상 그대로군."

"누가 그런 말을……?"

"그건 중요하지 않지. 오늘 밤 그녀를 만나도 좋아. 하지만 조심하라고. 막 대하면 안 돼."

아무 말도 못 하는 레오나르도를 그대로 두고 남자는 문밖으로 나갔다. 입구에서 기다리고 있었던 듯한 몸집 큰 남자가 뒤를 따랐다.

"당신의 여신은 이제 자유예요." 세실리아가 말했다.

"입 싼 늙은이 같으니라고. 내가 누굴 보러 왔는지 그런 말을 왜 해?"

"나는 그런 정보를 내다 파는 사람이 아니에요. 오놀로리오는 일이 어떻게 돌아가는지 알아내는 방법이 따로 있어요. 자기 애인과 관계된 일이라면 더 그렇지요."

그때 어둠 속에서 누군가 나오다 레오나르도와 부딪쳤다. 그 바람에 레오나르도는 나동그라질 뻔했다.

"안녕하십니까." 겸손한 분위기의 청년이었다. "저는 호세라고 합니다. 친구들은 페페라고 부르지요……"

술에 취한 게 분명했다.

"실례했습니다, 선생님." 또 다른 청년이 사이에 나서 친구를 끌고 나가려고 애쓰며 말했다. "성가시게 하려는 뜻은 없었습니다."

레오나르도는 등을 돌렸다. 이미 너무 많이 지체된 일을 맺음하고 싶은 마음으로 가득했다.

"흥정은 이따가 하지요." 그는 여자의 귀에 대고 말하고는 반쯤 열린 문을 향해 걸어갔다.

그녀는 동물적인 욕구를 채우려고 오는 남자들 외에 다른 남자의 존재는 생각해본 적이 없었다. 어떤 여자들은 남자들을 유혹하기 위해 스스로 옷차림을 가꾸었다. 그러나 메르세데스는 옷과 보석을 선물해야 하는 건 남자라고 생각했다. 그리고 아무도 그런 문제에 대한 그녀의 생각이 틀렸다고 말해주지 않았다. 그녀도 그런 말을 꺼내지 않았다. 그게 자연스러운 사물의 이치라고 생각했기 때문이다.

그런 생각이 언제부터 시작되었는지는 모른다. 기절한 날 이후 그녀의 머릿속은 뒤죽박죽이었다. 세실리아만이 변화를 눈치챘다. 그녀는 주술 의식에 썼던 꿀을 입술에 묻혀 아이를 소생시키려고 했던 게 문제였음을 뒤늦게 알게 되었다. 그러나 이미 벌어진 일이었다.

세실리아는 남자들을 관찰하는 아이의 시선을 보고는 그 사실을 처음 알게 되었다. 방 안에서 일어나는 일을 아이가 몰래 들여다보고 있는 바람에 놀란 게 한두 번이 아니었다. 나중에는 침대 위에 이상한 자세로 누워 있기도 했다. 아이의 행동은 금세 사람들 눈에 띄어 입방아에 오르내렸다. 아이는 커피를 물에 개어 입술에 바르는가 하면 속눈썹에 설탕을 묻혀 붉은 램프 아래에서 반짝반짝 빛이 나기도 했다. 발가벗은 몸에 황금빛 비단 숄만 두른 채 복도를 걸어다닐 때도 있었다. 세실리아는 오슌의 영이 아이를 악마로 바꿔놓았다는 결론을 내렸다.

그러나 문제는 아이가 더이상 어리지만은 않다는 것이었다. 열다섯이 되었는데도 아이 엄마는 옷을 입으라고 아이를 꾸짖어야만 했다. 딸아이가 있으니 겨우 몇 사람에 그치더라도 손님을 어느 정도는 유지해야 했지만 오놀로리오가 제일 위험한 남자였다. 세실리아는 그가 질 나쁜 보디가드들을 대동하고 집에 들어설 때마다 위협당하는 기분이었다.

이 년 후 있은 카리다드의 죽음은 섭리 같았다. 화재로 인해 사업이 모두 끝장난 상황에서 아이에 대한 평생 권리를 준다면 집을 복구하는 데 드는 비용의 두 배를 주겠다고 오놀로리오가 제안했을 때 세실리아는 하늘이 열리는 기분이었다. 그는 메르세데스를 살 생각은 없었다. 분명 그런 의도는 없었다. 단지 그녀에 대한 우선권을 갖고 보고 싶을 때 언제든 제약받지 않고 그녀의 방에 들 수 있기를 바랐던 것뿐이다.

세실리아는 망설이지 않았다. 아이는 그런 생활을 시작하고 싶어 안달이 난 듯했다. 언제가 되었든 반드시 일어날 일이었는데 마침 아이의 엄마가 죽은 것이다. 계약에 따르면 메르세데스는 방문을 받는 대가로 따로 돈을 받을 수는 없었다. 그러나 오놀로리오가 그녀에게 빠져 있어서 메르세데스는 마음대로 남자를 휘둘렀다.

머지않아 남자들은 그녀의 변덕을 채워주고 밤낮으로 몰아쳐대는 그녀의 갈망을 달래주는 도구가 되어버렸다. 그녀에게서 본능 이외의 것을 일깨우는 남자는 없었다. 처음 몇 달 동안 그녀의 침실 밖으로는 나오지도 않던 오놀로리오가 그랬고, 나중에 그녀 방에 들게 된 다른 남자들도 마찬가지였다. 늘 선물을 갖고 찾아오던 도련님 같은 레오나르도도 다르지 않았다.

조금씩 줄어들던 오놀로리오의 방문은 레오나르도가 나타나자 다시 잦아졌다. 그녀는 두 사람이 자신을 차지하기 위해 무언의 싸움을 벌이고 있다고 생각했다. 오놀로리오가 함께 떠나자고 제안했지만 그녀는 거절했다. 그녀는 현재의 생활과 자기 집처럼 여겨지는 지금의 집이 좋았다. 자신에 대한 절대적인 소유권을 갖게 되면 지금처럼 잘 대해주지 않을 게 뻔한 마당에 한 남자에게 휘둘리고 속박당하는 인생을 살고 싶지 않았다. 그러나 그녀의 안락한 생활도 오래가지 않았다.

변화의 첫 조짐은 뜻하지 않게 그리고 모호하게 찾아왔다. 꿈을 꾸고 난 뒤 그게 꿈인지 현실인지 알 수 없는 느낌으로 시작되었다. 그것은 우연하게도 레오나르도가 그녀와 첫날밤을 보낸 그날 일어났다.

그날 새벽 거의 모든 손님이 돌아갔을 무렵 아바나에는 월식이 일어났다. 메르세데스는 월식이 뭔지 몰랐다. 단지 여자들이 정원에 나가 두런거리는 소리를 들었을 뿐이다. 여자들은 달이 어두워지고 있다고, 이제 세상이 끝났다고 소리치고 있었다. 그러나 밖으로 나온 그녀는 별다른 이상을 알아채지 못했다. 달은 항상 보던 그대로 한쪽이 기울어져 있었다. 학생처럼 보이는 여러 청년이 여자들을 진정시키려고 애쓰고 있었다. 소란스러움이 지겨워진 메르세데스는 방으로 돌아갔다. 월식이 마법의 힘을 풀어놓았고 그녀도 알지 못하는 일이 일어나리라는 건 전혀 모른 채.

방으로 돌아가는 길에 낯선 존재가 그녀 옆을 지나쳐 갔다. 오슌보다 더 그녀를 사로잡는 얼굴이었고 뭔가에 한 대 얻어맞은 듯한 느낌이었다. 그녀는 그 존재가 사람이라고는 생각하지 않았다. 사람이라고 해도 야맹증이 있어서 잘 못 알아봤을 터였다. 그 존재는 메르세데스를 빤히 쳐다보았다. 그러나 그 표정은 다른 존재들의 시선과 닮은 데가 없었다. 그 얼굴의 순수함을 본 그녀 속의 악마―여신의 꿈이 입술에 닿았을 때 그녀 속으로 들어온 몽마(夢

魔)―는 화를 내며 뒷걸음질쳤다. 악령은 몇 년 전부터 자신이 차지한 아름다운 육체에서 떨어지지 않으려고 온 힘을 다해 엉겨 붙었다. 메르세데스는 그 힘에 맞서 싸우느라 숨이 넘어가기 직전이었다. 마치 베일이 발아래로 떨어져내리는 듯한 느낌이 들더니 한순간 문득 세상이 달라 보였다. 그녀는 어둡고 절망적인 세계에 자신을 묶어놓았던 악령의 의지를 떨쳐버리려고 몇 번이나 사투를 벌였다. 그러나 결국 자신을 지배하던 존재에게 굴복하고 말았다. 그러고는 넋이 나간 채 마치 앞에 아무도 없다는 듯 무심한 표정으로 남자의 옆을 지나쳐 갔다.

페페는 어머니의 미신을 비웃었지만 사실은 말만 그랬다. 그도 어머니의 육감을 물려받았고, 그래서 두엔데를 보지는 못해도 어떤 조짐을 직관하거나 예감했다. 그러나 그 존재를 의식하지는 않았다. 오히려 현실과는 거리가 먼 지하 세계의 일이라고 생각했다.

몇 년 후, 그는 친구들과 공연을 보던 어느 날 자기 인생이 바뀌어버린 일이 일어난 걸 회상하면서 미신을 다시 생각해보게 되었다. 그날 오후 페르민과 판초가 그를 알비수 극장의 한 공연에 초대했다. 사르수엘라* 공연은 옛 스페인군이 맘비군에게 거둔 승리를 축하하는 내용이었다. 공화국이 회복된 지 수년이 지났지만 페페는 쿠바인들이 흘린 피가 자기 피인 듯 생생하게 느껴졌다. 자신이 스페인인의 자손이라는 건 중요하지 않았다. 자신은 섬에서 태

---

* 사설, 노래, 합창, 춤 등으로 이루어진 스페인 악극.

어났고 그래서 스스로 쿠바이이라고 생각했다.

공연 막간에 페르민과 판초는 친구의 표정이 딱딱하게 굳은 걸 알아차렸다.

"너무 심각하게 생각하지 마." 페르민이 귀에 대고 속삭였다. "이건 모두 지나간 역사야."

"지금도 다를 게 없어." 페페는 관자놀이를 누르며 대답했다.

"기운 내 친구." 판초가 말했다. "좀 둘러봐, 네 주변을 맴도는 아가씨가 얼마나 많은지 말이야."

호세는 어깨를 으쓱했다.

"하느님은 코도 없는 자에게 손수건을 주신다니까." 판초가 낮게 말했다.

공연이 끝난 뒤 친구들은 그에게 저녁을 먹으러 가자고 했다.

"늦지 마라." 엄마는 그렇게 당부했었다. 하지만 아들은 늦게 귀가했을 뿐 아니라 완전히 술에 절어서 상태가 별반 다르지도 않은 친구들의 부축을 받고 있었다. 아들 친구들이 "페피토가 사랑에 빠졌대요" 하고 아들의 그런 행동이 대체 무엇 때문인지 바로 알려주었다면 앙헬라는 그렇게 걱정하지 않았을 것이다. 하긴 페페가 느낀 사랑의 감정이 박애적이고 차분한 감정과 동떨어진 것이기에 어땠을지는 모르겠지만.

저녁식사 후 그들은 술을 마시러 갔다. 한 번도 술을 마신 적이 없는 호세는 겨우 넉 잔에 취해 옆에서 일어나는 일마다 모두 참견했다. 그는 세상이 다정하고 사랑하는 사람들로 가득한 곳이라고 느꼈다. 이전에는 전혀 생각지 못한 일이었다.

어쩌다 그렇게 되었는지는 모르지만 밤 열시에 그는 자신이 친구들의 부축을 받으며 도시의 낯선 곳에서 헤매고 있는 것을 알아채고는 깜짝 놀랐다. 발을 헛디디면서 어느 낯선 집의 대문으로 들어섰다. 그리고 청년의 눈은 미라와 얘기를 나누는 한 신사에게 고정되었다. 미라는 보통의 미라와는 달랐다. 죽지도 않았고 미소를 짓기도 했는데, 미소를 지을 때 주름이 더 생기기도 했다. 사방은 매우 어두웠다. 뜰에 그림자를 가득 드리우는 붉은 등만이 예외였다. 좀더 잘 보려고 가까이 다가갔다. 신사는 매우 기품 있어 보였다. 자신의 친구들과 비교해봐도 훨씬 두드러질 만한 용모였다. 신사는 얼굴이 굳어지며 난감한 표정을 지었지만 그래도 그의 친절함에 기대고 싶은 마음이 생길 정도로 품위가 있어 보였다.

"안녕하십니까." 그는 손을 내밀며 말했다. "저는 호세라고 합니다. 친구들은 페페라고 부르지요……"

신사는 하던 말을 중단하고 그를 쳐다보았다.

"실례했습니다, 선생님." 페르민이 다가오며 말했다. "성가시게 하려는 뜻은 없었습니다."

그러고는 그의 팔을 잡고 그 자리를 떴다.

"여기 남으려면 입 다무는 게 좋아." 페르민이 속삭였다. "우리 모두 문제에 휘말릴 수 있어."

그러나 호세는 거기 남을지 집에 갈지 결정할 수 있는 상태가 아니었다. 페르민과 판초는 그를 한 여자와 같이 있게 하고 자신들은 다른 여자들의 방으로 갔다.

"저는 호세입니다." 여자가 그를 침대에 앉히자 계속 그 말을 반복했다. "그렇지만 페페라고 불러요……"

금방 눈이 감기더니 그는 분별없는 소리들을 중얼거리기 시작했다. 여자는 그에게서 아무것도 기대할 수 없다는 것을 알았다. 그러나 이미 비용을 받았으니 그냥 자도록 내버려두었다.

한 시간이 지났을까. 호세는 시끄러운 소동에 깜짝 놀라 잠이 깼다. 머리가 많이 아프지는 않았다. 그러나 세상이 계속 빙빙 돌았다. 물이 담긴 대야로 가서 얼굴을 적셨다. 비틀거리며 문을 열었다. 차가운 새벽 공기에 감각이 살아났다. 내가 어디에 있는 거지? 여러 개의 붉은 등이 뜰을 비추고 있었다. 자신이 있는 곳이 도대체 어디인지 생각해내려고 기를 쓰면서 그는 벽에 기댔다.

그리고 그 순간 그녀를 보았다. 천사. 주님께서 그를 마지막 안식처—그게 어디든—로 인도하시려고 보내주신 존재였다. 그녀의 부드럽고 여린 외모에 넋이 나갔다. 무엇보다도 오달리스크 같기도 하고 전설적인 마녀 같기도 한 눈매에 얼이 빠졌다…… 그녀도 멈춰 서더니 놀란 표정으로 호세를 쳐다보았다. 그녀의 어깨 뒤에 느릿느릿 움직이는 날개가 보였다. 물로 된 날개 같았다. 물의 요정이 틀림없었다. 자신이 태어나기 전에 어머니가 이야기를 나눈 적이 있다는 그 요정과 같은.

그러나 경이로움은 한순간이었다. 요정은 오래된 고통으로 괴로운 듯 그의 눈을 피하고는 신비로운 표정을 되찾더니 가던 길을 갔다. 그제야 호세는 자신이 본 것이 날개가 아니라 거의 속이 비칠 듯한 가운이라는 걸 알게 되었다. 밤바람 때문에 옷이 어깨 위로 들쳐 올라갔던 것이다.

삼십 분 후 친구들이 찾으러 왔을 때 그는 어느 때보다 취해 있었다. 미라가 따라준 여러 종류의 럼주를 마신 뒤였다.

메르세데스는 그를 잊어버릴 뻔했다. 그러나 황혼의 시선을 가진 존재는 그녀를 다시 찾아왔다. 그것도 아주 엉뚱한 선물을 들고. 장미꽃과 음유시인 트리오가 선물이었다. 트리오는 뜰에서 세레나데를 불렀다. 색싯집 역사상 처음 있는 일이었다. 그녀 속에 사는 악령은 선물에 얼떨떨해져 몇 시간 동안 그녀의 몸을 피해 떠났다. 메르세데스가 호세와 이야기를 나누고 세상 어떤 남자와도 다른 그가 누구인지, 어느 신비로운 우주에서 왔는지 알아보기에 충분한 시간이었다.

호세는 자신의 꿈과 머릿속에 맴도는 사유들, 불가능한 이미지들에 대해 이야기했다. 인간이 가장 신비로운 존재가 되는, 사랑의 엑스터시의 순간에 나타나는 것과 같은 이미지들…… 그녀는 황홀한 표정으로 그의 말에 귀 기울였고 자신의 꿈도 얘기했다. 그때까지 품었던 꿈들과는 전혀 다른, 이전에는 한 번도 들여다본 적 없는 자신의 마음속 어느 구석에선가 솟아나온 꿈에 대해.

그녀는 어린 시절로 돌아갔다. 부모님이 요람을 흔들어 재워주던 시절, 도냐 세실리아가 아직 살아 있던 아버지에게 여러 다스의 비누를 주문하던 시절로…… 호세가 그녀에게 말을 걸었기 때문이었다. 그래서 그녀가 어린아이로 바뀌었기 때문이었다. 호세가 옆에 있으니 무서운 눈빛의 손님들과 음탕한 여자들의 농지거리, 사창가의 냄새는 사라지고 없었다. 그녀는 새로운 방식으로 행복을 느꼈다. 그가 다시 인간들과 악마들 사이에 그녀를 혼자 두고 떠날 때까지. 꿈을 꾼 걸까?

그날 밤 레오나르도가 그녀를 찾아왔다. 오놀로리오도 찾아왔다. 그러나 그들을 맞는 동안 그녀는 정신이 나가 있었다. 오놀로리오가 사온 루비 목걸이에는 관심도 두지 않은 채 멍한 표정을 짓고 있었다. 오놀로리오가 그걸 알아채지 못할 리 없었다.

그녀 모르게 집 앞에 보디가드를 세워두었다. 레오나르도와 부딪친 적은 없었지만 그 멋 부리는 애송이 때문에 메르세데스의 태도가 변한 게 아닐까 의심했다. 해결할 필요가 있는 문제였다. 그 특이한 애송이가 그녀와 잔다는 것과 그녀가 계속 그 남자를 생각한다는 것은 본질적으로 다른 문제였다. 모든 건 선이 있는 법이라고 오놀로리오는 그에게 경고했었다.

그는 레오나르도와 두 번 마주쳤다. 레오나르도는 무슨 얘기를 하는 건지 모르겠다고 했다. 오놀로리오는 그걸로 다 해결되었다고 여기지는 않았다. 뭔가 이상한 일이 일어나고 있었다. 그래서 손님들이 오기 시작하는 오후 네시부터 지켜보기로 했다.

다행히 호세는 그 시간에 오는 남자들 중 하나가 아니었다. 그는 낮에 메르세데스를 방문했다. 그녀가 쉬는 시간이고 그 집에 사람이 거의 없는 시간이었다. 그는 메르세데스의 밤 시간을 자신에 대한 기억으로 가득 채울 작정이었다.

얼마 지나지 않아 세레나데 이야기가 오놀로리오의 귀에 들어갔다. 매일 밤 음유시인이 메르세데스의 창에 다가와 유행하는 볼레로를 부른다는 것이다. 듀오이거나 트리오일 때도 있다고 했다. 첫 주에 오놀로리오는 누가 시킨 짓인지 알아보기로 했다. 둘째 주가 되자 불한당들을 시켜 운 나쁜 가수들을 기타로 패는 일이 시작되었다. 셋째 주에는 심부름꾼이 세실리아에게 맡기고 간 장미꽃 세 다발을 헤집어놓았다. 보내는 사람은 없고 받는 사람 이름만 적혀 있었다. 넷째 주에는 애인의 이름을 대지 않으면 때리겠다고 메르세데스를 위협했다. 다섯째 주 정오가 지나고 나서 페페가 도착했을 때 메르세데스의 눈에는 멍이 들어 있었다.

"가서 물건들을 챙겨." 호세가 말했다. "여기서 나가자."

"안 돼." 악령의 목소리가 대답했다. "나는 안 갈 거야."

그의 눈빛이 너무 고통스러워 보여서 그녀는 처음으로 이유를 설명했다.

"너희 부모님이 나를 받아들이지 않으실 거야."

"내가 너를 받아들였으니 우리 부모님도 그러실 거야."

그녀는 자신의 의지를 휘어잡고 있는 악령과 싸웠다.

"오놀로리오는 계속 우리를 쫓아다닐 거야." 그녀가 고집스럽게 말했다. "우리를 죽일 거야."

호세는 그녀의 입술에 짧게 키스를 했다. 그러자 악령이 움찔하며 뒤로 물러섰다.

"나를 믿어."

그녀는 죽음 같은 고뇌에 흔들리며 고개를 끄덕였다.

"어서 짐을 챙겨." 그가 말했다. "뒷문에서 기다려. 내가 좀 늦더라도 걱정하지 말고."

짐을 챙겨 가기 전에 먼저 부모님을 뵈어야 했다.

과비나는 차가운 물 한 컵을 건네주었고 앙헬라는 흐느끼며 물을 마셨다. 페페에게 이야기를 들은 가엾은 여인은 남편이 알면 무슨 일이 벌어질지 생각도 하기 싫었다. 매춘부를 집으로 데려오다니. 이렇게 그런 일이 일어날 수 있을까? 제대로 자란 아이가, 더구나 대학까지 다니는 애가…… 어떻게 하느님은 이런 일을 허락하시는 걸까?

과비나는 어떻게 위로해야 할지 몰라 그녀 옆에 앉아 있기만 했다. 위로할 엄두도 나지 않았다. 위험이 닥칠 때마다 알려주는 정령이 그녀가 섬기는 성인들의 제단 옆에 다시 나타나 있었기 때문이다. 과비나는 놀라서 말도 하지 못했다. 정령은 언제나처럼 무언가를 기다리는 듯 쭈그린 채 제단 앞에 나타나 있었다. 무슨 수를 쓰지 않으면 큰일이 일어날 것이라고 전했다.

과비나는 옵바의 흰 수프 항아리 앞으로 갔다. 옵바는 장례를 주관하는 세 여신의 하나였고, 오슌의 둘도 없는 라이벌이었다. 오직 옵바만이 과비나를 도와 정령에게서 희생자를 빼앗아낼 수 있을 터였다.

과비나는 흰 수프 항아리를 마주 보고 섰다. 돌들을 두드려 소리를 울리고는 제단을 가득 채우고 있는 가톨릭 성인과 아프리카 성인 들의 성상 앞에서 기도를 드렸다. 앙헬라가 손수건 너머로 과비나를 쳐다보았다. 예지력이 있는 물라토 여자의 능력이 효험이 있길 기대하는 눈빛이었다. 돌 소리가 쾅 하고 방 안을 울리더니 암탉의 울음소리 같기도 하고 광기에 사로잡힌 웃음소리 같기도 한 소리가 나며 네 벽으로 돌이 튀어올랐다.

페페가 떠난 지 벌써 한 시간이 되었다. 아마 후회하고 있는지도 모른다. 어떤 멀쩡한 남자가 매춘부를 부모에게 데려가려고 하겠는가? 아니다, 호세는 다르다. 메르세데스는 그가 돌아올 거라고 확신했다. 무슨 문제가 생겨 늦어지는 것이리라. 방 안에서 기다리기가 너무 초조해 뒷문으로 연결된 복도를 따라 가방 두 개를 끌고 나갔다. 세번째 가방을 가지러 돌아오다 그녀는 누군가의 손에 붙잡혀 바닥에 무릎을 꿇었다.

"어디로 갈 생각인지 모르겠군." 오놀로리오는 주머니칼을 펼쳐 그녀의 얼굴에 겨눴다. "잘 들어. 어떤 여자도, 누구도 나를 버린 적은 없어. 너라고 나를 버리는 첫 여자일 수는 없어."

머리채를 잡고 세차게 뒤흔드는 바람에 메르세데스는 비명을 질렀다. 목뼈가 부러지는 느낌이었다.

"그녀를 가만둬!"

목소리는 뜰에서 들려왔다. 메르세데스가 흘깃 쳐다보니 레오나르도가 다가오는 게 보였다. 목이 뒤틀려 다른 식으로는 쳐다볼 수 없었다.

"놔주지 않으면 경찰을 부르겠다."

"이제 알겠군!" 오놀로리오는 그녀를 붙들고 칼을 배 근처에서 휘두르며 말했다. "그래서, 새끼 비둘기 한 쌍이 도망을 가겠다 이건가?"

메르세데스는 호세가 지금 나타나지 않게 해달라고 기도하기 시작했다.

"무슨 소리인지 모르겠군." 레오나르도가 말했다. "하지만 당장 그 여자를 이리 보내주든지 감옥에서 썩든지 둘 중에서 선택해."

"너한테 넘겨주지…… 이 여자를 끝장낸 뒤에."

메르세데스는 옆구리에 한기를 느꼈다. 그 순간 자신에게서 빠

져나가는 듯한 목숨을 제외하면 더이상 잃을 게 없다는 걸 알면서
도 겁에 질린 그녀는 있는 힘껏 남자의 갈비뼈를 팔꿈치로 쳤다.
남자가 질겁하며 그녀를 놓았다.

레오나르도는 여자를 두고 싸우는 게 아니라 목숨이 달린 일이
라는 듯 본능적으로 상대방을 덮쳤다. 두 사람은 한데 엉켜 격렬하
게 싸웠다. 메르세데스는 너무 어지러워 서 있을 수가 없었다. 상
처를 눌러 피를 멈추려 했지만 무언가가 그녀의 내장을 끌어당겼
다. 상처 밖으로 빠져나가고 싶은 듯했다. 그녀의 영혼이 아닌 무
언가가 으르렁거리며 그녀를 빠져나갔다. 눈앞이 흐려졌다. 비명
소리가 들렸다. 겁에 질린 여자가 내지르는 소리였다. 세상이 빙빙
돌기 시작하더니 그녀는 바닥에 쓰러지고 말았다. 바닥에라도 몸
을 기댈 수 있다는 게 안심이 되었다.

호세는 문 앞에 도착하기 전에 뭔가 끔찍한 일이 생겼다는 걸
알아챘다. 여자들 여럿이 길가에 나와 날카롭게 소리를 질러대고
있었고 사방에 경찰이 깔려 있었다.

집 안으로 들어서자마자 벽 쪽으로 붙어 서야 했다. 두 남자가
뜰 한가운데에서 잔뜩 피를 흘리고 있었다. 얼굴이 익숙한 한 사람
은 시멘트 바닥에 누워 움직이지 않았다. 다른 사람은 험상궂은 생
김새의 물라토였는데, 아직 배를 땅에 질질 끌며 기어가고 있었다.
그러나 그가 별로 오래 살지 못하리라는 걸 알 수 있었다.

뜰은 순식간에 텅 비었다. 여자들은 여전히 길에서 소리를 지르
고 있었고 경찰은 도움을 요청하러 밖에 나가 있었다. 호세는 자신

에게 중요한 유일한 사람에게 다가갔다. 메르세데스는 헐떡이면서도 부드럽게 숨을 들이쉬고 있었다.

"맙소사, 무슨 일이야?" 호세가 중얼거렸지만 대답은 기대하지 않았다.

정원 저쪽 끝에서 물라토의 헉헉거리는 숨소리가 그가 있는 곳까지 들려왔다.

"내가 너 때문에 죽으면 저세상에 가서도 모든 매춘부한테 복수할 테다." 그가 메르세데스를 향해 내뱉었다. 그러나 그녀는 듣고 있는 것 같지 않았다. "이승에서든 지옥에서든 평화라곤 없을 거야."

남자는 머리를 떨어뜨리고 피를 토하더니 땅에 코를 박았다.

"호세." 메르세데스가 낮은 목소리로 불렀다. 가슴에 따뜻한 파도가 차오르는 느낌이었다. 상처에서 피가 빠져나갈 때 오랜 세월 동안 그녀를 지배하던 냉정함도 영원히 함께 떠나갔다는 걸 알 수 있었다.

과비나는 옵바의 돌들을 맞대어 치면서 기도를 드렸다. 앙헬라는 주술의 힘에 기운이 다하기라도 한 것처럼 잠들어 있었다. 갑자기 과비나가 기도를 멈췄다. 등 뒤에서 소음이 들렸다. 소음이라기보다 목구멍에서 나는 소리, 바람에 펄럭이는 종잇장 소리처럼 중간중간 끊기는 소리였다. 뒤를 돌아보니 불행한 정령이 찾아와 있었다. 몇백 년 전에 살해당한, 말이 없고 흉터가 있는 인디오가 언제나처럼 쭈그리고 앉아 있었다. 인디오의 영혼은 그녀도 알지 못하는 어떤 이유 때문에 그 도시의 한 조각에 계속 엉겨 붙어 있었다. 정령은 허리케인에 산산이 부서지기라도 하는 듯 몸을 떨기 시작했다. 과비나는 이번이 그를 보는 마지막이라는 걸 알았다. 인디오는 끔찍한 위험을 알리기 위해 온 것이었다. 그러나 위험은 이미 지나간 뒤였다. 여자는 안도의 숨을 내쉬면서 정령에게 작별 인사를 하고 돌아서서 앙헬라를 깨웠다. 정령의 실루엣은 서서히 연기처럼 사라졌다.

그리고 과비나는 두 번 다시 인디오를 보지 못했다. 하지만 인디오가 그 도시에 사는 사람 앞에서 완전히 자취를 감춘 것은 아니었다.

왜 슬프냐고 묻지 말아요

가이아의 집 옆에 주차할 때 비가 억수같이 쏟아지고 있었다. 오후 다섯시밖에 되지 않았지만 폭우가 빛을 삼켜버려 마치 밤이 된 것 같았다.

집 안에서는 거실의 뽀송뽀송하고 정겨운 분위기 속에서 시르세와 폴리페모가 주인이 소파 발치에 놓아준 쿠션 위에서 졸고 있었다. 목재로 된 집을 부드럽게 두드리는 빗소리 틈으로 고양이들의 갸르릉거리는 소리가 들렸다. 가이아는 차를 내오고는 비스킷 깡통을 열었다.

"우리 할머니는 이런 날엔 핫초코 만드는 걸 좋아하셨는데." 가이아가 말했다. "적어도 사이클론이 다가오면 항상 그 말씀을 하셨지. 하지만 나 어렸을 땐 초콜릿은 이미 옛날 얘기여서 식용유에 빵을 조금 튀겨 번개 소리를 들으며 먹곤 했어."

세실리아는 델피나 할머니도 폭풍이 치는 날이면 뜨거운 초콜릿을 마시지고 했던 게 떠올랐다. 그러나 세실리아도 가이아와 같은 세대였고, 그래서 할머니는 약속한 초콜릿을 손녀에게 만들어 줄 기회가 한 번도 없었다.

"그 날짜들에 대해 어떻게 생각해?" 세실리아가 차를 마신 후 물었다.

"너와 같은 생각이지. 우연의 일치가 아니라는 생각. 여덟 날짜가 있는데, 모두 쿠바 역사에서 불행한 일이 일어났던 날이니까. 어떤 날짜들은 반복되기도 하잖아. 왜 유령의 집이 나타나는 날이 그 날짜들과 일치하는지, 그 집에 사는 사람들에 대해 알아봐야겠어."

"왜?"

"집은 하나의 상징이니까. 유령의 집들은 한 장소의 영혼의 모습을 나타낸다고 말했잖아."

"그렇지만 어떤 장소 말이야? 마이애미 아니면 쿠바? 그 집은 다른 나라와 관계된 날에 이 나라에 나타난 거야……"

"그러니 그 집에 사는 사람이 누군지 알아봐야지. 보통 이곳에서 저곳으로 옮겨다니는 건 사람이니까. 나는 유령의 집이 그곳에 사는 사람들의 마음에 따라 움직인다고 생각해. 그러니 찾아봐야 할 연결 고리가 있다면 사람이야. 그들이 누구인지, 무얼 한 사람들인지, 그 날짜에 죽은 사람이 있는지, 아니면 그 날짜들 때문에 잃어버린 게 있는지 알아봐야지."

"마이애미에 살고 있는 수천 명의 쿠바 사람 가운데 누군가의 친척이 아닐까?" 찻잔에 레몬을 짜 넣던 세실리아가 조심스레 말했다.

"유명한 사람일지도 모른다는 생각 안 해봤어? 배우나 가수, 아니면 정치인…… 뭔가를 상징하는 사람들 말이야."

세실리아는 고개를 저었다.

"아닐 거야. 아무도 그 사람들을 알아보지 못했으니까. 목격자들에 따르면 평범한 사람 같다고 했어."

폴리페모는 주인의 발치에서 코를 고느라, 벌렁 드러누워 자고 있던 시르세에게 떠밀려 쿠션에서 떨어지고도 알아채지 못했다.

"이렇게 해봐도 될 것 같은데." 세실리아가 가려고 일어서는 것을 보고 가이아가 말했다. "나타난 곳들을 지도에 표시해봐. 뭔가 실마리가 잡힐지 누가 알아?"

"계속 조사해야 할지 모르겠어. 곧 기사를 끝내야 하는데."

가이아가 문까지 배웅해주었다.

"세실리아, 기사가 아니라 그 집의 미스터리에 관심이 있다는 걸 이제 인정해. 감출 필요 없어."

두 사람은 잠시 서로를 쳐다보았다.

"좋아, 알아보고 얘기해줄게." 세실리아는 중얼거리듯 말하고는 돌아서서 나무들 사이로 사라졌다.

세실리아는 바로 출발하지 않았다. 어두운 자동차에 앉아 주위를 살펴보았다. 가이아의 말이 맞았다. 미스터리에 대한 그녀의 관심은 이제 기사를 쓰기 위한 일 이상의 것이 되었다. 유령의 집은 이제 그녀가 찾는 성배가 되었다. 그녀가 느끼는 번민의 중심이 되어버렸다. 마치 그 저택에 갇힌 영혼들의 고통을 예감하기라도 한 듯이. 보지 않아도 유령의 집이 출몰한 장소들을 감도는 우수의 흔적이 느껴졌다. 집이 사라진 자리에는 거의 슬픔에 가까운, 향수에 젖은 분위기가 남아 있었다.

로베르토가 떠올랐다. 그는 이 일을 어떻게 생각할까? 그에게 유령의 집 이야기를 하고 싶었지만 그는 항상 화제를 피해가곤 했다. 그녀가 그를 자신의 세계로 이끌어보려 할 때마다 그는 전화를 걸어야 한다거나 갑자기 모임 약속이 떠올랐다며 말을 돌리곤 했다. 클럽에 가자고 제안하기도 했다. 마치 두 사람의 공존을 위한 영역은 이성으로서 느끼는 감정뿐인 듯했다. 세실리아는 이유는 알 수 없지만 뭔가에 옭죄여 질식당하는 기분이 들기 시작했다.

그녀는 자동차 대리점에 들르기로 마음먹었다. 로베르토는 여덟시까지는 있을 거라고 했다. 그는 몇 가지 모델의 스포츠카가 전시된 홀에 있었다.

"이야기할 게 있어요." 세실리아가 말했다.

"사무실로 가요."

걸어가는 동안 처음으로 유령의 집 이야기를 꺼냈다. 인터뷰 이야기며 집이 출몰한다는 이야기.

"뭐 한잔 마시는 게 어때요?" 갑자기 그가 물었다.

"또 그러네요."

"뭘 말이에요?"

"내가 내 이야기를 하고 싶어할 때마다 매번 화제를 바꾸잖아요."

"그렇지 않아요."

"그 집에 대해 이야기하려던 적이 두 번이나 있었다고요."

"나는 유령에 관심이 없어요."

"이건 내 일의 일부예요."

"그렇지 않아요. 당신은 당신이고, 일은 일이에요. 당신에 대해 말해봐요. 그러면 들을 테니."

"일은 나의 일부예요."

로베르토는 잠시 생각하더니 대답했다.

"나는 존재하지 않는 것들에 대해서는 이야기하고 싶지 않아요."

"그 집이 존재하는지 아닌지는 모르지만 본 사람은 많아요. 왜 그런지 알고 싶지 않아요?"

"더 생산적인 일에 몰두하지 않고 그런 거나 믿고 싶어하는 사람들은 언제나 있어왔어요."

그녀는 거의 고통에 가까운 감정을 느끼며 그를 쳐다보았다.

"세시, 난 당신에게 솔직해야 하잖아요……"

그녀는 평소처럼 일어나 가버리지 않고 생각을 바꿔서 자리에 앉아 삼십 분 동안 그의 말에 귀를 기울였다. 그는 유령이니 아우라니 점이니 하는 세계는 모두 자신을 불안하게 한다고 털어놓았다. 어쩌면 성가신 건지도 몰랐다. 세실리아는 이해할 수 없었다. 손에 잡히지 않는 것들이 기운을 북돋아준다고 항상 믿어왔기 때문이다. 주변이 지나치게 고통스럽거나 끔찍하면 사람은 권능을 가진 존재에 의지할 수 있다고 여겼다. 그런데 로베르토는 오히려 그런 일들 때문에 불안감을 느낀다고 했다. 그는 그런 이야기는 모두 멍청이들만 믿을 수 있는 바보 같은 이야기라고 결론지었다. 세실리아는 진심으로 상처받았다.

그들은 사흘 후 다시 만났다. 그리고 다시 멀어졌다. 세실리아는 로베르토에게 전화를 걸기로 결심하던 날 밤에 늘여나본 주역의 팔괘가 떠올랐다. 아직 접어놓은 채로 있는 페이지를 펼쳐보았다. '다른 경로'라는 제목이 적힌 부분에 세번째 줄에서 뽑았던 숫자 9가 보였다. 지난번 읽을 때는 놓친 부분이었다.

깊이 파고드는 집요함이 너무 멀리 나아가도록 놔두어선 안 된다. 결단력을 제어할 것이기 때문이다. 일단 한 사건에 대해 충분히 생각했다면 이제는 결심하고 행동해야 한다. 집착을 버리지 못하고 생각하고 파헤치는 것은 더러 근심의 원인이 될 수 있다. 그 결과는 굴복이 될 것이다. 무능한 행동력을 드러내고 말기 때문이다.

그랬다. 끝냈어야 할 문제를 두고 집요하게 계속 빙빙 돌고 있었던 것이다. 잘못된 것이 틀림없다. 그러나 뒤늦은 이해는 아무 위로가 되지 않았다.

그 순간부터 그녀는 화장도 식사도 그만두었다. 신문사에 출근할 때 외에는 밖에도 나가지 않았다. 어느 날 오후 리사가 최근에 녹음한 또 다른 목격자의 증언을 들고 찾아왔을 때도 그녀는 소파에 드러누워 있었다. 소파 주변에는 틸로* 잔 여러 개가 어지러이 놓여 있었다. 그녀는 리사의 기대와 달리 아무런 흥미도 보이지 않았다. 로베르토로 인한 고민 때문에 유령의 집 문제는 뒷전으로 밀

---

* 보리수 잎으로 만든 차.

려나 있었다.

"그런 건 건강에 안 좋아요." 무슨 일인지 알게 되자 리사가 말했다. "나랑 같이 가요."

"밖에서 뭘 잃어버린 게 아니에요."

"그건 가보면 알죠. 옷 입어요."

"어디 가게요?"

"갈 데가 있는데 함께 가요."

리사는 가는 도중에야 하이얼리어에 살고 있는 카드 점쟁이를 찾아간다고 말해줬다. 그녀는 리사의 서점에서 물건들을 사가곤 했다. 리사는 손님들에게 매번 그 점집을 추천했는데 거기에 갔던 손님들이 한결같이 신통하더라고 얘기했다는 것이다.

"이제 불평할 생각 안 날걸요." 리사는 덧붙였다. "내 덕분에 상담은 공짜예요."

성가시기는 했지만 가능한 한 잘 견뎌보자고 마음먹고 세실리아는 차 등받이에 몸을 기댔다. 연극을 관람한다는 기분으로 있을 생각이었다.

"대기실에서 기다릴게요." 문을 노크하면서 리사가 말했다.

세실리아는 대답하지 않았다. 그러나 점쟁이가 카드를 섞은 후세 패로 나누라고 말하더니 첫 패를 떼어보고 이렇게 물었을 때 그녀의 회의적인 태도는 뒤흔들렸다.

"로베르토가 누구요?"

세실리아는 놀라 자리에서 벌떡 일어났다.

"사귀었던 남자예요." 그녀가 중얼거렸다. "다 지난 일이지만."

"하지만 당신은 아직 그 관계에 얽매여 있군." 점쟁이가 확신에 찬 어조로 말했다. "그 남자와 관련된 빨간 머리 여자가 있어. 그 여자가 주술을 걸어놓았군. 아직 그 남자한테 집착하고 있네. 계속 남자에게 전화를 걸어대며 놔주지 않고 있어."

세실리아는 점쟁이의 말을 믿을 수 없었다. 로베르토 말로는 그 관계는 그들이 서로를 알기 전에 이미 끝났다고 했다. 여자가 계속 전화를 걸어댄다는 건 맞는 말이었다. 로베르토도 그 얘기를 했었다. 그러나 주술에 대해서는……

"그럴 리 없어요." 세실리아는 반박하려 했다. "그 여자는 마이애미 출신이어서 주술 같은 건 전혀 알지 못해요. 그녀가 일하는 회사는……"

"아이, 여봐. 참 순진하시네." 노파가 말했다. "여자들은 자기 남자를 되찾으려 할 때 수단 방법을 가리지 않아. 어디서 태어났는지 그게 뭐 중요해? 그리고 이 여자는……" 다시 카드를 뒤집어보더니 노파가 말했다. "주술로 묶어둔 게 아니라 정신으로 묶어두었어. 내 말 믿어. 정신이 분노로 가득 차면 크게 해를 입힐 수 있어."

노파는 다른 패를 뒤집었다.

"거참 이상한 남잘세! 속으로는 내세도 마법도 믿고 있구먼. 그런데 인정하고 싶어하질 않아. 인정했다가도 금방 생각을 바꾸려고 애를 쓰네…… 참 이상해!"

노파는 이상하다는 말을 두 번이나 반복하더니 고개를 들고 세실리아를 쳐다보았다.

"당신 그 남자를 아주 좋아하는군. 하지만 당신을 위한 남자가 아니야."

세실리아는 절망에 가득 찬 눈으로 점쟁이를 쳐다보았다. 그러자 노파는 딱한 마음이 일었던지 덧붙였다.

"좋아, 원하는 대로 해봐. 그러나 내 충고를 원한다면, 당신 인생에 다른 남자가 나타날 때까지 기다려."

그러고는 다시 카드 패를 집더니 세실리아에게 나누라고 했다.

"봤어? 여기 또 나왔잖아." 그러고는 카드를 가리키며 읽어갔다. "붉은 머리…… 악마…… 이건 당신이 말한 그 여자의 직업을 뜻하는 거요…… 맙소사!"

여자는 성호를 긋더니 다시 카드를 들여다보았다.

"이 사람이 앞으로 나타날 남자요. 문서와 관계된 사람이야. 키가 크고 젊군. 아마 당신보다 두세 살쯤 많을까…… 그래, 확실히 문서 일을 하는군."

노파는 다시 카드를 섞었다.

"세 묶음으로 집어봐."

세실리아는 시키는 대로 했다.

"여봐, 걱정 마." 결과를 자세히 들여다보면서 점쟁이 노파가 말했다. "당신은 아주 고귀한 사람이야. 최고의 남자를 만날 운이지. 생각보다 일찍 그 사람이 나타날 거야. 지금 당신을 울리는 그 남자는 진짜 괜찮은 여자를 놓친 거지. 그의 길잡이가 제때에 계시를 주지 않는다면 상처를 입는 건 그 남자가 될 거야." 그러고는 눈을 들었다.

"당신이 지금은 이런 말 별로 듣고 싶지 않다는 거 알아. 하지만 두번째 남자를 기다려야 해. 그게 최선이야."

그러나 로베르토가 전화를 걸어 다른 커플 두 쌍과 함께 저녁을 먹자고 했을 때 그녀는 초대에 응하고 말았다. 아직 그에게 매여 있었다. 그도 마찬가지였다…… 그는 이렇게 말했다. 여러 날 동안 한 번도 머릿속에서 당신을 지워낼 수 없었다, 다시 만나면 어떻겠느냐, 당신이 아주 좋아했던 이탈리아 레스토랑에 갈 것이다, 그 레스토랑의 벽지가 카라칼라의 로마 유적을 떠올린다고 좋아하지 않았느냐, 정향의 향이 코끝을 톡 쏘는 짙고 풍부한 와인을 시키자…… 그랬다. 로베르토는 장소를 고를 때 그녀 생각을 하고 있었다.

처음에는 모든 게 좋았다. 로베르토의 친구들도 아내를 데려왔다. 보석으로 잔뜩 치장한 그녀들의 얼굴은 무표정했다. 세실리아는 죽을 정도로 따분함을 느끼며 저녁식사를 끝냈다. 그러나 그날 밤을 어떻게든 구해낼 결심이었다.

"춤추는 거 좋아해요?" 그녀가 물었다.

"약간요."

"좋아요. 괜찮은 음악이 나오는 곳이 있어요. 쿠바 음악을 좋아하면……"

그날 밤의 바는 정신병원 수준이었다. 아마 열기 때문에 호르몬이 더 자극받은 탓일 것이다. 하지만 바에 있는 사람들은 평소보다 터무니없이 흥분한 듯했다. 그들이 들어섰을 때 한 일본 여자가 완벽한 스페인어로 노래를 하고 있었다. 일본 살사 그룹의 보컬리스트였다. 해변에서 공연을 하고 난 뒤 바에 놀러와 있던 여가수는 밤이 되어 밴드가 만들어지기 시작하자 결국 무대로 올라간 것이었다. 세 명의 캐나다인 합주단이 그 야단스러운 공연에 가세했다.

플로어와 테이블은 열광의 도가니였다. 바로 앞 테이블에서 이탈리아인들이 소리를 질러대는가 하면 바 근처의 아르헨티나인들도 목청을 높였다. 한 무리의 아일랜드인까지 호타* 비슷한 춤을 추었다. 뭐라고 꼭 집어 말하기 힘든 요소가 뒤섞인 호타였다.

로베르토는 플로어에 사람이 너무 많다고 생각했다. 그들 일행은 공간이 좀더 생기면 춤을 추겠다고 했다. 세실리아는 한숨을 내쉬었다. 그런 일은 결코 일어나지 않는다. 그가 계속 친구들과 이야기만 해대자 그녀는 물러나기 시작했다. 자신이 그곳에 있지 않은 느낌이었다. 특히 얼음 조각상 같은 여자들 앞에 앉아 있자니 그런 느낌이 더했다. 그녀는 남자들의 대화에 끼어보려고 애썼다. 그들은 그녀가 알지 못하는 화제를 두고 얘기하고 있었다. 지루해진 그녀는 옛 친구가 떠올랐다. 그러나 아말리아가 늘 앉던 테이블에는 두세 명의 브라질인이 자리를 차지하고 바가 떠나가라 소리를 지르고 있었다. 음료를 나르는 아가씨가 세실리아 옆을 지나갔다.

"저기요." 세실리아는 종업원의 팔을 잡으며 낮게 불렀다. "늘 저 테이블에 앉던 부인 못 봤어요?"

"저 테이블에 앉는 여자분은 한둘이 아닌데요."

"항상 저기에만 앉는 부인 있잖아요."

"주의를 기울인 적이 없어서요." 종업원은 그렇게 말하고는 가버렸다.

로베르토는 세실리아와 친구들을 같이 챙기려고 애썼지만 세실

---

* 스페인 북부 지방의 빠르고 경쾌한 춤.

리아는 길을 잃은 기분이었다. 미지의 장소를 손으로 더듬어가며 걷는 느낌이었다. 로베르토의 친구 세 명이 더 왔다. 모두들 아주 우아한 차림이었고 지나치리만큼 어린 여자들에게 둘러싸여 있었다. 세실리아는 그런 분위기가 싫었다. 허세를 부리는 느낌, 관심을 끌려는 태도가 느껴졌기 때문이다.

노래가 끝나자 열기가 조금 누그러졌다. 뮤지션들은 무대에서 내려와 휴식을 취했다. 플로어에는 다시 불빛이 돌기 시작했다. 녹음된 음악이 스피커를 통해 들려왔다. 세실리아의 어린 시절 쿠바에서 유명했던 노래였다. "그대가 없어 내 영혼은 상처받았어요. 오늘은 어둠만이 나와 함께하네요……" 바 안에서 어떤 기운이 느껴졌다. 뭐라고 정의하기 힘든 강한 느낌이었다. 설명할 수 없었다. 그러더니 갑자기 그녀가 보였다. 이번에는 바 끝에 앉아 있었다.

"친구한테 인사하고 올게요." 세실리아는 양해를 구하고 자리에서 일어섰다.

그리고는 다시 플로어로 나가는 사람들 사이를 헤쳐가면서 어둠 속에서 그녀를 찾았다. 아말리아는 혼자된 짐승처럼 그곳에 웅크리고 있었다.

"마티니 한 잔 주세요." 웨이터에게 주문한 세실리아는 곧바로 생각을 바꿨다. "아니, 모히토*가 좋겠어요."

"사랑의 병이군요." 아말리아가 세실리아를 쳐다보며 말했다. "인간의 가슴속에서 유일하게 영원한 것이지요. 모든 게 끝이 있거나 변하지만 사랑만은 예외예요."

---

* 럼, 라임, 민트 잎, 설탕, 탄산수로 만드는 쿠바의 전통 칵테일.

"잊고 싶어서 여기 왔어요." 세실리아가 말했다. "제 얘기는 하고 싶지 않아요."

"친구가 필요한 줄 알았는데."

"맞아요. 하지만 다른 걸 생각하고 싶어요." 세실리아는 이제 막 자기 앞에 놓인 칵테일을 한 모금 맛보며 말했다.

"어떤 다른 생각?"

"매일 밤 기다리는 사람이 누군지 얘기해주세요." 세실리아는 졸랐다. "두엔데가 보이는 스페인 여자와 대학살에서 살아남은 중국인 가족, 결국 사창가로 가게 된 노예의 딸 얘기를 했잖아요. 당신이 이야기를 잊어버렸나 했어요."

"잊지 않았어요." 아말리아가 부드러운 어조로 말했다. "그 연결 고리를 이제 얘기하지요."

기적처럼

넉 달 동안 그녀는 상처로 인해 삶과 죽음 사이를 오갔다. 그러
나 그게 전부가 아니었다. 어릴 때부터 그녀의 몸속에 파고든 냉담
함이 다시 그녀를 사로잡기 시작했다. 그녀 속에 두 여자가 살고
있는 듯했다. 낮에 호세가 병원으로 찾아왔을 때는 유순하고 부끄
럼이 많아서 제대로 말도 못 하는 여자였다. 그러나 밤이 되면 메
르세데스의 눈은 그를 인정하기를 거부했다.

호세에게 가장 힘든 것은 부모의 반대에 맞서는 일이었다. 아버
지는 더이상 그와 말을 하지 않았고 어머니는 가슴의 통증을 호소
하곤 했다. 고통 때문에 호흡이 중간중간 끊어진다고 했다. 그러나
그런 협박에도 호세의 마음은 약해지지 않았다.

그는 의대생 신분으로 대출을 받아 병원비를 냈다. 어떤 것도
그를 목표에서 떼어놓을 수 없었다. 비록 메르세데스가 변덕을 부
리기는 했지만 그녀가 회복되어가는 것을 보면 위로가 되었다. 몸

의 상처뿐 아니라 그녀의 정신적인 혼란도 차차 회복되고 있었다.

혼란스러움은 서서히 그녀의 무의식 속 어두운 구석으로 물러가고 있었다. 그러자 세상을 처음 보는 듯한 순수한 아가씨가 나타났다. 호세는 그녀의 물음에 당황했다. 주님은 어디 숨어 있나요? 비는 왜 오는 거예요? 세상에서 가장 큰 숫자가 뭐예요? 마치 어린아이 같았다. 어쩌면 아이일지도 몰랐다. 아마도 그가 알지 못하는 어린 시절의 어떤 사건이 그녀의 정신에 충격을 주었을 것이다. 그리고 이제 다시 제정신이 돌아와 성장하기 시작한 것이다.

어느 날 밤 그가 병원을 나서기 직전에 간호사가 물을 갖고 들어왔다. 메르세데스는 컵에 물 따르는 소리를 듣고 눈을 떴다. 컵에 빛이 비치고 있었다. 달빛이었다. 떨어져내리는 액체에도 달빛이 비쳤다. 갑자기 모든 게 떠올랐다. 밤의 제의, 꿀 목욕, 기절…… 자신이 어린 시절부터 악령에 사로잡혀 있었다는 걸 알게 되었다. 자신을 사로잡았던 악령이 얼음장같이 냉정하다는 것도 알게 되었다. 그러나 기억이 의식 위로 떠오르는 순간 자비로운 손 하나가 그 기억을 영원히 덮어버렸다. 이제 그녀의 기억은 잔잔한 이미지들로 가득 차올랐다. 아버지의 죽음은 갑작스러운 질병으로 인한 것으로 바뀌었다. 엄마의 공포스러운 죽음도 그다지 비극적이지 않은 사고로 바뀌었고 그녀가 살던 사창가는 길게 이어진 시골 농장으로 바뀌었다. 그녀는 그곳에서 많은 여사촌에 둘러싸여 산 것이다.

그녀의 과거를 알고 있는 유일한 목격자인 호세는 아무 말도 하지 않았다. 그녀에게도 아무 얘기 하지 않았다. 진실은 혼자만 간직했다.

남편이 되기 전 호세는 그녀의 아버지이기도 했고, 한 번도 가져보지 못한 오라비였으며, 익숙하지 않은 예법을 가르치며 그녀를 돌보는 친구이기도 했다. 그리고 글 읽는 법을 가르치는 선생이기도 했다.

그는 학교를 졸업하고 직접 병원을 차렸다. 별로 할 일이 없는 메르세데스는 독서에 열중했다. 매일 밤 호세는 그녀의 침대 옆에 놓여 있는 책을 발견하고는 놀랐다. 옛날 영웅들에 관한 책, 이루어질 수 없는 사랑에 관한 책, 신비로운 여행과 기적에 관한 책…… 메르세데스가 원하는 것도 그런 것이었다. 세월이 흐르면서 그녀는 남편의 사랑이 있어도 아이만큼 기쁨을 가져다줄 것은 없다는 걸 알게 되었다. 그러나 그녀의 배에 남은 흉터는 신성한 금지구역처럼 보였다. 어떤 죄를 지었길래 벌을 받은 걸까?

수많은 기도 후에 마침내 기적이 일어났다. 어느 가을날 그녀의 배가 불러오기 시작했다. 그녀는 자신의 삶과 분별력은 이제 배 속에서 고동치는 생명에 달려 있다는 걸 알았다.

메르세데스는 배를 쓰다듬고는 섬에 몰아치던 허리케인이 빠져나가면서 아바나 하늘에 드리운 발그레한 구름을 응시했다. 그녀는 한숨을 내쉬며 발코니를 떠났다.

최근에는 라디오 옆에 붙어서 일일드라마를 듣느라 통 낮잠을 자지 못했다. 그날의 에피소드는 이시드로 신부에게 중요한 내용을 담고 있을 터였다.

"당신을 사랑합니다, 마리아 막달레나." 연적의 남편인 후안 데라 로사가 말했다. "그러나 엘비라를 버릴 수는 없어요. 그녀가 라미리토를 살리려고 희생하지 않았다면……"

처음에는 이해심 깊었던 마리아 막달레나는 살인을 궁리하고 있었다. 그녀의 고해 신부인 이시드로 신부만 그 사실을 알았다. 이시드로는 젊은 시절부터 엘비라를 사랑했는데 그녀가 결혼한 걸 알고 사제가 된 사람이었다. 옛사랑의 목숨이 자신의 손에 달려 있는 지금 그녀를 구하기 위해 할 수 있는 일은 아무것도 없는 듯했다. 고해성사의 비밀을 존중해야 했기 때문이다. 자기가 아는 사실을 누설하는 모험을 할 수 있을까? 적어도 사제로서의 맹세를 어기지 않고 누설할 수 있는 방법이 있을까?

메르세데스는 잠이 들었다. 바람이 몰아치고 흐리던 그날, 혼란스러운 꿈들이 그녀의 영혼을 뒤흔들었다. 차가운 발톱이 그녀의 배를 눌러 숨을 쉴 수 없었다. 오래된 상처에 손을 갖다 대자 더 큰 통증이 느껴졌다. 통증은 상처에서 비롯되었던 것이다. 그녀는 토할 것 같은 느낌에 잠에서 깼다. 천장이 들릴 듯 말 듯한 소리로 진동하고 있었다. 수많은 발이 신발을 벗은 채 내달리는 듯했다. 선반 유리가 서로 부딪쳐 불협화음의 아르페지오를 만들었다. 고개를 든 메르세데스는 기괴한 난쟁이가 거미줄에 매달려 있는 것을 보았다. 결혼식 날 호텔 복도를 달려가던 바로 그 난쟁이였다. 그때는 자신만이 그를 알아볼 수 있다는 사실이 매우 흥미로웠다. 호세에게 그 이야기를 했더니 그는 당황해하며 믿을 수 없는 이야기를 들려주었다. 난쟁이는 자신의 집안 여자들만 볼 수 있는 두엔데보 결혼을 통해 집안의 구성원이 된 여자들에게도 보인다는 것이었다. 그날 이후 두엔데가 다시 나타나지 않아 오늘까지 거의 잊어버리고 있던 참이었다.

"거기서 내려와, 지옥의 두엔데 같으니." 그녀는 화가 나 소리쳤다. "그 램프 깨면 가만 안 둘 거야."

그러나 난쟁이는 들은 척도 하지 않았다. 오히려 자기 형상을 둘로 만들어 발코니에서 흔들거리며 그녀를 탔다. 이제 집 안에는 두엔데가 둘이었다.

"빌어먹을 악마." 메르세데스는 중얼거리고는 무시하기로 했다. 찌르는 듯한 통증에 그녀는 꽃이 놓여 있던 테이블 위로 엎어졌다. 등 뒤에서 킥킥거리는 소리가 들려 돌아보았다. 이제 두엔데는 넷이었다. 세번째 두엔데는 예수성심 그림 위에서 그네를 타듯 흔들거렸다. 네번째 두엔데는 여기저기 흔들의자 위로 뛰어다녔다.

그때 호세가 문을 열고 들어서다가 당혹스러운 표정으로 멈춰 섰다. 발코니의 화분들이 팽이처럼 돌고 있었다. 그림과 램프는 시계추와 경쟁하듯 마구 흔들렸다. 의자 네 개도 저절로 흔들렸다. 마치 유령들의 회합 같았다. 호세는 그 놀이동산을 만들어낸 존재가 누구인지 금방 눈치챘다.

메르세데스의 신음 소리에 정신을 차린 호세는 달려가 그녀를 일으켰다. 그림이 바닥에 떨어지는 요란한 소리에 아파트가 진동했다. 그는 다른 것은 모두 내버려둔 채 메르세데스를 부축해 일으킨 다음 계단을 내려가 자동차를 탔다. 아파트의 문을 닫는 것도 잊은 채.

메르세데스는 눈을 감고 신음했다. 병원에 도착하려면 멀었는데 희미한 액체가 다리 사이를 적셨다. 고통으로 죽을 듯했다. 그녀 내부의 어떤 힘이 그녀를 둘로 나눠버리려 위협하는 듯했다. 그순간은 그토록 바라오던 아이 생각도 나지 않았다. 그저 죽고만 싶었다. 병원에 도착한 그녀는 의사의 권유도 간호사들의 충고도 들으려 하지 않았다. 누가 죽이기라도 하는 듯 소리만 질러댔다.

여러 사람의 손이 그녀를 만지고 억누르고 다시 기운을 북돋우는 혼미한 상태로 몇 시간이 지난 후 새로운 목소리의 울음소리가 들렸다. 축복받은 아이처럼 우렁차게 울어대는 자그마한 아이를 데려오자 메르세데스는 그제야 커다란 수녀복을 입고 복도를 오가는 간호사들에게 고맙다고 인사했다. 그리고 한참 만에야 그녀는 자신이 쿠바 가톨릭 병원에서 딸을 낳았다는 사실을 알게 되었다. 그곳은 예전에 호세 멜가레스와 마리아 테레사 에레라의 저택이었던 곳이다. 엄마가 마부 플로렌시오를 알기 전까지 노예로 일하던 곳이었다. 마부는 나중에 그녀의 아버지가 되었다. 그리고 그곳은 또한 어느 날 밤 살해당하기 전 플로렌시오가 파티용으로 주문받은 양초와 와인을 배달한 저택이기도 했다…… 메르세데스는 금지된 기억을 지우려 눈을 감았다.

"호세." 메르세데스가 바보 같은 표정을 지으며 아이에게 몸을 기울이고 있는 남편에게 속삭였다. "가방 좀 가져다줘요."

남자는 시키는 대로 했다. 이 순간 가방이 왜 필요할까 하는 생각은 떠오르지 않았다. 그녀는 가방 안을 뒤져 자그마한 포장을 하나 꺼냈다.

"오래전에 사뒀어요." 메르세데스가 포장지 안에 들어 있는 걸 꺼내면서 말했다. 그것은 작은 흑옥으로 손 모양의 고리에 끼워져 있었다. 메르세데스는 그것을 딸아이를 덮은 담요에 안전핀으로 꽂았다.

"아이가 자라면 금목걸이에 매달아 걸어줄 거예요. 악마의 눈의 저주를 막아준대요."

페페는 아무 말도 하지 않았다. 저런 종류의 바람을 어떻게 거부할 수 있겠는가? 평생 두엔데를 보며 산 어머니와 그런 저주를 물려받은 아내, 그리고 아마도 지금 옆에서 자고 있는 어린 딸도 마찬가지일 마당에.

"이제 이름을 등록할 준비가 되었나요?" 문쪽에서 목소리가 들렸다.

"세례를 받게 하고 싶어요."

"물론이지요." 수녀가 대답했다. "하지만 우선 명부에 등록을 해야 해요. 이름은 생각해두었나요?"

부부는 서로 마주 보았다. 무슨 이유인지 모르겠지만 그들은 늘 아들이 태어날 거라고 생각하고 있었다. 그러나 메르세데스는 자기가 늘 좋아하던 이름을 떠올렸다. 달콤하면서도 힘이 넘치는 이름이었다.

"아말리아라고 부를 거예요."

4부

⋮

호랑이해의 열정과 죽음

"그건 중국인 의사도 못 고친다."

쿠바에서는 불치병을 두고 아직도 이런 표현을 쓴다. 더 나아가 매우 심각한 상황에 직면한 사람에게도 쓴다. 19세기 중반 쿠바에 온 중국인 의사들 중 누군가를 가리켜 처음 쓰였다고 추측된다. 어떤 이들은 그 중국인 의사의 이름이 찬 봄비아이고 1858년에 쿠바에 왔다고 한다. 그런가 하면 1885년에 사망한 칸 쉬 콘이라고 보는 이도 있다. 아무튼 "명의도 못 고친다"는 이 표현에는 식민기 쿠바에서 중국인 의사들이 설명하기 힘든 놀라운 치료법을 선보이자 그들이 최고라고 여기던 사람들의 존경심이 드러나 있다.

아아, 인생이여

택시 기사는 차를 보도에 붙여 세운 뒤 차에서 내려 문을 열었다. 몸에 꽉 조이는 초록색 옷을 입은 풍만한 여자가 차에서 내렸다. 남자는 허리를 굽혀 인사를 할까 하다 꾹 참고 몸만 약간 숙였다.

"얼마예요?" 그녀가 지갑을 열면서 물었다.

"무슨 그런 말씀을요, 도냐 리타. 한 푼이라도 받는다면 바로 지옥으로 떨어질 일이지요. 모신 것만도 영광입니다."

여자는 미소를 지었다. 그런 찬사에는 익숙해 있었다.

"고마워요, 젊은이." 그녀는 택시 기사에게 인사했다. "주님께서 앞날을 밝혀주시기를 빌어요."

그녀는 보도를 건너 어느 집 문으로 향했다. '엘 두엔데 음반가게'라는 명패가 붙은 집이었다.

악보가 가득한 선반 옆에서 그림을 그리고 있던 어린 여자아이가 종소리에 화들짝 놀라했다.

"안녕, 꼬마 아가씨." 여자가 미소를 지어 보였다.

"아빠, 누가 왔는지 좀 보세요!" 아이가 막 도착한 여자를 향해 달려가며 소리쳤다.

"조심해, 아말리타*!" 가게 안쪽에서 음반을 몇 장 들고 나오던 페페가 나무랐다. "그러다 아주머니 모자 찌그러질라!"

"예쁘지 않아요?" 아이가 모자의 망사 가리개를 방문객의 얼굴 앞으로 늘어뜨리면서 킥킥거렸다.

"자, 써보렴." 여자가 모자를 벗어주며 말했다.

"정말 애를 망쳐놓으시는군요!" 남자가 싫지 않은 얼굴로 말했다. "정말 찌그러뜨리고 말 텐데."

여배우는 그런 일을 보면 대개는 조심스러워 눈을 떼지 못했지만, 각별한 유대를 맺고 있는 이 열두 살짜리 여자아이한테는 달랐다. 그리고 이유는 달랐지만 아이 엄마한테도 관심이 많았다. 아이가 미스터리와 어둠을 휩쓸어버릴 기세로 급류처럼 요동친다면 메르세데스는 미스터리와 어둠을 뿜어내는 수수께끼였다. 〈세실리아 발데스〉 공연을 끝낸 뒤 호세에게서 아내를 소개받던 밤을 그녀는 결코 잊지 못했다.

메르세데스는 넋이 나간 표정으로 말했다.

"그토록 추한 진실에서 이토록 아름다운 거짓이 나올 수 있다는 걸 누가 내게 말해줄 수 있을까요?"

여배우는 말문이 막혔다. 누구 얘기를 하는 걸까? 나중에 그 말

---

* 아말리아의 애칭.

을 확인하려고 하자 메르세데스는 무슨 얘긴지 못 알아듣는 듯했다. 결코 그런 말을 한 적이 없다는 듯. 그 후 또 다른 자리에서 만날 기회가 있었지만 두 사람은 거의 한마디도 나누지 않았다. 여자는 자기 세계에 빠져 살고 있었다.

반면 아말리아는 특별한 매력을 발산했다. 때로는 자기만 볼 수 있는 친구가 방 안에 있는 듯 행동했다. 아말리아는 그 친구와 대화를 나누곤 했다. 리타의 상상력으로는 도저히 이해할 수 없는 표현으로 가득한 대화였다. 하지만 리타가 아이에게 느끼는 매력은 여전했다. 그리고 최근 몇 달 동안 아이는 비로소 그 놀이를 잊은 듯했다. 이제는 다른 물건에도 관심을 보였다. 이를 테면 리타가 치장한 보석 같은 것에.

"에르네스토는 왔어요?"

"늦는다고 전화왔어요." 페페는 음반을 알파벳순으로 정리하며 대답했다.

"내 연습이 있을 때마다 그런다니까."

"어떤 연극에 나오는 건데요?" 천진난만함과 뻔뻔함이 섞인 표정으로 아말리아가 물었다.

"연극에 출연하는 게 아니옵니다, 여왕마마. 영화를 찍을 거랍니다."

페페는 음반을 내려놓았다.

"미국으로 가서 찍나요?"

"아니에요." 리타가 미소를 지으며 말했다. "비밀 지켜야 해요. 사실은 뮤지컬 영화를 준비하고 있어요."

페페는 마른침을 삼켰다.

"쿠비에서요?"

그녀는 고개를 끄덕였다.

"이건 세기의 사건이 될 거예요." 페페가 말했다.

"나 모르게 무슨 모의들을 하고 있는지 어디 좀 봅시다."

이제 막 들어서는 남자의 목소리에 모두들 돌아보았다.

"이미 알고 있는 그거지요 뭐." 리타는 망설이지 않고 대답했다. "쿠바 최초의 뮤지컬 영화."

"레쿠오나 선생님!" 페페가 소리쳤다.

"아아!" 남자는 숨을 내쉬었다. "지금 우리는 기획안을 놓고 들떠 있어요. 하지만 이런 시도는 창의성을 억누르게 될 거예요. 재능을 훼손시켜버리는 거죠……"

"또 그 소리예요, 에르네스토!" 리타가 소리쳤다. "그런 방식으로 만들어진 영화가 벌써 몇 편 있다니까요. 우리라고 뒤처져 있을 수는 없어요."

"나도 내 생각이 틀렸으면 좋겠어요. 하지만 이것저것 뒤섞어놓은 작품은 엉터리 아이돌만 양산하는 꼴이 될 겁니다. 진정한 예술은 라이브여야 해요. 적어도 요란한 기계음은 거의 사용하지 말아야지요. 두고 봐요, 이제 곧 목소리 없는 기계가 노래를 하게 될 테니. 어쨌든…… 준비는 다 됐나요?"

"네, 돈 에르네스토."

"나도 들어가도 돼요, 아빠?"

"그래. 하지만 안에 들어가면 숨소리도 내선 안 된다."

아이는 고개를 끄덕이더니 들어가기 전부터 입을 다물었다. 리타의 모자를 쓴 채 아이는 어른들을 따라 가게 안쪽에 마련된 스튜

디오로 들어갔다. 잡담하던 녹음 기사들이 말을 멈추고 각자 자리에 앉았다.

아말리아는 녹음 현장을 열렬하게 좋아했다. 아이는 아버지한 테서 음악에 대한 열정을 물려받았다. 정확히 말하면 할아버지 후 앙코에게서 물려받았다. 음반가게의 진짜 창립자는 할아버지였고 그 아들이 사업을 물려받았으니. 호세는 일 초도 망설이지 않고 병원 일을 그만두고 경이로움이 가득한 세계를 선택했다.

아버지도 딸도 녹음을 마치고 난 뒤에 이루어지는 테르툴리아*에 빠져 있었다. 그 자리를 통해 세기 초 아바나 보헤미안 세계의 이야기들을 알아갔다. 그중 하나가 사라 베른하르트가 당한 희대의 망신살이었다. 그녀는 공연 도중 쿠바 관객들이 귓속말을 속삭이자 분노한 나머지 '프록코트를 입은 인디오들'이란 모욕적인 언사를 내뱉었다. 하지만 쿠바에는 더이상 인디오가 남아 있지 않았기 때문에 사람들은 아무도 자신들을 모욕하는 말이라고 생각하지 않고 계속 잡담을 해댔다는 것이다. 때로는 아바나 기자들의 정신 나간 짓거리를 조롱하기도 했다. 그들은 어이없게도 밤마다 확성기를 옥상에 내놓고 해적들이 다니던 시절부터 아바나에 쏘아올리던 아홉시 대포 소리를 쿠바 전역에 내보내는 정신 나간 짓거리를 했던 것이다.** 신나는 날들이었다. 세월이 흐른 후에도 아버지와 딸은 그때의 기억을 보석처럼 소중하게 간직했다.

---

* 스페인어권의 문학이나 예술에 관한 사교 모임, 동호회 모임.
** 스페인 식민기 시절, 밤 아홉시가 되면 대포 소리와 함께 아바나 만 양쪽을 거대한 쇠사슬로 막아 밤사이 해적들이 습격하는 일이 없도록 하는 전통이 있었다. 이 전통은 오늘날에도 보전되어 아바나 시민들은 대포 소리에 시계를 맞추기도 한다.

아말리아는 도냐 리타와 나들이하는 걸 좋아했다. 리타도 아이와 외출하는 게 좋았다. 최근 들어 그녀는 쇼핑을 하고 싶을 때마다 그 음반가게에 들르곤 했다. 학교에서 돌아온 아말리아는 가게에서 테이프 분류하는 일을 도왔다.

"잠시 아이 좀 빌려줘요, 돈 호세." 여배우는 비극적인 분위기를 연출하며 부탁하곤 했다. "이 아이는 내 정신을 쉬게 해주는 유일한 존재랍니다. 내가 뭘 좋아하는지 발견하도록 해주기도 하고요."

"그렇게 애원하지 않아도 돼요." 아버지는 선선히 허락했다.

두 사람은 학교 단짝 친구처럼 꼭 붙어 거리로 나갔다. 고급 상점들을 돌아다니기도 하고 유럽인들조차 부러워하는 멋진 쇼윈도를 구경하며 탄성을 내지르기도 했다. 농담과 깔깔대는 웃음 사이사이에 수많은 옷을 입어보기도 했다. 여배우는 어느 곳에 가든 찬사를 한몸에 받았고, 그 점을 이용해 점원들이 쉬지 않고 모자며 구두, 숄, 모피 코트, 온갖 종류의 액세서리를 꺼내오게 만들었다. 돌아오는 길에 그들은 간식으로 아이스크림과 달콤한 파이를 먹었다. 가끔은 영화를 보는 걸로 외출을 마무리하기도 했다.

어느 날 오후, 리타는 아이에게 줄 멋진 구두 한 켤레를 포함해 몇 가지 쇼핑을 하고 나서 색다른 제안을 했다.

"카드 점 본 적 있니?"

"카드요?"

"그래, 카드. 집시들이 점을 봐준단다."

"정말요? 운수 보는 거요?"

"미래도 봐준단다, 애야."

아말리아는 집시가 뭐 하는 사람인지는 알지 못했다. 하지만 누가 자기 미래를 봐주거나 한 적은 분명 없었다.

"이 근처에 점을 보는 집시 여자가 살아." 도냐 리타가 말했다. "이름이 디노라인데 내 친구야. 같이 가볼래?"

물론이었다. 어떤 여자아이가 그런 걸 궁금해하지 않을 수 있겠는가? 그들은 세 블록을 걸어 공원을 지나 좁다란 계단으로 올라갔다. 마지막 계단에 올라서자 문이 두 개 보였다. 벨을 눌렀다.

"안녕." 리타는 손님을 맞으러 나온 여자와 인사를 나누었다. 키가 작은 금발 여자는 마치 천사처럼 새하얀 옷을 입고 있었다.

"마침 잘 왔어. 아무도 없거든."

아말리아는 여배우가 종종 이곳에 들른다는 걸 눈치챘다.

"여기서 잠깐 기다려라, 애야." 리타는 그렇게 말하고는 여자를 따라갔다.

이십 분이 지나자 리타가 다시 응접실에 나타났다.

"자, 이제 네 차례야."

촛불이 어두운 방 안을 비추고 있었다. 앉아 있는 여자 앞에는 작은 테이블이 놓여 있었다. 테이블에는 물이 가득 담긴 컵이 있었다. 여자는 카드를 뒤섞기 전에 카드에 물을 뿌리고는 중얼거리며 주문을 외웠다.

"떼어봐라." 하지만 아말리아는 알아듣지 못했다.

"한 묶음 집어." 리타가 말해주었다.

여자는 카드를 위에서 아래로, 그리고 왼쪽에서 오른쪽으로 펼쳐놓기 시작했다.

"으음…… 애야, 네가 태어난 건 기적이나 마찬가지구나. 그리고 너희 엄마는 심각한 상황에서 벗어나…… 어디 보자…… 여기 남자가 있네…… 아니, 남자아이구나…… 기다려봐라." 다른 카드를 한 장 뽑더니 잇달아 한 장을 더 뽑았다. "이거 참 이상하네. 네 인생에 누가 있구나. 애인도 아니고 아빠도 아니고…… 너 특별한 친구가 있니?"

아이는 부정했다.

"너를 보살펴주는 존재가 있는데. 마치 정령처럼 말이다."

"진즉에 알아봤다니까." 리타가 말했다. "이 아이는 항상 뭔가 달라 보였거든."

아말리아는 아무 말도 하지 않았다. 누구를 말하는지 알고 있었지만 부모님이 그런 일은 다른 사람에게는 절대 얘기해서는 안 된다고 미리 주의를 주었다. 도냐 리타에게도 말하면 안 된다고 했다.

"그래, 너에겐 매우 강력한 수호신이 있어."

'그리고 매우 성가시기도 해요.' 아이는 마르티니코의 장난질을 떠올리며 생각했다.

"오호! 사랑이 찾아오네……"

"그래?" 리타는 자신의 일이기라도 한 듯 흥분했다. "어디, 말해봐."

"숨김없이 다 말하지." 점쟁이는 어두운 표정으로 말했다. "매우 어려운 사랑이 될 거야."

"참된 사랑은 항상 그래." 여배우는 낙천적인 어조로 말했다. "기뻐해라 애야, 좋은 시절이 가까워졌다."

그러나 아말리아는 진정한 것이든 아니든 사랑 같은 건 싫었다.

그러면 인생이 복잡해질 터였다. 그녀는 속으로 평생 아빠 옆에서 음반 정리하는 일도 돕고 아빠가 녹음하는 뮤지션들의 이야기도 들으며 살겠다고 맹세했다.

"으음…… 어디 보자, 아이가 둘이구나. 셋이야……" 말하기가 망설여지는 듯 아이를 바라보았다. "아니야, 하나다…… 그리고 딸이구나." 카드를 세 장 더 뽑았다. "조심해라. 네 남자는 복잡한 일에 얽히게 되는구나."

"다른 여자가 생겨?" 리타가 캐물었다.

"그건 아닌 듯하고……"

아말리아는 하품이 나오는 걸 억지로 참았다. 결혼도 하지 않을 여자의 먼 미래에 대한 얘기에는 전혀 관심이 없었다.

"맙소사! 벌써 시간이 이렇게 됐어!" 리타가 갑자기 소리쳤다.

"내 입장권은 어떻게 됐어?" 여자가 문까지 그들을 바래다주며 물었다.

"걱정 마." 리타가 말했다. "꼭 공연 첫날 볼 수 있도록 해줄게."

호세는 영화에 관계된 예술가와 제작자 들을 위해 '친밀하고 정겨운' 파티를 열기로 했다. 초대장에 적은 표현대로라면 그랬다. 아직 자기 녹음실에서 녹음을 하거나 방문한 적이 없는 뮤지션들에게도 초대장을 보냈다. 새로운 관계를 맺는 기회가 될 것이었다.

단독주택으로 이사하자고 제안했던 메르세데스도 비로소 기뻐했다. 그는 처음에는 아내의 생각에 반대했다. 그는 항상 높은 곳에서 살고 싶어했다. 그러나 어머니까지도 메르세데스의 결정을 지지했다. 노인이 된 어머니는 한없이 이어지는 계단을 오르내리는 데 지쳐 있었다.

"계단 오르내리는 일이 힘들기는 해도 적어도 도둑은 안 들잖아요. 아파트가 더 안전하다니까요." 페페는 그렇게 고집을 피웠다.

"괜한 고집이구나." 앙헬라가 입을 열었다. "네가 높은 곳을 좋아하는 건 산악 지대에서 살아온 조상한테서 그런 기질을 물려받아서야. 하지만 우리는 이제 쿠엥카에 사는 게 아니잖니."

"안전 때문에 그러는 거예요." 페페가 대답했다.

"피 속에 물려받았다니까." 앙헬라도 지지 않고 말했다.

그러나 계단에 질린 메르세데스 때문에 결국 페페는 항복하고 말았다. 하지만 그도 지금은 변화를 즐기고 있었다. 파티를 열 수 있는 넓은 정원 때문이었다. 아내는 재스민이 만발한 큰 화분들을 놓아 정원을 꾸몄다.

별이 빛나는 서늘한 정원에 테이블을 놓고 갖가지 음료를 잔뜩 올려두었다. 축음기에서 흘러나오는 멜로디가 대기를 채우고 있었다. 고기 파이, 달걀 요리, 치즈, 빨갛고 검은 캐비어로 만든 오르되브르, 양념한 뱀장어 튀김 등 진수성찬의 향기가 군침을 돌게 했다. 하지만 가장 신이 난 사람은 자정까지 머물러도 좋다는 허락을 받은 아말리아였다. 자정은 어른들이 바르셀로나 거리와 아미스타드 거리가 만나는 지점에 있는 카바레 '지옥'에 가기로 한 시간이었다. 아말리아는 부엌에서 손님들을 위한 음료를 만드느라 분주한 할머니와 집에 남을 것이다.

손님들이 거의 도착했다. 그들은 대배우 리타 몬타네르와 디너 파티를 함께한다는 생각에 들떠 있었다. 그녀는 아직 나타나지 않왔다. 레쿠오나, 로이그 같은 거장들도 마찬가지였다. 사람들은 그들이 도착하기를 이제나저제나 기다리는 중이었다. 시계가 아홉시를 알렸다. 그러자 신호를 기다리기라도 한 듯 초인종이 울렸다. 아말리아가 문을 열러 나갔고, 사람들은 마시던 술의 마지막 모금을 들이켜고, 들고 있던 샌드위치도 마저 먹느라 일순간 조용해졌다.

밤의 미풍이 재스민 꽃 사이로 불어왔다. 주변 공기가 달라지는 게 느껴졌다. 어떤 이들은 무슨 일인가 고개를 들었다. 전혀 꾸미지 않은 '오오!' 하는 탄성이 사람들 사이에서 새어나왔다. 진줏빛 의상을 차려입고 어깨에 은색 숄을 두른 여신의 실루엣이 문 앞에 나타났다. 여배우가 두 뮤지션의 호위를 받으며 연회장을 가로질러 왔다.

아말리아는 다른 사람들처럼 그 마법 같은 장면을 음미했다. 그러나 곧 마법이 디바에게서 흘러나오는 게 아님을 알아차렸다. 아말리아의 시선은 디바의 어깨를 덮고 있는 숄에 고정되었다. 그렇게 아름다운 숄은 본 적이 없었다. 옷감 같지가 않았다. 마치 액체로 된 달 조각 같았다.

"지금 입은 이 옷은 뭐로 만든 거예요?" 아이는 감탄하는 사람들 사이로 길을 만들어주며 리타에게 속삭였다.

리타는 미소를 지었다.

"멕시코의 피란다."

"네?"

"멕시코에서 샀어. 그곳에서는 사람의 몸에 피가 흐르듯 땅에서는 은이 솟아난다고들 한다."

아말리아의 놀라는 표정을 보고 리타는 무정형의 수은 같은 숄을 벗어 아이의 머리 위로 씌워주었다.

쥐 죽은 듯한 고요가 정원에 퍼져갔다. 주빈을 독점하고 있는 딸을 나무라려던 호세조차 말을 잃었다. 아말리아가 숄을 걸치자 다른 세상에서 온 듯한 환한 빛이 아이의 살결에서 피어났다.

"정말 무겁네요." 아이는 금속 비늘 수백 개의 무게를 느끼며 중얼거렸다.

"순은이거든." 리타가 말했다. "마술의 옷이야."

"정말이에요?" 아이가 흥미로워했다.

"피라미드가 피와 꽃으로 덮여 있던 시대의 마술이지. '서로 알지 못하는 두 사람 앞에서 빛의 망토가 그림자의 부적을 문지르면 두 사람은 영원히 사랑하게 되리라.'"

"그림자의 부적이 뭐예요?"

"나도 몰라." 리타가 목소리를 낮춰 말했다. "숄을 판 사람한테 물어보지 않았어. 하지만 아름다운 전설이잖니."

아이는 숄을 만지작거렸다. 숄은 살아 있는 듯 부드럽게 손가락을 휘감았다. 아말리아는 숄에서 흘러나온 강력한 힘이 자기 몸속으로 들어오는 걸 느꼈다. 황홀함과 두려움을 동시에 자극하는 힘이었다.

'맙소사, 이게 뭘까?' 아이는 생각했다.

"얼마나 예쁜지 모르겠구나." 리타는 입구의 거울 쪽으로 아이를 밀면서 말했다. "가서 한번 비춰보렴."

그녀는 아이를 두고 정원으로 돌아왔고 변신을 구경하고 난 손님들도 다시 정신을 되찾았다.

거울 앞에 선 아말리아는 도망쳐 나온 공주의 동화를 떠올렸다. 공주는 하루 종일 당나귀 가죽을 걸친 채 숨어 있었다. 하지만 태양의 옷과 달의 옷을 갖고 있어서 매일 밤 몰래 그 옷들로 갈아입곤 했다. 그래서 왕자님을 만나게 되고, 왕자님은 그녀를 사랑하게 된다는 이야기였다. 서늘한 아름다움에 푹 감싸여 있다보니 옷감의 무게 때문에 보호받는 느낌이 더욱 강하게 들었다.

초인종이 두 번 울렸다. 그러나 아무도 듣지 못한 듯했다. 아말리아가 문을 열어주러 나갔다.

"여기 은퇴한 선생님께서 삽니까?" 낯선 목소리가 물었다.

"누구시죠?"

아말리아는 문간에 웅크린 그림자를 더 잘 보려고 조금 가까이 다가갔다. 눈에 들어온 것은 옷 꾸러미를 안고 선 중국인 청년이었다. 그때 목에 걸고 있던 목걸이에서 흑옥이 빠져 청년의 발치에 떨어졌다. 청년은 서둘러 몸을 숙여 보석을 집었다. 의도하지 않게 청년의 손가락이 은빛 숄을 스쳤다.

그는 얼굴을 들어 그녀를 바라보았다. 순간 그의 눈에 모든 인간을 사랑하는 자비의 여신의 얼굴이 보였다. 아말리아는 떨리는 손으로 보석을 받아들었다. 꿈속 왕자님인 것을 알아보았기 때문이다.

내 가슴에서 떼어낼 수 없는

코럴 캐슬. 마이애미의 바다 안개 속에 숨은 한구석에 붙여진 마술적인 이름. 끝없이 먼 곳을 바라보던 세실리아는 그렇게 생각했다. 이모할머니가 '마이애미의 여덟번째 불가사의'를 보러 가자고 꾀어 나온 길이었다. 남쪽으로 차를 달리는 동안 그녀는 인공의 강에 떠 있는 오리 떼를 바라보았다. 도로와 나란히 흐르는 강은 주택의 파티오에 맞닿아 있었다. '물의 도시 마이애미', 속으로 이름을 붙여보았다. 마이애미는 해협들 덕분에 베네치아와 같은 조건을 갖게 되었고 스키아파렐리의 '카날리'* 같은 모호하고 외계적인 특성까지 갖게 되었다. 사실 르네상스 박람회가 열리는 열대에 가까운 이 도시에서는 무슨 일이든 일어날 수 있었다.

---

* 조반니 스키아파렐리(1835~1910). 이탈리아의 천문학자이자 상원의원. 여러 별을 관찰한 그는 특히 1877년 화성 표면의 줄무늬를 망원경으로 관찰하여 이를 '카날리'라 명명했다.

이모할머니가 거칠고 중세적인 모습의 성벽 옆에 차를 세우자 그제야 세실리아는 공상에서 깨어났다. 성은 바이에른 왕국의 미치광이 왕 루트비히 2세의 낭만적인 성에 비하면 작은 성채에 가까웠다. 코럴 캐슬은 분명 초현실주의적 분위기를 띠고 있었다. 밀교적이고 점성술적인 상징물이 가득 조각된 성은 러브크래프트 소설 속의 환영 같았다. 그리고 에너지…… 그 성에서 에너지를 느끼지 못한다는 건 불가능했다. 대류처럼 바닥으로부터 나와 머리 꼭대기까지 타고 올라가는 에너지였다. 어떤 악마가 이런 성을 쌓은 걸까? 도대체 무슨 목적으로?

그녀는 안내 책자를 죽 훑어보았다. 성을 지은 사람은 1887년 라트비아에서 태어난 에드워드 리드스칼닌이라고 되어 있었다. 그 남자는 결혼식 전날 신부가 결혼을 거부하는 바람에 산산조각 난 가슴을 부여안고 다른 나라로 도망쳤다. 그리고 오랜 여행 끝에 폐결핵에 걸린 그는 플로리다의 남쪽 지방에 정착하기로 결심했다. 플로리다의 기후가 병의 치료에 이로웠던 것이다.

"그는 그녀에게 집착하고 있었다." 조카가 안내 책자를 유심히 읽고 있다는 걸 알아챈 롤로는 돌 그네에 앉으며 말했다. "그래서 이 성을 만든 거야. 어떤 사람들은 그가 미쳤다고 했고, 어떤 사람들은 천재라고 했지. 내 생각에는 아마 둘 다 맞는 게 아닐까 싶다."

미쳤든 아니든 그 남자는 자기 사랑의 기념비를 세울 만한 땅을 찾아낸 것이다. 그는 1920년대의 십 년을 모두 성을 세우는 일에 바쳤다. 가정에서 쓰는 물건이나 건축학적인 물건들이 조각된 바위들은 낯설고 몽환적인 모습을 띠고 있었다. 침실에는 잃어버린 신부와 자신이 함께 쓸 침대, 아이들 침대가 둘 있었다. 흔들거리는 바위 요람도 있었다. 가까이 가보니 '오벨리스크'라는 이름이 붙은 거대한 조각물도 있었다. 오전 아홉시부터 오후 네시까지 가리키는 해시계도 있었다. '9톤짜리 돌문'도 있었다. 그것은 현대식 호텔의 회전문처럼 생긴 불규칙한 회전 바위였다. 그야말로 건축 역학상의 불가사의였다. 그러나 세실리아를 가장 매료시킨 곳은 '달의 샘'과 '북쪽 성벽'이었다. 달의 샘은 세 부분으로 나뉘어 있었다. 좌우로 낫처럼 굽은 달이 세워져 있었고, 가운데에 보름달 모양의 샘이 누워 있었다. 샘 안에는 별 모양의 작은 섬도 있었다. 북쪽 문은 다양한 조각으로 장식된 성벽이었다. 상현달, 반지를 낀 사티로스, 화성 등이 조각되어 있었다. 화성에는 나무가 새겨져 있어서 그곳에 생명이 살고 있다는 생각이 표현되고 있었다. 세실리아는 익소라 꽃*이 피어 있는 '하트 테이블'을 쳐다보며 거대한 바위에 조각을 하게 만든 강박의 근원이 무엇일까 생각했다. 고뇌와 싸워야 했던 남자가 선택한 유일한 방법은 사랑을 돌로 변신시키는 것이었을지도 모른다.

"이게 그 사람이 사용한 연장이었다." 한 방으로 들어서며 이모 할머니가 말했다.

쇠와 도르래, 갈고리 등이 뒤섞여 있었다. 도구들은 전혀 무겁지도 그다지 크지도 않았다.

"여기에 쓰여 있네요." 세실리아는 안내 책자를 들여다보며 말했다. "성벽과 탑에만 천 톤 이상의 바위가 쓰였대요. 돌의 평균 무게는 6.5톤이고…… 이십 톤이 넘는 것도 여러 개 있대요. 이걸

---

* 아열대 지방의 불꽃 모양의 꽃.

모두 기중기 없이 옮기는 건 불가능해요."

"하지만 사실이란다." 이모할머니가 말했다. "아무도 그의 비밀을 알지 못했지. 어두운 밤에만 작업을 했거든. 방문객이 있으면 떠날 때까지 작업을 하지 않았어."

세실리아는 바위 주위에 나타난 흔들리는 광채에 어리둥절해져 이리저리 둘러보았다. 바위마다 빛이 새어나오는 게 보였다. 반투명에 약간 보랏빛을 띤 후광이 돌을 감싸고 있었다.

"무슨 일이냐?" 이모할머니가 물었다. "왜 갑자기 벙어리가 되었니?"

"말 안 할래요. 미쳤다고 생각하실 테니까요."

"믿을 만하면 믿어야지."

"돌 주위에 후광이 보여요."

"아, 그거?" 이모할머니는 실망한 듯했다.

"안 놀라세요?"

"안 놀라지. 나도 보이는데."

"할머니도요?"

"오후가 되면 항상 나타난다. 하지만 알아차리는 사람은 거의 없지."

"저게 뭐예요?"

롤로는 어깨를 으쓱했다.

"일종의 기겠지. 죽은 델피나의 아우라가 생각나는구나."

"우리 할머니한테도 후광이 있었다고요?"

"저것처럼 매우 강한 후광이었지." 롤로는 '달의 샘' 쪽을 가리켰다. "데메트리오의 후광은 물을 약간 탄 듯 좀 옅었고."

"그렇군요." 세실리아는 이모할머니의 말을 진지하게 받아들이고 있는 자신의 분별력이 의심스러워졌다. "하지만 할머니가 그걸 본다는 건 이상하지 않지만, 저는요? 우리 집안의 영적 능력은 델피나 할머니와 이모할머니한테서 끝난 거잖아요."

"그런 건 늘 유전된단다."

"제 경우는 아니에요." 세실리아는 자신있게 말했다. "아마도 연습 때문인가봐요."

"무슨 연습 말이냐?"

"아우라를 보는 연습요."

세실리아는 이모할머니가 몇 초 동안 침묵하고 있는 걸 보고 자기 말을 알아듣지 못한 거라고 생각했다.

"그런 건 어디서 배웠니?" 한참 만에 이모할머니는 세실리아가 한 말을 알아들었음이 분명한 어조로 물었다.

"아틀란티스에서요. 그곳 아세요?"

"네가 밀교 서적에 관심이 있는 줄은 몰랐구나."

"우연히 그렇게 됐어요. 뭘 좀 알아보던 중에요."

세실리아는 '플로리다 테이블'로 가면서 할머니에게 유령의 집 이야기를 해주었다.

세실리아가 문턱을 넘자 문에 달린 종이 울리더니 장미 향이 그녀 위로 쏟아졌다. 카운터 뒤에는 리사가 아닌 클라우디아가 있었다. 마르티에 대한 강연을 듣던 날 세실리아와 마주쳤던. 세실리아는 그냥 나가려다가 자신이 온 목적을 기억해내고는 선반으로 다가갔다. 마법에 걸린 집에 대한 책들을 선반에서 본 기억이 있었다. 두 권을 골라 계산대로 갔다. 클라우디아는 자신을 기억하지 못하는 모양이었다. 세실리아는 아무 말 없이 책을 건네고는 책을 담는 클라우디아의 손을 바라보았다.

"지난번에 망자들이 따라다닌다고 말해서 놀란 거 알고 있어요." 클라우디아는 고개를 들지 않은 채 말했다. "하지만 걱정할 필요 없어요. 당신을 따라다니는 망자들은 내 경우와는 다르니까요."

"당신의 망자들은 어떤데요?" 세실리아는 용기를 내어 물었다.

클라우디아는 한숨을 내쉬었다.

"쿠바에 살 때 아주 끔찍한 망자가 나를 따라다녔어요. 여자들을 증오하는 물라토 남자였지요. 사창가에서 살해당한 듯했어요."

"그래서 우연은 없다고 하는 거구나." 세실리아는 혼잣말을 했다.

"기분 나쁜 망자였지요." 클라우디아가 계속했다. "다행히 몇 달이 지나자 더이상 나를 따라다니지 않더군요. 불행을 예고하던 말없는 인디오는 쿠바를 떠난 이후에는 다시 보지 못했고요."

세실리아는 얼떨떨해졌다. 앙헬라의 친구인 과비나에게도 위험을 예고하는 정령이 나타나곤 했다고 들었다. 그 정령이 인디오였는지는 기억나지 않았다. 메르세데스의 물라토 애인도 떠올랐다. 그토록 그녀를 감시하던 남자…… 근데 무슨 생각을 하고 있었더라? 그래, 이 망자들을 어떻게 하지?

"걱정 말아요." 클라우디아가 그녀의 표정을 보고 말했다. "당신의 망자들은 두려워할 필요가 없어요."

그러나 세실리아는 망자들과 함께 다닌다는 생각 자체가 싫었다. 집안 누군가의 망자든 선량한 망자든 마찬가지였다. 서로 알지도 못하는 두 여자를 찾아오는 망자들이 닮은 데가 있다는 사실 때문에 문제가 훨씬 미스터리하고 복잡해지고 있는 판국이니 너더욱 그랬다.

"아말리아라는 부인 알아요?"

"아니요. 왜요?"

"당신의 망자들 말이에요…… 그들에 대해 아는 사람이 또 있나요?"

"우르술라와 나만 볼 수 있어요. 우르술라는 아직 쿠바에 살고 있는 수녀예요."

"당신도 수녀였어요?"

클라우디아의 얼굴이 붉어졌다.

"아니요."

클라우디아는 처음으로 말하고 싶은 생각이 없어진 듯했다. 세실리아에게 거칠게 책을 건네더니 이번에는 자신의 그런 태도 때문에 더 당황해했다. 내가 무슨 말을 했다고 저러는 거지? 아마도 세실리아의 질문에 어떤 기억이 떠오른 모양이었다. 섬에는 고통스러운 이야기들이 많이 있으니까.

세실리아는 머릿속으로 어린 시절에 놀던 길모퉁이를 향해 달려갔다. 부드러운 모래 결, 말레콘 위로 불어오는 미풍의 느낌…… 자신의 도시를 잊어버리려 싸워왔다. 절반은 악몽이고 절반은 그리움인 기억을 떨쳐버리려고. 그러나 클라우디아의 말이 여운을 남긴 걸 보면 그 기억을 떨쳐버리지 못했다는 뜻이었다. 모든 길이 아바나로 통하는 듯했다. 얼마나 멀리 떠나왔는지는 중요하지 않았다. 그녀의 도시는 결국 그녀를 찾아내고 말 것이었다.

맙소사! 내가 마조히스트인 걸 지금까지 깨닫지 못하고 있던 건가? 어떻게 증오하면서 동시에 그리워할 수 있는 거지? 그녀의 신경은 지옥에서 보낸 수많은 날로도 모두 녹아버리지는 않은 모양이었다. 그러나 사람들은 고립되면 미처버리지 않는가? 이제 세실리아는 자신의 도시에 대한 향수의 감정을 인정하기 시작했다. 그곳에서 느낀 것이라고는 결코 자신을 떠나지 않는 고뇌의 공포뿐이었지만. "그대는 항상 나와 같이 있다네, 내 슬픔과 같이 있다네. 그대는 내 고뇌 속에 있다네, 내 고통 속에 있다네……" 이것봐, 볼레로 가사 같은 감상적인 생각을 하다니, 정상이 아니야. 자신에게 일어나는 일은 좋은 일이든 나쁜 일이든 항상 그에 들어맞는 노래가 있다고 세실리아는 생각했다. 로베르토에 대한 추억도 그랬다. 최근에 그녀의 정신은 잊지 못할 두 존재—그녀의 도시와 그녀의 연인—로 양분되어 있었다. 그녀는 두 존재를 볼레로의 가사처럼 가슴에서 떼어내지 못하고 있었다.

열렬히 사랑해주오

종이 사자가 뱀이 움직이듯 좌우로 흔들거렸다. 앞에 서서 익살스러운 표정을 지어 보이며 가는 노인을 물기라도 할 것처럼 따라가고 있었다. 전통적인 사자춤이 중국인 동네를 벗어나 아바나의 카니발에 합류한 지 이 년이 되었다. 그러나 쿠바인들은 심벌즈와 뿔피리 소리에 맞춰 몸을 비틀며 해안가로 향해 가는 사자를 보면서 그저 이상한 동물이라고 여겼다.

"엄마, 용 가장행렬 보러 가요." 아말리아는 엄마를 졸랐다.

용을 조종하는 사람 중 하나가 아득하게 북소리를 내면서 분위기를 돋우면 용은 간간이 용트림을 하곤 했다. 아말리아는 용트림을 하며 뛰어오르는 거대한 꼭두각시에 관심이 있는 것은 아니었다. 파블로가 프라도 거리와 비르투데스 거리가 만나는 모퉁이에서 기다리고 있었다.

"내일 가자꾸나." 아빠가 말했다. "가장행렬은 벌써 상하 거리를 지나갔을 거야."

"프라도 거리에서 보는 게 가장 재미있다고 도냐 리타가 그랬어요." 아말리아가 고집을 피웠다. "프라도 거리에 도착했을 때 말레콘의 콩가* 소리가 들리면 중국 사람들은 그 요란한 딸랑이 소리를 따라가던 일을 그만 잊어버리고 만대요."

"요란한 딸랑이가 아니다, 애야." 아빠가 바로잡아주었다. 그는 어떤 악기도 이름을 바꿔 부르는 걸 견디지 못했다.

"그게 그거죠, 페페." 메르세데스가 끼어들었다. "어쨌든 중국 음악은 지독한 소음을 만들잖아요."

"계속 입씨름하다가는 아무것도 못 보겠어요." 아말리아가 안달했다.

"알았다, 알았어…… 가자꾸나!"

그들은 비 오듯 땀을 흘리면서 프라도 거리를 따라 내려갔다. 2월은 쿠바에서 가장 시원한 달이었다. 그러나 한랭전선이 다가오지 않는 한 카니발의 군중은 빙하조차도 몇 초 만에 녹일 수 있었다.

가족은 춤을 추고 호루라기를 불어대는 군중에 둘러싸여 비르투데스 거리에 가까워졌다. 아말리아는 자기 심장만이 알아들을 수 있는 신호가 나오는 쪽으로 부모를 유도해 갔다. 그녀 자신도 어디로 가고 있는지는 몰랐다. 그저 본능이 이끄는 대로였다. 길 한가운데서 아이스크림을 먹고 있는 파블로의 모습이 보이자 그제야 멈추었다.

---

* 쿠바 민속음악에서 사용하는 북 모양의 타악기.

"여기 있으면 돼요." 엄마의 손을 놓으며 아말리아가 말했다.

"사람이 많잖니." 메르세데스가 말했다. "만 근처로 가는 게 낫지 않겠어?"

"그곳은 더 북적대요." 아이는 확신에 차서 말했다.

"그렇지만 애야⋯⋯"

"페페!"

목소리가 남자 여럿이 맥주를 마시고 있던 문간에서 들려왔다.

"마에스트로예요." 메르세데스는 자신보다 넋이 나간 듯한 남편에게 귓속말을 했다.

"어디? 안 보이는데⋯⋯"

"돈 에르네스토!" 그녀는 마에스트로를 향해 가며 손짓으로 인사했다. 그제야 호세도 그를 알아보았다. 그 만남 때문에 자신의 목표물에서 멀어진 아말리아는 난처한 기분으로 부모를 따라갔다.

"파리에서 누가 편지를 보냈는지 알아요?" 감격의 악수가 끝나자 뮤지션이 말했다.

"누군데요?"

"우리의 옛날 피아노 선생님."

"호아킨 닌*?"

"내년에 돌아오실 생각인가봅니다."

아말리아의 시선은 군중 속을 헤맸다. 그날 밤 이후 줄곧 집 앞에서 그녀를 지켜보고 있는, 끝이 치켜 올라간 검은 눈이 있는 곳

---

* 호세 호아킨 닌(1878~1949). 식민기 아바나에서 스페인 기병 장교의 아들로 태어나 유럽에서 유학하고 활동한 피아니스트이자 작곡가.

을 찾았다. 눈의 주인이 보였다. 무개차들을 쳐다보느라 넋을 놓고
있었다. 차들은 몇 블록 더 내려가면 화려하게 단장한 차량 행렬에
합류할 것이었다. 그녀는 부모가 방심한 틈을 타 누가 알아채기 전
에 파블로에게 달려갔다.

"안녕." 아말리아는 그의 어깨를 가볍게 치면서 인사했다.

소년의 얼굴에 잠시 놀라는 표정이 감돌더니 금세 기쁜 기색으
로 바뀌었다. "안 오나보다 했어." 그러고는 더이상 말을 잇지도
못했다.

같이 나온 어른 셋이 그녀를 돌아보았다.

"안녕?" 어른들 중 한 남자가 친절한 어조로 말했다. 그러나 백
인 여자아이를 향한 불신감은 숨기지 않았다.

"아빠, 엄마, 아쿤, 얘는 음반가게 사장님의 딸 아말리아예요."

"아!" 남자가 말했다.

여자도 그와 비슷한 소리를 냈다. 제일 나이 많은 남자는 달갑
지 않은 표정으로 그녀를 관찰하기만 했다.

"누구랑 같이 왔어?" 파블로가 물었다.

"엄마 아빠랑. 저쪽에 친구분들과 같이 계셔."

"근데 딸아이 혼자 둔다?" 여자가 물었다.

"아니요, 제가 여기 있는 줄 몰라요."

"그거 더 나빠." 중국인 여자가 형편없는 스페인어로 말했다.
"어머이 아버이 딸 지켜봐야 해."

"엄마!" 파블로가 낮게 속삭였다.

"우리는 용 가장행렬을 보러 왔어." 아말리아는 어른들의 노골
적인 불쾌함이 잊히길 바라는 마음으로 말했다.

"그게 뭐야?" 파블로가 물었다.

"몰라?" 이상하다는 생각이 들어 반문했다. 모두들 멍한 표정으로 그녀를 쳐다보는 가운데 아말리아가 말을 이었다. "여러 사람이 오렌지색 용을 움직여요. 이렇게……" 그녀는 종이로 만든 동물의 동작을 흉내 냈다.

"용 아냐, 그거 사자." 여자가 대답했다.

"가장행렬 아냐, 춤." 노인은 성가시다는 듯 투덜거렸다.

"아말리아!"

마침 그녀를 부르는 소리가 들렸다.

"나 갈게." 그녀는 파블로에게 속삭였다. 그러고는 슬픈 마음으로 부모가 서 있는 문 쪽으로 갔다.

"쿠바 여자아이들이 어떤지 봤지?" 파블로의 어머니는 아말리아가 군중 속으로 사라지자 광둥어로 말했다. "제대로 배우질 못했다니까."

"됐다. 우리가 걱정할 일은 아니지." 위앙도 광둥어로 대답했다. "파그리는 정통 광둥인의 딸과 결혼할 거야…… 그렇지 애야?"

"쿠바에는 그런 여자가 별로 없잖아요." 파블로가 용기를 내어 말했다.

"중국에서 데려오라고 하마. 아직 그곳에 지인들이 있단다."

파블로는 목에 가시가 걸린 느낌이었다.

"나 피곤해요." 쿠이 파가 불평했다. "할아버지, 집에 가고 싶지 않으세요?"

"그래, 나도 배가 고프구나."

길을 따라가는 동안 군중은 줄어들기는커녕 점점 더 늘어나는 듯했다. 가장행렬이 천지를 가득 메우는 철이면 도시가 온통 들끓었다. 중국인 동네도 예외는 아니었다. 보통 2월에 있는 춘절이 다가오면 중국인들은 전통적인 축제도 준비하고 아바나의 축제에 참가할 준비도 했다.

호랑이해가 저물어갈 즈음 거의 모든 중국인은 춘절 준비를 끝냈다. 파블로의 어머니는 어느 해보다 세세한 부분까지 신경을 썼다. 새 옷들을 준비해 옷걸이에 걸어놓았다. 벽에는 행운과 부와 복을 비는 붉은색 부적들이 죽 붙어 있었다. 며칠 전에는 꿀보다 단 당밀을 조왕신의 입술에 잔뜩 발라놓았다. 신의 달콤한 말이 옥황상제께 전해지기를 바라서였다.

온 동네에서 색등이 겨울바람에 이리저리 흔들리고 있었다. 사방에 등이 걸려 있었다. 가게 문간에도, 이 보도에서 저 보도로 걸쳐 있는 빨랫줄에도, 고적한 전신주에도…… 로사도 집에 몇 개 걸어놓았다. 등은 상인방(上引枋) 위 두 개의 못에 걸려 이리저리 흔들리며 균형을 잡고 있었다.

노인은 색등을 바라보면서 미소 짓더니 오랜 세월 살아온 동네의 익숙한 냄새를 들이마셨다. 다른 맘비들과 쿠바의 들판에서 말을 달리며 낫을 높이 쳐들고 적군에게 달려들던 시절을 떠올렸다.

"안녕히 주무세요, 할아버지." 시우 멘드는 할아버지가 집 안으로 들어가기를 기다리며 말했다.

"그래, 너도……" 아스팔트 위에 타이어가 끼익 멈추는 소리에 작별 인사가 중단되었다. 돌아선 웽 가족은 모퉁이에 멈춰 선 검은 차를 보았다. 백인 남자 둘이 자동차의 열린 창 사이로 총을 꺼내더니 가로등 아래에서 얘기를 나누던 세 명의 아시아인에게 쏘기 시작했다. 중국인 하나가 아스팔트에 쓰러졌다. 다른 두 사람은 과일 가게 뒤로 몸을 숨기더니 백인들을 향해 총을 쏘았다.

시우 멘드는 아내와 아들을 보도 위에 엎드리게 했다. 노인은 이미 문 한구석에 웅크리고 있었다. 사람들의 아우성이 총소리를 덮었다. 길 가던 사람들은 겁에 질려 무조건 숨을 만한 곳을 찾아 이리 뛰고 저리 뛰었다.

마침내 타이어 소리가 다시 끼익 하고 나더니 자동차가 모퉁이를 돌아 사라졌다. 사람들은 하나둘씩 숨어 있던 곳에서 나왔다. 시우 멘드는 아내가 일어설 수 있도록 부축했다. 파블로는 증조할아버지를 도우러 다가갔다.

"이제 갔어요, 아쿤……"

"자비로운 보살님." 로사는 광둥어로 외쳤다. "저 갱 놈들이 이 동네에 불행을 가져올 거야."

"아쿤?"

로사와 마누엘 웽이 아들을 돌아다보았다.

"아쿤!"

노인은 여전히 몸을 웅크린 채였다. 마누엘이 다가가 일으키려 했지만 신음 소리만 들려올 뿐이었다. 말 등에 올라앉아 몇 번이고 위험을 무릅쓰고 싸웠던 웽 위앙이 지금 그를 겨냥하지도 않은 탄환에 맞고 만 것이다.

춘절이 왔지만 웽 가족은 제대로 명절을 지낼 수 없었다. 위앙이 병원에서 죽음과 사투를 벌이는 동안 동네 사람들은 선물과 기적의 처방 들을 들고 집 앞에 줄을 섰다. 하지만 그런 도움에도 병원비 부담은 상당했다. 의사 두 명이 무료로 치료해주겠다고 했지만 그래도 충분하지 않았다. 시우 멘드는 가족 수입이 더 있어야겠다고 생각했다. 세상에서 가장 맛있는 향내를 풍기는 레스토랑 '태평양'의 주방 일이 떠올랐다. 그는 레스토랑을 찾아가 하찮은 일이라도 좋으니 아들에게 일을 달라고 부탁했다. 중국인들은 이미 그 집안의 불행을 알고 있었다. 그래서 아들이 성실하냐며 형식적으로 묻고는 다음 날부터 출근하도록 해주었다.

"서둘러라, 파그 리." 다음 날 아침 일찍 엄마가 잔소리를 해댔다. "첫날인데 늦어서는 안 된다."

파블로는 서둘러 식탁에 앉았다. 짧게 기도를 하고 부지런히 수저를 놀려 생선죽을 먹었다. 뜨거운 차에 입을 데었지만 이른 아침의 느낌이 좋았다.

시우 멘드는 특별히 신앙심이 깊은 것은 아니었지만 요즘은 아침마다 산 판콘 초상 앞에서 기도를 드렸다. 산 판콘은 중국에는 없지만 쿠바에서는 널리 퍼진 신이었다. 파그 리는 신발을 가지러 방으로 가다가 제단 앞에 있는 아버지를 보았다. 신발 끈을 매던 파그 리는 사경을 헤매는 증조할아버지가 신에 대해 들려준 이야기를 떠올렸다.

콴콩(관우)은 한나라 때의 용감한 무인이었다. 죽은 뒤에 신이 되었는데, 그의 붉은 대춧빛 얼굴은 드높은 충성심을 보여주는 것이었다. 중국인 쿨리들이 처음 섬에 왔던 시절, 시내에 살던 한 중국인이 말하기를, 콴콩이 나타나 불행에 처한 형제들과 음식을 나누는 사람을 모두 보호해줄 거라 말했다고 한다. 그 소문은 나라 전체로 퍼졌다. 그러나 쿠바에는 이미 샹고라는 이름의 무인 신이 존재했다. 붉은 옷의 샹고 신은 아프리카에서 배를 타고 건너왔다. 중국인들은 금세 샹고가 콴콩의 화신임에 틀림없다고 생각하게 되었다. 인종은 다르지만 일종의 형제 신이라는 것이다. 두 인물은 곧 샹고-콴콩의 일체 신이 되었다. 시간이 흐르자 이 신은 모든 이를 하나같이 지키는 산 판콘으로 바뀌었다. 파블로는 다른 이야기도 들은 적이 있었다. 그에 따르면 산 판콘은 셴관콩, 곧 살아서 경배받는 중국 조상 쿠앙을 잘못 발음한 것이었다. 일부 중국인이 쿠앙의 기억을 대중화시켰다. 파블로는 그러는 사이 미스터리한 성인의 여러 기원이 유래된 게 아닐까 싶었다.

파블로는 아버지의 기도를 들으면서 그 이야기를 떠올렸다. 파블로가 방을 나왔을 때 어머니는 아침식사를 막 끝낸 참이었다. 시우 멘드는 차를 몇 모금 마셨다. 그들은 곧 모두 겉옷을 챙겨 입고 밖으로 나갔다.

부모님은 말없이 걸었다. 부연 입김이 새어나왔지만 파블로는 전혀 춥지 않다는 시늉을 하며 다른 집 대문 안을 기웃거리며 들여다보았다. 새벽 일찍 일어난 사람들이 다른 사람들 눈을 피해 느린 동작으로 아침 체조를 하고 있었다. 파블로도 종종 증조할아버지와 하던 체조였다.

다른 날이라면 파블로는 오전에 학교를 가고 오후에 일을 했을 것이다. 그러나 그 토요일에는 레스토랑 앞에서 가족들과 작별하고 위로 올라가 일을 시작했다. 화덕도 켜야 했고, 야채를 씻어 잘

라두고, 솥도 씻고, 상자에서 식료품도 꺼내놓아야 했다. 다른 필요한 물건이 있으면 그것도 모두 꺼내놓아야 했다.

아침이 무르익자 주방에는 걸쭉하고 김이 나는 밥, 와인과 설탕을 넣고 삶은 돼지고기, 수십 가지 채소를 넣어 노릇노릇 구운 새우, 혀끝의 맛을 살려주는 맑은 녹차 등의 향기가 구름처럼 피어올랐다. 천상의 향기가 분명 이렇겠지, 파블로는 생각했다. 창자를 쥐어짜듯 강렬하게 식욕을 자극하는 환상적이고 황홀한 향기의 혼합이었다.

파블로는 요리사들의 노련한 솜씨를 곁눈으로 살폈다. 그들은 꾀를 부리는 사람들을 쉴 새 없이 나무랐다. 파블로는 그곳에서 일한 몇 달 동안 하루를 제외하면 한 번도 문제를 일으킨 적이 없었다. 평소에는 열심히 자기 일을 했다. 그러나 그날 아침에는 좀 방심했던 모양이다. 그의 잘못은 아니었다. 아말리아의 쪽지를 받았던 것이다. 그는 수프가 끓고 있는 솥 옆에 서서 쪽지를 읽었다.

친애하는 친구 파블로에게

(친구라고 부를 수 있지, 그지?) 너의 가족을 알게 되어 매우 기뻤어. 언제 오후에 시간이 나면 잠깐 만나 이야기를 나눌 수 있으면 좋겠다. 네가 괜찮으면 말이야. 너에 대해 더 잘 알고 싶어. 오늘 당장은 어때? 오후 다섯시 이후에는 우리 부모님이 집에 안 계셔. 두 분이 안 계실 때 누군가를 부르고 싶어서 그러는 건 아니야(친구랑 이야기 나누는 게 뭐 나쁜 일은 아니잖아). 그냥 어른들이 앞에 있지 않으면 얘기 나누는 게 더 쉬울 것 같

아서.

마음을 전하며,
아말리아

그는 편지를 세 번이나 읽은 후 집어넣고는 일을 계속했다. 그러나 머릿속은 구름을 걷는 듯했다. 딴생각을 하다 결국 주방에서 생선 꾸러미를 떨어뜨렸다. 주방장에게 머리를 한 대 맞고 나니 꿈속을 거닐던 기분이 싹 가셨다.

집에 돌아오니 아무도 없었다. 부모님이 할아버지를 보러 병원에 간다고 했던 게 떠올랐다. 할아버지는 상처가 완전히 낫지 않은 상태에서 뭔가 문제가 생겨 전날 밤 다시 입원했다. 그러나 파블로는 집에 남아 할아버지 소식을 기다리지는 않을 생각이었다. 샤워를 하고 옷을 갈아입은 뒤 밖으로 나갔다. 할아버지가 앉아 있곤 하던 문간에 저절로 눈이 갔다. 가슴에 불이 붙는 듯했다. 하지만 밤이나 낮이나 머릿속을 꽉 채우던 낯선 여자아이를 다시 볼 생각을 하니 마음이 조금 가벼워졌다.

파블로는 이번에도 비슷한 모양새의 빗장이 달린 문들 앞에서 헷갈려했다. 그는 뭘 어떻게 해야 할지 몰라 멈춰 서서 망설였다. 그때 바로 코앞에서 왼쪽 세번째 문이 열렸다.

"네가 헤맬 거라고 생각했어." 아말리아는 인사를 하고는 천진난만하게 덧붙였다. "그래서 지켜보고 있던 중이야."

파블로는 티는 내지 않았지만 쑥스러운 기분으로 집 안으로 들어갔다.

"부모님은?"

"유럽에서 온 음악가를 마중하러 나가셨어. 할머니도 함께 가시고…… 앉아. 물 한 잔 줄까?"

"아니, 괜찮아."

여자아이의 정중함에 그는 차분해지기는커녕 더 안절부절못했다.

"거실로 가자. 내 음악 컬렉션을 보여주고 싶어."

아말리아는 상자가 놓인 곳으로 갔다. 상자에는 거대한 뿔피리가 달려 있었다.

"리타 몬타네르 노래 들어봤어?"

"그럼." 파블로는 기분이 상해 대답했다. "그 사람 노래 있어?"

"응. 그리고 트리오 마타모로스와 신도 가라이, 섹스테토 나시오날 것도 있어."

아말리아는 이름들을 읊어나갔다. 파블로가 아는 뮤지션도 있었고 처음 듣는 사람도 있었다. 결국 그가 끼어들며 말했다.

"네가 듣고 싶은 걸 틀어봐."

아말리아는 상자 위에 음반을 얹은 다음 턴테이블 암을 조심스럽게 올려놓았다.

"열렬히 사랑해주오, 달콤한 내 사랑. 나 항상 그대를 숭배하는 연인이 되리니……" 맑고 떨리는 목소리가 스피커에서 흘러나왔다.

그들은 잠시 조용히 노래를 들었다. 파블로는 아말리아를 바라보았다. 그렇게 생각에 깊이 잠긴 듯한 모습은 처음이었다.

"영화 좋아하니?" 그가 용기를 내어 물어보았다.

"응, 많이." 그녀가 쾌활하게 대답했다.

그렇게 두 사람은 서로가 아는 영화와 배우 들을 비교해보기 시작했다. 두 시간 후, 그들은 서로의 앞에 앉아 있는 존재에 대해 놀라움을 금치 못하고 있었다. 그녀가 램프를 켜자 파블로는 그제야 시간이 많이 지났음을 깨달았다.

"가야겠다."

부모님은 그가 어디 있는지 알지 못했다.

"다음에 또 볼 수 있을 거야." 파블로가 아말리아의 팔을 스치듯 잡으며 말했다.

그녀는 금세 파도 같은 열기가 몸속에 퍼져가는 걸 느꼈다. 파블로도 그녀의 동요를 감지했다. 아, 첫 키스. 위험한 땅에서 서로를 잃게 되지는 않을까 하는 두려움, 운명이 예견하지 못한 방향으로 흘러간다면 죽어버릴지도 모르는 영혼의 향기…… 첫 키스는 마지막 키스만큼 두려운 것이었다.

머리 위에서 램프가 흔들리기 시작했다. 그러나 파블로는 알아채지 못했다. 물건이 산산조각 나는 천둥 같은 소리에 그제야 꿈같이 몽롱한 상태에서 빠져나왔다. 그들 옆에는 깨진 도자기의 잔해가 널려 있었다.

"벌써 오셨니?" 파블로는 자신들을 위협하는 존재가 연인의 아버지일 거라는 생각에 겁을 먹었다.

"제멋대로 행동하는 마르티니코라는 멍청이 짓이야."

"누구?"

"다음에 얘기해줄게."

"아니, 지금 해줘." 그는 이해할 수 없는 장면을 쳐다보면서 재촉했다. "여기 누가 또 있는 거야?"

아말리아는 잠시 망설였다. 꿈속의 왕자님이 정령 이야기에 혼비백산하지 않기를 바랐다. 그러나 남자아이의 얼굴은 대충 얼버무리는 것을 허용하지 않을 표정이었다.

"우리 집안에 내려오는 저주가 있어."

"뭐가 있다고?"

"두엔데가 따라다녀."

"그게 뭔데?"

"일종의 정령이야…… 엉뚱한 순간에 갑자기 나타나는 난쟁이."

파블로는 그 설명을 어떻게 받아들여야 할지 몰라 침묵을 지켰다.

"그건 유전되는 정령 같은 거야." 그녀가 분명하게 말했다.

"유전되는 정령?" 그가 말을 따라 했다.

"그래, 저주의 유전이지. 우리 집안 여자들만 그 저주에 걸려."

아말리아의 예상과 달리 파블로는 담담하게 받아들였다. 중국인들은 그런 기이한 일도 그냥 그런가보다 하고 받아들였다.

"어디, 설명 좀 해봐." 그가 흥미를 느끼며 물었다.

"이 두엔데는 아빠한테서 물려받았어. 아빠는 볼 수 없지만 할머니한테는 보여. 그리고 엄마는 아빠의 아내라서 물려받은 거야."

"너희 집안 남자와 결혼하면 어떤 여자든 두엔데를 볼 수 있다는 거야?"

"결혼하기 전에도 볼 수 있어. 우리 고조할머니가 그랬대. 고조할아버지를 소개받기도 전에 두엔데를 봤다는 거야. 할머니는 기겁했지."

"더 아는 거 없어?"

"있어. 두엔데는 누가 누구랑 결혼할지 아는 것 같아."

파블로는 그녀의 손을 어루만졌다.

"나 가야겠다." 그가 다시 중얼거렸다. 보이지 않는 두엔데 때문에 놀랐다기보다 마음이 초조해져서였다. "너희 부모님이 돌아오실 거야. 우리 부모님도 내가 어디 있는지 모르시고."

"우리 계속 보는 거지?" 그녀가 물었다.

"평생." 그는 분명하게 대답했다.

돌아오는 길에 파블로는 마르티니코를 잊어버렸다. 가슴에는 아말리아를 위한 공간밖에 없었다. 행복한 마음으로 경쾌하게 뛰어갔다. 마치 자신이 정령이라도 된 듯했다. 그는 늦은 이유에 대해 부모에게 뭐라고 이야기할지 궁리했다. 반쯤 열린 문을 밀치고 들어서기 직전에야 겨우 핑계 하나를 꾸밀 수 있었다.

"엄마, 아빠……"

그는 문 앞에 멈춰 섰다. 집에 사람들이 가득했다. 엄마는 의자에 앉아 울고 있었고 아버지는 고개를 떨어뜨린 채 엄마 옆에 서 있었다. 모퉁이에 관이 보였다. 그제야 사람들이 모두 누런 옷을 입고 있다는 걸 알아차렸다.

"아쿤……" 파블로는 중얼거렸다.

불멸하는 정령의 섬에서 돌아오니 죽음을 피할 수 없는 인간의 세계가 기다리고 있었다.

그대 입술을 기억하겠어요

점쟁이의 경고에도 세실리아는 로베르토와의 관계를 끊지 못하고 있었다. 같이 있을 때 느끼는 압박감은 떨치기 힘들었지만 본능보다는 불확실성 쪽에 내맡겨보기로 했다. 사실 점괘가 모두 들어맞아 놀랐다. 그러나 점쟁이의 충고를 따르지는 않을 생각이었다.

로베르토는 자신의 부모에게 그녀를 소개했다. 아버지는 아주 다정다감한 사람이었고 쿠바가 자유 체제였다면 했음 직한 사업 이야기를 쉬지 않고 늘어놓았다. 화구공장을 차렸을 수도 있고("쿠바에서 가져오는 사진을 보면 모두 회색빛이니 말이지"), 구두가게나("그 불쌍한 사람들은 거의 맨발로 다니거든") 값싼 문고판을 취급하는 서점("우리 동족들은 사고 싶은 책이 있어도 오십 년 동안이나 못 샀으니까")을 차렸을 수도 있다고 했다. 세실리아는 투기꾼과 선한 사마리아인을 섞어놓은 듯한 로베르토의 아버지가 매우 재미있었다. 그가 자신의 이름을 불러대며 예전에 구상한 적이 있는 사업 아이디어를 늘어놓을 때마다 그녀는 일일이 맞장구쳤다. 그의 아내는 은퇴한 지 벌써 십 년도 넘었는데 아직도 일 생각에서 벗어나지 못했다며 남편에게 핀잔을 주었다. 그러나 그는 은퇴는 일시적인 것이라고, 마지막 한판을 벌이기 전의 짧은 휴식일 뿐이라고 했다. 로베르토는 부모의 입씨름에 끼지 않았다. 한 번도 밟아보지 못한 땅 쿠바에 대해 더 알게 되는 것에만 관심을 가진 듯했다. 하긴 그것은 쿠바에서 태어났든 그렇지 않든 그 세대 젊은이들의 공통된 집착이었다. 그녀는 그 문제를 더는 생각하지 않았다.

성탄절 연휴가 낀 최근 몇 주 사이 두 사람의 관계는 회복되었다. 겨우내 혼란스럽던 세실리아의 기분은 이제 기지개를 켜고 있었다. 어려 보이게 꾸미고 싶어 아주 오랜만에 쇼핑을 하는가 하면 화장도 하고 원피스도 새로 샀다.

새해 전야에 로베르토가 그녀의 집에 들렀다. 배우와 가수 들이 사는 개인 소유의 한 섬에서 열리는 파티에 그녀를 데려가기 위해서였다. 그 사람들은 한 해의 절반은 세계의 다른 지역에서 영화를 찍거나 녹음을 하고 나머지 절반은 그런 섬에서 쉬면서 보냈다. 파티의 호스트는 로베르토의 오랜 고객으로 그는 이미 몇 차례 초대받은 적이 있었다.

그들은 파티장에 도착하기 전에 나무가 무성한 어두운 골목에서 한참을 헤맸다. 막 제초한 정원은 부두에 맞닿아 있었고 부두에서는 시내의 고층 건물들과 바다가 손바닥만큼 내다보였다. 낯모르는 사람들이 미니멀리즘적인 장식으로 마무리한 예술품들을 구경하느라 이 방 저 방을 오가고 있었다. 두 사람은 집주인에게 인사하고 나서 소란스러운 곳을 피해 부두로 나갔다. 구두를 벗고 이런저런 이야기를 나누며 새해가 밝아오기를 기다렸다.

세실리아는 마침내 사랑의 고난이 끝났다고 확신했다. 차가운 물속을 맨발로 첨벙거리고 있으니 행복감이 충만했다. 등 뒤의 텔레비전에서는 이미 카운트다운이 시작되어 있었다. 뉴욕의 휘황찬란한 타임 스퀘어가 통째로 텔레비전 화면에 들어와 있는 모습을 마이애미 해안에서 볼 수 있었다. 마이애미 만 위로 불꽃들이 터져 오르기 시작했다. 하얀 꽃송이들, 초록색 고리에 감긴 동그란 꽃다발들, 붉은 가지를 늘어뜨린 버드나무들……

로베르토가 키스하자 그녀는 달콤함에 취해 감각에 몸을 내맡겼다. 입속에 고이는 포도즙을 천상의 진수성찬인 듯 음미했다. 감각적이고 잊을 수 없는 의식이었다. 사랑의 종착역이었다.

그다음 주 어느 날 날이 저물 무렵 로베르토가 그녀의 아파트에 왔다.

"한잔하러 갈래요?"

만 바로 옆 노천카페 테이블에서 해적선과 쾌속 범선을 섞어놓은 듯한 돛배가 한 척 보였다. 배에는 사람들로 가득했다. 육지의 소란스러움을 바라보며 잔잔한 바다를 유람하는 것 외에는 달리 할 일이 없어 보였다. 마티니를 두 잔째 마시던 로베르토가 입을 열었다.

"우리가 계속 만나야 하는 건지 모르겠어요."

세실리아는 잘못 들은 거라고 생각했다. 하나씩 이야기를 풀어가는 동안 그는 옛날 여자친구를 다시 만나게 되었다고 고백했다. 세실리아는 이해할 수 없었다. 다시 만나자고 한 것은 로베르토였다. 다른 사람은 더이상 없었다고 분명하게 말했던 그였다. 그런데 이제 와서 두 개의 힘 사이에서 혼란스러워하는 태도를 보이고 있었다. 정말로 주문에 걸린 걸까? 그는 두 사람의 지난 관계에서 어떤 점이 잘못됐는지 명확히 하기 위해 옛 애인과 얘기를 나눴다고 고백했다. 로베르토가 한마디 한마디 이어갈 때마다 그녀는 죽어가는 느낌이었다.

"어떻게 해야 될지 모르겠어요." 그는 그렇게 말을 맺었다.

"내가 도와줄게요." 세실리아가 말했다. "그녀를 만나요. 나는 잊어요."

그는 이상하다는 듯 얼이 나간 표정으로 그녀를 쳐다보았다. 눈물이 그녀의 눈을 덮었다. 일종의 비이성적이고 조금은 자학적인 충동에서 나온 말이었다. 그녀는 부당한 상황과 대면할 때마다 그런 행동을 보였다. 하지만 인내와 사랑으로 극복할 수 없다면, 그만 물러나고 싶었다.

"이야기 좀 해요." 그가 말했다.

"더는 얘기할 게 없어요." 그녀는 조금도 원망하는 마음 없이 중얼거렸다.

"전화해도 돼요?"

"아뇨. 계속 이럴 수는 없어요. 남은 분별력조차 끝장나고 말 거예요."

"맹세컨대 무슨 일인지 나도 모르겠어요." 그는 중얼거렸다.

"연구해봐요." 그녀가 말했다. "나와 떨어져서."

프레디의 집에 도착했을 때 그녀는 실신하기 직전이었다. 그녀에게 일어난 일을 까맣게 모르는 프레디는 카세트와 CD를 어지럽게 펼쳐놓은 채 들어오라고 했다. 카세트에서는 탄식조의 볼레로가 흘러나오고 있었다. 자리에 앉는 세실리아는 눈물을 떨구기 직전이었다.

"교황이 아바나에 도착했다는 거 알고 있지?" 프레디는 CD를 몇 무더기로 나눠 쌓아올리면서 말했다.

"아니."

"다행히 환영식을 녹화할 생각이 떠올랐어. 굉장했지 뭐야." 그는 라비 샹카르의 디스크를 어디에 올려놓을지 고민하면서 말했다. "아! 재미있는 이야기 해줄게. 교황이 왜 쿠바에 갔는지 알아?"

그녀는 건성으로 고개를 내저었다.

"지옥을 가까이에서 보기 위해서야. 악마를 직접 만나보면 어떻게 기적의 힘으로 살아가는지 알 수 있을 테니까."

세실리아는 웃을 힘도 없었다.

"미사를 모두 생중계한대." 그가 덧붙였다. "그러니 절대 놓치지 마. 어쩌면 네가 아는 턱수염 인간들 앞에서 트로이가 불탈지도 모르잖아."

"텔레비전이나 보면서 집에 있을 순 없어." 그녀는 중얼거렸다. "일해야 해."

"그래서 비디오가 발명된 거잖니."

여가수의 노래가 시작되었다. "그대의 애무는 더이상 없다고들

하네. 그대의 사랑스러운 팔이 나를 안아주지 않을 거라고도 하네……" 세실리아는 목이 잠겨 숨을 쉬기도 힘들었다.

"역사를 위해 모두 녹화해놓을 거야." 프레디는 그레고리오 성가 테이프들을 쌓아올리며 말했다. "아무도 이야기를 지어내지 못하도록……"

반세기 전의 볼레로가 "키스해주세요. 내게 키스했다는 걸 잊지 말아요. 원한다면 제 인생을 드릴게요……"라고 흐느낄 즈음 들려온 오열하는 소리에 프레디는 깜짝 놀라 카세트테이프들을 떨어뜨렸다. 다 쌓았던 두 줄의 테이프들이 무너져내렸다.

"왜 그래?" 프레디가 기겁하며 물었다. "무슨 일이야?"

지금까지 그녀의 그런 모습은 본 적이 없었다.

"아무것도 아냐…… 로베르토가……" 그녀가 더듬거렸다.

"또 그 자식이야!" 프레디가 소리를 질렀다. "벼락 맞을 놈."

"그런 말 하지 마."

"이번에는 또 뭔데? 다시 헤어진 거야?"

그녀는 고개를 끄덕였다.

"이번에는 또 이유가 뭐야?" 그가 물었다.

"모르겠어…… 그 사람도 몰라. 다른 여자를 계속 사랑하고 있는 것 같대."

"전에 얘기했던 그 여자 말이야?"

그녀가 고개를 끄덕였다.

"지금부터 내가 하는 말 잘 들어." 프레디가 그녀 앞에 앉으며 말했다. "나 그 여자 알아. 내가 한번 알아봤는데……"

"프레디!" 세실리아가 그를 나무랐다.

"어떤 여자인지 알아." 그는 계속 말했다. "장담하는데 네 복사뼈에도 못 미치는 애야. 그 촌스럽고 멋대가리 없는 여자랑 계속 어울리고 싶다면 그렇게 하라고 해. 너는 이 도시 어떤 여자보다 뛰어나. 이 도시에서라니! 지구에서 제일 괜찮아! 지금 세상에 마지막으로 남은 멋진 여자를 놓친다면 정말 어리석은 거지. 그 녀석은 네 눈물을 바칠 만한 남자가 아니야."

"딴 데로 가고 싶어." 그녀는 흐느꼈다.

"이제 괜찮아질 거야."

프레디는 그녀의 머리를 쓰다듬었다. 어떻게 위로해야 할지 알 수 없었다. 그게 세실리아의 딜레마였다. 항상 결국에는 도망치는 것으로 귀결되는 감수성. 대부분의 시간은 감정 문제에서 놓여난 것처럼 딴청을 피우지만 프레디는 알고 있었다. 그것이 상처받지 않으려는 방어기제라는 걸. 지금도 그랬다. 부모를 일찍 잃은 것도 그런 기질의 한 원인이 아닐까 싶었다. 세상에서 받은 고통으로부터 도망쳐 구석으로 숨어버리려는 기질. 그러나 그런 추측을 한다고 그녀를 도울 방법이 떠오르는 건 아니었다.

"이 나라를 증오해." 그녀는 끝내 그렇게 내뱉었다.

"저런! 너는 항상 나라를 문제 삼는구나. 처음에는 사악한 푸른 수염의 괴물이 너를 내던졌다고 쿠바를 탓하더니, 이제는 쓸모없는 남자 하나 때문에 이 나라를 원망하고 있어. 몹쓸 인간들이 산다고 그 나라가 무슨 죄야."

"도시는 거기 살고 있는 사람들과 같아."

"이런 말 해서 미안한데, 너 멍청한 소리 하고 있는 건 알지? 한 도시에는 수백만 명의 사람이 살아. 선한 사람과 악한 사람, 지혜로운 사람과 어리석은 사람, 고귀한 사람과 살인자 모두 있어."

"아무튼 나는 재수가 옴붙은 거야. 친구조차 없잖아! 너랑 라우로를 빼면 같이 이야기를 나눌 사람도 없어."

그녀는 가이아와 리사도 생각했지만 친한 친구 리스트에는 넣지 않기로 했다.

"이제 친구가 더 생기게 될 거야." 프레디가 다독였다.

"어디에서? 나는 걷는 걸 좋아하는데 이곳에는 걸을 만한 데가 한 군데도 없어. 모든 게 수천 마일이나 떨어진 곳에 있어. 너는 몰라. 거리에서 길을 잃고 모든 걸 잊어버렸으면 했던 적이 얼마나 많은지…… 어디 말해봐. 엘 베다도 공원이나 말레콘 방파제, 프라도의 벤치를 조금이라도 닮은 곳이 이곳에 있기나 해? 발레 페스티벌이 열렸던 로르카 극장이나 버그만 영화 주간이 열렸던 시네마테크의 입구 같은 데가 여기 어디에 있어?"

"계속 그런 식으로 말하면 내가 다시 쿠바로 갈지도 몰라. 루시퍼든 누구든 권력을 가진 자와 함께 말이야. 그리고 헷갈리지 좀 마! 네 문제는 연애 문제야. 문화의 문제가 아니라고. 너는 최악의 경우와 대면하지 않으려고 이것저것 뒤섞어버리는 데 천재야."

마지막 비난이 제대로 과녁을 맞혔던지 세실리아는 문득 현실로 돌아왔다. 다시는 로베르토를 보지 못할 거라는 확신이 들었다. 그렇지만 어떻게 그의 존재를 극복할 것인가? 그런 종류의 고통을 치료하는 약을 발견한 사람은 없었다. 앞으로도 그런 약은 찾지 못할 것이다. 부모가 자신을 버린 날부터…… 그녀는 그 악마들을 떨쳐버리려고 머리를 흔들었다. 자신을 보호할 만한 생각이 떠올랐다. 아말리아의 이야기. 혼자가 아니라는 생각에 위로가 되었다.

희망의 바람이 불어오는 느낌이었다. 기운을 잃고 주저앉지 않기로 했다.

"나 갈게." 세실리아는 서둘러 눈물을 닦으며 말했다.

"같이 가줄까?" 프레디가 그녀의 갑작스런 변화에 놀라 물었다.

"아니. 친구 만나러 갈 거야."

그녀는 작별 인사도 제대로 하지 않은 채 마이애미의 푸른 밤 속으로 나왔다.

행복할 리 없지요

"아말리아, 커피 됐니?" 아버지가 부르는 소리가 들렸다.

개수대 앞에서 몽상에 잠겨 있던 아말리아는 정신이 번쩍 들었다. 수도꼭지의 물이 주전자 밖으로 흘러넘치고 있었다.

"나가거라." 할머니가 부엌으로 들어오며 말했다. "내가 하마."

앙헬라는 고사리를 찾아 산을 기어오르던 시절의 날아갈 듯한 몸짓과는 사뭇 다른 피곤한 기색으로 수도꼭지를 잠그고 물이 담긴 주전자를 화덕에 올려놓고 끓이기 시작했다.

아말리아는 거실로 돌아갔다. 커다란 창 옆에서 아버지는 호아킨 닌과 이야기를 나누고 있었다. 그는 중국어처럼 들리는 성을 가진 피아니스트였다. 혹시 이제는 모든 말이 중국어처럼 들리는 건가? 가족들 모르게 파블로를 만난 지 삼 년이 되었고 항상 파블로 생각을 했다.

"선생님의 발레 공연이 언제입니까?"

"일주일 내에 하네."

"유럽이 그립지 않으시겠어요?"

"조금 그립겠지. 하지만 오래전부터 돌아오고 싶었어. 이 나라는 마법 같다니까. 항상 불러대고 끌어당기고 그랬지…… 오기 전에 딸과 마지막으로 얘기할 때도 한 말이지만, 쿠바는 저주 같다네."

쿠바만이 아니에요, 아말리아는 생각했다. 자신도 저주받은 존재였다. 수만 년 동안 마르티니코의 그림자를 짊어지고 사는 것보다 더한 짐이었다.

"자녀들과 떨어져 지내야 하셔서 돌아오시기가 힘들었겠네요." 페페가 말했다.

"내 경우는 그게 문제가 아니었네. 아이들*이야 아주 어릴 때 개들 엄마와 헤어졌잖나."

"호아키니토가 선생님을 닮았다는 얘기를 들었습니다. 아주 뛰어난 음악가라고요."

"그렇다네. 하지만 토르발트는 공학을 하고 있고, 아나이스는 문학과 심리학에 빠져 살지…… 그 애는 보통 처자들과 달라. 사람들이 파리처럼 꼬인다니까."

"천사를 달고 다니는 사람들이 있지요."

"두엔데를 달고 다니는 사람도 있고." 피아니스트는 말했다. 아말리아는 깜짝 놀랐다. "로르카**도 두엔데를 말했지. 여기서 우리

---

* 호세 호아킨 닌의 아들 호아킨 마리아 닌-쿨멜(1908~2004)은 아버지의 뒤를 이어 유명한 피아니스트가 되었다. 그는 미국으로 이주하여 캘리포니아 버클리 대학 심포니 오케스트라의 단장을 역임했다. 둘째아들 토르발트는 사업가, 딸 아나이스는 배우 겸 작가가 되었다.

끼리 하는 얘기지만 아나이스는 악마를 달고 다닌다네."

"실례합니다." 아말리아는 어둠 속에서 나오며 끼어들었다.

"오, 아름다운 아말리아." 피아니스트는 목소리를 높여 말했다.

그녀는 가볍게 미소를 지으며 어른들 사이를 지나 식당으로 갔다. 식당에는 다른 뮤지션들이 창문을 열어놓은 채 담배를 피우고 있었다. 창문이 활짝 열려 있어서 초조하게 모퉁이를 어슬렁거리는 파블로의 모습이 내다보였다.

"어디 가니?" 그녀가 문을 여는 것을 본 엄마가 가로막았다.

"할머니가 설탕 사오라고 했어요."

그녀는 엄마가 다른 말을 할 틈을 주지 않고 밖으로 나갔다.

그는 금방 그녀를 알아보았다. 조금만 바람이 불어도 휘날리는 머릿결, 물기를 머금은 불꽃 같은 눈, 연한 구릿빛 살결. 파블로에게 그녀는 여전히 금빛 물고기처럼 우아하게 움직이는 관음보살의 화신이었다.

"이곳으로 지나가길 잘했어." 그녀가 인사했다. "금요일에는 못 볼 것 같아. 아빠가 발레 공연에 가자고 해서 빠져나올 수 없을 거야."

"다른 날 만나도록 해보자." 파블로는 소식을 전하기 전에 잠시 그녀를 바라보았다. "있잖아, 부모님께서 세탁소를 파실 거야."

"아주 잘되고 있잖아!"

** 페데리코 가르시아 로르카(1898~1936). 스페인 안달루시아 태생의 시인이자 극작가. 그의 시학은 위대한 예술은 죽음에 대한 강렬한 인지를 바탕으로 하여 탄생한다는 '두엔데론'이다. 집시와 플라멩코를 비롯한 안달루시아의 혼 역시 두엔데라고 표현했다.

"레스토랑을 열고 싶어하셔. 세탁소보다는 낫지."

"'태평양' 일은 그만둘 거야?"

"레스토랑을 개업하면 바로 그만두려고."

"아말리아!" 창문을 통해 목소리가 들려왔다.

"갈게." 아말리아가 말을 끊었다. "언제 만날 수 있을지 나중에 알려줄게."

아버지의 표정에는 의심의 여지가 없었다. 화난 얼굴이었다. 어머니도 같은 표정으로 그녀를 보고 있었다. 할머니만 걱정스러운 듯한 표정이었다.

"설탕을 사러 나가다가……"

"방으로 가거라." 아버지가 낮게 말했다. "나중에 얘기하자."

삼십 분 동안 아말리아는 손톱을 물어뜯으며 거짓말을 지어내고 있었다. 커피용 설탕이 없어서 가던 중이었다고 말해야지, 순전히 우연히 파블로와 마주치게 되었다, 그래서……

누가 문을 두드렸다.

"아빠가 이야기하고 싶어하신다." 메르세데스가 문틈으로 머리를 들이밀며 말했다.

거실에 나가보니 손님들은 모두 떠나고 없었다. 사방에 담뱃재와 빈 잔이 널려 있었다.

"너 뭘 하고 있었니?" 아버지가 물었다.

"그러니까 설탕을……"

"오래전부터 그 아이가 네 뒤를 쫓아다녔다는 걸 내가 모를 거라고 생각하지 마라. 처음에는 모르는 척했다. 네가 아직 어리다고 생각했으니까. 하지만 너도 이제 열일곱이 다 되었고, 나는 우리 딸이 망나니 같은 남자애랑 만나고 다니는 건 허락하지 않겠다."

"파블로는 망나니가 아니에요!"

"아말리타." 엄마가 참견했다. "그 아이는 우리보다 지체가 아주 낮은 집안의 아들이야."

"아주 낮다고요?" 아말리아는 모욕감을 느끼며 그 말을 따라 했다. "말씀해보세요. 파블로의 집안과 그렇게 다른 우리는 어느 신분에 속하는데요?"

"우리가 하는 일은⋯⋯"

"아빠가 하시는 일은 음반가게예요." 아말리아가 말을 끊었다. "그리고 그 애 아버지는 세탁소를 하시고요. 다행히 이제 세탁소를 팔고 레스토랑을 연다는군요. 말씀해보세요. 무슨 차이가 있나요?"

아말리아의 흥분한 숨소리가 침묵을 후벼 팠다.

"그 사람들은⋯⋯ 중국인이야." 마침내 아버지가 말했다.

"그래서요?"

"우리는 백인이다."

개수대에서 접시 깨지는 소리가 요란하게 났다. 아말리아를 제외하고 모두 텅 빈 부엌을 향해 고개를 돌렸다.

"그렇지 않아요, 아빠." 아말리아는 얼굴로 피가 솟구치는 걸 느끼며 말을 바로잡으려고 했다. "아빠는 백인이지만 엄마는 물라토예요. 그리고 아빠는 엄마와 결혼했어요. 그러니 저는 아빠가 말씀하시는 그 귀한 신분에 해당하는 사람이 아닌 거예요. 백인이 물라토와 결혼할 수 있는데, 왜 반쯤 백인인 물라토가 중국인의 자식과 결혼할 수 없다는 건가요?"

그러고는 거실을 나가 방으로 들어가버렸다. 쾅 하고 문이 닫히는 소리에 이어 싱싱한 꽃이 가득한 화분이 바닥에 떨어져 박살나는 소리가 들렸다. 그들의 머리 위에서 크리스털 샹들리에가 이리저리 빠르게 흔들리기 시작했다.

"뭔가 조치를 취해야겠어요." 페페가 말했다.

"너 좋을 대로 하려무나, 얘야." 앙헬라가 한숨을 내쉬며 말했다. "하지만 저 애 말도 맞다. 이런 말을 해서 미안하다만 너와 메르세데스는 저 아이들의 만남을 반대할 입장은 아니잖니."

그러고는 산악 지대의 이슬 자국을 대리석 바닥에 남기고 총총걸음으로 방으로 가버렸다.

아바나 사교계의 거물 인사들이 극장 통로를 돌아다니고 있었다. 각계각층의 사람들 — 농장주, 후작, 정치인, 배우 — 이 호아킨닌이 작곡한 그날 밤의 발레 공연 〈백작부인〉의 초연을 보기 위해 모였다. 아바나의 일간지가 환호하며 표현한 바에 따르면 호아킨은 '유럽과 미국으로 떠난 예술적인 망명에서 풍요로운 결실을 맺고 돌아온 쿠바의 영광이자 사랑받는 아들'이었다. 에르네스토 레쿠오나의 피아노 스승이었다는 사실을 덧붙이는 것만으로도 그의 음악적 혈통을 의심하는 사람들까지 매료시키기에 충분했다.

장밋빛 망사 옷을 입고 가슴에는 보라색 꽃을 단 아말리아만이 시끌벅적 흥분한 사람들 틈에서 비탄에 잠긴 듯했다. 그녀는 은색 핸드백을 꼭 움켜잡은 채 자신을 도와줄 유일한 사람을 찾아 무리 사이를 돌아다녔다. 마침내 그녀가 보였다. 그녀는 멋있게 차려입은 남자들과 어울리느라 바빴다.

"도냐 리타." 아말리아는 부모가 방심한 틈을 타 그녀에게 몰래 다가가 속삭였다.

"이 아름다운 아가씨가 누구야!" 리타는 아말리아를 보며 탄성을 질렀다. 그러고는 자신을 둘러싼 남자들에게 말했다. "신사 여러분, 여러분에게 이 근사한 아가씨를 소개할게요. 틀림없이 아직 미혼이고 애인도 없답니다."

아말리아는 활짝 미소를 지으며 인사하는 수밖에 도리가 없었다.

"리타." 아말리아가 리타의 귀에 대고 애원했다. "급히 드릴 말씀이 있어요."

여배우는 아말리아를 쳐다보았다. 그녀는 아말리아의 표정에 깜짝 놀랐다.

"무슨 일이니?" 도냐 리타가 사람들에게서 빠져나오며 물었다.

아말리아는 잠시 망설였다. 어디서부터 시작해야 할지 알 수 없었다.

"저 사랑에 빠졌어요." 그녀가 갑작스럽게 말해버렸다.

"바르바라 성녀님, 축복받으소서!" 디바는 소리치며 성호를 그을 참이었다. "누구든지 이렇게 말할 테지…… 너 아이를 가진 건 아니지, 그렇지?"

"도냐 리타!"

"미안하다, 애야. 하지만 네 표정으로 짐작되는 그런 종류의 사랑에는 무슨 일이든 일어날 수 있어서 말이다."

"사실은 아빠가 남자 친구를 좋아하지 않으세요."

"저런! 근데 이미 서로 사귀고 있는 거니?"

"부모님은 그 애 얼굴조차 보고 싶지 않아해요."

"왜?"

"중국인이에요."

"뭐라고?"

"중국인이라고요."

한순간 여배우는 입을 다물지 못하고 아말리아를 쳐다보았다. 그러다 참지 못하고 갑자기 웃음을 터뜨리는 바람에 가까이 있던 사람들이 모두 돌아보았다.

"그게 그렇게 우스워요……?"

"잠깐만." 리타는 여전히 웃음을 참지 못한 채, 화가 나 가버리려 하는 아말리아의 팔을 붙잡아 말렸다. "맙소사, 내 항상 디노라의 예언이 어떻게 결론 날까 궁금했다마는……"

"누구 말이에요?"

"몇 년 전 같이 찾아갔던 점쟁이 친구 말이다. 기억 안 나니?"

"기억나요. 하지만 무슨 말을 했는지는 기억나지 않아요."

"그래, 하지만 나는 기억한단다. 골치 아픈 사랑을 하게 될 거라고 일러줬잖니."

아말리아는 점 따위를 논할 기분이 아니었다.

"부모님이 단단히 화가 나셨어요." 그녀는 마른침을 삼키고는 핸드백을 열었다. "도움이 필요해요. 아주머니밖에 도와줄 사람이 없어요."

"말만 하려무나."

"파블로에게 쓴 편지가 있어요……"

"그러니까 그애 이름이 파블로구나." 여배우는 맛난 음식을 대하듯 이야기를 즐겼다.

"레스토랑 '태평양'에서 일해요. 아주머니가 가끔 거기 들른다는 걸 알아요. 사람을 시켜 그애에게 이 편지 좀 전해주실 수 있으세요?"

"물론이고말고. 애야, 저녁으로 볶음밥을 먹고 싶은 마음이 마구 드는 걸 보니 아마 공연이 끝나자마자 레스토랑으로 달려갈 것 같구나."

아말리아는 미소를 지었다. 그것은 맛있는 중국 음식을 먹고 싶어서가 아니라 호기심 때문이란 걸 아말리아는 알고 있었다.

"주님께서 보답해주실 거예요, 도냐 리타."

"입 다물어라 애야. 그런 말은 고귀한 행동 앞에서나 하는 거야. 나는 미친 짓을 하려는 중이다. 네 부모가 알면 나는 평생 쌓아온 우정을 잃게 될 거야."

"아주머니는 성녀예요."

"그런 말은 성당에나 가서 하렴! 너 수녀가 될 건 아니잖아, 안 그래?"

"물론 아니지요. 그러면 파블로와 결혼을 못 하잖아요."

"세상에! 완전히 초고속이구나!"

"고마워요. 정말 고맙습니다." 아말리아는 감동하여 여배우를 안으며 말했다.

"그런 열정이 어디서 나오는지 좀 알려주려무나."

페페와 메르세데스가 미소를 지으며 다가오는 게 보였다.

"둘이 같이 바람 좀 쐬러 갈까 궁리하고 있었답니다."

"언제든지 원하시는 대로요. 당신을 우리 가족처럼 여길 수 있어서 늘 영광으로 생각합니다." 페페는 두 손으로 여배우의 손을 감싸쥐었다. "제가 죽으면 눈을 감으면서 우리 딸을 당신에게 맡길 겁니다."

여배우는 미소를 지었다. 배신을 하려는 사람한테 그런 신뢰를 보이니 좀 불편해졌지만 그녀는 금방 생각을 바꿨다. '모든 게 사랑 때문이야.' 그러자 죄의식이 좀 엷어지는 기분이었다.

벨 소리가 복도에 울려퍼졌다.

"또 봐요." 아말리아가 그녀의 볼에 키스했다. 아말리아의 미소에 리타의 긴장이 삽시간에 사라졌다.

'아, 사랑에 빠진다는 건 얼마나 아름다운가.' 여배우는 살며시 한숨을 내쉬었다. 마치 자신이 찍은 영화 속에 들어간 기분이었다.

리타는 아말리아에게 주의를 주었다. "들키더라도 나는 아무것도 모르는 거다." 쇼핑을 같이 가겠다고 아버지에게 허락을 구할 때 아이의 의도가 무엇인지 리타는 이미 알고 있었다.

젊은이들은 약속한 것과는 달리 극장에는 가지도 않았다. 엘 베다도 지역을 산책하고 카페테리아에 가서 간식을 먹고, 마지막에는 말레콘 방파제 위에 앉아 아바나를 돌아다니는 모든 연인이 하는 성스러운 의식을 치렀다.

몇 년 후 한 건축가는 이렇게 말했다. 이집트 기자의 피라미드가 건축된 이래 십일 킬로미터나 되는 말레콘 방파제보다 정확하게 지어진 건축물은 없다고. 석양을 보는 데는 정말로 최고의 장소였다. 건축가의 말에 따르면 아바나의 황혼처럼 투명하고 장시간 지속되는 석양은 세상 어디에도 없었다. 오후가 되면 조물주가 공들여 연출한 공연이 펼쳐졌다. 신이 황금빛 아우라를 내는 구름과 초록과 푸름이 뒤섞인 하늘 사이로 별이 도는 걸 보면서 잠시 눈요기라도 하는 듯했다. 그것은 다른 별의 풍경 같았다…… 그 순간을 본 사람들은 일시적으로 기억상실에 걸렸다. 시간이 다른 물리적 성질을 띠게 되는 것이다. 그래서 어떤 사람들은 방파제 근처를 돌아다니는 과거와 미래의 정령들을 보았다고 증언하기도 했다.

그래서 아말리아는 바다 거품이 튀는 바위 위에서 쉬지 않고 재주를 넘던 마르티니코가 이상한 신기루를 보고는 가만히 있는 것을 보고도 놀라지 않았다. 신기루는 그녀 눈에도 보였다. 현실적이거나 실재하는 형상이 아니라 아주 옛날의 형상이라는 것을 알 수 있었다. 수백 명의 사람이 뗏목이나 물에 뜨는 물건들을 타고 바다로 나가려 하고 있었다. 파블로도 돌아가신 증조부가 존경하던 성인이 지켜보는 가운데 민망할 정도로 짤막한 옷을 입은 어린 소녀가 방파제 위를 걸어다니는 환영을 보고 입을 다물고 있었다. '아팍' 마르티의 영혼이 거기서 뭘 하고 있는 건지 이해할 수 없었다. 걸음걸이에 사창가의 흔적이 있는 어린 여자아이를 바라보고 있는 성인의 슬픈 표정도 이해할 수 없었다.

환영들…… 유령들…… 분주하게 우주를 돌아다니던 신이 잠시 앉아 쉬고 있는 그 순간에 모든 과거와 모든 미래가 아바나의 말레콘에서 조우했다. 다른 때였다면 두 사람은 깜짝 놀랐겠지만 석양을 바라보던 두 사람은 마르티니코에 대한 그들의 영향력을 알고 있었다. 마르티니코는 그 순간 수많은 변신을 주저 없이 받아들이고 있었다. 그들은 넋을 잃고 혼령들을 쳐다보느라 호세의 자동차를 보지 못했다. 그는 헷갈릴 일 없는 딸의 모습을 멀리서 알아보고 달려오고 있었다.

로사가 웽 위앙의 무덤 위에 얹어놓은 카네이션 꽃병이 바람에 쓰러졌다. 그녀는 꽃병을 세우고 쓰러지지 않도록 벽감 가까이에 놓았다. 그러는 동안 마누엘과 파블로는 반석 주위에 나 있는 잡초들을 뽑아냈다.

아바나의 중국인 공동묘지는 불 켜진 촛대와 향로의 바다였다. 백단향 연기가 미풍에 퍼져 신들의 코를 향해 올라가면서 이민자들이 조상의 무덤을 방문하는 4월의 아침을 향기롭게 해주었다.

두 시간 동안 웽 가족은 무덤을 정돈하고 약간의 돼지고기와 단 과자를 망자와 나누어 먹었다. 하지만 대부분의 음식은 고인이 알아서 들도록 대리석 반석 위에 그대로 놓아두었다. 닭 요리, 삶은 채소, 차, 새우 튀김…… 떠나기 전에 로사는 가짜 지폐를 몇 장 태워 바쳤다. 그러고는 이전보다 더 슬픈 기분으로 무덤을 떠났다.

파블로는 기운이 빠질 만한 이유가 다른 사람보다 더 많았다. 아말리아는 다시는 그를 불러내지도 편지를 쓰지도 않았다. 그는 동네를 샅샅이 훑고 다녔다. 그러나 평소처럼 그녀의 집 주변을 서성이다 블라인드 사이로 지켜보던 돈 페페가 부서져라 창문을 닫는 소리에 깜짝 놀란 일만 두 번 있었을 뿐이다.

"차를 한잔해야겠소." 마누엘이 택시를 향해 손짓하면서 말했다.

"나는 배가 고파요." 로사가 말했다.

"칸디도 식당에 가는 건 어떠세요?" 파블로가 제안했다. "이 도시에서 제일 좋은 차와 제일 맛있는 생선 수프가 나와요."

그의 의도는 다른 데 있었다. 아말리아의 집을 살펴보려는 것이었다.

"그러자꾸나." 아버지가 말했다. "가는 길에 복권 몇 장 사야겠다."

"68에 걸어야 해요." 아내가 조언했다. "어젯밤 이상한 꿈을 꾸었어요……"

어머니가 매우 드넓은 곳에 망자들이 가득한 꿈을 꾸었다고 이야기하는 동안 파블로는 눈으로 거리를 샅샅이 훑었다. 금방이라도 아말리아가 보이지 않을까 기대하면서. 십 분 후 그들은 택시에서 내려 튀긴 대구 향기가 풍겨나오는 식당으로 들어섰다.

"저기 누가 와 있는지 좀 봐요!"

웽 가족은 슈 리의 가족이 돼지고기와 쌀 요리를 앞에 놓고 애기를 나누고 있는 테이블로 다가갔다.

"어디 숨어 있었어?" 파블로는 친구의 귀에다 속삭였다. "며칠 전부터 찾았는데."

"학교 때문에 미치겠어. 지금처럼 열심히 공부한 적이 없다니까."

"네 동생더러 아말리아에게 말 좀 전해달라고 해줘." 파블로는 여자애를 곁눈질로 쳐다보면서 속삭였다.

"엘레나는 이제 아말리아랑 같이 공부하지 않아."

"전학했어?"

"엘레나가 아니라 아말리아가……"

파블로는 멍한 표정을 지었다.

"어디로?" 마침내 그가 물었다.

"몰라. 이사한 것 같아."

"그럴 리가 없어." 눈앞이 캄캄해진 파블로가 소리쳤다. "부모님은 여러 번 봤는걸."

"아마 다른 도시로 보낸 거겠지. 네가 말했잖아. 그 사람들이 안 좋아한다고……"

파블로는 그다음 말을 들을 수가 없었다. 부모가 앉아 있는 테이블에 가서 차와 수프를 주문해야 했다. 이제야 아말리아가 보이지 않는 이유를 알게 되었다. 그녀를 찾으려면 어떻게 해야 하지? 그는 아말리아의 부모를 감동시킬 만한 영웅적인 행동들을 상상하면서 머리를 쥐어짰다. 축음기에서 광고 노래가 흘러나왔다. "오늘 밤은 잠들 수 없을 거야, 땅콩 한 봉지를 먹지 않는다면……" 파블로가 벌떡 일어서자 어머니가 아들을 쳐다보았다. 그는 일부러 가벼운 기침을 몇 번 하면서 손으로 얼굴을 가려 상기된 표정을 감추었다. 왜 진작 그런 생각을 못 했을까?

가벼운 바람이 불어와 그의 뺨에 입을 맞추자 더위가 한풀 꺾였다. 지붕 너머로 구름이 재빠르게 도망갔다. 하늘이 새파랗고 환하게 빛나고 있었다.

파블로가 아무리 애를 써도 여배우를 만나는 것은 불가능했다. 정보가 없어서가 아니었다. 그 유명한 리타 몬타네르를 누가 모르겠는가? 그녀의 분주한 일상 때문에 어디 있는지 알아내기가 쉽지 않았던 것이다.

몇 주가 그냥 흘러가버리자 그는 부모에게 돈 페페와 이야기 좀 해달라고 부탁하기로 마음먹었다. 하지만 그의 부모는 속상해하면서도 단호하게 그녀를 잊으라고 충고했다. 아내로 삼을 만한 여자가 금방 다시 나타날 거라면서. 파블로는 직접 메르세데스에게 간청해봤지만 아무 소용이 없었다. 그녀는 문을 닫아걸고는 자꾸 귀찮게 굴면 경찰에 알리겠다고 협박했다. 여배우를 만나려는 마음이 간절해질 수밖에 없었다.

여러 차례 엇갈린 끝에 마침내 파블로는 공연을 마치고 나오는 그녀를 발견할 수 있었다. 여배우는 한 남성 팬의 우산을 쓰고 소나기를 피하고 있었다. 관객들은 그녀가 앞으로 나아가지 못하도록 에워싸고 있었다. 파블로는 사람들을 밀치며 그녀 옆으로 다가갔다. 자신이 누구인지 설명하려고 했지만 그럴 필요가 없었다. 리타는 금방 그를 알아보았다. 네모지고 남자다운 마른 얼굴에 어둠을 가르는 두 개의 비수처럼 불꽃을 뿜는, 치켜 올라간 두 눈은 잊을 수가 없었다. 그녀는 아말리아의 애원을 들어주느라 청년의 주방용 에이프런 주머니에 쪽지를 넣어주던 밤을 확실하게 기억하고 있었다. 한 번 보는 걸로도 왜 아말리아가 청년에게 그렇게 빠져들었는지 충분히 알 수 있었다.

여배우는 그의 팔을 잡아끌어 택시에 태운 뒤 사람들이 지켜보는 앞에서 문을 닫았다. 그 광경을 보고 모두 놀랐다. 우산을 씌워주던 팬도 멀어져 가는 택시를 멍하니 바라보며 빗속에 서 있었다.

"도냐 리타……" 파블로가 말문을 열자 그녀가 말을 막았다.

"나도 그 아이가 어디 있는지 몰라요."

여배우는 그의 고통을 느꼈다. 그러나 할 수 있는 게 아무것도 없었다. 페페는 딸이 있는 곳을 누구에게도 발설하지 않았다. 제2의 엄마 같은 그녀에게도 마찬가지였다. 단지 아말리아에게 편지

316

를 한 장 전할 수 있을 뿐이었다. 그러고는 답장을 받았는데, 어느 작은 학교에 등록했고 언제 다시 만날 수 있을지 모르겠다는 내용이었다.

"토요일 이 시간에 와요." 그녀가 해줄 수 있는 유일한 말이었다. "편지를 보여줄 테니."

사흘이 지난 오후, 그녀는 다시 파블로와 만났다. 그는 성물이라도 되듯 편지를 받아들었다. 그녀는 파블로가 낙담해 비통한 표정으로 돌아서는 모습을 보았다. 기운을 북돋울 만한 말을 뭔가 해주고 싶었지만 할 수 있는 게 아무것도 없었다.

"정말 감사합니다, 도냐 리타. 더이상 귀찮게 하지 않을게요." 파블로가 인사했다.

"전혀 귀찮지 않아요, 젊은이."

그러나 그는 이미 돌아서 있었고 그대로 어둠 속으로 사라졌다.

청년은 다시 귀찮게 하지 않겠다던 말을 지켰다. 하지만 그건 실수였다. 몇 주 후 페페가 딸을 보러 가자고 리타에게 전화했기 때문이다. 부부와 여배우는 수도에서 약 이백 킬로미터 떨어진 로스 아라보스*라는 작은 마을로 갔다. 그곳에 살고 있는 친척들이 아말리아를 돌보고 있었다. 아말리아는 여배우를 보자 울음을 터뜨렸지만 곧 감정을 억눌렀다. 다른 사람들이 모두 커피를 마시러 주방으로 갈 때까지 그들은 세 시간 이상을 기다려야 했다.

"이걸 파블로에게 전해주세요." 아말리아는 주머니에서 접은 쪽지를 꺼내 건네며 속삭였다.

---

* 쿠바 마탄사스 주의 도시.

리타는 가슴에 쪽지를 집어넣으며 파블로와 나누었던 얘기를 간단히 전하고는 답장을 갖고 다시 돌아오마고 약속했다. 그러나 파블로는 이제 '태평양'에서 일하지 않았다. 그의 가족이 레스토랑을 열었다고 종업원이 알려주었다. 하지만 아무리 애를 써도 장소를 알아낼 수 없었다. 어떤 중국인도 정보를 주지 않았다. 아무리 유명한 배우고 가수라 해도 광둥에서 온 이민자들은 자기 그림자도 믿지 않는 사람들이었다.

파블로가 어디 사는지 대충 알고 있던 아말리아가 가르쳐준 대로 찾아다녀보았지만 그것도 성공하지 못했다. 여러 차례 사람을 보내봤지만 번번이 실패한 것이다. 전달 못한 편지를 리타가 되돌려주자 아말리아의 희망은 산산이 부서지고 말았다.

파블로는 이런 일이 있다는 건 꿈에도 모르고 있었다. 방학 동안에도 주말에도 그는 계속 애인의 집을 몰래 살피고 다녔다. 그가 단념하지 않는 것을 본 페페는 딸을 데려오려던 생각을 접었다. 그렇게 몇 달이 흐르고 몇 년이 지났다. 시간이 흐르면서 파블로가 그 동네를 찾는 일은 점점 줄었고, 언젠가부터는 완전히 발길을 끊었다.

청년은 대학에 처음 가는 날을 위해 어머니가 마련해준 옷을 내키지 않는 얼굴로 바라보고 있었다. 밝고 우아한 천으로 만든 옷이었다.

"이제 준비됐니?" 로사는 어둑한 아들의 방에 들어서며 물었다. "찻물만 데우면 된다."

"거의 다 됐어요." 파블로는 중얼거렸다.

레스토랑의 성공은 마누엘 웽의 꿈을 실현시켜주었다. 파그 리는 이제 집집마다 옷을 배달해주는 중국인 꼬마도 아니었고, 레스토랑 '태평양'의 주방 보조도 아니었으며, 레스토랑 '붉은 용' 주인의 아들도 아니었다. 이제는 닥터 파블로 웽, 다시 말해 전문의가 되는 길목에 서 있었다. 그러나 청년은 전혀 감흥이 없었다. 아말리아가 사라진 이후 아무것도 중요하지 않았다. 그에게 열정이라는 것은 가장 열렬한 전투, 가장 들뜬 사랑을 상상할 수 있던 지난 시절의 이야기일 뿐이었다.

"깼소?" 식당에 있던 아버지가 낮게 물었다.

"옷 입고 있어요."

"서둘지 않으면 늦을 텐데."

"가만히 있어요, 시우 멘드. 쓸데없이 아이를 초조하게 만들지 말아요."

파블로는 초조해하는 게 아니었다. 아말리아가 영원히 사라져버렸다는 걸 알았을 때 분노했을 뿐이다. 발작적인 분노와 울음이 번갈아 찾아오곤 했다. 기겁한 부모는 아들의 건강을 염려해 유명한 의사에게 아들을 보이기도 했다. 그러나 명의도 약초 몇 가지를 처방해주고 침을 수십 대 놔주어 기분을 좀 진정시킨 것 외에는 할 수 있는 게 별로 없었다.

"가자 얘야, 늦겠다." 어머니가 문을 활짝 열면서 재촉했다.

면도를 마치고 옷을 차려입은 파블로가 방에서 나오자 어머니는 감탄을 금치 못했다. 중국인 동네에서 아들보다 인물이 훤한 젊은이는 없었다. 그 여자아이를 잊게 할 만한 좋은 가문의 처자를 만나는 건 어렵지 않을 터였다. 하지만 아들은 계속 슬픔에 잠겨 있었다. 시간이 흘러도 아들에게는 즐거운 게 전혀 없는 듯했다.

"돈은 있니?"

"가방은 미리 챙겨보았니?"

"제발 좀 내버려두세요." 파블로가 대꾸했다. "내가 중국에 가는 것도 아니잖아요."

어머니는 계속 아들의 뺨을 어루만지며 옷을 터는 등 매무새를 바로잡아주었다. 아버지는 편안해하는 모습을 보여주려고 애썼다. 그러나 코끝이 참을 수 없도록 찌르르 아파오는 걸 느꼈다. 그가 극단적으로 초조해지면 생기는 증상이었다.

마침내 파블로는 자신을 어르고 달래는 부모에게서 벗어날 수 있었다. 상쾌한 아침 거리로 나왔다. 그가 이곳에 온 이후 늘 그랬던 것처럼 그 시간 동네는 기지개를 켜고 있었다. 대학이 있는 언덕으로 실어다줄 전차 정거장을 찾아가는 동안 보도를 따라 물건 상자들을 늘어놓는 상인들, 안뜰에서 태극권을 연습하는 노인들, 아직 눈에 잠이 덕지덕지 붙은 채 학교로 향하는 학생들이 눈에 들어왔다. 평화롭고 익숙한 풍경이었다. 최근 몇 년 동안 그를 짓누르던 괴로움이 비로소 조금 누그러졌다.

아말리아와의 이별은 한 학기를 놓쳐버리는 대가를 치르게 했다. 쿠바에 처음 왔을 때도 말을 몰라 한 학기를 유급한 적이 있었다. 그러나 아바나 중등학교를 명예롭게 졸업했고 이제 갖은 노력 끝에 알마 마테르*의 대지로 발을 옮기려는 찰나였다.

---

* '진리의 전당.' 대학을 가리키는 수식어로 여기서는 아바나 대학을 뜻한다.

전차는 산 라사로를 완전히 올라가 대학에서 두세 블록 떨어진 커피숍 근처에 섰다. 파블로는 상인이 한 행인에게서 몰래 돈을 받는 것을 보았다. '볼리타' 판돈이었다. 담뱃갑을 늘어놓은 진열대 아래에 게임에 참여한 사람의 이름과 판돈이 적힌 장부가 있었다. 파블로에게는 질릴 정도로 익숙한 풍경이었지만 기억 속에서 용수철이 작동했다. 간밤에 꿈을 꾸었다. 누구였지? 갑자기 그걸 떠올리는 일이 아주 중요하게 느껴졌다.

유령이었나…… 아니, 망자였어. 달을 향해 황야를 걸어가는 시신의 실루엣이 떠올랐다. 강렬한 보름달은 위험할 정도로 땅에 가까워져 있었다. 파블로는 전율했다. 이제 기억이 났다. 망자는 손을 위로 들어 올리고 있었다. 망자의 손가락이 달의 표면을 문지르자 망자는 불에 탄 종잇장처럼 오그라들기 시작했다. 그러더니 결국에는 고양이인지 호랑이인지 그 비슷한 동물로 변했다…… 어디 보자, 망자라. 망자는 8이었다. 달은 17. 고양이는? 고양이는 어떤 숫자였지? 볼리테로에게 다가갔다. 망자를 고양이나 호랑이로 변하게 한 달. 당연히 볼리테로는 알고 있었다. 저 사람이 다른 식으로 조합하려는 건 아닐까? 고양이나 호랑이를 나타내는 숫자 14는 결혼을 의미하기도 했다. 그러나 결혼에 해당하는 첫번째 숫자는 62였다. 그리고 꿈속의 이미지들은 가끔은 보이는 그대로가 아니기도 했다. 그건 경험으로 알고 있었다. 그러나 파블로는 유혹당하지 않았다. 그는 17814에 걸었다. 그리고 가방에 볼리타 복권을 집어넣고는 그 집에 걸려 있는 시계를 쳐다보았다. 서둘러야 할 시간이었다.

수십 명의 학생이 수업 첫날을 위해 대학 언덕을 향해 가고 있었다. 무리 지은 여학생들은 서로 한평생을 못 만난 사이이기라도 한 듯 호들갑스럽게 인사를 나누었다. 넥타이를 매고 정장을 차려 입은 청년들은 서로 포옹하거나 논쟁을 벌였다.

"위장한 공산주의자들 같으니." 불쾌하다는 듯한 얼굴로 한 남학생이 말했다. "그따위 장광설로 이 나라를 뒤흔들려 하다니."

"에두아르도 치바스*는 공산주의자가 아니야. 그는 지금 정부의 횡령을 고발하는 거야. 나는 그의 당에 희망을 걸고 있어."

"글쎄, 나는 아냐." 세번째 젊은이가 말했다. "내가 보기에 그는 도를 넘어선 것 같은데. 증거도 제시하지 않은 채 오늘은 이런 이유로 내일은 저런 이유로 매일같이 사람을 비난할 수는 없어."

"굴뚝에 연기가 날 때는……"

"여기서 주된 문제는 경찰의 가면을 쓴 도적들이 저지른 부패와 암살이야. 이건 국가가 아니야, 도살장이지. 마리아나오에서 무슨 일이 생겼는지 보라고. 그리고 그라우 대통령**은 문제 해결을 위해 한 게 아무것도 없어!"

최근에 이 나라에서 일어난 스캔들 이야기였다. 머리털이 곤두서는 사건이었다. 정치에 대해 언급하는 법이 없는 파블로의 부모조차 분노했다. 누군가가 동료 사령관의 집을 방문하고 있던 한 사령관을 체포하라는 명령을 내렸다. 그런데 경찰은 체포하라는 명령

---

* 에두아르도 R. 치바스(1907~1951). 1947년 '신설정통당'을 창당한 정치인으로 20세기 전반 여러 정권의 부정부패를 비판하고 쿠바의 민주주의, 법치주의를 위해 투쟁했다. 1952년 선거를 앞두고 차기 대통령 선출이 유력시됐으나 1951년 일요 라디오 연설을 마치고 권총 자살함으로써 쿠바인의 의식에 경종을 울리고자 했다.
** 라몬 그라우. 쿠바의 7대(1933~1934), 15대(1944~1948) 대통령.

에 따르지 않고 사령관을 벌집으로 만들어놓았다. 집주인의 무고한 아내를 포함해 여러 사람들을 향해서도 총을 쏘았다.

파블로는 대화에 끼어들기 위해 걸음을 돌리려다가 아버지의 충고를 떠올렸다. "명심해라. 너는 공부하러 대학에 가는 거지 난동꾼들과 얽히려고 가는 게 아니다."

"파블로!"

파블로는 이상히 여기며 돌아보았다. 이런 곳에서 나를 아는 사람이 누굴까? 오랜 친구 슈 리였다.

"호아킨!"

그들은 이 년 동안이나 보지 못했다. 친구가 다른 동네로 이사를 가면서 전학했기 때문이다.

"어디에 등록했어?"

"법대…… 너는?"

"의대."

둘은 돌계단을 올라간 다음 총장 공관 앞을 지나 중앙 광장으로 나아갔다. 그곳은 더 북적대고 있었다. 도서관 근처에서 슈 리, 아니 호아킨의 친구를 만났다. 그는 사람들 앞에서는 중국식 이름을 쓰지 않았다.

"파블로, 얘는 루이스야." 호아킨이 두 사람을 인사시켰다. "이친구도 의대생이야."

"만나서 반갑다."

"베르티카는 어디 있어?" 호아킨이 루이스에게 물었다.

"방금 막 갔어." 친구가 말했다. "더 못 기다린다고 하던데."

"베르티카는 루이스의 여동생이야." 호아킨이 설명했다.

"그건 옛날 얘기고." 루이스는 파블로에게 윙크하며 말했다. "지금은 호아킨의 여자 친구야."

"지금 안 가면 시간에 늦겠는걸." 호아킨이 끼어들며 말했다.

호아킨은 두 의대생을 두고 사라졌다. 자리를 뜨기 전에 나중에 커피 한잔하자고 약속했다.

첫날이라 실제로 수업을 하는 교수는 없었지만 파블로에게는 고단한 하루였다. 평가 기준과 시험 목록, 사야 할 책 목록, 대학 생활에 대한 조언을 듣느라 하루가 다 갔다.

하굣길에 루이스와 파블로는 이미 절친한 친구가 되어 있었다. 주소와 전화번호, 중국식 이름도 교환했다. 루이스는 자기 집 전화는 여동생 때문에 거의 언제나 통화 중일 거라고 알려주었다.

"여동생은 전공이 뭔데?" 호아킨과 베르티카를 기다리는 동안 파블로가 물어보았다.

"문학…… 어, 저기 오는구나. 언제나처럼 호아킨은 아직 안 오는군! 오면 한판 붙게 준비하고 있어."

파블로는 모퉁이를 바라보았다. 책을 품에 안은 여학생 셋이 보였다. 그중 하나는 아시아인이었다. 틀림없이 루이스의 여동생이었다. 금발이 가장 두드러지는 여학생은 웃음을 참느라 쿡쿡 소리를 냈다. 금빛 살결의 또 다른 여학생은 바닥에 시선을 꽂은 채 조용히 미소 짓고 있었다.

이제 몇 걸음 남지 않은 거리가 되었을 때 금빛 살결의 여학생이 고개를 들다 공책을 바닥에 떨어뜨렸다. 그녀는 한순간 몸이 굳어버린 듯했고, 그래서 친구들이 발치에 떨어진 공책을 집어주었다. 파블로는 그 순간 꿈이 신들의 메시지였다는 것을 깨달았다.

망자는 달을 어루만지면서 호랑이로 변했다. 그것은 곧 여자 앞에서 쇠잔해진 그의 영혼이 다시 호랑이 기질을 회복한다는 것이었다. 다른 식으로 읽는다면 어떤가? 망자의 숫자 8은 호랑이를 의미했고, 달의 숫자 17은 선한 여자일 수 있으며, 호랑이의 숫자 14는 결혼을 가리키기도 했다. 더할 나위 없이 완벽한 공식이었다. 요소들의 순서를 바꿔도 결과는 마찬가지였다. 그는 자비의 화신 관음보살에게 다가가 끊임없이 꿈을 꾸던 그 얼굴을 어루만졌다. 관음보살의 실루엣은 달처럼 빛나고 있었다. 이제 그녀는 어느 때보다도 아름다운 모습으로 그 앞에 나타나 있었다. 헛되이 찾아다니던 세월을 뒤로하고.

그대, 나의 열정이여

그것은 전염병일까? 아니면 항상 일어나고 있었는데 아무도 알아채지 못했을 뿐일까? 마침내 세실리아는 인정해야 했다. 쿠바 여자들이 자살하는 고래들처럼 집단으로 죽어가고 있었다.

먼저 남자 배우의 애인이 죽었다. 여러 차례 얘기를 나눈 적이 있는 여자였다. 열띤 논쟁을 벌인 후에 그녀가 미친 듯이 거리로 나갔다고 했다. 수십 명의 목격자는 운전사 잘못이 아니라고 했다. 여자는 차를 보고도 그 앞으로 뛰어들었다는 것이다. 그다음에는 아바나에 살 때 종종 만나던 친구였다. 트리니는 총명한 여자였고 뛰어난 교사였으며 지칠 줄 모르는 독서광이었다. 그들은 수차례 함께 앉아 문학에 대해, 그리고 둘 다 숭배하는 『반지의 제왕』에 대해 이야기를 나누었다. 세실리아는 로스로리엔 숲에 대해 나눈 얘기며 엘프 요정들의 여왕 갈라드리엘에 대한 애정을 그녀와 공유하고 있었다는 사실을 항상 기억할 것이다…… 그러나 트리니는 죽어버렸다. 미국의 어느 도시에서 동거하던 마지막 애인과 헤어지고 난 후 공원에 앉아 리볼버를 꺼내 자살했다. 세실리아는 이해할 수 없었다. 엘프의 여왕과 권총 자살을 어떻게 연결지어야 할지 알 수 없었다. 그 사건들로 인해 세상이 뒤집혀 있다는 생각을 하게 되었다.

그녀는 곧 더이상 스스로에게 질문하지 않았다. 카르마를 공유하기라도 한 것처럼 그녀도 절망에 빠져들기 시작했고 마침내 설명할 수 없는 열병의 포로가 되어 몸져누워버렸다. 일어나려 하면 어지러웠고 귀에 이명도 있었다. 놀란 프레디와 라우로는 의사를 데리고 그녀의 집으로 찾아왔다.

"제 보험이 어떻게 되는지는……" 그녀는 말문을 열었다.

"돈 걱정은 하지 말아요." 남자는 그녀를 진정시켰다. "티르소의 절친한 친구여서 왔어요."

세실리아는 전혀 모르는 이름이었다.

"티르소는 내 사촌이야." 라우로가 말했다.

목소리 톤으로 보아 세실리아는 그 사촌이 죽었다는 걸 직감했다. 그러나 어떻게, 왜 그랬는지는 알고 싶지 않았다.

"신경과민 증상이 있나요?" 남자는 세실리아가 바늘에 찔린 듯 깜짝깜짝 놀라는 것을 보더니 물었다.

"그건 아닌 것 같아요."

"혈압이 아주 높아요." 그는 가방에서 뭔가를 찾으며 중얼거렸다.

남자는 세실리아의 손발을 진찰했다.

"혈압이 올라가지 않도록 해야 해요. 이 타박상 좀 봐요. 모세혈관이 이렇게 약하면 동맥벽이 터질 수 있어요. 놀라게 하고 싶지는

않지만 이렇게 혈압이 높으면서 동맥벽도 약하면 뇌출혈을 일으

킬 수 있어요."

"할아버지도 두 분 다 그렇게 돌아가셨어요." 그녀가 중얼거렸다.

"이런, 맙소사!" 라우로는 손으로 부채질을 하며 말했다. "숨이

가빠지는 것 같아. 이런 얘기를 들으면 기분이 나빠진단 말이야."

"제기랄, 라우로." 프레디가 핀잔을 주었다. "하루라도 그 어릿

광대짓 좀 안 하면 안 돼?"

"어릿광대짓이 아니야." 라우로가 퉁명스레 대꾸했다. "나는 아

주 예민한 사람이라구."

"이걸 옆에 두고 써요." 의사가 말을 이었다. "회복되면 돌려주

세요."

디지털 혈압계였다. 숫자판이 스크린 같았다.

"지금 당장 약을 두 알 먹도록 해요." 의사는 가방에서 약병을

꺼내며 말했다. "매일 아침 일어나서 한 알씩 먹고요. 전문의에게

가서 종합검진을 받아보는 게 좋겠어요…… 콜레스테롤 수치는

어떻게 되나요?"

"정상인데요."

"신경과민은 감정적인 게 원인일 수 있어요."

"당연히 그거지요!" 프레디는 한숨을 쉬었다. "이 친구는 속으

로 끙끙 앓기만 해요. 무슨 일이 있으면 구석에 틀어박혀 막달레나

처럼 운다니까요."

"감정은 콜레스테롤보다 더 빨리 생명을 단축시킬 수 있어요."

의사는 떠나기 전에 주의를 주었다.

그러나 감정은 세실리아가 통제할 수 있는 것이 아니었고 처방

해준 약도 혈압을 낮춰주지 못했다. 게다가 열도 있었다. 의사는 발열에 대해서는 설명하지 못했다. 모든 종류의 진찰은 다 해보았지만 원인을 찾을 수 없었다. 그것은 수수께끼 같은 고독한 열병이었다. 절망감 외의 다른 무엇과 상관있는 것 같지 않았다. 의사는 절대안정을 취하라고 했다. 하지만 이틀 후 누가 그녀에게 전화를 걸어 로베르토가 빨간 머리 여자와 해변에 같이 있는 걸 봤다고 하자 그녀는 혼수상태에 빠져 꿈과 환각 사이를 오갔다. 로베르토와 이야기를 나누는가 하면 다음 순간 혼자가 되어 있었다. 그에게 다가가 키스하려는데 갑자기 다른 남자로 바뀌어버리기도 했다.

마이애미에 장대비가 내리기 시작했다. 꼬박 사흘 밤낮으로 비가 오는 바람에 호우주의보가 내려졌다. 휴교령이 내려지고 거의 모든 직장이 휴무에 들어갔다. 뉴스에서는 반세기 만의 큰비라고 떠들어댔다. 환각 같은 폭우였다. 마이애미가 새로운 베네치아로 변해가는 동안 세실리아는 열병으로 정신을 잃었다.

대홍수의 마지막 날 밤 그녀는 자신이 죽어가고 있는 게 아닐까 의구심이 들었다. 아스피린을 여러 알 먹었는데도 열은 내리지 않았다. 검사 결과 전혀 이상이 없었는데도 그녀는 노파처럼 기력이 떨어졌다. 문득 옛날 사람들이 왜 사랑 때문에 죽곤 했는지 알 것 같았다. 깊은 절망감, 혈압을 구름 높이까지 몰아가는 감정…… 그 모든 게 사람을 극단까지 치닫게 할 수 있었다. 쇠약한 심장은 영혼의 무게를 제대로 감당하지 못한다.

셋째 날 새벽 드디어 끝이 아닌가 하는 의구심에 잠이 깼다. 여전히 눈은 감은 상태였는데 뜨겁게 달아오른 살갗에 손이 스치는 듯한 느낌이 있었다. 누가 쓰다듬는 건가 고개를 돌려보았다. 방에는 아무도 없었다. 무슨 이유에서인지 델피나 할머니가 생각났다. 아직 시작하지도 못한 책에 시선이 갔다. 충동에 따라 아무 페이지나 펼쳤다. "우리는 마음속에 삶의 힘과 죽음의 힘을 갖고 있다." 그 문장을 읽자마자 멜리사의 말이 떠올랐다. "당신 아우라에 그림자가 있어요." 그녀는 몸을 떨었다. "머릿속에서 해결하지 않으면 당신한테 나쁜 일이 생길 거예요."

혈압을 쟀다. 165/104였다. 또 한 번 그 얼어붙은 듯한 감촉을 경험했다. 가까이에 보이지 않는 존재가 있는 듯했다. 갑자기 어떤 영감이 떠올랐다. 그녀는 눈을 감고 120/80이라는 숫자를 시각적으로 그려보았다. 머릿속으로 숫자들의 형상을 볼 수 있을 때까지 잠시 그러고 가만히 있었다. 다시 쳐다보아도 형상이 거기 그대로 있기를 바랐다. 아니, 그러리라는 걸 느꼈다. 다시 혈압을 쟀다. 132/95. 수치가 내려갔다. 다시 한번 집중했다. 다시 몇 분 동안 눈을 감고 '120/80…… 120/80' 하며 계속 숫자를 생각했다. 마침내 머릿속에서 그 숫자들이 선명하게 빛났다. 닫힌 문으로 미풍이 들어와 살갗에 시원하게 와 닿았다. 삼 분, 사 분…… 십 분이 지났다. 그녀는 다시 긴장을 풀고 혈압을 쟀다. 120/81. 믿을 수가 없었지만 틀림없이 해냈다. 어쨌든 혈압이 내려가도록 해낸 것이다. 열도 마찬가지 방법으로 해보기로 했다. 여러 차례 시도한 끝에 체온이 내려가기 시작하더니 마침내 그녀는 깊은 잠에 빠져들었다.

다음 날 아침 창으로 들어오는 햇살에 세실리아는 잠을 깼다. 발코니에 나가보니 보도 위에 차들이 있었다. 홍수가 날까봐 걱정이 된 사람들이 지면이 높은 곳이면 어디든 주차를 해놓은 것이다.

수십 명의 사람이 맨발에 짧은 팬츠를 입고 거리를 따라 뛰고 있었다. 며칠 만에 처음으로 햇살이 머리 위에서 비치고 있었다. 아직 젖어 있는 철 울타리에서는 새들이 깃털을 퍼덕이며 목청껏 노래를 불렀다.

모두에게 일상이 되돌아왔다. 세실리아에게도.

5부
⋮
붉은 전사들의 계절

ᄋᄉ 미겔의 노트에서 ᄋᄉ

"방 한 칸 마련해줄 중국인이나 찾아봐."

거절을 나타내는 대중적인 표현이다. 여자와 싸우고 난 뒤 남자가 내뱉을 만한 말이다. "방 한 칸 마련해줄 중국 놈이나 찾아봐." 이 말은 원하면 지옥으로 가도 상관없다는 뜻을 나타낸다. 신중한 여자라면 절대로 하고 싶지 않을 일이 중국인과 함께 사는 것이기 때문이다. 나중에 아시아인이 흑인이나 백인과 결합한 것을 보면 터부에도 불구하고 여자들이 그 충고를 따랐다는 것이 증명된다.

내 유일한 사랑

어떻게 이곳까지 왔는지 생각하면 아직도 떨렸다. 학교에서 파블로와 몰래 만나고 함께 영화를 보러 다니기도 하면서 수없이 부모에게 도전을 하고 있었다. 사실 대학에 다니는 사 년 동안 아버지의 권위는 무시해버린 터였다. 하지만 이번은……?

"네가 나를 도와줘야 해." 아말리아는 베르티카에게 부탁했다. "나도 네가 호아킨과 만날 때마다 도와줬잖아."

"이건 문제가 달라, 아말리아. 우리 부모님과 네 부모님은 잘 아는 사이잖아."

"그때 도와줬으니 너도 빚을 갚아야지. 내 부탁을 들어줘."

툴툴거리면서도 친구는 그녀를 따라왔다. 바라데로로 함께 여행을 가려는데 허락해달라고 아말리아의 부모에게 이야기하기 위해서였다. 그녀들의 아버지 돈 호세와 돈 로레토는 의대 동기였고 여전히 고객도 공유하고 엽서도 교환하는 사이였다. 호세를 아는 음악가들은 닥터 로레토의 병원을 이용했고 로레토의 친척들은 호세의 가게에서 음반을 샀다.

두 사람의 우정은 아말리아에게는 상처였다. 어떻게 아버지가 광둥인 의사와 그렇게 절친할 수 있는지, 그러면서 자신과 파블로 와의 관계는 왜 받아들이지 못하는지 이해할 수 없었다. 그래서 그녀는 지금처럼 사흘씩이나 집을 떠나려는 계획을 꾸며 아버지에게 반항하면서도 별 거리낌을 느끼지 않았다.

야생란의 그림자가 드리운 길을 따라 걷는 아말리아의 발이 나뭇잎 방석에 푹푹 빠졌다. 그녀는 산자락의 차가운 공기도 느끼지 못한 채 납골당 같은 마른 나무줄기들 틈에서 넋을 잃고 있었다. 마치 다른 시대, 수천 년 전 아직 인류가 존재하지 않고 두엔데 마르티니코 같은 존재들만 있던 시절에 와 있는 듯한 느낌이 들었다.

짙은 안개가 비냘레스 계곡에 내려앉았다. 문명이 더이상 존재하지 않기라도 하는 듯 불안과 침묵이 사방에 깔렸다. 그녀는 뭔가 익숙한 소리를 찾아 귀를 기울였다. 그러나 들리는 소리라곤 알 수 없는 웅성거림뿐이었다. 본능적으로 목걸이에 달린 흑옥을 만지며 시선을 들었다. 바람이 스쳐간 걸까, 물소리일까? 약간 겁이 난 그녀는 파블로에게 바짝 붙었다.

얼어붙은 바람이 산줄기 경사면을 따라 불고 있었다. 산줄기 사이에는 아주 오래된 쥐라기 계곡이 깊이 자리 잡고 있었다. 모고테스. 기억할 수 없는 옛날부터 달팽이 종류만 살고 있는 산정을 사람들은 그렇게 불렀다.

수백만 년 전 비냘레스는 숲이 무성한 평원이었다. 그러다 자연의 변덕스러운 손에 의해 둥그스름한 융기가 움터나기 시작했다. 그리고 이 작은 섬들에 연체동물이 갇히면서 독립적인 종들이 출현했다. 그와 함께 계곡은 미래의 연구자들에게 신전이 되었다.

파블로와 아말리아는 그런 사실을 전혀 몰랐다. 그들의 시선은 키 작은 종려나무들과 망토처럼 우거진 고사리 숲을 스쳤다. 난초 사이로, 한 줄기 번개처럼 대기를 가르는 벌새들의 모습이 보였다. 새들은 난초 속에서 양분을 맛보더니 격렬한 날갯짓으로 대기를 흔들고는 사라졌다. 낙원의 환영이었다. 두 젊은이는 환희에 가득 차 침묵 속에서 그 경이로움을 향유했다. 마르티니코도 두 사람의 뒤를 따라가면서 그 모든 아름다움에 만족해하고 있었다.

두엔데는 반세기 전 앙헬라가 고향 마을을 떠나온 이후로 한 번도 숲이나 언덕을 마음껏 누려보지 못했다. 이제 온전한 쿠바의 산 속에 들어온 마르티니코는 토코로로 새의 깃털과 담배 농장의 향기, 자신보다 오래된 종려나무의 실루엣, 들판의 붉은 흙, 계곡을 둘러싼 선사시대의 산맥 들을 마음껏 즐겼다.

섬세한 음악 소리가 안개 속에서 들려왔다. 아말리아는 그 음악을 듣기라도 한 듯 고개를 들었다. 두엔데는 깜짝 놀랐다. 그 소리는 인간이 들을 수 없는 세계에서 나오는 것이었기 때문이다. 그러나 우연의 일치거나 단순한 예감일 뿐이라고 마르티니코는 생각했다. 아말리아는 바로 파블로를 쳐다보았고 두 사람은 알아들을 수 없는 대화에 열중했기 때문이다.

숲 속으로 들어갈수록 미스터리한 소리가 점점 가까워왔다. 젊은이들은 생각에 잠긴 채 다시 침묵을 지켰다. 오른쪽에서는 마르티니코가 작은 새를 쳐다보고 있었다. 장난감 같은 검은 벌새였다.

두엔데는 그것을 잡으려고 팔짝 뛰어올랐지만 벌새는 그의 손가락 사이로 빠져나가버렸다. '이것이 항상 주님의 바람이시기를.' 아말리아의 침묵의 목소리가 두엔데의 머릿속에서 들렸다. '죽음에 이를 때까지, 죽은 뒤에도 우리가 서로 사랑함이 늘 주님의 뜻이기를.' 갑자기 멜로디가 그쳤다. 깜짝 놀란 두엔데는 막 손에 잡은 벌새에게서 눈을 뗐다 날갯짓하는 보석을 놓쳐버렸다. 새는 반짝 빛을 내더니 깊은 숲 속으로 날아가버렸다.

오솔길 끝에 이르자 파블로는 아말리아에게 키스를 했다. 그러나 두엔데가 질겁한 것은 그 때문이 아니었다. 바로 앞 바위 위에 발톱과 거뭇한 뿔이 달린 늙은 판이 마르티니코가 수십 년 전 쿠엥카의 산에서 보았던 피리를 들고 앉아 있었던 것이다.

두엔데와 판은 잠시 얼떨떨한 표정으로 서로를 바라보았다. '당신 여기서 뭐 하는 거요?' 서로 말없이 물었다. 대답도 침묵으로 교환했다. '죽음에 이를 때까지.' 아말리아의 생각이 숲에 울려퍼졌다. '죽은 뒤에도.' 그제야 두엔데는 판의 피리 소리가 멈췄다는 걸 알아챘다. 판도 영원을 기약하는 그녀의 소망을 들었던 것이다.

어떻게 그럴 수 있지? 중간계의 존재들은 특별한 매개자가 있을 경우에만 인간의 생각을 들을 수 있었다. 그 순간 두엔데는 판이 아말리아의 할머니에게 했던 약속을 기억해냈다. "네 후손 중에 누가 내 도움을 필요로 하면 원하는 걸 들어줄 수 있긴 해…… 두 번 말이지. 단 우리 사이의 약속을 알면 안 돼." 판은 성 요한 축일에 선물받은 꿀이 고마워 그녀에게 축복을 내려줬던 것이다. '그러면 영원히 바라는 대로 되리라.' 판이 침묵의 언어로 하는 말이 들렸다. '죽은 뒤에도.'

파블로와 아말리아는 다시 걸음을 옮겼다. 판은 보이지 않게 그들 뒤를 따라갔다. 두엔데는 멀찍이 떨어져서 그들을 따라가며 뭔가 장난거리가 없을까 열심히 궁리했다. 곧 산줄기가 시작되는 산자락에 이르렀다. 지면은 덤불로 무성하게 덮여 있었다. 아무도 그곳을 밟은 적이 없는 듯했다. 판은 두 사람이 볼 수 없는 손짓을 했다. 그러나 무성한 숲이 갑자기 갈라지는 걸 두 사람 다 알아보았다. 그것은 정상으로 올라가는 나선형 길의 시작이었다. 두엔데는 이 시대의 인간 중에서 그 길을 지나간 사람은 없다는 걸 알았다. 그곳은 다른 시대에 속하는 장소였다. 아주 오래전 재난을 피해 온 사람들과 당시에는 아무도 살지 않던 섬으로 도망친 사람들이 다른 지역으로 옮겨가기 전에 만든 길이었다. 수천 년이 흐르고 난 지금, 마법을 잃은 세계에서 죽을 날을 기다리고 있는 신들을 제외하면 아무도 기억하지 못하는 의식을 파블로와 아말리아가 되풀이하려는 중이었다.

그들은 고사리의 장막을 헤치며 산 정상을 향해 걸음을 옮겼다. 이파리에 맺혀 있던 이슬이 얼어붙은 빗방울처럼 그들의 머리 위로 떨어져내렸다. 위로…… 위로…… 영혼의 집을 찾아 구름을 향해 나아갔다. 산 주위로 끝없이 이어진 구불구불한 길을 따라 올라갔다. 한 번은 이쪽으로 또 한 번은 저쪽으로 길이 나 있었다. 곧게 난 길은 없었다. 그렇게 해야만 그들의 영혼이 눈에 보이지 않는 끈으로 결합될 수 있었다.

한 목소리가 그들에게는 들리지 않는 마법의 주문을 외웠다. 그들은 짙은 구름에 싸여 모습이 거의 보이지 않았다. 고대 언어로 울려나오는 찬가는 그들에게 이름 모를 새들의 삼중창처럼 들렸다…… 그 이상은 알아채지 못할 터였다. 산 정상이 바로 앞에 서 두 사람이 서로의 영혼에 표지를 남길 의식을 치루길 기다리고 있었다. 그것은 이 세상이 계속되고 신들―잊힌 신이든 아니든― 이 인간에 대해 권능을 갖고 있는 한 수없이 일어난, 또 수없이 일어날 의식이었다.

말로 표현하기 힘든 달콤함에 젖어 파블로와 아말리아는 인류의 가장 오래된 의식에 몰두했다. 무의 공간에서 그들을 축복하는 신의 손이 솟아나오는 듯했다. 그들의 몸 위로 빛이 내려왔다…… 그들의 몸에서 흘러나오는 것 같기도 했다. 빛은 얇은 섬유처럼 그들을 둘러싸더니 그들 영혼의 가장자리에 걸렸다. 그것은 그들의 정령들만 볼 수 있는, 수만 년을 지속해갈 사랑의 징표였다.

"이 닭고기 밥은 천상의 맛이 나." 리타는 눈썹을 치켜 올리며 말했다. 그것은 감탄 겸 야부의 표현이었다.

"거의 그렇다고 할 수 있죠." 호세는 가슴살 한 조각을 단숨에 먹어치우며 말했다. "어머니는 산악 지대에 살 때 요리를 배우셨거든요."

앙헬라는 가만히 미소를 머금었다. 일흔이 넘은 그녀에겐 생이 끝나는 날을 기다리는 사람의 잔잔한 표정만 남았다. 그러나 아들 말이 맞았다. 어린 시절을 보낸 집은 땅보다는 구름에 더 가까운 곳에 있었다. 연못 옆에서 머리를 빗던 요정 소녀의 영상과 산에 가득 울려퍼지던 음악이 머릿속을 스쳐 지나갔다. 앙헬라는 그 존재들이 이제 곧 후앙코와 만나게 해달라는 기도에 귀 기울여줄 절대자와 아주 가까울 거라고 생각했다.

"애, 어디다가 올려놓는 거니?"

메르세데스가 소리치는 바람에 그녀는 몽상에서 깨어났다. 손녀딸이 막 물잔을 식탁 위에 쓰러뜨린 참이었다. 메르세데스는 재빨리 일어나 냅킨을 들어 퍼져나가는 물을 닦았다. 만찬은 거의 가족 식사라고 할 수 있었다. 네 식구와 리타 외에 참석한 사람은 '늑대'라는 별명의 사업가와 베르티카의 부모뿐이었다.

아말리아는 부모님이 돈 로레토와 그의 아내를 집에 초대했다는 사실을 알고는 기절할 뻔했다.

"들키면 어떻게 하지?" 빙수를 먹으면서 파블로에게 물었다. "다시 나를 로스 아라보스로 보낼지도 몰라."

"아무 일 없을 거야." 그는 머리칼을 쓰다듬어주며 그녀를 안심시켰다. "석 달 전 일이야. 지금 와서 새삼 그런 이야기를 하실 리 없어."

"근데 하시면?"

"만약 너희 아버지가 그 사실을 알고 다시 너를 마탄사스로 보내고 싶어하시면 전화해. 그날 밤 바로 도망가자."

그러나 아말리아는 불안하기만 했다.

호세는 뭔가 재난을 막고 싶어하는 듯한 아내의 태도를 눈치챘다. 그제야 딸의 안색에 주목했다. 아주 창백하고 뭔가 달라져 있었다…… 빈혈인가? 손 뮤지션들과의 녹음이 끝나면 딸을 바로 병원에 데려가 진찰을 받게 해야겠다고 생각했다.

"근데 일본에서 있었던 일은 설명하기가 어려워요." 늑대가 말했다. "우리 음악에 아주 열광한다니까요."

"일본에서요?" 호세가 반문했다.

"도쿄 쿠반 보이스라는 오케스트라가 만들어졌지요."

"그곳에서는 한 칼에 배를 갈라 자결한다는 게 사실인가요?"
메르세데스가 물었다. 그녀는 칼에 베여 죽는 것보다 나쁜 건 없다
고 생각했다.

"그런 얘기를 들었어요." 로레토가 말했다.

"이상할 것도 없지요." 리타가 한숨을 내쉬었다. "활을 안 쓰고
만돌린으로만 연주하는 슬픈 음악을 계속 들으면 아주 우울해질
게 틀림없어요."

"그러니 이제는 과라차를 추느라 죽겠군." 늑대가 유쾌한 듯 말
했다.

그 순간 아말리아의 의자가 뒤로 나동그라졌다. 그녀의 부모와
할머니는 깜짝 놀라 그녀를 쳐다보았다. 하지만 손님들은 그녀가
갑자기 움직이다 그런 거라고만 생각했다.

"무슨 일이니?" 앙헬라는 손녀딸의 얼굴이 창백해진 것을 알아
채고 속삭였다.

"몸이 좋지 않아요." 온몸에 식은땀이 흐르는 듯한 느낌이었다.
"저 들어가도……"

아말리아는 말을 끝맺지 못했다. 그녀는 입을 막고 화장실로 달
려갔다. 할머니와 엄마가 쫓아갔다.

"나도 저 나이 때 저랬어요." 리타는 말했다. "날씨가 더우면 메
슥거리곤 해서 별로 먹지를 못했지요."

"맞아요. 아가씨들은 남자들보다 예민해서." 로레토가 말했다.
"아말리아는 아리따운 아가씨가 되었어요. 누가 상상이나 했겠어

요? 마지막으로 봤을 때만 해도 말하는 큼지막한 인형을 안고 다녔는데……"

호세는 물을 마시다 사레가 들려 로레토가 등을 두드려주어야 했다.

"음식이 목에 걸린 사람을 치료해본 것은 학교 다닐 때가 전부야." 의사가 농담을 던졌다. "그러니 효과는 장담 못 하네."

사레가 겨우 멈추었다.

"아말리아한테 말하는 인형이 있었는지는 생각이 안 나는데." 호세는 기침이 완전히 가신 척하며 말했다.

"음, 여러 해 전이니까. 온갖 종류의 인형을 다 사주었잖나…… 기억이 안 나는 거겠지."

"나는 기억나요." 로레토의 아내 이레네가 끼어들었다. "베르티카도 똑같은 걸 사달라고 몇 달이나 졸라댔거든요."

무슨 일이 있군. 리타는 레몬에이드를 한 잔 가져다달라고 부탁하면서 페페를 유심히 살폈다. 저렇게 당황하는 것과 그 인형이 무슨 상관이 있는 걸까? 아말리아가 화장실에서 토하고 있었다…… 성 유다 타데오시여! 그건 안 돼요. 다른 건 몰라도 그것만은 안 됩니다!

메르세데스의 발걸음 소리가 나자 사람들의 시선이 따라갔다.

"이제 좀 괜찮은 모양이에요." 그녀는 천연덕스럽게 말했다. 그러나 시선을 들었을 때 남편과 눈이 마주치자 흠칫했다.

누군가와 삼십 년을 같이 살았다면 오랜 세월이다. 메르세데스는 호세와 삼십 년 이상을 함께했다. 포크로 접시에서 입으로 음식을 옮기던 그녀는 일순간 멈췄다. 남편이 사람들 모르게 하라는 표정을 짓고 있었다.

"직접 노래하는 걸 듣고 싶은 사람을 꼽으라면 단연 베니 모레예요." 로레토가 말했다. "멕시코에서 페레스 프라도와 같이 녹음한 것들만 들었거든요."

"그는 정말 신처럼 노래해요." 페페는 아무렇지도 않은 척하느라 애를 쓰며 말했다. "메르세데스와 나는 한 달 전에 보러 갔어요."

"모두 함께 갈 약속을 잡아보기로 해요…… 원하신다면 도냐 리타도 함께요."

여배우는 숨 막히는 기분을 털어내려고 레몬에이드를 단숨에 들이마셨다.

"좋지요." 그녀가 미소를 지으며 대답했다. 그녀 생애 최고의 연기였다. 아말리아로 인한 놀라움은 지옥의 불꽃 앞에 서는 일보다 지독한 것이었다.

"그러면 더 얘기할 필요 없군요." 호세는 자기 말에 뭔가 결심이 숨어 있음을 아무도 알아채지 못하도록 큰 소리로 말했다.

그러나 앙헬라가 다시 자리로 돌아오자 다음 날까지 이야기를 미루기로 했다. 어머니를 놀라게 하고 싶지 않았다. 어머니가 이상할 만큼 말이 없어서 나날이 걱정하던 중이었다.

어머니는 아들의 근심을 알아차리지 못했다. 손녀가 거의 패닉 상태에 빠져 있는 것이나 메르세데스의 공포도 알아채지 못했다. 가슴속에는 새로운 기쁨이 고동치고 있었다. 긴장된 분위기가 감도는 걸 전혀 의식하지 못한 채 저녁식사를 끝내고 접시들을 집어 들었다. 그러고는 언제나처럼 메르세데스의 도움을 마다하고 혼자 설거지를 했다.

등 뒤에서 냄비가 덜컥거리는 소리가 마르티니코의 도착을 알려주었다. 몇 주 전부터 밤마다 나타났다. 부탁하지도 않았건만 같이 있어주겠다는 말을 하고 싶은 듯했다. 쳐다보려고 돌아볼 필요도 없었다. 등 뒤에서 나는 새소리는 여름날 오후 산의 속삭임을 떠올리게 했다. 그런 오후면 그녀와 후앙코는 산기슭으로 산책을 나갔고, 평생의 사랑과 맺어질 수 있도록 충고해주었던 물의 요정이 있던 샘을 찾아가보기도 했다.

후앙코가 그리웠다. 남편을 떠올리지 않고 보낸 날이 하루도 없었다. 처음에는 그의 부재를 잊으려고 일상적인 일에 전념해보려 애를 썼다. 그러나 최근에는 다시 그가 근처에 있는 느낌이었다.

그녀는 주방 불을 끄고 다리를 끌면서 방으로 갔다. 산악 지대의 촉촉한 야생초 위를 미끄러져 가듯이 몸이 흔들렸다. 램프를 켜지 않고 옷을 벗었다. 그녀가 드러눕자 침대 매트가 가라앉으면서 뼈에서 삐걱거리는 소리가 났다. 어둠 속에서 그가 보였다. 젊고 잘생긴 후앙코가 옆에 누워 있었다. 그녀는 더 잘 보려고 눈을 감았다. 남편의 웃는 표정은 얼마나 멋진가! 그녀에게 키스할 때 얼굴을 감싸던 손길은 어땠던가! 그녀는 리본이 달린 스커트를 입고 춤을 추고 있었다. 그녀가 돌 때마다 리본도 따라 돌았다······

두엔데가 침대로 다가가 앙헬라의 얼굴을 쳐다보았다. 잠 속으로 빠져드느라 속눈썹이 떨리고 있었다. 두엔데는 새벽이 올 때까지 침대머리에 붙어 앉아 참을성 있게 밤을 지켰다. 두엔데는 그녀의 꿈속에서 마법에 걸린 오후에 그녀와 함께 듣던 피리 소리에 맞춰 산으로 뛰어오르며 춤을 췄다. 그리고 열렬히 사랑하던 청년과 포옹하는 그녀의 모습을 보았다.

예지력을 가진 산악 지대의 아가씨 앙헬리타는 꿈속에서 미소를 지었다. 부모와 살던 집 화덕의 솥단지들 사이에서 놀던 때만큼이나 천진난만한 표정이었다. 그리고 마침내 숨이 완전히 멈추고 후앙코가 기다리고 있는 빛을 향해 영혼이 두둥실 떠오르자 두엔데는 그녀에게 몸을 숙였다. 그리고 서로 알게 된 후 처음이자 마지막으로 그녀의 이마에 입을 맞추었다.

파블로는 멀리 친구들이 보이자 탄식조의 볼레로가 흘러나오는 축음기 옆에 멈춰 섰다. 아직 친구들은 알아채지 못하고 있었다. 난처한 상황이었다. 그는 순간적으로 바로 앞 건물인 이발소에 들어가 그녀의 집을 몰래 살펴볼까 생각했다. 그러나 친구들이 금세 그를 알아보았다.

"티그레!"

다가가는 수밖에 없었다.

"마침 잘 왔어!" 호아킨이 인사를 했다. "커피를 한 잔씩 더 시키려던 중이야."

"로렌소 알지?" 루이스는 렌즈가 두꺼운 안경을 쓴 뚱뚱한 친구를 가리키며 말했다.

"반가워."

"푸포!" 호아킨은 카운터 안쪽에서 분주히 움직이는 물라토를 불렀다. "커피 한 잔 더요."

"나는 마놀로 암살 건*이 계속 걸려." 로렌소가 말했다. 그가 토론을 주도하고 있는 듯했다. "내 생각에는 갱단이 학교에까지 손을 뻗친 것 같아. 그라우 책임이지. 그 도당을 경찰 지휘관으로 임명하지 않았다면 상황이 달라졌을 테니까."

"너는 치바스 편이지. 비난이 네가 제일 좋아하는 스포츠가 되었잖아."

"치바스의 뜻은 좋았다고."

"하지만 강박 때문에 미쳐버렸지. 다시 말하지만 이 나라의 질병은 경제적인 게 아니라 사회적인 거라니까…… 심리적인 것이기도 하고."

"나도 같은 생각이야." 파블로가 말했다. "이 나라에는 무수한 정치 부패와 근거 없는 폭력이 난무하고 있어. 정권이 바뀌어도 아무 소용이 없어. 그라우가 가고 프리오**가 왔지만 모든 게 그대로잖아."

"바로 그게 치바스가 말하는 거라니까."

"그래. 하지만 그는 책임자를 잘못 지목해 혼란을 일으키고 그 바람에 이용만 당한다니까……"

"여자 친구들 얘기 하니?"

젊은이들이 돌아보았다. 파블로는 못마땅한 표정을 지었다. 그러나 신중함을 잃지 않았다.

"아버지, 여기서 뭐 하세요?"

"마누엘 아저씨." 루이스는 틈도 주지 않고 물었다. "경찰 내부에서 부정행위가 벌어지고 있는데, 그 수장을 교체해야 한다고 생

---

* 1948년 2월 22일 마놀로 카스트로라는 학생이 청부 살인 조직의 손에 암살당한 사건.

** 카를로스 프리오 소카라스. 쿠바의 16대 대통령(1948~1952).

각지 않으세요?"

마누엘의 미소가 흐려졌다. 젊은이들은 애인과 장차 어떻게 될 는지 등의 이야기가 아니라 골치 아픈 문제들로 머리가 꽉 차 있었다.

"그런 토론 안 된다 생각한다." 마누엘은 어눌한 스페인어로 매우 근엄하게 대답했다. "학생 공부 마쳐야 하고 가족 생각해야 한다."

파블로는 아버지의 연설을 중단시키기 위해 일어섰다.

"그럼 내일 보자."

두 사람은 무리와 헤어졌다.

"슈 리와 케이가 정치에 개입해 있는 줄 몰랐다." 그 자리를 나오자마자 아버지는 광둥어로 아들을 나무랐다.

"잡담을 좀 한 것뿐이에요."

"너희들이 논할 문제도 아니고 제대로 알지도 못하는 문제잖니."

파블로는 대답하지 않았다. 그런 문제로 아버지와 논쟁하는 건 소용없는 짓이었다. 게다가 더 중요한 일이 있었다.

"호아킨에게 전할 말이 있었는데 잊어버렸어요."

"집에 가서 전화하렴."

"호아킨이 바로 집으로 돌아갈지 어떤지 몰라서요. 중요한 문제예요. 지금 가서 말하는 게 좋겠어요."

"늦지 마라."

그러나 파블로는 주점으로 돌아가지 않았다. 모퉁이를 돌아서 자마자 공중전화를 찾았다. 하지만 다이얼을 다 돌리기도 전에 자동차가 한 대 그의 옆에 와서 섰다.

"파블로." 여자 목소리가 그를 불렀다.

아말리아일 거라고 생각하면서 차로 다가간 그는 놀라서 우뚝 섰다. 도냐 리타였다. 무슨 일이 생긴 것이다.

"잠깐 올라타라, 애야. 온종일 시간이 있는 건 아니니까."

파블로가 차에 오르자 운전사가 모퉁이에서 조금 떨어진 곳으로 차를 몰았다.

"아말리아는요?"

"올 수 없었어." 여자가 손수건으로 눈물을 훔치며 말했다. "도냐 앙헬라가 어젯밤 돌아가셨어. 그리고 호세가 모든 걸 알아버렸다."

파블로는 불이 붙은 사탕수숫대처럼 무릎이 꺾여 내리는 기분이었다.

"네에?" 말을 떠듬거렸다. "뭐, 뭐라구요……?"

"아말리아네 집에서 식사를 하고 있었는데, 그 아이가 화장실로 뛰어가 구토를 해댔단다…… 오늘 아침에는 일어나보니 도냐 앙헬라가 세상을 떠나 있었고."

"하느님 맙소사."

여자는 몸을 등받이에 기댔다. 젊은이의 진지한 태도에 그녀는 늘 불편함을 느꼈다. 그러나 지금은 그의 눈에 비친 심연 때문에 두려울 정도였다.

"아말리아가 너를 찾아보라고 부탁했다." 그녀는 말을 이었다. "그 애 아버지는 며칠 안으로 그 애를 산티아고로 데려갈 거야. 거기서 친척들과 함께 히혼*으로 가는 배를 태우려고."

---

* 스페인 북부 해안에 면한 공업 도시.

"아말리아는 아무 말 없었어요……"

"그 아이도 이틀 전까진 몰랐다."

"우리 부모님께 뭐라고 말하죠?"

"그건 차차 결정할 문제고." 그녀가 말했다. "한 번 더 그 아이를 보고 싶으면 오늘 자정에 찾아가보는 게 좋을 거다."

"도냐 리타, 제 말 오해하지 말고 들어주세요. 저는 아말리아를 제 목숨보다 사랑합니다. 당연히 이 세상 끝까지 함께할 거예요. 문제는 우리가 함께 있을 곳이 없다는 거예요. 며칠 지낼 만한 방을 구할 돈은 있지만 그다음에는 어떻게 해야 할지 모르겠어요. 우리 부모님한테는 의지할 수 없어요. 차라리 같이 죽어버리는 게 나아요……"

"무슨 어리석은 소리를 하는 거냐?" 리타가 화를 참지 못하고 소리쳤다. 그 풀에 파블로는 천장에 머리를 찧었다. "죽는다고 해결되는 건 없다. 남은 사람들에게 문제만 떠넘길 뿐이지."

"어떻게 하면 좋을까요?"

"오늘 밤 그 아이를 만나러 가…… 아니, 오늘은 밤샘 조문이 있을 테니 안 되고, 내일이 좋겠구나, 내일 새벽. 둘이 만나 같이 우리 집으로 바로 오너라. 주소는 아말리아가 알고 있다."

"고맙습니다, 도냐 리타." 그는 그녀의 손에 키스했다.

"아직 그러기엔 일러." 그녀는 노여움을 느끼며 손을 빼냈다. "아말리아는 우리 집에 있을 수 있지만 너는 부모님 댁으로 가서 아무 일 없었던 것처럼 행동해야 해. 그래야 부모님이 알아차리지 못하지. 일자리를 구하지 못했으면서 괜히 서둘러 결혼하거나 하면 내가 그 아이 부모에게 알려서 아이를 데려가라고 할 테니 그리 알아라."

"그렇게 할게요, 도냐 리타. 맹세할게요……"

"나한테 맹세할 것도 약속할 것도 없다. 나는 성녀도 성모도 아니니까. 네가 할 일이나 잘해라. 그러고 나서 어디 보자꾸나."

"그럼 내일 뵐게요." 그는 차에서 내리면서 간신히 목소리를 내 대답했다.

파블로가 옷이 구겨진 채 악마를 보기라도 한 사람처럼 내달려 사람들 속으로 사라지자 그제야 리타는 안도의 한숨을 내쉬었다.

부재

간밤에 커튼 치는 걸 잊는 바람에 태양이 얼굴을 한가득 비추고 있었다. 그녀는 창으로 다가가 더듬더듬 커튼을 찾아 부드럽게 잡아 펼쳤다. 그러고는 커피를 내리러 갔다. 문득 가이아가 남긴 메시지가 떠올랐다. 침대에 누워 있을 때 자동응답기 메시지가 들렸다. 세상에 관심을 갖기에는 너무 약해져 있다는 기분에 잠겨 있던 중이었다. 그녀는 다시 메시지를 듣기 위해 전화기 쪽으로 다가갔다. 그 집을 또 보았다는 가이아의 목소리. 자세한 설명은 없었지만 친구의 흥분이 느껴졌다.

토스트를 반쯤 먹다 전화번호를 누르기 시작했다. 일요일 아침 여덟시인데도 가이아가 깨어 있을까 하는 의문조차 갖지 않았다. 가이아는 바로 전화를 받았다. 전화기 옆에 붙어 그녀의 전화를 기다리기라도 한 것 같았다. 사실은 거의 잠을 자지 않았다고 했다. 그 집을 다시 본 곳이 어디인지 짐작조차 못할걸? 더글러스 로드의 공터였어…… 세실리아는 토스트를 씹다 멈추었다. 그녀의 집 모퉁이에 있는 곳이었다. 발코니에서 내다보면 보이는. 전화기를 귀에 댄 채 발코니로 뛰어갔다. 없었다. 당연히 없었다. 그 집은 밤에만 나타났다. 몇 시에 봤어? 그러니까, 아주 늦은 시간이었어. 새벽 한시가 가까운 시간이었어. 가이아는 차를 타고 지나던 길이었는데 급브레이크를 밟아야 했고, 아마 이웃 사람들도 그 소리를 들었을 거라고 했다. 날이 추워서인지 길에는 사람이 없었다고도.

"그 집인 걸 어떻게 알았어? 차에서, 그것도 어두웠는데?" 세실리아가 물었다.

"두 번이나 봤으니까. 이 지역에 있는 보통 집들하고는 달라. 그리고 온통 불을 켜놓고 있거든. 그래서 차에서 내려 다가갔지."

"유령의 집을 싫어하는 줄 알았는데."

"싫지만 그렇게 가까이에서 본 건 처음이니까. 무슨 일이 생기면 소리 지르면 되는 거고. 그리고 보도 쪽에서 살펴볼 참이었어. 한 열 걸음 떨어진 거리였을까, 문이 열리더니 꽃무늬 원피스를 입은 노파와 젊은 부부 한 쌍이 나오는 게 보였어. 젊은 여자의 얼굴이 눈에 익었는데 어디서 봤는지는 생각이 안 나. 남자는 키가 컸어. 아주 오래전 스타일의 밝은 물방울무늬 넥타이를 하고, 짙은 색 슈트를 입고 있었어. 그들은 나를 쳐다보지도 않았어. 노파만 나를 보고 미소를 지었을 뿐. 문득 그들이 계단을 내려오려 한다는 생각이 들더라. 그러자 너무 무서워져서 차 안으로 숨었지."

세실리아는 수화기를 귀와 어깨 사이에 끼우고 아침식사를 마저 하기 시작했다.

"그게 언제였어?"

"그게 뭐 중요해?"

"쿠바 역사와 상관있는 날이라는 거 잊었어?"

"그래, 맞아. 13일 금요일이었어…… 아니다, 자정이 지난 후니까 14일 토요일이네."

"그날 무슨 일이 있었지?"

"너는 도대체 어느 세상에서 살고 있는 거니? 2월 14일은 연인들의 날이잖아. 밸런타인데이!"

"안 돼." 세실리아는 식기세척기에 그릇을 갖다놓으며 말했다. "쿠바와 상관있는 날이어야 해."

"잠깐만, 쿠바 역사 연표 적어놓은 게 있을 거야."

가이아가 집을 뒤지며 찾는 동안 세실리아는 식기세척기에 세제를 넣고 문을 닫은 뒤 버튼을 눌렀다. 식기세척기가 웅웅거리며 돌아가기 시작했다.

"찾았어. 그런데 그날은 나온 게 없는데."

"그러면 가설도 소용없는 거야."

"어쩌면 여기 나와 있지 않은 어떤 일이 있었을지도 모르지."

세실리아는 답답했다. 국경일 등과 관련 있을 거라는 생각에 들떠 있었는데 실마리가 될 수 있는 기준점이 무너져버렸다. 예외적인 날짜가 하나만 있어도 모든 게 무너지기에 충분했다.

"계속 찾아봐야겠어." 가이아는 전화를 끊으면서 말했다. "찾으면 전화할게."

세실리아는 샤워를 하려고 욕실로 갔다. 리사는 또 다른 규칙이 있을지도 모르니 출현한 곳들을 지도에 표시해보라고 했는데 그걸 잊고 있었다. 불길한 사건들이 있었던 날이라는 가설이 확실해

보였기 때문이다…… 가이아 말대로 별 의미가 없는 날이어서 연표에 안 나오는 거라면 어쩌지? 어디서 정보를 더 찾을 수 있을까? 노인들은 보통 진기한 물건들을 간직하고 있었다. 이모할머니의 벽장도 누렇게 바랜 잡지와 신문으로 가득 차 있었다.

머리를 말리고 서둘러 옷을 입었다. 이모할머니에게 전화를 걸었지만 자동응답기가 대답할 뿐이었다. 아마 시장에 간 모양이었다. 오전 열시였다. 시간을 보내기 위해 텔레비전을 켜고 채널을 이리저리 돌렸다. 괴물이 가득한 호러 애니메이션과 스포츠 채널, 두세 개의 뉴스 채널, 따분한 영화 채널 들이었다. 텔레비전을 껐다. 뭘 하지?

일어나서 여행 안내 책자 사이에 끼워둔 마이애미 지도를 찾아 식탁 위에 펼쳐놓았다. 그리고 날짜들의 메모를 살피기 시작했다. 유령의 집이 나타났던 곳을 빨간 크레용으로 표시해갔다. 각 지점들 옆에는 작은 글씨로 날짜를 적어놓았다. 삼십 분 후 지도에는 빨간 점이 여기저기 흩뿌려져 있었다. 지도를 거꾸로 뒤집어가며 가능한 한 모든 각도에서 들여다보았다. 그러나 논리적인 연결을 찾을 만한 어떤 것도 보이지 않았다. 갑자기 떠오르는 게 있었다. 별자리였다. 아무 별자리나 그려보았다. 그러나 별다른 걸 찾지 못했다. 사각형도 별 모양도 삼각형도 없었다. 어떤 별자리 모양도 아니었다. 선으로 이어보았지만 마찬가지로 소용이 없었다.

지친 나머지 발코니로 나갔다. 그 자리에 선 채, 집이 나타났다는 모퉁이의 햇살 가득한 공터를 바라보았다. 그렇게 가까이에 있었을 줄이야…… 그런 생각은 별 의미가 없었다. 어쩌면 바로 코앞에 나타났어도 보지 못했을 테니. 그 집을 보려면 영적 능력이 필요할 것이다. 문득 델피나 할머니가 떠올랐다. 밀가루가 잔뜩 묻은 앞치마를 두른 채 단내를 쫓아 따라다니는 꿀벌에 둘러싸인 할머니…… 할머니라면 눈 깜짝할 사이에 이 미스터리를 해결할 텐데.

주방으로 돌아와 점이 여러 개 박힌 지도를 다시 들여다보았다. 뭔가 빠져나가는 기분이었다. 머릿속에 이런저런 생각이 떠올랐다. 그러나 제대로 형태를 갖추지 못했다. 다시 날짜들을 쳐다보자 예감이 더욱 강해졌다. 대답이 바로 그녀 눈앞에 있었다. 그러나 보이지 않았다. 아직은……

그녀는 사막 한가운데 오아시스처럼 혼자였다. 그것도 젊고 아름다운 사람들이 넘쳐나는 도시에서. 그게 문제였다. 전에는 한 번도 자신의 외모에 대해 관심을 가진 적이 없었다. 그런데 최근에는 주변 사람들이 그녀에게 거울을 들여다보도록 떠밀고 있었다. "나는 퇴화하고 있어." 그녀는 그런 여성적인 허영에 소스라칠 때마다 혼잣말을 했다. "점점 경박해지고 있군." 그럴 때면 서둘러 방을 나와 물통에 물을 가득 담았다. 그러고는 발코니로 가 화초에 물을 주었다.

지금도 그랬다. 신발을 벗고 머리칼을 땀으로 적셔가며 카네이션 화분에 자라고 있는 잡초들을 뽑아냈다. 지도를 들고 두 시간이나 보내고 난 뒤 눈썹이나 뽑고 눈가에 생기는 주름이나 살펴볼까 생각하다 문득 화분 생각이 떠올랐던 것이다. 전화벨이 울렸다. 물통에 손을 넣었다가 물기를 닦고 전화기를 집어들었다. 프레디였다.

"벌써 일어났어?"

"여덟시에 일어났지."

"하지만 일요일인데! 뭐 하고 있어?"

"화초에 물 주고 있어."

"잠깐 들를게."

채 블라우스를 갈아입을 틈도 없이 프레디가 문을 두드렸다.

"목말라 죽겠다." 그는 커다란 배낭을 벗어 내려놓으며 말했다.

세실리아는 물을 갖다 주었다.

"어디 갔다 오는 거야?"

"어디 가느냐고 묻는 게 낫겠다."

"어디 가는 거야?"

"친구들을 만나봐야 해."

그렇게 돌아다녀야 하는 이유가 뭔지 물으려는데 다시 초인종이 울렸다.

"거참 이상하네." 그녀는 중얼거리며 문에 달린 구멍으로 내다보았다.

"가이아!" 세실리아는 문을 열며 소리를 질렀다. "여기 어쩐 일이야?"

"난 네가 아직 날짜 생각을 하고 있을 줄 알았지. 뭐가 떠올랐는지…… 아! 손님이 있는 줄 몰랐네."

서로를 소개해준 다음 세실리아가 말했다.

"나 배고파. 뭐 좀 주문할까?"

가이아가 피자집에 전화를 걸고 세실리아가 음료를 차게 식히는 동안 프레디는 CD장을 뒤져보고 있었다.

"십오 분 걸린대." 가이아가 소파에 앉으며 말했다.

세실리아는 약병을 찾았다.

"무슨 약이야?" 프레디가 물었다.

"항우울제. 오늘 아침에 먹는 걸 깜빡했네."

프레디는 그런 건 왜 먹느냐는 표정을 지었다.

"일시적으로 먹는 거야." 그녀가 변명했다.

프레디는 할 말이 더 있는 듯했지만 가이아가 끼어들었다.

"뭔가 생각난 게 있어?"

"집이 출현한 곳들을 지도에 표시해봤지만 찾아낸 건 없어."

"그 점들이 모여 어떤 모양이 만들어지는지 살펴봤어?"

"아무런 모양이 안 나와."

"무슨 얘기 하는 건지 나도 좀 알 수 있어?"

세실리아는 프레디에게 유령의 집의 세부 사항들과 출현에 대해 설명했다. 피자가 배달될 때까지도 날짜들, 특히 마지막 날짜의 의미에 대해 계속 입씨름했다. 이제까지 지켜져오던 황금률을 깨버렸으니 틀림없이 아주 불가사의한 날짜일 터였다. 피자를 다 먹을 때까지도 아무런 결론에 도달하지 못했다. 프레디는 시계를 보더니 약속에 늦었다고 했다. 그는 문간을 나서면서 소리쳤다.

"중요한 걸 잊었네!" 가방을 열더니 여러 개의 비디오테이프를 꺼냈다. "이걸 주러 왔는데. 교황 방문을 녹화한 거야. 잃어버리면 안 돼."

"고마워. 하지만 그 나라와 관계된 건 다 지겨워."

'그렇지 않으면서.' 프레디는 생각했다. 하지만 목소리를 높여 말했다. "나도 그래. 하지만 고통을 안겨준 곳도 사랑하는 법을 배워야지."

"아니야." 세실리아는 고쳐 말했다. "사랑했던 적이 있는 곳을 사랑하는 법을 배우는 거야. 아마도 그래서 마이애미가 좋아지기 시작하나봐."

"네 말이 사실이면 그 빌어먹을 섬나라도 사랑해야 하는 거야. 우리는 그곳의 너무 많은 것을 지나치게 사랑했으니까. 사랑할 만한 가치가 있던 것들, 없던 것들 모두……"

세실리아는 속에서 무언가가 허물어지는 느낌이었다. 마치 성벽이 무너지는 듯했다. 그러나 인정하지 않았다.

"아무것도 기억하고 싶지 않아. 잊고 싶어. 내가 다른 사람이라고 생각하고 싶어. 내가 어둡고 조용한 곳에서 태어났다고 상상하고 싶어. 변하는 건 계절뿐, 정원에 놓아둔 돌멩이가 천 년이 지나도 그대로 있는 그런 곳 말이야. 어떤 새로운 것에도 적응할 필요가 없었으면 좋겠어. 어떤 사람과 밀착되었다가 모퉁이를 돌 때마다 도로 잃어버리는 그런 인생에 지쳤어. 더이상의 상실은 못 견디겠어. 영혼도 아프고 기억도 아파. 사랑하고 싶지 않아. 그래야 나중에 고통 때문에 죽는 일이 없을 테니까……"

프레디는 그녀의 고뇌를 이해했다. 그러나 그런 고독의 소망을 지지하지는 않았다. 또다시 그녀가 고립되도록 놔둘 수는 없었다. 고립은 분별력의 최대 적이었다.

"나는 친구들도 그립고 산책길, 사랑의 모험 모두 그리워." 그는 고집스럽게 말했다. "그런데 그걸 인정하는 게 뭐 어때서?"

"부재는 망각을 뜻한다네……" 가이아가 노래를 불렀다.

프레디는 그녀를 노려보았다.

"사람들은 한 장소에서 멀어지면 그곳을 신화화해요." 가이아는
단언했다.

"맞아." 세실리아가 말했다. "네가 그리워하는 아바나는 이젠
더이상 존재하지 않아."

"지금 그 말 하는 사람이 누구래!" 프레디는 툴툴거렸다. "줄 서
서 시네마테크 입장하던 게 그립다고 한 달 전에 한숨 쉬던 사람이
누군데."

"사람이라면 말도 안 되는 소리를 할 때도 있어." 세실리아가 좀
흥분하며 말했다. "그때도 이곳에서 사라지고 싶긴 했어."

"쿠바에 있을 때는……"

세실리아는 프레디가 말하도록 내버려두었다. 친구와 달리 그
녀는 섬의 모든 한숨을 매번 쫓아다니지는 않았다. 같은 고통이더
라도 그녀의 고통은 맹목적인 것과는 거리가 있었다.

그녀는 근처 성벽의 담쟁이덩굴에 와 부딪히는 미풍과 코코야자
수 가지 사이로 서로를 쫓아 나는 새들을 바라보았다…… 자신의
옛 도시, 잃어버린 나라가 떠올랐다. 그곳이 증오스러웠다. 오 하
느님, 얼마나 그곳을 증오하는지. 기억이 번뇌로 가득 차든 말든
그건 중요하지 않았다. 그 번뇌가 사랑과 닮았든 말든 그것도 중요
하지 않았다. 그러나 기억의 한편에서 볼레로가 피어났다. "그토
록 많은 꿈이 거짓이라면, 내 심장이 이렇게 깊이 한숨 쉬는데 그
대는 왜 탄식하고 있나요?"

달콤한 매력

"안녕, 이웃 사촌." 여자가 정원에서 들여다보며 인사했다. 손으로는 뭔가를 계속 휘저으면서였다. "설탕이 떨어졌는데 두 숟갈만 빌려줄 수 있나요?"

아말리아는 흠칫 놀랐다. 자기 집 문 앞에 낯모르는 여자가 카스텔라 반죽을 휘저으며 서 있었다. 이틀 전에도 블라인드 사이로 그녀를 본 적이 있다. 그녀는 트럭에서 가구와 상자 들을 옮기는 남자들 주위를 날아다니다시피 했다.

"물론이죠." 아말리아가 대답했다. "들어오세요."

아말리아는 여자가 누군지 알고 있었다. 모퉁이 근처에 사는 뚱뚱한 프레데스빈다 아줌마가 얘기해준 적이 있었다.

"여기 있어요."

"이름이 뭐예요?" 휘젓기를 잠시 멈추며 그녀가 물었다.

"아말리아예요."

"고마워요, 아말리아. 내일 갚을게요. 나는 델피나라고 해요."

설탕 봉지를 내미는 아말리아의 손에 그녀의 손가락이 스쳤다. 그 바람에 설탕이 쏟아질 뻔했다.

"어머나! 아이를 가진 거라면……"

아말리아는 기겁을 했다. 파블로를 제외하고는 아무도 알지 못하는 사실이었다.

"누가 말해줬어요?"

델피나는 얼버무렸다.

"표시가 나는걸요."

"정말요?" 아말리아가 물었다. "두 달밖에 안 됐는데……"

"몸이 아니라 얼굴을 보고 알았어요."

아말리아는 대답하지 않았다. 그러나 여자가 설탕 봉지를 받으면서 자기 얼굴을 쳐다보고 있었던 건 사실이다.

"그럼, 또 봐요. 카스텔라 좀 보낼게요. 딸아이는 아주 이쁘게 자랄 거예요."

"딸이라고요……?" 아말리아가 물었지만 이미 여자는 돌아서서 다시 힘차게 반죽을 저으며 멀어지고 있었다.

아말리아는 얼이 빠졌다. 몇 분 후 프레데스빈다를 만났을 때도 그 표정 그대로였다.

"무슨 일이야?"

"새로 이사 온 이웃집 여자 델피나가요……"

임신 사실을 드러내고 싶지 않아 말을 맺지는 못했다.

"신경 쓰지 마. 가엾게도 내가 보기에는 맛이 좀 갔어. 어제 지나가던 신문팔이 소년이 리마의 쿠바 대사관에 수용되어 있는 페루

인들 기사를 소리쳐 알리니까 뭐라고 했는지 알아? 스핑크스 같은 얼굴을 하더니 쿠바는 빌어먹을 나라라는 거야. 십 년 안에 나라가 뒤집히고, 삼십 년이 지나면 아바나의 페루 대사관에서도 똑같은 일이 일어날 거래. 그때는 그 수가 수천 명이 될 거라면서……"

"그게 무슨 소리예요?" 아말리아가 물었다.

"말했잖아. 약간 정신이 나간 것 같다고." 프레데스빈다는 분명하다는 듯 손가락으로 관자놀이를 가리켰다. "결혼한 지 얼마 안 됐는데, 임신하고 있던 아이를 자동차 사고로 잃었대. 그건 예견하지 못했던 거지, 안 그래?"

"결혼했어요?" 그 이야기를 듣자 아말리아는 정신 나간 여자에게 친밀감이 느껴져 물었다.

"남편도 곧 올 거야. 사구아에 살았대. 아마 새집을 정돈하려고 여자가 먼저 온 걸 거야. 남편은 하던 일을 정리하는 중이겠지."

"안녕하세요, 도냐 프레디?" 그들 뒤쪽에서 누군가가 인사를 했다.

아말리아는 달려가 파블로에게 키스를 했다.

"그럼 비둘기 한 쌍은 놔두고 나는 가야겠네." 프레데스빈다는 정원을 향해 내려가면서 작별 인사를 했다.

파블로는 문을 닫았다.

"뭐 좀 구했어?"

"모두 구했어. 이제 다시 항구로 나갈 필요는 없어."

"뭐라고……?"

"엄마를 만났어."

그건 정말 뉴스였다. 도망 나온 이후 도움을 주는 사람은 리타

뿐이었다. 그러나 조언을 해주는 것 외에 그녀가 할 수 있는 것은 그다지 많지 않았다.

"어머니랑 얘기를 했다고?"

"그뿐만이 아니야."

주머니에서 꾸러미를 꺼냈다. 꾸러미에는 오후의 햇살을 받아 진주처럼 반짝이는 물건이 두 개 들어 있었다. 아말리아는 그것들을 집었다. 진짜 진주였다.

"이게 뭐야?"

"엄마가 주셨어." 파블로가 대답했다. "할머니 거였대."

"너희 아빠가 아시면 뭐라고 하시겠어."

"모르실 거야. 엄마가 중국에서 나올 때 보석을 몇 개 챙겨 왔어. 그런데 배에서 몽땅 도둑 맞았는데 목걸이는 숨겨두었다가 쿠바에 도착하자 아버지한테 주었지. 그리고 이 귀걸이는 뭔가 위급한 상황이 생기면 쓰려고 보여주지 않고 간직하셨대."

"값이 꽤 나갈 것 같아."

"우리가 생각한 가게를 차리기에는 충분하지."

아말리아는 보석을 쳐다보았다. 악보와 악기를 파는 가게를 여는 게 그녀의 꿈이었다. 녹음실과 노래하는 사람들 틈에서 어린 시절을 보내서 그런지 할아버지와 아버지의 열정이 그녀에게 옮아와 있었다.

"어쨌든 대출도 받아야 해."

"받을 수 있을 거야." 그녀는 확신했다.

눈을 떴다. 하지만 자리에서 일어나지 않은 채 누워 있는데 마르티니코가 삼나무 옷장 위에 있는 것이 보였다. 그는 삼나무 고유의 향이 나는 가구를 툭툭 차며 다리를 흔들고 있었다. 잡아당기는 느낌이 들어 배에 손을 갖다 댔다. 아기가 움직이고 있었다. 그녀는 두엔데의 표정이 이상하게도 다정하다는 걸 알아챘다.

산 판콘 상 앞에서 기도를 올리는 파블로의 목소리가 들렸다. 조상들에 대한 남편의 경배는 그녀를 가장 안심시키는 사랑의 표현이었다. 향냄새가 두 사람이 혼인 서약을 하던 날의 기억을 떠올려주었다. 그들은 리타와 친구들과 함께 맘비 증조부의 유해가 있는 묘지로 향했다. 파블로는 스페인어와 중국어가 뒤섞인 말을 중얼거리며 향에 불을 붙여 얼굴 앞에서 흔들었다. 그러고는 연기가 기도를 싣고 올라갈 수 있도록 향을 땅에 꽂았다. 그날 밤 신혼 부부와 친구들은 레스토랑 '태평양'에 모여 저녁을 먹었다. 달콤쌉싸래한 소스에 버무린 돼지고기 요리에 맥주를 곁들이고, 곡주와 쿠바 커피를 마셨다. 리타는 신혼 부부가 간절해하던 대출 계약서에 직접 보증 서명해 선물했다.

그렇게 해서 사람이 많이 다니는 갈리아노 거리와 넵투노 거리가 만나는 모퉁이에 가게를 열었다. 그때부터 파블로는 매일 아침 여섯시에 일어나 도매상에 들러 주문해둔 물건들을 받아왔다. 가게에 도착하면 관심을 보인 손님들에게 전화로 알려주었다. 하루의 나머지 시간은 가게에서 물건을 팔고 특별 주문도 받아 적으며 보냈다. 저녁 일곱시면 가게를 정리하고 집으로 돌아왔다.

"아말리아, 나 나가." 파블로가 복도에서 말했다.

파블로의 목소리에 그녀는 졸다 정신을 차렸다. 오늘 남편을 대신해 가게를 지키려면 옷을 챙겨 입어야 했다. 남편이 중요한 물건을 찾으러 항구에 가는 날이었다. 침대에서 벌떡 일어나자 마르티니코가 유리 선반 위에서 사라지더니 그녀 옆에 다시 나타나 찾고 있던 슬리퍼를 내밀었다. 여자는 임신한 뒤부터 시작된 두엔데의 그런 행동들을 보고도 더이상 놀라지 않았다. 서둘러 옷을 입고 아침식사를 한 아말리아는 잠시 후 가게가 있는 모퉁이를 향해 길을 나섰다.

루나요는 가난한 동네였다. 노동자들이나 교사들이 살았다. 이제 막 가게나 직장 생활을 시작한 동네 사람들은 행운이 찾아와 다른 동네로 이사할 날이 오기만을 기다렸다. 아말리아는 햇살 가득하고 조용한 골목길을 즐겼다. 가게가 있는 아바나 시내까지 삼십 분이 걸린다는 건 전혀 문제되지 않았다. 그녀는 행복했다. 파블로와 결혼했고 첫아이를 기다리는 중이었고 항상 꿈꿔오던 가게를 열었다.

그녀는 버스를 타고 말레콘 근처에 내렸다. 삼십 분 뒤 금속 자물쇠를 벗기고 유리문을 열고 에어컨을 켰다. 기타와 봉고* 들이 벽에 걸려 있었다. 검은 새틴을 씌운 카운터에는 악보들이 보드지나 가죽으로 장정된 표지를 뽐내고 있었다. 두 대의 그랜드피아노—한 대는 흰색, 한 대는 검은색이었다—가 왼쪽 공간을 모두 차지했다. 선반을 따라 케이스에 담긴 현악기, 금관악기가 죽 놓여 있었다. 오른쪽 구석에는 주크박스 한 대가 놓여 있었다. 키를 하나 누르니 베니 모레의 목소리가 정열적인 아침을 가득 채웠다.

---

* 카리브해 지역의 악기로 작은 북의 하나.

"오늘도 어제처럼 나는 당신을 사랑하오, 내 사랑……" 아말리아는 한숨을 내쉬었다. 남자는 우수에 취한 천사처럼 노래했다.

문의 종소리가 첫 손님이 왔음을 알렸다. 아니, 둘이었다. 비얀시코* 악보를 찾는 커플이었다. 아말리아는 여섯 권의 악보를 보여주었다. 그들은 한참을 살펴보고 값을 흥정하더니 그중 세 권을 사갔다. 뒤이어 젊은 남자아이가 들어와 클라리넷을 여러 개 불어보더니 결국 가장 싼 걸로 사갔다. 또 종소리가 울렸다.

"도냐 리타!"

"한번 둘러보러 왔다. 오늘 항구로 물건 찾으러 가는 날이라는 게 기억났지. 그래서 너 혼자 있겠구나 했다. 게다가 어젯밤 꿈을 꾸었는데, 그래서 보고 싶은 악보가 몇 개 있어서 말이야."

"어디 얘기해보세요."

"우리가 디노라의 집에 있는 꿈이었단다……"

"점쟁이 친구분요?"

"그래, 그런데 카드를 읽으면서 미래를 알려주는 사람이 나였지 뭐냐. 너무 선명하게 보였어! 그게 모두 실현될 거라고 확신이 들어…… 꿈속에 너도 있더구나."

"그래서 뭘 보셨어요?"

"그게 나쁜 게 말이야, 아무것도 기억이 안 나. 그렇지만 내가 제대로 점쟁이 노릇을 했어. 카드를 쳐다보는데 머릿속으로 모두 지나가더라니까. 그런데 갑자기 내 목을 잡는 손길이 느껴져 숨을

---

* 스페인의 대중적인 민속음악 장르. 간결하고 화성적이며 종교적인 내용이 담긴 경우가 많아 주로 성탄절이나 축일에 불렸다.

쉴 수가 없는 거야. 숨이 막혀 죽을 뻔하던 순간 잠이 깼단다."

"그런데 그 꿈이 악보들과 무슨 상관이 있어요?"

"얼마 전에 메노티의 새 오페라에 대해 읽은 게 있거든. 아마 〈영매〉인가 뭐 그런 제목이었던 것 같아. 모르지. 근데 악보를 보고 싶은 충동이 들었단다."

"작곡가순으로 정리된 목록도 있고, 최근 작품들만 모아놓은 목록도 하나 있어요……"

"제목 순서대로 찾아보는 게 좋겠구나."

〈맘보에 미친 그대〉의 숨 가쁘게 빠른 노랫소리와 소네로 마요르*의 고통스러운 〈오, 인생이여〉를 연이어 들으면서 두 사람은 목록의 제목들을 훑어갔다.

"이거다!" 리타가 소리쳤다. "지안 카를로 메노티의 〈영매〉. 얼마니?"

"아주머니한테는 공짜예요."

"그러면 안 돼. 장사는 말이야, 정에 매이기 시작하면 망하는 건 금방이지. 그러라고 내가 은행 대출받을 때 서명을 해준 게 아니다."

"그렇지만 돈을 받을 수 없어요. 해주신 일이……"

"돈을 안 받으면 안 가져갈 거다. 그러면 다른 가게에 가서 악보를 사야 해."

아말리아는 값을 말하고 포장할 종이를 찾았다.

---

* '위대한 리더 싱어'라는 뜻으로 1950년대 후반부터 1970년대까지를 풍미한 푸에르토리코 태생의 이스마엘 리베라(1931~1987)를 일컫는다. 쿠바 손 음악의 대가 베니 모레가 붙여준 별명이라고 한다.

"왜 이게 갖고 싶은 건지 확신은 없어." 리타는 돈을 지불하며 털어놓았다. "얼마 전까지만 해도 사르수엘라는 부르지도 않았는데. 근데 지금은…… 어쩌면 그 꿈은 밤마다 숨을 못 쉬게 만드는 이 기관지염과 상관이 있는지도 모르겠다."

여배우는 악보를 팔에 끼고 돌아갔고 아말리아는 목록을 정리하기로 했다. 딸랑이 소리에 파블로가 뒷문으로 들어오고 있음을 알 수 있었다. 그러나 그녀는 다른 손님의 시중을 들고 있는 중이었다. 손님이 가자 아말리아는 안쪽으로 들어갔다.

"파블로."

남편이 깜짝 놀라면서 팸플릿들을 떨어뜨렸다.

"그게 뭐야?"

"호아킨이 일주일만 보관해달라고 부탁했어." 그러고는 서둘러 상자 속에 집어넣었다.

"선전문이지, 그렇지?"

파블로는 팸플릿을 모두 집어넣을 때까지 침묵을 지켰다.

"그런 걸 갖고 있다가는 문제가 생길 거야."

"아무도 음반가게에 이런 게 있을 거라고는 생각하지 못할 거야."

"파블로, 우리한테는 이제 아이가 생겨. 나는 경찰과 얽히고 싶지 않아."

"장담하건대 이건 결코 위험하지 않아. 그냥 파업 호소문일 뿐이야."

아말리아는 묵묵히 그를 쳐다보았다.

파블로가 말했다. "우리가 어떤 형태로든 프리오에게 저항하지 않는다면 모두에게 상황이 안 좋아질 거야."

파블로는 아말리아를 껴안았다. 하지만 그녀는 반응을 보이지 않았다.

"나는 네가 정치에 끼어드는 거 싫어." 아말리아는 분명하게 말했다. "그런 건 주님이 지으신 대로 일하는 대신 몽상에 빠져 사는 사람들이나 할 일이야."

"호아킨 혼자 내버려둘 수는 없어. 친구가 왜 있는 거겠어……"

"그렇게 절친한 친구라면 그거 모두 가져가라고 해."

그는 할 말이 없어 가만히 그녀를 바라보기만 했다. 아말리아는 매일같이 신문 지면을 채우고 있는 실종과 투옥에 대해 알고 있었다. 상황이 잘못 돌아가고 있음을 굳이 파블로가 설명할 필요도 없었다. 그녀는 위험을 느꼈기 때문에 그런 현실에서 떨어져 있고 싶어했다.

"이 나라는 재앙 앞에 놓여 있어." 그는 물러서지 않았다. "팔짱 끼고 구경만 하고 있을 수는 없어."

"네 아이가 고아로 태어났으면 좋겠어?"

다시 종소리가 울렸다.

"제발." 아말리아가 낮게 속삭였다.

"알았어." 그는 한숨을 쉬었다. "다른 곳에 갖다놓을게."

파블로는 키스를 하고 그녀를 진정시켰다.

"오늘 아침은 어땠어?"

"리타 아주머니가 들르셨어." 그녀는 화제가 바뀐 데 안도하면서 대답했다.

"편찮으시다는 말을 어디서 들었는데."

"기관지염이 좀 있으셔."

"그러면 좀 쉬셔야 할 텐데." 파블로는 뒷문으로 향하며 말을 이었다. "잠깐 체육관에 갔다올게."

"어디?"

"상하 거리와 캄파나리오 거리 모퉁이에 있는 체육관 말이야. 기억 안 나? 우슈에 대해 알아보고 싶다고 했잖아. 연습을 좀 해두면 좋을 듯해서."

"그래, 하지만 늦지는 마." 아말리아는 그렇게 말하고는 홀로 나갔다.

못에 담요를 걸어놓은 듯 회색 옷차림의 키가 크고 촌스러운 남자가 대리석 지휘봉을 살펴보고 있었다. 가게에 특별한 인상을 심어주기 위해 파블로가 주문해둔 진기한 물건이었다. 그녀는 지을 수 있는 가장 상냥한 미소를 준비했다. 그러나 남자가 돌아서며 인사를 건네자 자리에서 굳어버렸다. 본능적으로 가게 안쪽을 돌아보았다. 제발 파블로가 뭔가 잊은 물건이라도 있어 되돌아오면 좋을 텐데. 베니 모레였다.

"어서 오세요." 그녀는 간신히 목소리를 내 말했다. "뭘 도와드릴까요?"

"고트샤크*의 악보 있습니까?"

"잠시만요." 그녀는 속삭이듯 대답하고는 유리문이 달린 진열장으로 돌아섰다. "19세기 음악."

목록을 꺼내 손가락으로 여러 줄을 훑어보았다.

"여기 있군요. 루이스 모로 고트샤크. 〈개똥벌레를 위한 판타지〉

---

* 루이스 M. 고트샤크(1829~1869). 미국의 작곡가이자 피아니스트.

······ 〈농촌 풍경〉····· 〈열대의 밤〉······" 그녀는 일련번호를 중얼거리며 진열장을 뒤졌다. "여기 있네요."

아말리아는 그에게 두 권의 악보를 보여주었다.

"추천하는 걸로 가져가겠습니다." 물라토는 마치 잘못을 빌기라도 하듯 천진난만한 미소를 지으며 말했다. "나는 악보를 읽을 줄 몰라요. 콩나물에는 일자무식이랍니다······"

아말리아는 고개를 끄덕였다. 이런 멍청한 짓을 하다니! 나이팅게일 같은 목소리에 자신의 오케스트라를 격식 있게 지휘하는 남자가 사실은 악보 읽는 법을 배운 적이 없어 작곡할 때도 음을 받아 적게 한다던 사실이 그제야 떠올랐다. 그는 열대 지방의 베토벤이었다. 귀머거리는 아니지만 오선지와 음표에는 까막눈이었으니.

"선물하려고요." 그가 묻지도 않았는데 사용처를 밝혔다. "조카가 음악원에서 공부를 하는데 그 작곡가 얘기를 자주 하더군요."

아말리아는 악보를 은색 종이에 싸서 빨간 끈으로 묶어주었다.

"이건 얼맙니까?" 흑단과 대리석으로 만든 지휘봉을 가리키며 가수가 물었다.

아말리아는 저런 터무니없는 물건을 사지는 않겠지 확신하며 가격을 말해주었다.

"주세요."

아말리아의 머릿속에는 단 가지 생각뿐이었다. 아버지가 지금 이 자리에 계셨다면······

"개업한 지 얼마 안 됐죠, 그렇죠?" 그녀가 상자에서 거스름돈을 꺼내는 동안 남자가 물었다.

"두 달 됐어요. 저희 가게를 어떻게 아셨어요?"

"'엘 두엔데'에서 이 가게 얘기를 하더군요. 잊어버릴 수 없는 이름이었어요. 아주 독특했으니까요."

아말리아는 평정을 유지하려고 애썼다. '엘 두엔데'는 아버지의 음반가게였다. 누가 거기서 우리 얘기를 했을까?

"행운을 빌어요." 뮤지션은 모자챙을 가볍게 치며 말했다. "아! 가끔 내 노래 듣는 습관도 잊지 말아요."

무슨 말인지 한동안 이해하지 못했다. 그의 선곡집에 실린 노래가 축음기에서 계속 흘러나오고 있었다는 걸 그제야 깨달았다.

아말리아는 초록빛 대리석 보도에 잠시 멈춰 섰다 사람들 속으로 사라져 가는 호리호리한 남자를 쳐다보았다. 그러다가 시선이 바닥에 붙박였다. 바닥에는 가게의 로고이기도 한 판의 형상과 '판의 피리'라는 글자가 있었다. 왜 그런 우스꽝스러운 이름을 붙였던가? 이 년 전 비냘레스에서의 밤에 두 사람은 미래의 계획을 세우다 동시에 그 이름을 생각해냈다. 기묘한 생각의 일치였다.

갑작스런 굉음에 유리문이 진동했다. 아말리아는 문이 꽝 닫히는 소리인지 천둥소리인지, 아니면 타이어 터지는 소리인지 가늠이 안 돼 그 자리에 우뚝 섰다. 멈춰 서서 쳐다보고 있는 사람이 있는가 하면 쩔쩔매며 어쩔 줄 몰라하는 사람, 소리를 지르며 달려가는 사람들이 보였다. 그제야 뭔가 심각한 일이 벌어졌다는 걸 알았다. 문 쪽으로 다가갔다.

"무슨 일이에요?" '황새'의 주인 여자에게 물어보았다. 그녀는 슬픈 표정으로 유아복 가게 문을 막 닫으려던 참이었다.

"치바스가 자살했대."

"네?"

"몇 분 전에. 라디오 연설을 하던 중이었는데, 마이크 앞에서 자신을 향해 총을 쐈대."

"정말요?"

"우리 딸이 연설을 듣고 있다 방금 전화로 말해줬어."

아말리아는 꿈을 꾸고 있다고 생각했다.

"하지만 왜요?"

"뭔가 이루겠다고 제시했었지만 결국 아무것도 보여줄 수 없었던 거지."

아말리아는 사람들이 그 소식에 큰 충격을 받았다는 걸 알았다. 도시 곳곳에서 소요가 번져가는 소리가 들렸다. 그러나 아무도 그 일을 설명하지는 못하는 듯했다. 파블로를 생각했다. 정말 체육관에 갔을까? 혹시 다른 혼란스러운 상황에 끼어들지나 않았을까? 경찰의 호루라기 소리와 여러 발의 총소리에 그녀는 공포에 질렸다. 가게로 들어가 가방을 찾았다. 분별력을 잃은 그녀는 가게 문을 잠근 뒤 거리로 나왔다. 그를 찾아야 했다. 마음을 가라앉히고 걸음을 옮기려 했지만 양쪽에서 달려오는 사람들과 계속해서 충돌했다.

두 블록을 더 간 그녀는 구호를 외치며 행진하는 군중에 휩쓸려버렸다. 그녀는 아무 문이나 찾아 그 안으로 피하려고 했지만 계속 밀려오는 무리에서 벗어날 수 없었다. 마치 달리기 경주를 하듯 휩쓸려가는 수밖에 없었다. 멈춰 서는 순간 눈멀고 귀먹은 맹목적인 군중에게 밟혀버릴 수 있었기 때문이다.

두 대의 경찰차가 끼이익 소리를 내며 길 한가운데에 섰다. 사람들이 주춤거렸다. 아말리아는 그 틈을 타 옆으로 빠져나와 어느 집 문간으로 올라섰다. 아직도 사람들이 그녀 쪽으로 와 부딪쳤지만 이제는 그다지 위험해 보이지 않았다. 아말리아는 기둥 때문에 모퉁이에서 일어나는 일을 볼 수 없었다. 그래서 그 많은 사람이 왜 뒷걸음질치기 시작하는지 알 수 없었다.

처음 몇 발의 총성이 울리자 그녀는 내달리기 시작해 큰 계단으로 몸을 피했다. 그러나 이내 물줄기가 발사되면서 아말리아는 그것에 맞고 땅에 거꾸러졌다. 순식간이라 무슨 일이 일어났는지도 알지 못했다. 뭔가에 얻어맞는 바람에 고통으로 눈앞이 아득해지는 느낌뿐이었다. 옷을 쳐다보니 피가 보였다. 벽 모서리에 부딪혀 상처를 입은 것이다.

또 한 차례의 물줄기를 가슴에 정통으로 맞고 아말리아는 시멘트 기둥에 부딪혔다. 기둥에는 포스터가 뒤덮여 있었다. 세계에서 가장 넓은 야외 카바레 '트로피카나'의 새 공연 프로그램을 알리는 포스터와, 오백 석의 좌석을 갖추어 뉴욕 라디오시티 뮤직홀보다 크고 지금까지도 세계적으로 가장 큰 블랑키타 극장의 개관을 알리는 더 오래된 포스터였다. 그녀는 사랑하는 섬의 기묘한 운명을 막연하게 생각했다. 뭐든지 세상에서 가장 큰 것 그리고 유일한 것을 갖고 싶어하는 강박이 있는 나라…… 음악과 고통으로 가득 찬 이상한 나라……

물줄기가 다시 그녀를 내리쳤다.

정신을 잃고 땅에 쓰러지는 그녀의 눈에 최근에 공연된 흥행작 포스터가 들어왔다. 그것은 근방에서 일어난 한 피카레스크소설적인 사건을 다룬 공연이었다. "한 여자아이가 프라도와 넵투노 거리에 가던 중이었다……"

영혼의 문제들

세실리아는 잠이 덜 깬 상태에서 수화기를 들었다. 이모할머니였다. 하느님께서 명하시니 아침식사를 같이하자는 전화였다. 변명은 듣지 않을 거예요, 하고 세실리아는 경고했다. 이모할머니는 세실리아가 이번 주 들어 여러 번 전화했다는 걸 알고 있었다. 뭔가 말할 게 있거나 부탁할 게 있다면 오늘이 좋은 기회였다.

그녀는 찬물로 세수하고 서둘러 옷을 입었다. 너무 서두르는 바람에 지도를 잊어버릴 뻔했다. 일주일 내내 해야 할 일이 산더미처럼 쌓여 있었다. 일요일 섹션에 실을 기사를 두 개나 써야 했다. '할머니의 요리 비법'과 '자동차 관리 잘하는 법'. 요리나 기계에 대해 백치나 마찬가지인 그녀가 쓴 기사 제목이었다. 그러나 기사를 쓰면서도 골치 아픈 지도 생각은 한 번도 잊지 않았다. 이모할머니가 사라져버렸다. 적어도 전화에 응답하지 않았다. 이상한 기미가 보이면 경찰에 전화할 생각으로 여러 번 집을 찾아가보기까지 했다. 롤로 할머니는 매일 아침 일찍 나가서 저녁 늦게 돌아온 다고 이웃 여자가 알려주었다. 어딜 돌아다니시는 걸까?

계단을 올라가는데 벌써부터 앵무새의 빽빽거리는 소리가 들려 왔다.

"쓰레기, 내려가! 쓰레기, 내려가!"

이모할머니의 고함 소리도 들려왔다. 새소리보다 더 컸다.

"조용히 못 해! 이놈의 앵무새! 말 안 들으면 벽장에 집어넣어 버린다. 그러곤 사흘을 안 꺼내줄까보다."

그러나 앵무새는 알아듣지 못한 척 온갖 종류의 구호를 계속 외쳐댔다.

"피델, 맞아, 양키 놈들 한방 먹여! 피델, 도둑놈, 우리는 먹을 햄도 없어!"

"유토피아의 그리스도시여!" 이모할머니가 목청을 높였다. "너 계속 그러면 저녁에 셀러리 먹인다."

세실리아는 초인종을 눌렀다. 앵무새가 놀라서 까각거렸고 할머니도 놀란 듯했다. 아마 이웃 사람들이 한 소리 하러 왔다고 생각한 모양이었다. 죽음 같은 침묵이 느껴졌다. 연이어 재빠른 망치질 소리와 뒤이어 성마른 매질 소리.

"이제 됐군." 세실리아는 기대에 차서 혼잣말을 했다. "이제 끝장내버렸군."

문이 열렸다.

"애야, 이렇게 반가울 데가 있나." 이모할머니는 지을 수 있는 최고의 다정한 미소를 지으며 그녀를 맞았다. "들어와라, 들어와. 감기 들라."

롤로 할머니가 문에 빗장을 일일이 채우는 동안 세실리아는 눈으로 새를 찾았다.

"앵무새는요?"

"저기."

"결국 토막 냈어요?"

"애! 무슨 생각을 하는 거니!" 이모할머니가 성호를 그으며 중얼거렸다. "기독교인은 그런 생각 하는 거 아니다."

"피델리나가 할머니께 한 짓도 그다지 '기독교적'이지는 않아요."

"개도 하느님이 만드신 존재야." 할머니는 순교자 같은 표정을 지었다. "무슨 짓을 하는지도 모르고 그러니 내가 용서해야지."

"고함 소리도 들리고 뭔가 시끄러운 소음도 나고 하길래……"

"아, 그거……"

롤로는 벽장으로 가서 문을 열었다. 여러 개의 상자와 여행 가방 틈에 새장에 들어앉은 앵무새가 보였다. 앵무새는 다시 밝은 빛을 보자 기뻐서 소리를 질렀다. 그러나 기쁨은 잠시였다. 롤로는 새의 주둥이 앞에서 쾅 하고 문을 닫았다.

"새장째 끌어다놔야 했다. 좋이 십 톤은 되는 것 같았단다. 움직일 때 새장의 철제 받침에서 소리가 났는데 그 소리를 들은 게로구나."

"이런, 아쉬워라." 세실리아가 실망스럽다는 듯 중얼거렸다.

"주방으로 가자. 초콜릿은 준비해두었단다."

세실리아는 할머니를 따라 주방으로 갔다. 식욕을 자극하는 달콤한 향기가 주방에서 흘러나오고 있었다. 롤로는 아침 일찍 근처 카페테리아에서 막 나온 추로스를 사가지고 와 화덕에 올려 따뜻하게 보온을 해두었다. 그러고는 냄비에 우유를 가득 붓고 스페인 산 덩어리 초콜릿도 여러 개 녹여두었다. 그래서 지금 초콜릿이 가득한 항아리가 식탁 한가운데를 차지하고 있었다. 그 옆 커다란 도자기 접시에는 추로스가 쌓여 있었다. 접시에서 계피향 김이 모락모락 피어나고 있었다.

"왠일이니?" 이모할머니가 음식을 덜어주면서 물었다.

"찾아뵌 지 오래돼서요."

"나는 네 엄마나 마찬가지인 사람이다. 그러니 편하게 말해라. 무슨 일이 있는 거니?"

세실리아는 유령의 집과 그 집이 나타난 날짜들에 대해 이야기했다.

"그런데 지금 어떤 사건과도 일치하지 않는 날 유령의 집이 나타났다는 말이구나." 할머니가 말했다. "나도 어떻게 생각해야 할지 모르겠구나."

세실리아가 추로스 끝에 초콜릿을 묻혀 입으로 가져가다가 거뭇한 초콜릿 방울을 식탁보에 떨어뜨렸다.

"잊어버릴 뻔했네요." 세실리아가 문득 소리 높여 말했다.

거실로 달려나간 그녀는 가방에서 지도를 꺼내 주방으로 돌아오더니 식탁에 지도를 펼쳐놓았다. 그러나 이모할머니는 두 사람이 아침식사를 완전히 끝낼 때까지 아무것도 쳐다보지 않겠다고 했다. 그릇을 치우고 나자 롤로는 지도를 열심히 들여다보았다. 세실리아가 한마디 끼어들 틈도 주지 않았다. 여러 번 미간을 찡그리기도 하고 가만히 허공을 쳐다보기도 했다. 그녀만이 지각할 수 있는 뭔가를 보거나 듣기 위한 듯했다. 그러더니 머리를 조용히 끄덕이고는 다시 지도를 쳐다보았다.

"내가 무슨 생각을 하는지 아니?" 이모할머니가 말했다. "그 집은 추억의 장소일 수 있어."

"무슨 장소요?"

"일종의 기념물이거나 신호라고."

"못 알아듣겠어요."

"지금까지 대부분의 날짜는 쿠바의 최근 역사와 관계가 있었지. 그런데 그 집은 누군가와의 특별한 관계를 보여주고 싶은 것일 수도 있다고."

"그게 무슨 말씀이세요?"

"아무 의미도 없어. 그냥 좌표를 만드는 중이라는 거지."

"알아듣게 설명해주시겠어요?"

"얘야, 아주 간단하단다. 이 모든 시간 동안 그 집은 '나는 이곳에서 왔고 이러한 일을 나타낸다'고 알리는 중이라는 거야. 그리고 이번에는 '나는 이러이러한 사람 때문에 여기 있다'고 말하는 중인 거고. 그 집은 쿠바에서 온 듯하구나. 하지만 이 도시에 있는 물건이나 사람과 연결되어 있을 수도 있어."

세실리아는 아무 말도 하지 않았다. 정말 당황스러운 가설이었다. 그 집이 마이애미에 정착한 어느 개인사의 보고(寶庫)라면 왜 규칙도 없고 일관성도 없이 계속 이 도시의 여러 곳에 나타나는가.

괘종시계 소리에 세실리아는 공상에서 빠져나왔다.

"미안하다, 얘야. 나는 미사를 보러 가야 하니 나중에 또…… 세상에! 너 스커트 좀 봐라."

초콜릿 얼룩이 블라우스 아래쪽에 묻어 있었다. 롤로는 냉장고로 가서 문을 열고 얼음을 한 조각 꺼냈다.

"욕실에 가서 얼룩이 빠지도록 문질러라."

세실리아는 주방에서 나왔다.

"할머니, 이번 주에 왜 그렇게 자주 외출을 하셨어요?" 세실리아가 침실 옆을 지나가면서 물었다. "무슨 일이 생긴 줄 알았어요. 매일 성당에 틀어박혀 있었다고 하지는 않으실 테지요……"

그녀는 말을 다 맺지 못했다. 화장대 위에 사진이 보였기 때문이다. 델피나 할머니가 거기 있었다. 늘 입고 있던 꽃무늬 원피스 차림에 언제나처럼 미소를 지은 채 정원의 장미꽃에 둘러싸여 있는 모습이었다. 다른 사진에는 신사 한 사람이 있었다. 사진 속 새장에서 포즈를 잡고 있는 앵무새가 아니었다면 세실리아는 누구인지 알아보지 못했을 것이다. 그리고 세번째 사진. 세실리아는 발밑에서 땅이 흔들리는 느낌을 받았다. 그녀는 신랑 신부 차림의 부모를 알아보고는 애정과 공포를 동시에 느꼈다. 신부는 머리를 묶고 긴 드레스를 입은 차림이었고 신랑은 배우 같은 얼굴에 세실리아가 잊어버린 밝은 물방울무늬 넥타이를 매고 있었다. 사진 하단에는 헌사가 적혀 있었다. "롤로 이모님께. 엘 베다도의 성심 교구에서 저희의 결혼식을 기념하여……" 그리고 마지막에 적힌 날짜…… 날짜는……

"2월은 내가 매일 성당에 가는 유일한 달이란다." 이모할머니가 주방에서 말하는 소리가 들렸다. "2월 14일 결혼한 너희 부모를 추억하러 기도하러 가는 거야. 두 사람은 서로 얼마나 사랑하는지 보여주려고 그날 결혼식을 올렸단다. 주님의 영광 안에 함께하기를!"

그대가 필요해요

딸아이, 그러니까 델피나가 딸이라고 예언한 아이를 유산한 사실을 알았을 때 아말리아는 울지 않았다. 그녀의 눈은 병원 의자에 앉아 있는 파블로의 얼굴에 꽂혀 있었다. 병원은 그녀가 태어난 곳이었고 알멘다레스 후작의 딸이 저택에 살던 시절 그녀의 할머니가 노예로 일하던 곳이기도 했다. 창의 스테인드글라스는 아직도 벽과 바닥에 다채로운 색깔을 뿜어내고 있었다. 뜰의 음지식물들이 비를 맞으며 속삭이고 있었고 병실은 쿠바의 평야를 기억나게 하는 상큼한 향기로 가득 차 있었다.

"빌어먹을 놈들." 파블로는 이를 악물고 중얼거렸다. "우리에게 무슨 짓을 했는지 보라고."

"아이는 또 가질 수 있어." 그녀는 눈물을 삼키며 말했다.

파블로는 축축하고 발개진 눈으로 몸을 숙여 그녀를 안았다. 그녀도 델피나의 예언자적인 능력에 전염된 것 같았다. 몇 달 후 다시 아이를 가진 것이다.

그후에도 계속 아말리아는 델피나 생각을 했다. 델피나는 다시 이사를 갔는데, 떠나기 전에 여러 예언으로 아말리아의 머리를 가득 채워놓았다. 그녀의 예언 때문에 아말리아는 계속 악몽을 꾸었다.

치바스의 자살 사건이 일어나던 날 델피나는 확언했다.

"그 사람의 죽음은 아무것도 증명하지 못했어. 우리의 운명은 더 나빠졌고 몇 년 지나지 않아 이 섬은 지옥의 문 앞에 가 있을 거야."

델피나는 떠나기 직전에 쌀을 좀 달라고 찾아왔다.

"뭔가 충격을 받고 나면 망자들이 찾아와." 델피나가 말했다.

처음에 아말리아는 배 속의 아이를 죽게 한 물세례를 말하는 줄 알았다. 1952년 풀헨시오 바티스타 장군이 주도한 쿠데타가 일어날 때까지 계속 그렇게 생각했다. 쿠데타는 총 한 방 쏘지 않고 아주 문명적으로 이루어졌다. 정말로 그후에 망자들이 나타나기 시작했다. 예언은 거기서 끝나지 않았다. 라 펠로나의 도래는 더 나쁜 상황을 만들 것이라고 했다. 그는 붉은 악마군의 지원을 받아 쿠바 섬의 유다이자 헤롯, 적그리스도가 된 신화적인 인물이었다. 그 땅을 벗어나려고 시도하다가는 어린아이들까지도 대학살을 당할 것이라고 델피나는 분명하게 말했다.

나쁜 생각을 떨치려고 시작한 바느질을 계속하면서도 아말리아의 머리는 딴 세상을 헤매 다녔다. 최근 몇 년 동안 너무 많은 일이 일어났다. 예를 들어 엄마가 가게에 찾아왔다. 아버지는 알고 계셔? 당연히 모르지, 메르세데스는 말했다. 무슨 수를 써도 알 수 없을 터였다. 아빠는 딸이 집을 나가 결혼을 해버리자 다시는 보지 않겠다고 마음먹었고, 사람 만나는 것도 싫어하고 예전처럼 웃지도 않았다.

아말리아는 결국에는 항상 울게 되는 아빠 생각을 하는 게 싫었다. 자신을 사랑해주는 남편도 있고 이제 자신에게 의지해 살아가는 엄마도 있었다. 그러나 가장 좋은 친구는 영영 잃어버린 것이다. 늙은 짐승의 본능처럼 자신에게 쏟아주던 달콤한 애정이 그리웠다. 다른 걸로 대체할 수 없는 애정이었다.

파블로는 아내의 슬픔을 덜어주려고 애썼다. 아빠와 딸을 잇고 있는 유대감을 사춘기 시절부터 알고 있었다. 두 사람은 독립적이면서도 꼭 붙어 있는 듯한 존재였다. 이제 그녀의 기운을 북돋울 만한 것은 아무것도 없는 듯했다. 궁리에 궁리를 거듭한 끝에 아내의 근심을 덜어주고 싶을 때 터득한 비법을 쓰기로 했다. 그녀가 직접 해결해야만 하는 문젯거리를 안겨주는 것. 복잡한 문제일수록 더 효과적이었다.

그날 오후 일을 마치고 파블로는 불만이 가득한 표정으로 집에 돌아왔다. 매출은 크게 늘었고 가게의 명성이라는 것도 사교계의 소개장과 같은데 초대받는 모든 행사에 참석할 수 없으니 얼마나 애석한지 모른다, 당신 괴로우라고 하는 소리가 아니라 서로 번갈아가며 초대할 수 있는 처지가 못 되는데 어떻게 초대받을 때마다 응할 수가 있겠느냐, 더 적당한 곳으로 이사할 결심을 하지 않는 한 아무도 집에 초대할 수 없을 거다…… 어디로? 나도 확신은 없지. 엘 베다도 구역의 아파트가 좋지 않을까……

출산이 한 달밖에 남지 않았지만 아말리아는 프레데스빈다 아줌마와의 수다를 그만두고 손에 신문을 든 채 이 주 동안 스무 곳 이상의 아파트를 찾아다녔다. 파블로는 뭔가 얼떨떨한 기분이 들긴 했지만 만족했다. 아내가 어떤 문제에 그렇게 전념하여 열중하는 것을 본 적이 없었다. 그녀의 열정이 남편을 돕고 싶어 그러는지 다른 비밀스러운 바람이 있어 그러는지 알 수 없었다. 중개업자에게서 아파트 열쇠를 받게 되던 날 파블로는 두번째 이유 때문이었다는 생각이 들었다.

이사하는 날 아말리아는 아파트 입구에 잠시 서 있었다. 이게 우리의 새집이 맞나 믿지 못하겠다는 듯한 표정이었다. 작지만 깨끗하고 머지않아 재물을 불러올 듯한 기분이 드는 아파트였다. 손바닥만 하게라도 바다를 볼 수 있는 발코니와 빛이 잘 드는 넓은 창도 있었다. 그녀는 욕실에 반했다. 마음에 쏙 드는 하얀 색조였고 조금 떨어져 서면 전신이 보이는 대형 거울도 있었다. 그녀는 환하고 파란 색조를 띠는 집 안을 지칠 줄도 모르고 샅샅이 둘러보았다. 중국인 동네 근처의 옛날식 집과 루야노 거리의 소박한 집에서 살았던 터라 그녀는 이 아파트가 말로 표현할 수 없을 만큼 마음에 들었다.

전에 쓰던 가구들이 새집에서는 쓸모가 없다는 게 금세 분명해졌다. 환한 네 벽 사이에 놓인 낡은 침대는 중세의 괴물 같았다. 발코니로 스며 들어오는 햇살 아래에서 보니 소파는 빛이 바랜 흉물 덩어리 자체였다.

"이래서야 어디 사람들을 맞아들일 수 있겠나?" 파블로는 난처하기도 하고 만족스러운 마음으로 결론지었다. "새 가구가 필요하겠어."

새 가구를 마련해 들이는 일이 아내의 열정 뒤에 숨어 있던 진정한 열망이라는 걸 알게 된 것은 그때였다.

담보대출과 신용대출로 아말리아는 스툴이 두 개 딸린 크림색 가죽 소파와 거실에 놓을 작은 나무 테이블을 두 개 샀다. 식당에는 삼나무 식탁을 놓았다. 펼치면 여덟 사람까지 앉을 수 있는 식탁이었다. 그리고 같은 삼나무 재질에 와인색 천으로 마름한 의자들도 샀다. 그리고 식탁 위쪽에는 호박색 크리스털 샹들리에를 매달았다. 술잔과 은식기 세트, 요리용 냄비 등도 샀다. 자질구레한 물건들도 조금씩 마련해갔다. 얇은 천으로 된 커튼, 식당 벽에 걸 장식용 자기 접시, 소파 위에 걸어둘 바다 풍경화, 색색깔의 달팽이 껍질을 가득 채운 장식용 세라믹 접시……

이 주가 지나기도 전에 아파트는 찾아오는 사람마다 환호성을 지를 정도로 변모했다. 당신이 잡동사니 가구들을 불평할 때 의도한 게 이게 아니었어? 아말리아는 그렇게 말하면서 막 사온 상자를 풀었다. 빨간색 초가 꽂힌 은촛대 두 개였다. 그것으로 식당 꾸미기는 마무리되었다.

그날 밤 저녁식사가 끝났을 때 리타가 전화를 걸어와 〈영매〉를 무대에 올리게 되었다고 알려주었다.

유령들이 무대를 잔뜩 메운 떠들썩한 공연이었다. 그러나 그들은 연극 속의 유령이 아니었다. 마담 플로라 역을 맡은 도냐 리타가 점쟁이로서의 명성을 영원히 유지하기 위해 딸 모니카와 벙어리 청년 토비의 도움을 받아 만든 가공의 유령이 아니었다.

도냐 리타는 목에 손을 갖다 댔다. 유령들의 손가락이 자기 목을 조른다는 확신이 들었다. 그럴 리가 없다는 생각도 했다. 이 모든 유령의 출현이 꾸며낸 이야기라는 사실을 누구보다 잘 알고 있었다. 아말리아는 경련이 이는 걸 느꼈다. 영매는 두 사람에게 불평하는 중이었다. 두 사람 중 누군가가 자신을 놀라게 했다는 것이다. 두 사람 다 그런 짓을 한 적이 없다고 맹세했다. 자신들은 초대받은 사람들이 공포심을 느끼도록 인형을 움직이고 유령 소리를 흉내 내느라 바빴다고 했다.

아말리아는 배에 느껴지는 통증을 무시하려 애썼다. 곧 가라앉을 거라 생각하고 참았다. 평소와 달리 막간에 나갔다 오지도 않았다. 파블로에게 사탕을 몇 개 달라고 했을 뿐이다. 불안에 가득 차 불이 다시 꺼질 때까지 그렇게 자리를 지켰다. 음악 때문일까? 무대에 펼쳐진 유령들의 세계 때문일까? 마담 플로라는 토비를 향해 돌아서며 화를 냈다. 또 자신을 때렸다는 것이다. 그러나 벙어리 청년은 대답을 할 수 없었다. 딸이 그렇지 않다고 반박했지만 마담 플로라는 결국 청년을 집에서 쫓아내고 말았다.

아아, 물세례 때문에 죽은 딸아이…… 델피나가 말한 악마들…… 그리고 대학살에서 구해낸 중국의 진주들…… 여배우가 어떤 마법의 장치들을 사용했길래 저 많은 유령이 여기에 불려나온 것일까? 그녀가 연기를 하면 모든 게 그대로 일어났다. 그리고 이제 마담 플로라는 무서워 벌벌 떨고 있었다. 영매는 공포로 미쳐 날뛰었다. 그러던 어느 날 밤, 밖에서 들리는 소음이 자신을 죽이려 드는 유령의 소리라고 믿고 총을 쏘았다. 애인 모니카를 보러 돌아왔던 토비는 가엾게도 그렇게 죽었다.

아말리아는 아무도 보지 못하는 뭔가를 보았다. 목을 만지는 리타의 손에서 월식 때의 달처럼 불그레한 빛이 방울방울 흘러내리고 있었다. 피…… 마치 목이 잘리기라도 한 듯.

관객들은 자리에서 일어나 뜨거운 박수를 보냈다. 파블로가 바닥으로 쓰러지는 아말리아를 잡으려 했지만 허사였다. 뜨뜻하고 선명한 액체가 복도 양탄자를 적시고 있었다.

딸아이는 바닥에서 콧소리를 내며 옹알거리고 있었다. 마르티니코는 지치기도 하고 지겹기도 해서 발코니에 나와 있었다. 도로를 지나가는 자동차들을 향해 씨앗을 집어던지며 놀다가 문소리에 화들짝 놀랐다. 그는 아이와 엄마 눈에만 보이는 정령이면서도 상기된 얼굴의 파블로가 방에 들어서기도 전에 순식간에 사라졌다.

"어이쿠! 깜짝 놀랐잖아!" 남편이 기겁했다. "가게에 안 갔어?"

"피곤해서. 당신은 여기서 뭐 해?"

"두고 간 서류가 있어서."

그녀는 이 주 전에도 남편이 아파트에서 나가다가 집에 들어오던 자신과 마주치자 놀라던 일을 떠올렸다. 그때도 지금처럼 화들짝 놀라했다.

"오늘 밤 계약하기로 했어." 그가 말했다. "일곱시에 훌리오 집에 도착해야 해."

'판의 피리'는 이제 점포를 네 개 가진 목걸이 업체가 되었다. 악보와 악기뿐만 아니라 해외 음반도 취급하고 있었다. 쿠바의 중요한 음반 수입업자인 훌리오 세르파는 파블로에게 자신의 배급자가 되어달라고 부탁해왔다. 그러나 그 전에 먼저 가게를 세 곳 더 내야 한다고 했다. 파블로가 돈이 충분하지 않다고 하자 훌리오는 자신이 경비의 오십 퍼센트를 대고 공동 소유주가 되겠다고 제안했다. 그러면 파블로는 자본을 두 배로 늘릴 수 있고 두 사람이 함께 투자할 수 있지 않겠냐는 것이었다. 그러나 파블로는 그 제안을 받아들이지 않았다. 오십 퍼센트를 내준다는 것은 결정할 일이 있을 때마다 매번 의논해야 한다는 뜻이었다. 훌리오는 사업가답게 비율을 낮춰 사십 퍼센트만 사겠다고 제안했다. 그러나 파블로는 자기 꿈의 육십 퍼센트만 소유하는 주인이 되고 싶지는 않았다. 그래서 이십 퍼센트만 팔겠다고 했다. 결국 훌리오는 자기 고문과 더불어 저녁식사를 함께하자고 청했다. 고문이라는 사람은 경험이 풍부해서 그런 경우 중개인 역할을 잘해줄 수 있을 거라고 했다. 훌리오는 파블로가 솔깃해할 만한 다른 제안도 할 수 있기를 바랐다.

"일곱시에 데리러 올게." 파블로는 그렇게 말하고 나가면서 아내에게 키스했다.

아말리아는 잠든 아이를 침대에 눕혔다. 그제야 서류를 찾으러 왔다던 남편이 아무것도 들고 나가지 않았다는 게 떠올랐다.

아말리아는 최고의 인상을 심어주고 싶었지만 칭얼거리던 이사벨이 끝내 울음을 터뜨리자 옷도 갈아입지 못하고 있었다.

"아이가 아픈 건 아닐까?" 파블로는 벌게진 얼굴로 소리를 질러대는 아이를 안아 어르면서 말했다. "저녁식사를 취소하는 게 좋겠어."

"절대로 그러면 안 돼. 필요하다면 혼자서라도 가. 나는 아이를……"

마르티니코가 커튼 뒤에서 머리를 내밀자 아이가 미소를 지었다. 두엔데와 딸아이가 숨바꼭질을 하며 노는 동안 아말리아는 외출 준비를 했다. 마르티니코가 작별의 손짓을 하자 아이는 또다시 울상을 짓더니 아파트 복도로 나오자마자 격렬하게 울어대기 시작했다. 그리고 저택의 문 앞에 섰을 때 울음소리는 절정에 달했다.

"들어오세요." 문을 열어주며 사업가가 말했다. "비비안!"

그의 아내는 분장이라도 한 듯 하얗고 빛나는 피부를 갖고 있었다.

"뭐 마시겠어요?"

이사벨이 엄마에게 안긴 채 계속 울어대자 어른들은 어떻게 해야 할지 몰라 잠시 서로 멀뚱멀뚱 쳐다보기만 했다.

"파블로랑 서재로 가요." 비비안이 남편에게 말했다. "아말리아와 아이는 내가 챙길게요."

아말리아는 문간에 선 채 책들이 가득 찬 마호가니 책장들을 쳐다보았다. 책장은 뜨겁고 노란 불빛을 받아 환하게 빛나고 있었다.

"주방으로 가요." 비비안이 말했다. "먹을 걸 좀 줘보게요."

"배고파서 그러는 게 아닐 거예요. 오기 전에 먹었는걸요." 아말리아는 복도를 따라 걸으면서 말했다. "그게 아니어도 아이한테 먹일 만한 게 있을지 모르겠어요. 먹을 수 있는 게 별로 없어서요."

"걱정 말아요. 프레디가 알아서 해줄 거예요."

아말리아는 요리사를 따로 두고 사는 집과 자신들의 사는 모습의 차이를 생각했다. 그녀로서는 꿈도 못 꿔볼 일이었다.

마침내 이사벨이 울음을 그쳤다. 아마도 복도에 퍼져 있는 맛있는 케이크 냄새 때문인 듯했다. 그리고 아말리아는 요리사, 아니 요리사 아줌마를 보자 그 자리에 우뚝 섰다.

"프레데스빈다!"

뚱뚱한 요리사 역시 놀라 그 자리에 굳어버렸다.

"아말리타!"

"두 사람 아는 사이예요?" 목소리 톤이 변하며 비비안이 물었다.

"물론이지요." 아말리아가 말문을 열었다. "우리는……"

"부인이 어렸을 때 제가 부인 삼촌 댁에서 일했거든요." 요리사가 끼어들었다. "도냐 아말리아가 가끔 그 집에 오시곤 했어요."

아말리아는 거짓말이라고 차마 밝히지 못했다. 프레데스빈다의 눈빛에서 조심하라는 경고를 읽었기 때문이다.

"애는 부인 딸이에요?" 프레데스빈다가 물었다.

"네." 비비안이 대답했다. "뭔가 먹을 만한 게 있을까요?"

"방금 막 케이크를 구웠답니다."

"따뜻한 우유 한 잔이면 돼요." 아말리아가 말했다.

"부인이 원하는 대로 해줘요, 프레디…… 아주 솜씨 좋은 요리사예요, 아말리타."

또각거리는 구두 소리가 검은 대리석 복도로 사라졌다.

"그런 이야기는 뭐 하러 지어내요?" 아말리아가 속삭였다.

"그럼 어째야겠어?" 프레데스빈다가 우유를 데우면서 목소리를 낮추어 말했다. "우리가 이웃이었다고 고백하라고?"

"그러면 어때서요?"

"아이 아말리타, 자기는 정말 순진해." 친구가 핀잔을 주며 케이크 한 조각을 잘라주었다. "자기들 상황이 나아지지 않았다면 돈 홀리오는 이런 저녁식사에 초대하지도 않았을 거야. 자기가 요리사와 이웃이었다고 말하면 앞으로 일이 제대로 안 풀려 파블로는 가게를 닫아야 해……"

"어떻게 알아요?"

"일꾼들은 보고 듣는 게 많지."

프레데스빈다가 말하는 동안 아이가 케이크를 달라고 손을 내밀었다.

"안 돼, 이사벨." 아말리아가 말했다. "이건 네가 먹을 게 아냐."

아이가 훌쩍거리기 시작했다.

"나가기 전에 케이크 좀 먹어봐." 프레데스빈다가 말했다. "내가 아이한테 우유도 주고 재워볼게…… 아이! 근데 정말 귀엽다!"

프레데스빈다가 아이를 안고 이리저리 걸으면서 낮게 자장가를 부르기 시작했다. 그사이 케이크를 다 먹은 아말리아는 아이가 잠이 든 것을 보았다. 프레데스빈다가 아름다운 콘트랄토 목소리로 부른 자장가 덕분이었다.

"그렇게 노래를 잘하는 줄 몰랐어요. 가수 해도 되겠어요."

"자기는 참 보는 눈도 없다. 백삼십 킬로그램이 넘는 여자 가수와 계약을 하려는 사람이 어디 있겠어?"

"살을 조금 빼면 되잖아요."

"빼려고 안 해본 줄 알아? 이건 병이야……"

두런거리는 목소리가 그녀들이 있는 곳까지 들렸다.

"이제 가봐." 프레데스빈다가 나무랐다. "마나님은 고용인들과 그렇게 오래 앉아 노닥거리면 못 써. 아이가 깨면 내가 부를게."

아말리아는 웃음소리가 들리는 쪽을 향해 복도를 걸어갔다. 오른쪽으로 도는지 왼쪽으로 도는지 기억이 나지 않았다. 하지만 벽 사이로 울리는 목소리를 따라 응접실 쪽으로 갔다.

"뭐 마실래요, 아말리아?"

미처 대답하기도 전에 현관 벨소리가 두 번 울렸다.

"그 사람이 왔나보군." 훌리오가 말했다. "비비안, 아말리아에게 한잔 따라줘. 내가 가서 열게."

복도를 따라오는 목소리들을 들으며 파블로는 몸을 기울여 잔에 얼음을 좀더 넣었고 아말리아는 잔을 들어 한 모금 마셨다. 갑자기 말소리가 딱 끊겼다. 아말리아가 문 쪽을 돌아보았다. 침묵이 길어져서가 아니라 파블로가 긴장하는 걸 보았기 때문이다. 아버지가 거기 서 있었다. 아버지도 숨이 멎을 정도로 놀란 표정이었다.

"괜찮으세요, 돈 호세?"

"네, 아니……" 페페는 숨이 가쁜 듯이 웅얼거렸다. 불분명하고 모호한 신음 소리가 복도에서 들렸다.

"다른 날 다시 자리를 만들어도 됩니다." 훌리오가 말했다.

"실례합니다." 프레데스빈다였다. 바닥으로 내려오려는 이사벨을 잡느라 애를 먹고 있었다. "아말리아 부인, 아이가 부인을 찾네요."

"미안합니다, 돈 훌리오." 호세가 중얼거렸다.

집주인 내외가 얼떨떨해하는 가운데 그는 몸을 돌려 응접실에서 나갔다. 힘들게 현관문을 찾아 열려고 했지만 자물쇠가 복잡해

그만 엉켜버렸다.

그때 누가 그의 바짓가랑이를 잡아끌었다.

"아찌."

아기나 다름없는 여자아이가 비틀거리며 몸을 가누고, 문을 열지 못해 헤매는 신사를 물끄러미 쳐다보고 있었다. 호세는 두어 걸음 뒤로 물러났지만 아이는 바지를 놓아주지 않았다.

"아찌." 아이는 고집스럽게 그를 불렀다.

그 눈은 자신의 눈이자 딸의 눈을 쏙 뺐다. 마침내 그는 몸을 낮춰 아이를 팔에 안고 울기 시작했다.

시간이 전혀 흐르지 않은 듯했다. 이제 흰머리가 더 많아졌다는 것, 손녀딸과 놀 때면 눈이 유난히 빛난다는 것을 제외하면 그랬다. 딸에게는 홀딱 반했었다고 한다면 이사벨에게는 거의 최면이 걸리다시피 한 수준이었다. 그는 지치지도 않고 아이를 번쩍 안아 올리는가 하면 옛날이야기도 해주고 악기 상자를 여는 법도 가르쳐주었다. 아말리아는 다른 할 일이 있을 때마다 아이를 아버지한테 맡겼다. 영원히 습하기만 한 그 도시의 어느 더운 오후, 울려퍼지는 초인종 소리를 들으니 자신이 어릴 때 그렇게 자주 놀던 가게에 왔다는 사실이 실감났다.

"아빠, 안녕하세요." 아말리아가 카운터에 몸을 숙이고 있던 남자에게 인사를 했다.

호세가 고개를 들었다.

"그 사람이 죽는다는구나." 남자가 조용히 중얼거렸다.

공포로 가득한 아버지의 표정에 그녀는 꼼짝도 못 했다.

"누가요?"

"도냐 리타 말이다."

아말리아는 딸을 바닥에 내려놓았다.

"뭐라고요? 무슨 일인데요?" 그녀는 무릎이 꺾여 서 있기조차 힘들었다.

"종양이 있다는구나. 그것도 성대에!" 아버지가 쉰 목소리로 말했다.

"하느님 맙소사! 신처럼 노래하는 분인데." 아말리아의 머릿속으로 어릴 적부터 함께했던 리타의 모습이 지나갔다. 평생을 그녀에게 빚지고 산 기분이었다. 금빛 머리칼 인형, 파블로를 처음 만났을 때 걸쳤던 은으로 된 숄, 두 연인 사이를 오가며 전달해주던 편지들, 두 사람이 도망쳤을 때 제공해준 은신처, 처음 가게를 열 때 서준 보증……

"지옥의 복수 같아." 아버지는 흐느껴 울었다. "악마가 그 목소리를 시샘한 나머지 영원히 목구멍을 막아버리고 싶어하는 모양이다."

"그런 말씀 마세요, 아빠."

"이 나라가 낳은 천상의 목소리이건만…… 그런 목소리는 다시 없을 거야!"

아버지는 눈이 벌게졌지만 그녀는 울고 싶지 않았다.

"만나뵈야겠어요." 아말리아는 결심했다.

"그렇다면 갈 필요 없다. 곧 올 거야. 연습 끝나고 여기 들르겠다고 했거든."

"노래를 한다고요? 그런 몸으로요?"

"어떤 사람인지 너도 알잖니."

피아노 뒤쪽에서 우당탕 소리가 들려 두 사람이 달려갔다. 이사벨이 빈 바이올린 케이스들을 쓰러뜨린 것이었다. 다치지는 않았지만 제풀에 놀란 이사벨이 울음을 터뜨렸다.

"안녕하세요, 나의…… 여기 무슨 일 났어요? 세상이 끝나기라도 했나?"

헷갈릴 리 없는 목소리였다. 거품이 보글보글 나는 상큼한 웃음소리 같은 목소리.

"리타."

"이제 맘대로 뽀뽀도 못 하겠네. 어디 악마같이 소릴 질러대는 아기 천사 좀 볼까."

리타의 팔에 안기자 이사벨이 울음을 뚝 그쳤다.

"돈 받아요, 페페." 그녀가 핸드백을 열며 말했다. "맞는지 세어봐요."

"리타."

"그 '리타…… 리타……' 소리 좀 그만해요. 내 이름 다 닳겠어요."

여배우는 여느 때와 다름없는 표정이었다.

"아말리타." 아버지가 말했다. "일 보러 가거라. 아이는 내가 데리고 있을 테니."

"아니에요, 아빠. 제가 데려가는 게 좋겠어요."

"애를 두고 가려고 온 게 아니었니?"

"가게에 나가보려고 했는데 그럴 맘이 없어졌어요."

"우리 둘이 같이 놀러 나가면 어때? 옛날처럼 말이야."

아말리아는 리타를 돌아보았다. 목에 손수건을 말고 있는 것이 보였다.

"아이는 여기 둬라." 페페가 애원하듯 말했다. "밤에 데려다주마."

아말리아는 아버지의 말이 손녀 때문만은 아니라는 걸 알고 있었다. 리타의 소식을 듣고 세상이 무너져내리는 기분이 들어 그러는 것이기도 했다. 아버지의 등이 굽기 시작한다는 사실을 비로소 눈치챘다. 아버지의 눈에서 당혹해하는 기색과 불안한 듯 떨리는 표정을 보았다. 그러나 아무 말 하지 않았다. 그녀는 딸과 아버지에게 키스한 뒤 리타와 함께 아바나 시내를 돌아보러 나갔다.

두 사람은 시내 구경을 마치고 프라도 거리의 카페에 앉아 참새와 비둘기 들이 둥지를 튼 나무 아래를 지나가는 사람들을 바라보았다. 그들은 별의별 이야기들을 다 나누었다. 옛날에 함께 시내로 외출했던 일, 점쟁이에게 들른 일, 애인이 중국인이라는 걸 알고 리타가 웃음을 터뜨리던 일…… 그러나 언급하고 싶지 않은 한 가지 화제는 피해가고 있었다. 비둘기 몇 마리가 테이블 근처로 다가와 바닥에 떨어진 부스러기를 쪼아댔다.

"아말리아." 여배우가 긴 침묵을 깨며 한숨을 내쉬었다. "가끔은 이 모든 게 기분 나쁜 장난 같구나. 누가 나를 놀래키거나 괴롭히려고 지어낸 장난 같기만 해."

"그 얘긴 하지 마세요, 리타."

"나는 상자 속에 갇혀 하고 싶은 말도 못 하고 입 꼭 다물고 사는 사람 아니야. 그런 줄 몰랐니? 나는 목구멍까지 올라오는 말을 군이 억누른 적 없어. 사람들에게 진실을 노래해야 하니까."

"계속 노래할 수 있을 거예요, 두고 봐요. 다 나으면……"

"제발 그랬으면 좋으련만. 내가 죽을 거라는 생각은 않는다."

"그럼요, 도냐 리타. 아주머니는 절대로 안 죽어요."

집에 돌아온 아말리아는 우울한 마음에 잠시 잠을 청하기로 했다. 이사벨은 아버지가 나중에 집으로 데려다줄 테니 두어 시간 세상사를 잊을 수 있을 것이었다.

구두 굽 때문에 죽을 지경이었다. 아파트에 들어서자마자 응접실에서 신발을 벗어버렸다. 그때 침실에서 쿵 하는 소리가 들려 우뚝 멈춰 섰다. 혹시나 하고 방문과 출입문 사이의 거리를 가늠해보았다. 가슴이 두방망이질했지만 발끝으로 살그머니 방을 향해 갔다.

"파블로!"

남편이 놀라서 펄쩍 뛰었다.

"이게 뭐야?" 그녀는 남편이 바닥에 내려놓은 끈으로 묶인 꾸러미 셋을 가리키며 물었다.

"〈군눈 후센〉지야."

"뭐?"

"후안 타오 파이의 신문이라고."

"중국어로 말하고 있잖아." 그녀는 말했다. 그러나 남편이 그 말을 문자 그대로 받아들일지 모른다는 생각에 다시 바꿔 말했다. "무슨 얘기를 하는 건지 모르겠다고."

"후안 타오 파이는 감옥에서 죽은 우리 동향인이야. 공산주의자라고 고문을 당했지. 이건 그가 발간한 건데, 유품이야……"

아말리아는 남편의 비밀스러운 모임들과 예상치 못한 시간에 집에 돌아오곤 하던 일을 떠올렸다.

"그 사람 당신 친구야?"

"아니, 그건 몇 년 전의 일이야."

"그런 문제에 다시는 개입하지 않기로 맹세했잖아."

"걱정시키고 싶지 않았어." 그는 그녀를 안았다. "근데 나쁜 소식 전할 게 있어. 우리 집이 수색당할지도 몰라."

"뭐라고?"

"시간이 없어." 그가 말했다. "이 책들을 다른 곳에 숨겨야 해."

그는 창으로 다가가 밖을 내다보았다.

"아직 저기 있어." 그는 아내를 향해 돌아섰다. "나는 여기서 못 나가. 내가 올라오는 걸 봤거든. 문을 두드렸는데 내가 없으면 이상하게 생각할 거야. 바로 의심받게 돼."

"어디다 갖다놓으면 돼?"

"옥상에." 망설이던 파블로가 대답했다.

아말리아는 신발을 신었다. 파블로는 그녀의 팔에 신문 꾸러미를 얹고는 문을 열어주었다. 엘리베이터 층수 알림판을 보니 누군가가 1층에서 버튼을 누른 모양이었다.

"계단으로 올라가. 내가 갈 때까지 꼼짝 말고 거기 있어."

아말리아는 이 분도 채 안 걸려 다섯 층을 올라갔다. 이걸 어디에 숨기면 좋을까? 이웃 남자와 건물 수위가 나누던 대화가 기억났다. 부부가 이혼한 후부터 34-B호 아파트가 비어 있는데, 그 아파트용 물탱크에 금이 가 폐쇄했다고 했다. 아말리아는 콘크리트 뚜껑을 찾아 연 다음 세 개의 꾸러미를 던져 넣고 다시 뚜껑을 덮었다.

몇 분 동안 파블로를 기다리며 아말리아는 초조하게 옥상을 왔다갔다했다. 더이상 기다릴 수 없어 그녀는 손가락으로 머리카락을 매만지고 스커트의 주름을 편 뒤 집으로 내려가기 위해 엘리베이터를 탔다.

문이 열려 있는 것을 보고 그녀는 다리가 덜덜 떨려오기 시작했다. 램프가 부서지고 바닥에 빈 서랍이 뒹굴고 벽장이 뒤집혀 있는 난장판을 한번 쳐다보는 걸로 충분히 상황 파악이 되었다. 그럼 파블로는? 눈앞이 부예졌다. 바닥에 피가 묻어 있었다. 발코니로 달려갔다. 그가 구타를 당하며 경찰차 안으로 밀려 들어가는 게 보였다.

소리를 지르고 싶었지만 죽어가는 동물의 단말마처럼 목소리가 나오다 끊어졌다. 세상이 깜깜해졌다. 눈에 보이지 않는 손들이 그녀를 붙잡아준 덕에 간신히 버티고 설 수 있었다. 사춘기 시절의 애인이자 평생의 사랑이 지하 감옥으로 끌려가고 있었다.

내 사랑 아바나

자신이 알아낸 사실을 누구한테 이야기할 수 있을까? 리사는 유령들이 누군가에게 애정을 느껴 되돌아간 게 아닐까 생각했다. 가이아는 그 집에 사는 사람들을 더 조사해보라고 조언했다. 날짜들이 그들에게 뭔가 의미한다고 직감했기 때문이다. 클라우디아는 망자들이 그녀를 따라다닌다고 했다. 괜한 얘기가 아니었다! 그녀는 할머니와 데메트리오 그리고 부모가 여행하는 집을 조사하고 다니느라 전력을 기울이고 있었던 것이다. 이모할머니는 날짜들이 쿠바에서 시작되어 지금은 마이애미에 있는 뭔가를 가리키는 모양이라고 했다. 모든 가설이 진실을 한 조각씩 골고루 나눠 갖고 있었다.

문득 세실리아는 추측하기를 그만두었다. 수수께끼에는 빠진 조각이 있었다. 유령의 집과 그 집의 거주자들은 자신과 관계되어 있을 리 없었다. 자신은 데메트리오 노인을 알지 못했기 때문이다.

이모할머니는 그전에 소개한 적이 있다고 말했지만. 유령들은 자신이 아니라 롤로 할머니를 찾아왔을 것이다. 네 사람과 연결된 유일한 존재는 이모할머니였다. 깊은 슬픔을 느꼈다. 부모님이 자신에게 가까이 다가오려 한다고 믿었다가 이모할머니 때문이 아닐까 하는 생각이 들자…… 잠깐만, 아버지가 딸 대신 왜 장모의 여동생인 롤로 할머니를 찾아다닌다는 거야? 또 다른 당혹스러운 생각도 떠올랐다. 유령들도 가족 단위로 모이나? 유령 집단이라는 게 있나? 유령들의 존재는 모여 있어서 더 강력한 건가?

또 다른 가능성을 앞에 두고 그녀는 멍해져버렸다. 지도를 꺼내 다시 날짜를 들여다보기 시작했다. 롤로 할머니는 마이애미에서 삼십 년을 살았지만 그 집의 환영들은 세실리아가 이 도시에 도착한 후에 나타나기 시작했다. 그건 우연의 일치일까? 처음 출현한 지점을 찾아보고 자신이 처음 살았던 곳을 표시해보았다. 그러고는 두번째 집도 표시했다. 길 이름을 찾는 대신 지도상의 거리를 재어보기로 했다. 그게 더 쉬울 터였다. 유령의 집이 나타난 지점과 자신이 살았던 장소 사이의 거리를 계속 비교해갔다. 그러고 나니 의심의 여지가 없어졌다. 예외 없는 기준점을 발견한 것은 처음이었다. 집은 그녀가 사는 곳으로 점점 거리를 좁혀오고 있었다. 최근 이십 년 동안 롤로 할머니가 살던 동네를 두고 똑같이 해보았다. 그러나 그 기준은 들어맞지 않았다. 그 집은 세실리아와 관계가 있었다. 그녀를 찾고 있는 중이었다.

이제는 어느 누구에게도 이야기를 하지 않았다는 사실이 어느 때보다 다행스럽게 느껴졌다. 그건 미친 소리였다. 죽은 데메트리오 노인이 자신과 무슨 상관이 있는지 아직 알아내지 못했다. 한숨을 내쉬었다. 그 저주받은 집의 수수께끼는 결코 끝나지 않을 것인가?

또다시 찌르는 듯한 고통을 느꼈다. 부모님의 목소리와 어린 시절 놀던 해변의 소리가 뒤섞였다. 온 마이애미를 돌아다니고 있는 망자들은 그녀가 세상 어느 도시보다 증오하게 된 도시의 향기를 실어다주고 있었다. 그녀는 어느 곳의 사람도 아니었다. 아무 데도 속하지 않는 사람이었다. 소외된 듯한 느낌이 어느 때보다도 커졌다. 프레디가 가져다놓은 비디오에 눈이 가 닿았다. 별로 보고 싶은 마음은 없었지만 편집장이 교황의 쿠바 방문에 관한 기사를 쓰라고 주문한 터였다. 그녀는 유령들에 대해 잊어버릴 수 있을까 하는 기대로 테이프를 집어 거실로 갔다.

하얀색 차가 아바나를 달리고 있었다. 역사상 처음으로 교황이 카리브 해의 가장 큰 섬을 방문한 것이다. 기적의 목격자인 군중을 뚫어져라 쳐다보던 세실리아는 자신이 무수히 돌아다니던 그 길들이 망각 속에서 되살아나는 기분을 느꼈다. '국립극장 기억 나?' 스스로에게 물어보았다. '카페 칸탄테는? 마르티 동상 정면의 버스 정류장은? 길을 지나가다 란초 루나 레스토랑 문이 열리면 그 안으로 들어가 추위를 피하던 일은?' 그녀는 햇볕이 내리쬐는 길들의 모습에 빨려들어 추억을 하나둘 펼쳐내고 있었다. 나무들과 말레콘에서 불어오는 미풍의 웅웅거리는 소리가 느껴지는 듯했다. 바람 소리는 파세오 대로를 거쳐 광장까지 올라왔다. 도시의 황량한 풍경에 생기로운 색깔을 불어넣는 그 빛나는 더위도 느껴지는 듯했다. 자신의 도시를 다른 눈으로 본 것은 처음이었다. 자신의 섬은 거칠고 야생 그대로의 정원 같아 보였다. 먼지를 뒤집어쓴 건물들과 사람들의 굶주린 얼굴에서 짐작되는 고단함에도 빛나는 아름다움이 있었다.

'아름다움은 우리가 견딜 수 있는 고통의 시작이지.' 그녀는 그 말을 떠올렸다. 그랬다. 진정한 아름다움은 우리에게 공포를 안겨주고, 또 우리를 절대 고독의 상태에 빠뜨린다. 감각을 통해 최면을 건다. 가끔은 우리로 하여금 눈을 감은 채 숨을 쉬지 못하게 만드는 미세한 향을 지니고 있다. 꽃술에서 피어나는 향기가 그렇다. 그 순간 우리의 의지는 강렬한 자극에 사로잡힌 나머지 시간이 한참 흘러야 그 상태에서 벗어날 수 있다. 아름다움이 음악이나 이미지를 통해 찾아오면…… 아! 그때는 초자연적인 소리, 영상의 무한한 힘에 사로잡혀 어느 순간 삶이 멈춘다. 우리는 그 공포의 시작을 느낀다. 아주 가끔은 지각하지 못할 정도로 허망하게 지나가버리기도 한다. 머리는 트라우마가 되는 사건을 금방 지워낸다. 그러나 어떤 상황에 이끌려 이성을 배반하게 되면 그 순간 말로 표현하기 힘들 정도의 강력한 감각만이 자리 잡는다. 아름다움은 우리를 멍하게 만들어버리는 충격이다. 그것은 겉으로는 일시적인 것 같아도 우리를 초월하는 사건과 대면해 있다는 확실성이다. 세실리아가 지금 바라보는 풍경이 그렇다.

그곳에 자신의 도시가 있었다. 말레콘의 관능적인 곡선을 날아다니는 헬리콥터에서 내려다본 풍경이었다. 높은 곳에서 찍은 풍경인데도 그늘진 대로들을 알아볼 수 있었다. 스테인드글라스와 대리석 바닥으로 장식된 오래된 공화국 시기 저택들의 정원, 바다까지 뻗어 있는 대로들의 완벽한 디자인, 산타 도로테아 데 루나라는 이름으로 불리기도 하는 식민기의 성채, 알멘다레스 강의 기슭에서 가라앉았다가 다시 킨타 대로에서 솟아오르는 웅장한 터널의 입구…… 영상들이 사라지고 마법도 사라졌다. 아나운서는 쿠바 텔레비전의 전파가 끊겼다고 알리고 있었다. 늘 저런 식이야, 그녀는 생각했다. '테러리스트와 마약상이 숨어 있는 집들이 노출될까 봐 신호를 중단하는 거지.'

그녀는 무의식중에 비디오테이프를 꺼내고 다른 테이프를 찾고 있었다. 머릿속으로 공원의 기마상들과 물이 발라버린 분수, 건물의 부서진 옥상 들이 줄줄이 떠올랐다. 왜 저 폐허들은 언제나 아름다울까? 왜 과거에 아름다웠던 도시의 폐허가 훨씬 아름다운 걸까? 그녀의 가슴은 사랑과 증오라는 두 감정 사이에서 몸부림치고 있었다. 저 도시에 대해 어떤 감정을 느껴야 하는 건지 알 수 없었다. 가까이 있어 제대로 알아보지 못하는 풍경을 선명하게 보려면 거리를 두는 게 나은 건가 싶었다. 한 나라는 한 장의 그림과 같다. 멀리서 보면 더 잘 보인다. 세실리아는 거리를 둠으로써 많은 것을 볼 수 있었다.

문득 마이애미에 빚을 많이 졌다는 사실을 인정하게 되었다. 이곳에서 역사와 언어 표현들, 관습과 음식의 맛, 말하는 법과 노동하는 법을 배웠다. 그것들은 섬에서 잃어버린 보물 같은 전통이었다. 마이애미는 마이애미에 살고 있는 사람들조차 이해하지 못하는 도시일지도 모른다. 앵글로색슨 국가의 이성적이고 강력한 이미지를 보여주면서도 정신은 폭풍 같은 라틴의 열정으로 들썩이고 있었다. 그러나 이 열병 같고 모순적인 도시에서 쿠바인들은 자신들의 문화를 영국 왕관의 보석이라도 되는 양 보존하고 있다. 이 곳에 있으면 쿠바는 화면에서 소리치고 있는 저 사람들의 외침처 럼 손에 잡힐 듯하다. "그리스도를 위한 쿠바, 그리스도를 위한 쿠 바……" 섬에는 유령이 떠다니고 있었다. 어쩌면 신화일지도 모른 다. 그녀는 이전에는 몰랐던 사실을 마이애미에 와서야 발견했다.

세실리아는 화가 났다. 자신의 나라를 증오하면서도 사랑했다. 왜 이렇게 혼란스러운 감정을 느끼는 걸까? 아마도 저 영상들이 불러일으키는 이중적인 느낌 때문일 것이다. 교황은 산티아고 데 쿠바에서 미사를 열었고 그러자 전 세계가 거꾸로 돌았다. 그게 아인슈타인 이론의 증명이고, 그 환각의 섬에서 비로소 그 이론이 증명될 수 있기라도 한 듯. 블랙홀과 화이트홀. 블랙홀이 빨아들이 는 모든 것은 수천 광년이 지나면 다시 화이트홀에서 나타날 수 있 다. 그러면 그녀가 보고 있는 것은 마이애미일까 산티아고일까?

섬의 중심에서 군중은 마이애미 카리다드 성당의 원본 앞에 모 여 있었다. 그곳은 망명지에 사는 쿠바인들이 가장 사랑하던 신전 이었다. 성당 앞 거뭇한 물이 식물들과 온갖 종류의 병 조각, 편지 조각들을 실어왔다 실어가고 있었다. 그 바다는 양쪽 해안의 키스 가 이루어지는 장소였다. 이쪽 해안의 쿠바인들과 저쪽 해안의 쿠 바인들은 건너편 해안에 사는 사람들의 흔적을 찾기라도 하듯 바 다로 나가곤 했다.

섬의 동부 지역에 있는 본래의 성당은 건축물 구조가 특이했다. 그래서 쿠바의 흙으로 만들어진 마이애미의 복사본은 낯선 환영 처럼 보이곤 했다. 잘 생각해보면 그것은 순환의 종결이었다. 원래 의 성모상은 산티아고 데 쿠바 근처의 엘 코브레 산에 있는 아름다운 성당에 보존되어 있었다. 마이애미의 성당은 성모의 망토 모양을 본떠 건축되었다. 교황이 서 있는 쿠바의 무대는 그 망토를 다시 한번 모방함으로써 원하든 원치 않든 마이애미 신전의 실루엣의 복사본이 되었다. 모든 것이 이미지가 무한히 반복하는 하나의 거울 유희였다. 그리고 모든 이의 화합을 상징하는 듯한 그 구조물 아래서 교황은 쿠바인들의 정신적 어머니에게 왕관을 씌워줄 것이다.

메스티소 성모의 자그마한 관은 화면 밖으로 물러나고 폴란드 태생 교황의 떨리는 손가락이 구릿빛 망토의 성모에게 더 찬란한 관을 얹어주고 있었다. 카리다드 성모는 쿠바 공화국의 여왕이자 수호신으로 선포되었다. 사람들은 열광의 도가니에 빠져들었고 콩가가 울리기 시작했다. "요한 바오로, 형제시여, 여기 산티아고에 나와 함께해주오." 더 대담한 노래들도 있었다. "요한 바오로, 형제시여, 나를 바티칸으로 데려가주오."

세실리아는 카메라가 그 광경을 훑어가는 동안 한숨을 내쉬었다. 저 멀리 푸른 산줄기들이 영원한 구름에 둘러싸인 채 드러나고 있었다. 엘 코브레 성당의 모습도 보였다. 성당은 19세기에 안토니오 마리아 클라레트 대주교의 환영이 나타나 섬에 다가올 끔찍한 재난을 예고하던 곳 바로 옆에 있었다. 세실리아는 예언의 일부를 기억하고 있었다. "이 시에라 마에스트라 산줄기에 도시의 젊은이가 찾아와 그리스도의 명령과는 아주 거리가 먼 일을 행하는 시기가 짧게 있으리라. 불안과 비탄과 유혈이 있을 것이다. 그는 이 나라에서 아무도 본 적이 없고 전통 복식도 아닌 제복을 입고 있을 것이다. 그를 추종하는 많은 자는 묵주와 십자가를 목에 걸고 무기와 대포 옆에 성상을 지니고 있을 것이다." 그녀가 태어나기 백 년도 더 전에 성인은 그 형상들을 보고 경악했던 것이다. "젊은이는 반세기에 가까운 사십 년 동안 통치할 것이고, 그 세월 동안 유혈, 엄청난 유혈이 있을 것이다. 나라는 황폐해질 것이다……" 세실리아는 노새를 타고 산으로 여행을 떠나면서 긴 고난의 날을 알리는 대주교의 말을 듣고 동료 신부들이 얼마나 놀랐을지 상상했다. "그런 때가 다하고 젊은이가 늙어 죽으면 지금 나를 둘러싼 이 어둠이 걷히고 하늘은 다시 맑고 푸를 것이다…… 먼지 기둥이 일고 다시 며칠 동안 쿠바 땅에 피가 넘쳐흐를 것이다. 고통받은 무리와 탐욕의 무리 사이에 복수와 앙갚음이 있을 것이다. 그로 인해 삽시간에 눈물로 눈앞이 흐려질 것이다. 이 폭풍의 날들이 지나면 쿠바는 북아메리카를 비롯한 모든 아메리카의 찬사를 받게 될 것이다…… 이런 일이 있고 나면 쿠바에는 기쁨과 평화와 단합의 날이 찾아와 공화국은 어느 누구도 상상하기 힘들 정도로 찬란히 꽃필 것이다. 바다에는 배들의 왕래가 넘쳐흐를 것이고 커다란 쿠바의 만들은 멀리서 보면 바다 사이에 들어앉은 도시와 같은 모습이리라……" 세실리아는 대주교가 이야기의 첫 부분을 그렇게 생생하고 선명하게 보았으니 결론도 틀림없이 그대로일 거라고 믿어 의심치 않았다. 혹시 신께서 천상의 비디오를 바꿔 집어넣는 바람에 성인이 다른 영화의 결말과 헷갈린 게 아니라면…… 그녀는 그건 아닐 거라고 믿었다.

그녀는 텔레비전 화면에서 새로운 광채를 받으며 나타나는 영상들을 들이마셨다. 안개가 자욱하게 낀 전설이 살아 숨쉬는 산정들, 수 세기 동안 바쳐진 제물로 가득한 신비로운 엘 코브레 성당,

미네랄과 피가 넘치는 오리엔테*의 붉고 성스러운 흙. '아름다움
은 공포의 시작이야……' 세실리아는 견딜 수 없는 아름다움에
눈을 감았다.

　아말리아의 이야기에서 과도한 피신처를 찾는 게 두려워 바에
가지 않은 지 거의 삼 주가 되었다. 아말리아의 이야기는 세실리아
자신의 인생보다 고통스러운 이야기로 변해가고 있었다. 아마도
그래서 다시 그녀를 찾게 되었을 것이다. 그녀의 이야기를 듣는 동
안 자신의 삶이 그리 불행한 게 아니라는 걸 깨달았다. 바에 도착
하자 어둠은 넘쳐나는 사람들 가운데에서 살아 있는 존재처럼 진
동했다. 그녀는 테이블에 부딪혀가며 항상 앉던 구석 자리로 향했
다. 자리에 미처 도착하기도 전에 어둠 속에서 흑옥이 반짝이는 걸
보았다. 세실리아는 손으로 더듬더듬 짚어가며 앞으로 나아가 마
침내 아말리아 앞에 앉았다.
　"기다리고 있었어요." 아말리아가 말했다.
　그녀의 시선은 섬광을 내뿜어 모든 것을 비추는 듯했다. 그 빛
은 스크린에 비친 영상들의 반사일 뿐일까? 스크린에는 기마상과
연인 들, 분수들, 종려나무들이 있는 말레콘이 비춰지고 있었다.
아, 나의 잃어버린 아바나…… 세실리아는 기억 속에 묻힌 추억
들을 떠올렸다. 환각 같은 장면들이 생각났다. 그 섬나라는 가라앉
은 폐허들로 둘러싸여 있다고 하지 않았나? 거석(巨石)들은 플

---

*산티아고 데 쿠바를 비롯하여 다섯 개 주가 있는 쿠바의 동안(東岸) 지역.

라톤이 묘사한 전설의 대륙에서 온 것이라고 많은 사람이 확신하지 않는가? 아마도 아바나는 해안가에 누워 있는 아틀란티스의 업, 어쩌면 저주를 이어받았을 수도 있다. 사람이 환생을 한다면 도시라고 그러지 말라는 법이 있을까? 도시들도 영혼이 있다는 걸 사람들이 모르는 걸까? 그것을 증명하려고 유령의 집이 있는 것이다. 그렇다면 도시는 다른 도시들의 업도 끌고 오는 게 아닐까? 아바나는 아발론, 삼발라, 레무리아* 같은 신비로운 땅의 잔해와 같다. 그래서 아바나를 방문하거나 아바나에 살았던 사람에게 지우기 힘든 인상이 남는 것이다.

"내 사랑 아바나……"

볼레로가 하나의 전조처럼 귀에 울려퍼지기 시작했다. 세실리아는 다시 아말리아를 쳐다보았다. 그녀와 함께 있을 때마다 이상한 일들이 일어났다. 그러나 지금은 생각하고 싶지 않았다. 자신의 이야기를 잠시 잊게 만드는 아말리아 이야기의 결말을 알고 싶었다.

"경찰이 파블로를 데려가고 난 다음 어떻게 되었어요?" 세실리아가 물었다.

"얼마 후 게릴라들이 수도를 점령하자 풀려났어요." 여자는 목걸이를 만지작거리며 나지막하게 말했다.

"내 영혼을 그대에게 바친다면, 내 사랑 아바나……"

그들은 잠시 노래를 듣고 있었다.

---

* 아발론은 영국에 있었다는 전설의 섬, 삼발라는 히말라야 산정 어딘가에 있었다는 신화적인 왕국, 레무리아는 인도와 태평양 사이에 가라앉았다는 가상의 대륙이다.

"그래서 풀려나고 난 뒤에는요? 어떻게 됐어요?"

아말리아는 한숨을 내쉬었다.

"나의 티그레는 여전히 모반자로 살았죠."

6부

· · ·

중국 샤레이드

"누군가를 중국에 보내다."

쿠바에서 이 말은 복잡한 상황이나 심각한 궁지에 몰린 사람을
가리킬 때 쓴다. 학생이 "선생님이 나를 중국에 보내버렸어"라고
하면 시험 문제가 매우 어려웠다는 뜻이다.
　나아가 어떻게 맞서서 행동할 수 없는 아주 난처한 상황에 직면
했다는 뜻으로 확장되어 쓰이기도 한다.

나는 울어야 했어요

사람들은 카프리 호텔 정문 앞에 모여 있었다. 목소리도 몸집도 어마어마한 가수 프레디가 노래할 카바레 문이 열리기를 기다리는 중이었다. 이번 금요일에는 두 차례의 공연이 잡혀 있었다. 한 번은 저녁에 또 한 번은 자정 무렵이었다. 그러나 소란스러움은 여가수의 노래를 들으려는 기대 때문만은 아니었다. 수염이 덥수룩한 남자들의 군대가 막을 수 없는 썰물처럼 섬에 진군해와 거리와 농장에 들이닥친 이래 시시각각으로 광기와 흥분이 더해가기 때문이기도 했다.

그들이 권력을 잡은 지 몇 달 후 약식재판과 비밀 처형, 고위 공무원들의 도주 등의 소문이 돌기 시작했다. 대기업들에 대한 개입은 이미 예고된 것이었다. '개입', 그것은 '재산을 약탈하다' 혹은 '가게를 빼앗다' 등과 같은 보다 분명한 표현들을 피하기 위해 사용된 매우 폭력적인 개념이었다. 살진 물고기들 차례가 지나면 작은 물고기들 차례가 올 거라는 소문도 있었다. 어떤 사람들은 그런 일이 일어날까 두려워 뭔가 일을 꾸미기 시작했지만 그런 사람들의 목소리는 국가(國歌)와 구호들의 폭풍에 휩쓸린 대부분의 사람이 겪는 들끓는 흥분에 압도되어버렸다.

화려하게 보석으로 치장한 군중은 새로운 정권의 모든 집행 방식에 환호할 때의 바로 그 열정을 내보이며 '붉은 홀'로 들어갔다. 인기 있는 콘트랄토의 목소리를 들으려고 모두가 기다렸다. 그러나 옛날의 요리사는 행복해하지 않았다.

"이 사람들은 나를 존경하는 것이 아니야, 아말리타." 그녀는 탈의실에서 친구에게 속내를 털어놓았다. "그리고 존중이 없으면 권리도 없지."

아말리아는 반란군이 구정권의 반대파들이 갇혀 있던 감옥 문을 열어주어 남편을 되찾게 되자 행복했고, 그래서 친구의 불평을 그다지 중요하게 여기지 않았다. 고통스럽던 이별의 시간을 일곱 달이나 보내고 남편을 다시 만난 것이다. 파블로는 자유의 몸이 되었다. 그녀는 그것만 생각했다. 그리고 가장 중요한 것은 다시는 남편이 그런 공모에 가담하지 않으리라는 것이었다.

"적들이 지어낸 소문이에요." 그녀는 확신했다.

여가수는 몇 주 전부터 갈수록 불안해졌고 자신의 고뇌를 비밀스럽게 노래 속에 풀어내곤 했다.

"나는 울어야 했어요. 그리고 보다시피 이젠 거의 희열을 느껴요. 고통의 눈물을 흘려야 했어요. 어쩌면 수치심의 눈물이었겠지요."

테이블을 앞에 두고 앉은 아말리아는 파블로의 손을 꼭 쥐었다.

아, 지혜를 담아 부르는 볼레로를 듣는 행운, 럼주와 새빨간 앵두가 섞인 칵테일의 즐거움, 열대처럼 부드러운 과육을 깨물 수 있는 특권……

그때 떠들썩한 소리가 들려 그녀는 몽상에서 깨어났다. 카바레에 들어오려던 누군가가 경비와 말씨름을 하고 있었다.

"장인어른이야."

파블로의 말에 그녀는 깜짝 놀랐다. 오, 주님. 이사벨. 부부는 아이를 부모에게 맡겨두고 왔다. 그녀는 아버지가 있는 곳까지 어떻게 나가야 하나 싶었지만 어느새 보도에 나가 있었다. 아이에게 무슨 일이 생겼냐고 물었다.

"이사벨은 잘 있다." 호세의 말에 그녀는 마음을 놓았다. "아이 때문이 아니라 마누엘 때문에 왔다."

"저희 아버지요?"

파블로는 멍해졌다. 집안을 불명예스럽게 만든 '배신' 이후 아버지는 다시는 그에게 말을 하지 않았다. 로사만 비밀리에 그들과 소식을 주고받았다.

"자네 어머니가 전화하셨어." 호세가 말했다. "반란군이 레스토랑에 왔다는군."

"반란군요? 왜요?"

"마누엘이 공모자들을 돕고 있었다네."

"그럴 리 없어요. 아버지는 정치에 끼어들 분이 아니에요."

"레스토랑 뒤편에 친구를 며칠 숨겨준 모양이야. 그 사람은 이미 나간 뒤였지만 뭔가 발견할까 싶어 레스토랑을 수색하고 있다는군."

파블로와 아말리아는 더이상 설명을 듣지 않고 곧바로 호세의 차에 올라탔다. 구시가지로 가는 동안 아무도 입을 열지 않았다. 도착해보니 동네는 사람 사는 곳 같지 않게 텅 비어 있었다. 중국인 동네에서는 드문 일도 아니었다. 그곳 사람들은 블라인드 뒤에 숨어 바깥 상황을 지켜보는 걸 좋아했다. 하늘에 떠 있는 구름처럼 공포가 떠다니고 있었다. 아마도 예전에 광둥에서 본 비슷한 장면을 기억하기 때문일 것이다. 그들은 한 번의 삶을 뒤로하고 그곳을 도망쳐 나왔다. 이 도시는 근심 없고 유쾌한 분위기로 그들을 맞아주었는데 이제 다시금 똑같은 악몽에 처해 있다. 끈질긴 악마가 그들을 쫓아다니기라도 하는 것처럼.

파블로는 호세가 제대로 세우기도 전에 차에서 뛰어내렸다. 금고가 보도에 내팽개쳐져 부서져 있는 게 보였다. 레스토랑 문은 활짝 열려 있었고 실내는 어두웠다…… 로사가 아들에게 달려왔다.

"끌려갔단다." 광둥어로 말하는 그녀의 목소리는 갈라져 있었다.

그녀는 파블로가 알아들을 수 없는 이야기를 두서없이 늘어놓았다. 마침내 그녀의 말을 맞춰보니 마누엘이 보도 가까이에 서 있는 밴 안에 있다는 것이었다. 실내를 볼 수 없도록 창이 부옇게 처리된 뒷좌석에.

파블로는 손에 종이 뭉치를 들고 레스토랑에서 나오던 올리브색 제복을 입은 남자 앞을 가로막았다.

"동지, 무슨 일인지 알 수 있을까요?"

군인은 그를 아래위로 쳐다보았다.

"당신은 누구요?"

"이 집 주인의 아들입니다. 무슨 일입니까?"

"여기서 반역을 모의한다는 제보가 있었소."

"뭔가를 모의하던 시절은 다 지나갔습니다." 파블로는 부드럽게 보이려고 애쓰면서 설명했다. "우리 아버지는 온유한 노인입니다. 이 레스토랑이 평생의 일터였습니다."

"모두들 그렇게 말은 하더군."

파블로는 계속 자신을 억제할 수 있을지 자신하지 못했다.

"무고한 사람의 가게를 파괴할 수는 없습니다."

"무고하다면 증명하시오. 일단은 데려가겠소."

로사는 남자의 발치에 쓰러지며 광둥어와 스페인어를 뒤섞어가며 뭐라고 말했다. 군인은 비켜서려 했지만 그녀는 남자의 무릎을 잡고 매달렸다. 레스토랑에서 나오던 다른 남자가 로사를 난폭하게 밀쳤다.

파블로가 남자에게 덤벼들었다. 그는 순식간에 남자를 보도에 내동댕이쳤다. 뒤에서 그를 붙잡는 두번째 군인도 단숨에 제압했다. 그의 공격에 군인들은 움찔했다. 이전에 한 번도 본 적이 없는 동작이었다. 중국인들이 우슈라고 부르는 무예에 서구 사람들이 익숙해지는 데는 앞으로 이십 년은 더 있어야 했다.

호세와 아말리아가 파블로를 제지하려고 애쓰는 사이 군인들이 바닥에서 일어섰다. 그중 한 명이 리볼버를 꺼냈으나 다른 남자가 가로막았다.

"그만둬." 눈짓으로 주위를 가리키며 낮게 말했다.

남자들은 수많은 사람들이 이 상황을 목격했다는 것을 깨닫고 레스토랑을 폐쇄했다. 그리고 혁명정부의 조치라는 딱지를 붙인 다음 밴에 올라탔다.

"어디로 데려가는 거요?"

"일단 제3지국으로." 군인들이 말했다. "그러나 오늘이나 내일은 찾아오지 마시오. 당장 풀어주기는 어려울 거요. 혁명 반대 세력인지 아닌지 먼저 알아봐야 하니까."

"나는 바티스타* 저항 운동에 몸바쳤던 사람이오." 밴이 시동을 거는 동안 파블로가 소리쳤다. "투옥까지 됐었단 말이오!"

"그러면 이게 모두 인민의 이익을 위한 일임을 잘 알 거요."

"우리 아버지가 인민이야, 이 멍청아! 아버지의 재산을 파괴한다고 혁명이 지켜지는 게 아니야!"

"당신 아버지는 징계 차원에서 감옥에 수감될 거요." 운전대를 잡은 남자가 차를 출발시키며 소리쳤다. "혼자는 아닐 거요! 지금 공모자들의 근거지를 모두 조사하라는 명령이 떨어졌으니."

파블로는 밴으로 돌진했지만 호세가 뒤에서 붙잡았다.

"사법부에 항의할 테다!" 파블로는 분노로 얼굴이 벌게진 채 으르렁거렸다.

밴이 어둡고 고약한 구름 사이로 사라지는 동안 남자들의 웃음소리가 들리는 듯했다.

"이런 엿 같은 상황을 위해 싸운 게 아니야." 파블로는 새로운 분노가 가슴에서 자라나는 것을 느끼며 말했다.

아말리아는 그 말 뒤에 따라올 무언가를 예감하며 입술을 깨물었다.

---

* 풀헨시오 바티스타. 쿠바의 14대(1940~1944), 17대(1952~1958) 대통령을 역임한 독재자.

"가게에 가야겠다." 호세가 창백한 얼굴로 중얼거렸다.

"장인어른은 걱정하실 필요 없어요……" 하지만 장인의 눈빛을 보고 파블로는 하려던 말을 멈춰야 했다. "무슨 일이세요?"

"내가…… 문건을 숨겨놓았었다." 호세가 떠듬거리며 말했다.

"아빠!"

"하룻밤만 보관해달라고 해서. 위층에 사는 부인이 부탁하는 바람에 도와주려고 한 것이다. 남편은 수감되었고 수색이 있을까봐 겁을 내길래 말이다. 내가 모두 태워버리긴 했는데, 남자가 실토하거나 여자가 협박을 당하기라도 하면……"

그들은 아들네 집에서 자는 게 더 안전하다고 로사를 설득해 함께 차에 올랐다.

'엘 두엔데'까지 가는 십 분은 실로 고통스러운 시간이었다. 근방의 길들은 건물 잔해와 가재도구 들로 군데군데 막혀 있었다. 축음기, 금고, 테이블, 그 외 장식품들이 아스팔트에 흩어져 쓰레기 더미를 이루고 있었다. 가게로 가자 큰 널빤지를 댄 문을 폐쇄해놓았고, 혁명군의 조치라는 무서운 딱지가 자물쇠에 붙어 있었다. 파블로와 호세, 아말리아, 로사는 보도에 서서 뒤엉킨 진열장과 부서진 선반들, 땅에 흩어진 악보들을 바라보았다.

"하느님 맙소사." 호세는 쓰러지기 직전이었다.

어떻게 이럴 수 있을까? 그곳은 아버지가 창조한 우주였다. 그곳에는 베니의 발걸음이 있었고 라 우니카의 미소, 레쿠오나 마에스트로의 춤곡, 마타모로스의 기타 연주, 로이그의 사르수엘라가 있는 곳이었다. 사십 년에 걸친 쿠바 최고의 음악들이 이해할 수 없는 폭력 앞에 사라져버렸다. 호세는 못이 박힌 널빤지를 손가락으로 쓰다듬었다. 딸과 손녀딸의 혀짤배기소리가 가득한 그곳의 보물들을 되찾지 못할 수도 있겠다는 생각이 들었다. 그의 인생을 송두리째 빼앗긴 것이다.

아말리아는 아버지를 쳐다보았다. 얼굴이 다시 창백해져 있었다.

"아빠."

그러나 그는 딸의 목소리를 듣지 못했다. 주먹으로 얻어맞은 듯 심장에 통증이 느껴졌다.

그는 눈을 감았다. 더이상 파괴된 장면을 보지 않기 위해.

그는 눈을 감았다. 더이상 그 나라를 보지 않기 위해.

그는 눈을 감았다. 더이상 보지 않기 위해.

그는 눈을 감았다.

메르세데스는 아침마다 장미꽃 한 송이가 문 앞에 놓여 있다고 착각했다. 때로는 딸기 리큐어를 넣은 사탕 상자. 또는 빨간 리본을 묶어 매단 과일 바구니. 때로는 글을 모르는 그녀를 위해 누군가가 읽어주어야 하는 편지. 그것은 단순히 사랑의 편지가 아니었다. 그녀의 살결이 내뿜는 광채 앞에서 빛이 바래는 석양 아래에서 데이트하던 날들의 회상이기도 했다. 편지에는 항상 같은 이름, 그녀에게 유일하게 중요한 이름이 서명되어 있었다…… 메르세데스는 호세가 죽었다는 걸 기억하지 못했다. 지금 그녀의 정신은 연인이 자기 주변을 맴돌던 시절을 헤매고 있었다. 그녀가 이상한 안개속에 가라앉아 있던 시절. 그래서 그가 마법으로 흐려진 그녀의 심장을 깨우려고 무진 애를 쓰는 것을 제대로 알아채지 못하던 시절.

다른 일들은 여전히 기억하고 있었다. 자신이 색싯집에 살았다는 것, 무수한 남자의 소유물이었다는 것, 엄마가 화재로 죽었고 그래서 도냐 세시의 집도 불타버렸다는 것, 아버지가 경쟁자에게 살해당했다는 것…… 그러나 이제는 그런 걸 숨길 필요가 없었다. 그녀의 머릿속에 감춰져 있는 일들을 아는 사람은 아무도 없었다. 그녀의 비밀을 아는 유일한 사람은 죽어버렸다…… 아니야! 무슨 생각을 하는 거야? 호세는 정오가 지나 도냐 세시가 청소하는 여자를 채근해댈 무렵이면 나를 만나러 올 거야. 나에게 세레나데를 불러줄 테고, 그러면 나도 오늘로리오의 건달패가 더 일찍 오지 않을까 모퉁이를 곁눈질하며 살피게 될 거야.

그러나 호세는 오지 않았다. 그녀는 침대에서 일어나 초조한 마음으로 길에 나가보았다. 거리에는 계속 수상쩍은 사람 몇 명이 지나다니고 있었다. 그 남자들은 긴 총을 들고 아이들이 쳐다보는 앞에서도 총을 휘둘러댔다. 그들이 옷은 다르게 입었지만 오늘로리오의 건달패라는 걸 깨달은 것은 그녀뿐이었다. 호세에게 알리려면 뭔가 해야 해. 안 그러면 그가 모퉁이에 나타나자마자 그를 죽이고 말 거야. 그녀에게 공포가 엄습해왔다.

"살인자들!"

심장이 뛸 때마다 조금씩 떠오르던 단어가 그녀의 가슴속에 웅크리며 자리를 잡았다. 그 말을 내뱉고 싶었다. 소리를 죽인 중얼거림이더라도. 그러나 악몽은 그녀의 목소리를 막아버렸다.

"살인자들!"

모퉁이 근처에서 소요가 있었다. 그녀의 목소리를 옥죄던 무력감은 공포 앞에서 힘을 잃었다.

"살인자들!" 메르세데스는 중얼거렸다.

모퉁이에서는 소란이 커져갔다. 여러 사람이 한 남자를 뒤쫓고 있었다. 메르세데스는 그의 얼굴을 알아보지 못했지만 보지 않아도 누구인지 알았다.

그녀는 거리에 나가 고함을 질렀다. 비탄에 잠긴 유령처럼, 다음 차례에 처형당할 자의 죽음을 소리쳐 알리는 반시*처럼.

"살인자들! 살인자들!"

도망가는 남자에게 뭔가 비난을 퍼붓는 군중의 고함 소리에 그녀의 목소리도 가세했다.

그러나 메르세데스는 그것을 보고 있지도 알지도 못했다. 호세를 붙잡으려는 추적자들 위로 돌진했을 뿐이다. 혼란스러운 와중에 총소리가 났고 다시 한번 옆구리에 통증이 느껴졌다. 오놀로리오가 오래전 비수를 꽂았던 바로 그곳이었다. 이번에는 격렬하게 피가 솟구쳤다. 훨씬 뜨겁고 양도 많았다. 의사인지 앰뷸런스인지를 불러대며 다가오는 사람들을 쳐다보려고 고개를 조금 움직였다. 가까이에 호세가 있으니 걱정 말라고 사람들에게 알리고 싶었다.

그녀는 사람들의 얼굴 속에서 미소 짓는 단 한 사람의 얼굴, 그녀의 기운을 북돋아줄 유일한 얼굴을 찾고 있었다.

"봤죠?" 말을 하려고 애를 썼다. "내가 올 거라고 했잖아요."

그러나 말을 할 수 없었다. 그가 팔을 내밀어 그녀를 들어올렸을 때는 겨우 숨만 쉴 수 있었다. 얼마나 애정 가득한 시선이었던

---

* 아일랜드인의 신화에 등장하는 요정. 주로 죽음의 징조나 저승에서 찾아온 사자로 여겨진다.

가! 그 먼 옛날 석양이 질 때마다 그랬던 것처럼……

두 사람은 길 한가운데 여전히 모여 있는 사람들에게서 멀어졌다. 죽어가는 여인을 눕힐 만한 장소를 찾는 사이렌의 고통스러운 소리와 사람들의 비명 소리를 뒤에 남긴 채. 그러나 메르세데스는 이제 뒤를 돌아보지 않았다. 호세가 자신을 구하러 왔고, 이 시간은 영원할 테니.

그녀의 세계는 완전히 변해버렸다. "부모님을 잃을 준비가 되어 있는 사람은 아무도 없어." 아말리아는 혼잣말을 했다. 왜 미리 알려주지 않았을까? 그 상실을 견뎌내야 한다는 걸 왜 미리 충고해주지 않았던 걸까?

텔레비전 앞에 앉아 초조하게 몸을 흔들었다. 딸 때문에 그리고 이제 곧 태어날 또 다른 아기 때문에 겉으로는 평소의 자신이 되려고 노력했다. 그러나 그녀의 가슴속에 있던 무언가가 영원히 부서져버렸다. 이제는 누군가의 딸이 될 수도 없고, 다시는 '엄마'라는 소리도 '아빠'라는 소리도 못 하게 되었다. 세상 사람들을 상관하지 않고 달려와 그녀를 안아주고 사랑해주고 보호해주던 두 사람은 이제 존재하지 않았다.

많이는 아니지만 파블로도 변했다. 하지만 그녀에 대한 마음이 변한 것은 아니었다. 그는 미치도록 그녀를 사랑했다. 그러나 아버지가 체포된 후 찾아온 새로운 고통이 그의 영혼을 갉아먹는 듯했다. 아버지는 약식재판에서 일 년 형을 선고받았다. 파블로는 자신이 할 수 있는 모든 노력을 기울였다. 비밀 조직 활동을 하던 시절부터 알던 공무원들을 찾아가보기도 했다. 그러나 그의 탄원은 매번 뛰어넘을 수 없는 벽에 부딪혔다. 시우 멘드는 형을 다 살고 난 후에야 집으로 돌아왔다. 그는 가혹 행위로 인해 병이 들어 있었다. 모두들 그가 오래 살지 못할 거라고 생각했다. 아말리아는 파블로가 팔짱 끼고 구경만 하지 않을 거라는 생각에 전전긍긍했다. 이미 구정권 전복을 모의하던 전적이 있지 않은가. 그리고 남편은 혼자가 아니었다. 변화의 도래를 경축하던 많은 친구가 다시 예전처럼 어두운 표정을 하고 남편을 찾아왔다. 아말리아는 남자들이 그녀가 등을 돌려 문을 나오면 나지막하게 두런거리다가 다시 커피를 들고 들어가면 입을 다무는 것을 보았다.

다른 방법이 없을까 고심했다. 이를테면 이해할 수 없는 변화의 물결을 피해 대규모 망명자가 선택한 방법. 수백 명이 섬을 빠져나갔다. 뚱뚱한 가수 프레디조차 푸에르토리코로 떠났다.

"이사벨!" 아말리아는 이런저런 생각을 떨치려고 아이를 불렀다. "목욕하지 않을래?"

다섯 달밖에 되지 않았지만 그녀는 배가 많이 불러 있었다.

"아빠가 샤워해요."

"나오시면 하자꾸나."

이사벨은 이제 열 살이었지만 행동하는 건 열다섯 살 같았다. 어쩌면 너무 많은 것을 보고 들었기 때문일 것이다.

아말리아는 텔레비전 채널을 이리저리 돌려보다가 뒤뚱거리며 소파에 앉았다. 숨 쉬는 것도 힘이 들었다. 모든 게 귀찮았다. 숨을 쉬는 것조차.

"그럼 이번에는…… 라 루페!" 화면에는 보이지 않는 사회자가

1960년대 초에 흔하던 우쭐거리는 목소리로 외쳤다.

허리 통증을 잊으려고 애쓰며 소파에 자세를 바로잡은 뒤 수없이 인구에 회자되는 여가수의 노래를 들었다. 산티아고 출신의 물라토 여자였다. 불타는 눈에 오달리스크 같은 엉덩이를 가진 그녀는 발정 난 망아지 같은 걸음으로 무대로 나왔다. 아름답군, 아말리아는 인정했다. 생각해보면 섬에서 못생긴 물라토 여자는 드물었다.

"무대 위의 배우처럼 그대는 값싼 고통을 꾸미네요. 그대의 드라마는 필요하지 않아요. 나는 이미 그 연극을 알아요……"

정말 어릿광대 같아. 아말리아는 생각했다. 아니면 신경질적이거나. 새로운 세대의 가수들에게서는 리타의 우아한 자태를 전혀 찾아볼 수 없었다. 지금 무슨 생각을 하는 거야! 느릅나무에 배가 열리는 걸 본 적 있어? 절대로 리타 같은 가수는 없을 거야.

"거짓말을 하는 당신, 맡은 역을 참 잘해요. 그게 당신의 존재 방식인가보군요."

노래 톤에 경미한 변화가 있었다. 갑자기 아주 연극적인 어조가 되었다. 문득 라 루페가 미쳐가는 듯했다. 묶은 머리를 풀어 얼굴 위로 머리칼을 흘어 내리더니 가슴을 쥐어뜯고 주먹으로 배를 치기 시작했다.

"연극, 당신이 하는 짓은 순전히 연극이야. 잘 꾸민 허구, 잘 만든 환상……"

아말리아는 여자가 구두를 벗어 굽의 뾰족한 끝으로 피아노를 치기 시작하는 걸 보고 어이가 없었다. 삼 초 후 여자는 생각이 바뀐 듯 구두를 무대 밖으로 집어던지더니 주먹으로 피아니스트의 등을 두드리기 시작했다. 피아니스트는 아무렇지도 않은 듯 태연히 연주를 계속했다.

아말리아는 누가 여가수에게 입힐 정신병자용 구속복을 들고 나오기를 기다리며 숨을 죽였지만 아무 일도 일어나지 않았다. 오히려 라 루페가 또 다른 미친 짓을 시작하자 관객들은 소리를 지르며 정신 나간 듯 환호했다.

"이 나라는 미쳤어." 아말리아는 생각했다.

아버지가 함께 보고 있지 않다는 사실이 다행일 정도였다. 가장 뛰어난 예술가들과 어울리던 호세가 이런 터무니없는 쇼를 봤다면 두 번 죽을 일이었다.

"채널 좀 바꾸면 안 돼?" 파블로가 방에서 소리쳤다.

"당신도 봤어?" 아말리아가 물었다. "꼭 우리에 갇힌 암사자 같아."

이런 정신 나간 일들이 어디까지 가려나? 시절이 이렇게 변했단 말인가? 내가 늙어가는 건가? 그녀는 텔레비전을 끄려고 일어서다가 날카로운 벨소리에 화들짝 놀랐다.

"무슨 일인가요……?"

문을 반쯤 열자마자 네 명의 남자가 그녀를 밀치고 들어섰다. 이사벨은 놀라서 훌쩍이며 엄마 쪽으로 달려왔다.

남자들은 닥치는 대로 가구와 장식품 들을 내동댕이치며 아파트를 수색하더니 매트리스와 침대 틀 사이에서 납작해진 팔절지 몇 장을 찾아냈다. 남자 둘이 파블로를 강제로 끌어내려 했고 파블로는 격렬하게 저항했다. 엄마와 딸이 비명을 지르는 가운데 그는 반쯤 의식을 잃고 피를 흘리며 방에서 끌려 나갔다. 아말리아는 문과 남자들 사이에 가로막고 섰다. 그러나 배에 정통으로 발길질을 당하고 그 자리에서 구토를 해댔다.

고함 소리가 들리자 이웃 사람들이 몰래 쳐다보았지만 남자들이 사라지고 나서야 한 쌍의 노부부가 살피러 왔을 뿐이다.

"아말리아 부인, 괜찮아요?"

"이사벨." 아말리아는 진한 액체가 다리 사이로 흘러나오는 걸 느끼며 잦아드는 목소리로 아이를 불렀다. "로사 할머니한테 전화해서 당장 오시라고 해라."

발밑에는 아기를 보호해야 할 양수가 뒤섞인 핏자국이 퍼져가고 있었다. 마르티니코가 겁에 질려 그녀를 바라보고 있었다. 그런 모습은 처음이었다. 두엔데도 창백해질 수 있다는 걸 그때 알았다. 그는 의미를 알 수 없는 초록빛을 내뿜으며 가늘게 떨고 있었다.

아말리아는 라 루페가 그랬던 것처럼 욕을 하고 소리를 지르고 팔을 깨물고 옷을 찢고 싶었다. 프란체스코회 수도사의 표정으로 별도 달도 다 따다줄 것처럼 약속하며 자신들을 속인 그 남자의 얼굴에 라 루페와 듀엣으로 침을 뱉을 수만 있다면…… 그 표정 뒤에 틀림없이 붉은 악마가 숨어 있는 거야. 아아, 델피나.

"연극, 당신이 하는 짓은 순전히 연극이야. 잘 꾸민 허구, 잘 만든 환상……"

일어서려고 했지만 갈수록 힘이 빠지는 느낌이었다. 거의 실신하기 직전에 그녀는 왜 사람들이 라 루페를 좋아하는지 알게 되었다.

로사는 생선 수프를 휘저었다. 맛을 보기 전에 수프에 소금을 한 줌 뿌렸다. 예전 같았으면 생강 조각과 굴 소스, 야채 소스로 양념한 수프 향이 구름까지 닿았을 것이다. 유모가 만들어주던 생선 수프 향처럼. 그릇에 수프를 조금 담아 밖으로 나갔다.

시우 멘드가 죽은 뒤 그녀는 요리할 의욕을 잃었다. 지금 같은 영감의 순간에도 마음껏 실력 발휘를 할 수 없는 상황 때문에 더욱 그랬다. 볶은 깨 몇 알이나 달콤한 소스 한 방울이면 평범한 요리 대신 천상의 요리를 내놓을 수 있건만. 그럼에도 그녀는 매일 오후 음식을 조금 준비했다. 아들의 옛 동창 루이스와 베르티카의 아버지 로레토 박사에게 갖다 주기 위해서였다.

의사 선생은 가족들이 캘리포니아로 이사 간 뒤 로사네 근처로 이사를 왔다. 정부가 그의 출국을 허락하지 않았기 때문이다. 그는 분명 누가 배후에 있는 거라고 생각했다. 최근 산에서 내려온 어느 옛 게릴라 대장이 과거에 그의 아내에게 눈독을 들였던 적이 있었던 것이다. 아내 이레네가 암으로 죽을 때까지 그들 부부에 대한 괴롭힘은 몇 년이나 계속되었다. 의사가 출국 허가를 요청하러 갔다 그 남자와 다시 얼굴을 대면하게 되었을 때는 지난 일은 이미 잊은 뒤였다. 자녀들은 아버지를 두고 떠나고 싶어하지 않았지만 그는 떠나도록 종용했다. 지금 그는 '붉은 용'에서 맛깔진 요리로 저녁식사를 한 뒤 칼바도스*를 한 잔 마시는 폼새 나던 의사의 유령 같았다. 그는 '구더기'라는 이유로, 그러니까 제국의 화려함을 뒤로하고 떠나고 싶어한다는 이유로 의료업을 금지당했다. 이제 그는 젖은 걸레 같은 옷을 몸에 걸치고 있었다.

---

* 프랑스 칼바도스산 사과로 만드는 브랜디.

로사는 그의 집 문간에서 그와 마주쳤다. 문설주에 기대앉아 티그리요를 기다리던 맘비의 모습을 떠올리며 그녀는 그리움을 느꼈다. 티그리요는 보다 공정한 세상을 만들기 위해 사람들이 명예롭게 싸우던 시절에 대한 할아버지의 이야기를 언제라도 들을 준비가 되어 있었다…… 이제 노인은 죽고 없고 그녀의 티그리요는 감옥에서 쇠약해져가고 있다.

이십 년. 법원은 반정부 사보타주를 획책한 무리와 연루되었다는 죄목으로 아들에게 이십 년 형을 선고했다. 이십 년. 그녀는 그때까지 살아 있지도 못 할 것이다. 아말리아가 남아 있다는 생각을 위로로 삼았다. 그녀는 아들의 마음속에 아들의 눈을 통해 세상을 보는 여자 바로 다음으로 자신이 있다는 생각을 하자 힘이 났다.

로사는 의사 선생에게 인사를 건네고 접시를 내밀었다. 남자는 이제 노인이 다 된 듯했다. 떨리는 동작들과 불안하게 수프를 들이마시는 모습을 보니 노쇠했다는 느낌이 더 커졌다. 개 한 마리가 킁킁거리며 다가왔다가 남자의 발길질에 놀라 달아났다.

로사는 그 모습을 견딜 수 없어 시선을 거두었다. 소액의 연금 외에는 아무런 생계 수단도 없이 혼자 남은 그녀를 기다리는 것은 과연 무엇일까?

집으로 돌아온 로사는 문을 닫고 거실을 밝히는 하나뿐인 램프를 껐다. 그러나 광채는 사라지지 않았다. 어스름한 구석에 그녀의 어머니, 아몬드 같은 눈에 비단결 같은 피부를 지녔던 아름다운 링가오 파가 있었다.

"쿠이 파." 망자가 두 팔을 벌리며 그녀를 불렀다.

"엄마." 그녀는 어린아이의 혀짤배기소리로 중얼거리며 엄마에게 안겼다.

"동무가 되어주려고 왔단다." 노랫소리처럼 울리는 광둥어로 엄마가 속삭였다.

"알아요." 그녀는 고개를 끄덕였다. "정말 외로웠어요."

그녀는 엄마에게 안겨서 유년의 향기를 만끽했다. 많은 것을 떠올리게 하는 엄마의 향기. 그녀는 엄마의 품에서 빠져나와 자기 방문 쪽으로 걸어갔다. 문지방에서 엄마를 돌아보았다.

"나랑 같이 있을 거죠?"

"영원히."

그녀는 방으로 들어가 시우 멘드와 함께 쓰던 침대로 올라갔다. 그리고 가장 높은 대들보에 매여 있던 줄을 잡았다. 이제 금방 남편을 만나게 될 것이다. 웽 큰아버지도, 맘비 위앙도, 메이 레이도…… 앞으로는 그들과 함께 살게 될 것이고, 자기 나라의 언어를 말하며, 평생 월병도 먹을 수 있을 것이다. 마음에 걸리는 건 너무 홀쭉해지고 너무 지친 닥터 로레토였다. 해 질 무렵이 되어도 더이상 수프 접시를 받지 못하게 될.

아말리아는 꽃송이를 들고 자신과 나란히 걷는 딸을 곁눈질로 살폈다. 망자의 날* 두 사람은 칠 년 전부터 감옥에 갇혀 있는 사람의 소원을 들어주러 가는 길이었다. 묘지에 갈 수도 있었지만 마지막 면회 때 파블로는 중국인 맘비들을 위해 세워진 기념비에 꽃

---

* 한식.

을 갖다놓아달라고 부탁했다. 파블로는 그곳이 가문을 명예롭게
하기에 가장 적합한 장소라고 생각했다. 증조할아버지 위앙은 저
항적인 가문의 시초였다. 박탈해간 것을 돌려달라고 목숨을 걸었
던 아버지 시우 멘드가 뒤를 이었다. 슬픔에 짓눌려 생을 포기한
어머니 쿠이 파도 마찬가지의 경의를 받을 만했다.

　나뭇잎과 꽃잎 들을 쓸어내는 미풍에 익숙한 노랫소리가 실려
오고 있었다. 아말리아가 들어본 지 아주 오래된 동요였다.

　　중국인이 우물에 빠져

　　배에 물이 가득 찼대요.

　　이야, 항아리 항아리 항아리,

　　이야, 항아리 항아리, 퐁……

　　중국 여자가 있었대요.

　　카페에 앉았어요.

　　반짝이는 구두를 신고

　　스타킹은 거꾸로 신었네요.

　　이야, 항아리 항아리 항아리,

　　이야, 항아리 항아리, 퐁……

　아말리아는 주위를 돌아보았다. 그러나 길에는 아무도 없었다.
하늘을 올려다보았지만 구름밖에는 보이지 않았다. 사악한 목소
리가 부르는 이 노래는 노예 상태를 벗어나려고 우물에 뛰어들던
쿨리들의 흔한 자살 방법을 일깨우고 있었다. 증조할아버지에게
서 전해 들어 잘 알고 있던 파블로가 해준 이야기였다.

몇 초 동안 하늘에서 음악이 계속 떨어져내리고 있었다. 어쩌면 상상일 수도 있었다. 딸을 쳐다보았다. 딸은 사춘기 소녀가 되어 있었다. 메르세데스 할머니처럼 파도치는 머리칼, 스페인인 증조할머니처럼 발그레한 피부, 중국인 친할머니처럼 끝이 치켜올라간 눈. 아이는 혼자 생각에 빠져 있었다. 막 기념비에 새겨진 비문 앞에 가서 선 참이었다. 아무도 설명해주지 않았지만 아이는 섬에 살고 있는 십여 민족 중에서 이 묘비명에 적힌 내용을 자랑스러이 주장할 만한 민족은 아무도 없음을 알고 있었다.

어머니는 아이의 팔꿈치를 가볍게 쳤다. 몽상에서 깨어난 소녀는 기둥 아래에 꽃을 내려놓았다. 아말리아는 리타가 죽은 지 또 한 해가 지나가고 있다는 걸 떠올렸다. 절대로 그날을 잊지 못할 것이다. 쿠바 역사상 조문객이 가장 많던 그날의 밤샘─치바스의 조문객이 가장 많았던가?─에서 델피나를 만났기 때문이다.

"오늘 4월 17일이 우리 역사에서 불행이 일어난 유일한 날은 아니에요." 예지력이 있는 여자는 그렇게 말했다. "더 불행한 날이 올 거예요."

"설마 그러려구요." 아말리아가 흐느끼며 말했다. 그 비극보다 끔찍한 건 상상할 수도 없었다.

"삼 년 안에 바로 이 날짜에 침략이 있을 거예요."

"전쟁요?"

"침략이에요." 여자가 고집스럽게 말했다. "우리가 그걸 가로막는다면 우리 역사 최대의 불행이 될 거고요."

"'막지 못한다면'이라는 말이지요?"

"내가 말한 그대로예요."

아말리아는 한숨을 내쉬었다. 상냥한 델피나는 지금 어디 있을까? 카나리아제도에서 죽은 마에스트로 레쿠오나와 푸에르토리코에 묻힌 프레디를 생각했다. 델피나가 예언한 침략에서 패배한 후 남의 나라로 망명한 쿠바 음악의 상징적인 인물들을 생각했다…… 결국 그녀는 딸아이와 단둘이 남고, 파블로는 이십 년의 수형 생활을 하고 있는 중이었다.

마지막으로 임신했던 아이는 배를 발길질당하면서 태어나보지도 못하고 죽었다. 그 사람들이 조작한 무자비한 역사가 없었다면 셋째가 되었을 수도 있는 아이였다. 인생은 주사위 놀이와 같았다. 그래서 태어나지 못하는 사람이 있는가 하면 때가 되기 전에 죽는 사람도 있다. 어떤 게 더 좋은 결말이라거나 더 나쁜 결말이라고 할 게 없었다. 그냥 너무 부당했을 뿐이다. 항상 믿어왔던 정의 대로가 아니라 따로 배워야 하는 다른 법칙들 때문이라고 할지라도. 어쩌면 인생은 배움일 뿐인지도 모른다. 그러나 보상이든 징벌이든 죽고 난 다음에 찾아오는 거라면 배움이 무슨 소용인가? 아니면 죽음 이후에 더 많은 생이 있다던 델피나의 말이 진실일까? 그게 참이 아니었으면 좋으련만. 그녀는 이토록 비논리적인 규칙들이 지배하는 샤레이드*를 또 시작해야 한다면 이 세상으로 다시 돌아오고 싶지 않았다. 너무나 다정스럽고 너무나 정직한 나의 파블로에게 왜 그런 운명이 내려졌는지 신에게 물어볼 수만 있다면 무슨 일이든 할 텐데……

---

* 낱말 게임의 일종. 꿈에 나온 사물들을 숫자에 대입해 복권을 사거나 각 숫자의 의미를 풀어 운수를 점치는 도구이자 게임.

"엄마." 아이는 저만치 거리를 두고 그들을 쳐다보고 있는 경찰을 가리키며 낮은 목소리로 불렀다.

자리를 떠야 했다. 금지된 일은 아무것도 하지 않았지만 모르는 일이었다.

이사벨은 검은 대리석에 새겨진 글을 다시 읽었다. 언젠가 그녀에게 자식이 생기면 보여주게 될 글귀였다. 그때가 되면 그녀는 고조할아버지 위앙의 무훈들과 할아버지 시우 멘드와 할머니 쿠이파의 견결함, 아버지 파그 리의 저항 정신을 아이들에게 이야기해 줄 것이다. 아버지 생각을 하자 그녀의 눈에 눈물이 가득 고였다. 자신의 미약함에 화가 난 아이는 계속 자신들을 지켜보고 있는 경찰에게 경멸의 시선을 쏘아부쳤다. 경찰은 그 동작의 의미를 알아채지 못했다. 이사벨은 그 어느 때보다 고개를 높이 쳐들고 어머니와 함께 걸음을 옮겼다. 자신의 유전자 속에 새겨넣기라도 할 듯 묘비명을 진언인 양 계속 되뇌었다. 미래의 자기 아이가 절대로 잊어서는 안 되는 문장이었다. "쿠바 땅의 중국인 가운데 도망자는 없었다. 쿠바 땅의 중국인 가운데 배신자도 없었다."

무너진 가슴

　세실리아는 깊은 나락에 빠진 기분이었다. 아말리아의 비극이 자기 삶의 일부인 듯했다. 쿠바에 사는 동안 그녀의 미래는 그녀를 둘러싼 수평선, 단조롭고 변화의 여지가 없는 바다가 전부였다. 그녀의 도피처는 친구들과 가족 그리고 친구들의 가족이었다. 도움이나 위로를 건네주는 손이 항상 가까이에 있었다. 비록 그녀처럼 조난당한 사람들의 것이기는 했지만. 이제는 세계가 그녀 가까이에 있었다. 처음으로 자유로워진 것이다. 그렇지만 그녀는 혼자였다. 남아 있는 가족은 거의 없고 친구들도 죽었거나 전 세계에 흩어져 살고 있었다. 여러 친구가 너무나 복잡한 삶의 무게 때문에 죽음을 택했다. 어떤 친구들은 뗏목을 타고 도망치다 플로리다해협에서 익사했다. 또 많은 친구는 엉뚱한 나라로 도망쳐 숨었다. 호주나 스웨덴, 이집트, 카나리아제도, 헝가리, 일본, 쉴 수 있는 땅이 한 뼘만 있다면 세계 어느 구석이든 상관없었다. 쿠바인들이 미국으로 대규모 이주를 한다는 건 신화였기 때문이다. 그녀는 신비로운 툴레*만큼이나 멀고 닿기 힘든, 거의 신화적인 나라에서 살고 있는 친구를 수십 명도 댈 수 있었다. 살아오면서 사랑을 쏟아 키워온 우정들을 뜻밖의 안개 속에서 잃어버렸다. 쌍방의 적대감이 불러온 혼란은 끝내 분명하게 밝혀지지 않을 것이다. 오해는 수만 년이 흘러도 여전히 오해로 남을 것이다. 해명의 가능성은 존재할 수 있으나 결국엔 존재하지 못한 세계에 그대로 남게 될 것이다…… 자신의 나라, 그 병들고 망가진 풍경, 복구 가능성이 거의 없는 폐허가 된 그곳을 생각하지 않는 편이 좋았다. 숙명을 벗어난 것은 아무것도 없었다. 세실리아는 자기 이야기의 단편들을 하나하나 떠올려보았다. 고통으로 가슴이 답답해왔다. 모두가 영원히 행복하게 살 수 있는 무대란 없었다. 그래서 바에 가서 아말리아의 이야기를 계속 듣고 싶어하게 되는 것이었다. 그 모든 일에도 불구하고 뭔가 좋은 결말이 있지 않을까 하는 기대로.

목요일에는 매우 일찍 잠자리에 들었다. 그러나 잠을 잘 수 없었다. 치유할 수 없는 불면에 사로잡힌 그녀는 새벽 두시에 옷을 입고 외출하기로 마음먹었다. 그녀는 운전을 하는 동안 자동차 앞유리를 통해 별들이 나와 있나 살폈다. 껌껌한 하늘을 보자 속담 하나가 떠올랐다. '동트기 전 새벽이 가장 어둡다.' 많은 사람의 지혜의 흔적인 그 속담이 맞다면 그녀의 삶은 금세 환한 빛으로 물들 것이다.

그녀는 문을 밀치고 바로 들어가 테이블들을 죽 둘러보았다. 너

---

* 그린란드 북서쪽 기슭에 있는 마을.

무 늦은 시간이어서 친구를 만날 수 있을 거라는 기대는 하지 않았다. 그러나 거기 있었다. 아말리아는 플로어 양쪽에 걸린 두 개의 스크린에 연이어 나타나는 사진들을 꿈꾸는 듯한 표정으로 바라보고 있었다.

"안녕하세요?" 세실리아가 인사했다.

"내 딸과 손자가 이 주 후에 올 거예요." 아말리아는 에두르지 않고 바로 말했다. "그때 와서 우리 아이들과 인사하면 좋겠는데."

"저도 그러고 싶어요." 세실리아는 그녀 앞에 앉으며 대답했다. "어디로 가면 되나요?"

"물론 여기지."

"하지만 아이들은 이곳에 올 수 없잖아요."

아말리아는 얼음 조각을 깨물었다. 마른 열매껍질 부서지는 소리가 났다.

"우리 손자는 이제 어린아이가 아니에요."

두세 커플이 플로어에서 천천히 움직이고 있었다. 세실리아는 쿠바 리브레*를 한 잔 주문했다.

"그런데 사위는요?"

"이사벨은 이혼했어요. 그래서 딸과 손자만 올 거예요."

"어떻게 올 수 있게 됐어요?"

"비자 로또에 걸렸어요."

그건 정말 행운을 잡는 것과 같았다. 일 년에 오십만 명이나 되는 신청자 틈에서 비자를 받는다는 것은 거의 기적에 가까운 일이

---

* 럼에 라임 주스나 레몬 즙을 넣고 콜라를 채워 만든 칵테일.

었다. 그 도피는 언제나 끝날 것인가? 그녀의 조국은 항상 이민자들의 땅이었다. 콜럼버스 시대 때부터 세계 온갖 지역의 사람들이 그 섬나라를 피난처로 삼았다. 아무도 그곳에서 나가고 싶어하지 않았다…… 지금까지도.

세실리아는 아말리아가 자신을 뚫어지게 쳐다보고 있다는 걸 알아챘다.

"왜 그래요?"

"아니에요."

"감추지 말고 말해봐요."

세실리아는 한숨을 내쉬었다.

"수많은 기회가 있었는데도 조국이 단 한 번도 하나의 국가일 수 없었다는 게 지긋지긋해요. 이제는 나라가 폭발하든 말든 저는 상관 안 해요. 그냥 조용히 살고 싶어요. 저에게 남겨진 걸 계획해 볼 수 있는지 그것만 알면 그만이에요."

"그렇게 말하는 건 세실리아의 분노지 세실리아의 심장은 아니에요. 그리고 그 분노는 거기에서 일어나는 일에 관심이 있다는 증거예요."

종업원이 쿠바 리브레를 갖다 주었다.

"네, 그럴 수도 있어요." 세실리아는 인정했다. "하지만 미래를 알게 돼서 이렇게 계속 애를 태우지 않을 수만 있다면 뭔들 못 하겠어요. 미래에 우리를 기다리는 게 뭔지만 알 수 있다면 어디에 전념해야 하는지 알게 될 테고, 이렇게 고통받지 않아도 되잖아요."

"미래는 하나가 아니에요. 나라든 개인이든 그 운명을 지금 당장 볼 수 있다 해도 한 달 후의 모습과 동일하지는 않아요."

"무슨 말씀이세요?"

"세실리아가 오늘 보는 미래는 누군가가 갑작스러운 결정을 내리고 예기치 못한 일을 벌이지 않아야 현실이 될 수 있어요. 하나의 우연이 본래의 예언을 바꿔버릴 수도 있는 거예요. 한 달이 지나면 그사이에 일어난 모든 사건들의 총합으로 인해 다른 미래가되어버리는 거죠."

"좋아요. 뭘 더 바라겠어요?" 세실리아가 중얼거렸다. "어쨌든 아무도 미래를 볼 수 없으니까요."

종업원들이 비어가는 테이블을 치우고 있었다. 두 쌍의 손님이계산서를 요청했다.

"샤레이드 해보고 싶지 않아요?"

"복권은 사본 적이 없어요. 운이 나쁘거든요."

"이건 미래를 알아보기 위한 점이에요."

세실리아는 테이블로 몸을 숙였다.

"어떤 예언도 확실하지 않다고 하셨잖아요. 근데 지금 점쟁이가되시겠다고요?"

아말리아는 수정같이 부드러운 웃음을 터뜨렸다. 웃음소리가거의 텅 빈 바에 울려퍼졌다. 가끔 그렇게 웃을 일이 없어 애석했었는데.

"지금 내 상황에선 다른 사람들이 모르는 걸 알 수 있다고 해두죠 뭐…… 하지만 복잡하게 생각하지 말아요. 그냥 게임이다 생각하고 해보는 거예요."

아말리아는 여섯 개의 주사위를 테이블 위에 꺼내놓았다. 두 개는 가장 흔한 육면체 주사위였고 다른 두 개는 팔면체였다. 나머지

두 개는 면이 너무 많아 셀 수가 없었다.

"운명은 주사위 놀이예요." 아말리아는 말을 이었다. "어떤 현인이 말하기를 신은 우주를 가지고 주사위 놀이를 하지 않는다고 했죠. 그런데 틀렸어요. 가끔은 러시안룰렛 같은 놀이도 하는걸."

"어떻게 하면 돼요?"

"던져봐요."

아말리아는 던져진 주사위를 줍기 전에 숫자들을 관찰했다.

"다시 던져요." 아말리아가 주사위들을 건네며 말했다.

그녀는 한 번 더 결과를 보고 나서 주사위를 집더니 다시 섞었다.

"한 번 더."

세실리아는 주사위를 다시 던지며 불안을 느꼈다. 그러나 아말리아는 모른 척하며 세 번을 더 시켰다. 그러고는 마침내 주사위를 가방 속에 집어넣었다.

"중국 샤레이드에서 숫자 40, 62, 76이 의미하는 게 뭔지 찾아봐요. 그 숫자들의 조합은 세시가 누군지, 무엇을 기다려야 하는지 알려줄 거예요. 그리고 나서 24, 68, 96도 찾아봐요. 우리 모두의 강박이 되는 미래를 보여줄 테니."

세실리아는 잠시 침묵을 지켰다. 게임을 어느 정도로 진지하게 받아들여야 하는지 망설여졌다.

"샤레이드의 숫자들은 한 가지 이상의 의미가 있다고 하던데요." 마침내 세실리아가 말했다.

"첫번째 것만 찾아봐요."

"세 단어로 된 메시지를 어떻게 해석하면 되나요?"

"단어가 아니라 개념이에요." 아말리아가 분명하게 말했다. "점의 체계는 이성적이라기보다 직관적이라는 사실을 기억해요. 동의어와 연상 개념을 찾아봐요……"

몇 안 되게 남아 있던 불빛들이 깜빡거리기 시작했다.

"이렇게 늦은 줄 몰랐네." 아말리아가 일어서며 말했다. "잊어버릴까봐 미리 말할게요. 밤마다 같이 있어줘서 고맙다는 말을 하고 싶어요. 혼자 무척 외로웠는데."

"그런 말씀 마세요."

"그리고 내 이야기에 관심 가져줘서 고마워요. 세실리아가 우리가 못 다한 이야기의 일부라면 나는 편하게 갈 수 있을 거예요. 뭔가 더 좋은 일이 쿠바를 기다리고 있다고 믿어요."

아말리아는 손으로 이마를 짚었다. 마치 아주 오래된 피로감을 떨쳐내고 싶은 듯했다. 세실리아는 문까지 따라나섰다.

"그런데 파블로는요?" 마침내 용기를 내 물었다. "감옥에서 나왔어요? 그는 언제 만나게 되나요?"

"금방 만나요, 세시. 이제 곧."

세실리아는 그녀의 시선에서 자신보다 더 서글픈 마음의 흔적을 보았다.

이십 년

추한 회색빛 건물이었다. 사람들의 꿈을 억누르는 운명을 타고 난 듯한 벽이 건물을 둘러싸고 있었다. 담장 위에는 스포츠 경기장의 불빛처럼 환하게 조명을 밝히는 전신주들이 튀어나와 있었다. 아말리아는 인근 도시와 마을이 광범위하게 정전을 겪는 마당에 이 등들은 얼마나 많은 전력을 소비하는 걸까 가늠해보려 했다.

누군가가 그녀를 가볍게 밀쳤다. 기다리는 줄에 서 있던 그녀는 몽상에서 깨어나 몇 걸음 앞으로 나아갔다. 여러 해 동안 고대하던 순간은 그렇게 왔다. 정확히 말해 이십 년이었다. 모범수임에도 감형은 없었고 사건에 대한 재심리도 없었으며 고등법원에 상소도 하지 않았다. 그런 건 이제 존재하지 않았다.

이십 년 동안 면회가 허락될 때마다 파블로를 찾아갔다. 면회는 간수의 기분에 달려 있었다. 어떤 때는 두 달을 연이어 볼 수 있었고, 어떤 때는 누구의 동정도 받지 못한 채 뜨거운 태양이나 비, 새벽의 냉기 속에 그냥 내버려지기도 했다. 여섯 달, 일곱 달, 때로는 여덟 달 동안 그를 격리시켜둔 적도 여러 번이었다. 무슨 이유로? 그녀는 이유를 알지 못했다. 살아 있는가? 아픈가? 아무런 대답이 없었다. 귀머거리들의 나라 같았다. 아니면 벙어리들의 나라였다. 악몽이었다.

그러나 오늘은, 그래 오늘은, 그렇게 여러 번 되뇌었다. 기뻐서 춤을 추고 노래하고 웃어대고 싶을 정도였다…… 그러나, 아니다. 회한이 서린 얼굴로 차분하게 있는 게 나았다. 그래야 또다시 형벌을 받지 않을 터였다. 눈을 내리깔고 감정과는 거리가 먼 비굴한 표정을 짓는 게 더 나았다. 그를 안아보지 못하면, 두려움을 달아나게 해주는 그 목소리를 듣지 못하면, 이제는 하룻밤도 견딜 수 없었다…… 확성기에서 이름을 듣고서야 어느 순간인지 그녀의 신분이 증명되었다는 사실을 깨달았다. 그녀는 침착해지려고 애를 썼다. 떨고 싶지 않았다. 교도관들이 알아보지 못하기를 바랐다. 의심을 살 수 있었다. 무엇이든 의심거리가 되었다. 그러나 그녀의 신경은……

그녀는 금속 문에 시선을 고정시켰다. 그리고 복도 가운데 서 있는 쇠약한 사람을 알아보았다. 그는 그녀를 보지 못한 채 주위를 두리번거리다 마침내 그녀를 알아보았다. 두 가지 이상한 일이 일어났다. 그를 안으려고 하자 그가 낯설고 긴장된 표정을 짓더니 거칠게 그녀를 밀어내고는 성큼성큼 저만치 걸어가버린 것이다.

"파블로, 파블로……" 그녀가 속삭였다.

그러나 남자는 계속 걸어갔다. 감옥에서 돌려받은 옷 보통이를 꼭 움켜쥔 채. 무슨 일인가? 마침내 그들 뒤로 문이 닫혔다. 이제

먼지 가득한 길 위에 단둘만 남았다. 거기서 두번째 이상한 일이 일어났다. 파블로가 아내를 향해 돌아서더니 갑자기 키스를 하고 포옹을 하며 향내를 맡고 애무를 하기 시작했다. 그제야 그녀는 남편이 왜 조금 전에는 자신을 쳐다보지도 않았는지 깨달았다. 그녀가 지금 보는 일을 교도관들이 보기를 원하지 않았던 것이다. 파블로는 울고 있었다. 눈물이 아내의 머리칼로 흘러내렸다. 그녀가 잃어버렸다고 생각했던 열정이 되살아난 것이었다. 파블로는 어린 아이처럼 흐느꼈다. 딸아이의 울음도 패배한 신 같은 이 남자의 눈물만큼 그녀를 아프게 하지는 않았다. 그리고 환영을 본 듯한 어느 순간 그녀는 죽음의 지복을 버리고 고통받는 사람들의 영혼을 밝힐 수 있는 정령이 되게 해달라고 소망했다. 순간 분명하진 않지만 덤불 속에서 피리 소리와 비슷한 미세한 소리가 들려오는 듯했다.* 그러나 그녀는 금세 그 일에서 주의를 거두었다.

파블로와 그녀는 키스했다. 서로가 상대방의 냄새 나는 몸, 거칠어져버린 피부, 누더기가 되다시피 한 옷에는 신경도 쓰지 않았다. 두 사람을 비추던 빛이 공중으로 올라가는 것도 보지 못했다. 모든 약속이 이루어지자 보이지 않는 왕국으로 올라가는 빛이었다. 그것은 어느 날 오후 산정에서 처음 사랑을 나눌 때 그들 몸에서 피어나던 것과 같은 빛이었다.

이제는 다른 세상에 사는 듯했다. 아말리아는 그의 굽은 몸을

---

* 두 번 소원을 들어주기로 했던 판의 두번째 화답을 의미한다.

처다보았다. 얼마나 심한 고통이 남편의 마음속에 자리 잡았을까 감히 상상도 안 됐다. 감옥에서의 생활에 대해 물어볼 엄두도 내지 못했다. 그의 영혼에 남은 황폐함을 확인하는 걸로도 충분히 끔찍했다. 남편의 표정은 끝없는 고독감을 내비치고 있을 뿐이었다.

이제는 엘 베다도의 근사한 아파트에 사는 것도 아니었다. 정부는 다른 나라 외교관에게 제공해야 한다는 구실로 그들의 아파트를 몰수했다.

그들에게 제시된 세 집 중 한 곳으로 이사를 간 것은 파블로의 수감이 아직 십이 년이나 남았을 때였다. 세 집 모두 그들의 아파트에 비하면 돼지우리나 다를 바 없었지만 받아들이는 수밖에 없었다. 중국인 동네 한복판에 있는 집이었다. 다른 집들보다 나아서가 아니었다. 어린 시절의 동네로 돌아가면 파블로가 좋아하지 않을까 생각했기 때문이다.

파블로는 가끔씩 멩 가족의 식당이나 중국인 훌리안 아저씨의 아이스크림 가게에 대해 물어보았다. 이십 년 동안 일어난 재난이 자기가 알던 사람들의 인생을 휩쓸어버렸다는 사실을 여전히 믿기 어려운 모양이었다.

"전쟁보다 더 심하군." 그는 아말리아가 옛 이웃들의 운명을 이야기하자 그렇게 중얼거렸다.

그녀는 최악의 이야기들은 속에 담아두고 다르게 지어내서 얘기했다. 예를 들어 닥터 로레토가 어느 날 아침 로사가 저녁식사를 가져다 주곤 하던 계단에 앉은 채로 죽어 있었다는 이야기는 결코 하지 않았다. 자녀들과 함께 살려고 미국으로 떠난 모양이라고 모호하게 이야기했다.

아말리아는 남편이 옆에 있어 행복했다. 비록 번민이 어린 행복이었고, 그걸 인정하기는 싫었지만. 그 남자 옆에서 보냈어야 할 이십 년을 그녀는 도둑맞았다. 그것은 아무도, 신이라 해도 되돌려줄 수 없는 시간이었다.

그러면 파블로는? 오후가 되면 어린 시절의 동네를 돌아보는 그는 머릿속에 무얼 담고 있는 걸까? 그가 한 번도 불평하지는 않았지만 아말리아는 알고 있었다. 남편의 영혼 한 조각이 잿빛 가득한 어둠의 풍경으로 변해버렸다는 걸. 그는 이사벨이 푸르스름하고 끝이 치켜 올라간 눈의 손자를 데리고 찾아올 때만 미소를 내비쳤다. 그럴 때면 남편은 아이와 함께 집 문간에 나앉아 증조할아버지 위앙이 그랬던 것처럼 영광스러운 시절에 대한 이야기를 들려주곤 했다. 맘비들이 빛나는 부처 '아팍' 호세 마르티의 성스러운 연설을 들으며 도래할 자유를 꿈꾸던 시절에 대해. 그러면 아직 어리기만 한 손자는 모든 게 동화의 결말처럼 끝났다고 생각하며 행복한 미소를 지었다.

가끔 파블로는 아말리아에게 중국인 동네 밖으로 나가자고도 했다. 그런 날은 프라도 거리를 부부가 함께 걸었다. 그곳에는 청동 사자상과 나뭇가지 사이에서 울어대는 참새들의 지저귐이 여전했다. 말레콘까지 나가 연애 시절을 추억할 때도 있었다.

망자의 날이 되자 그는 아말리아와 딸, 손자를 데리고 중국인 맘비들의 기념비를 찾아가고 싶어 했다. 이사벨의 남편은 함께 가지 않았다. 추궁과 협박의 세월로 인해 그는 인색하고 두려움에 가득 찬 사람이 되어 있었다. 이사벨이 알았던 꿈꾸던 젊은이와는 아주 다른 사람이 되어버렸다. 그는 장인이 반혁명 분자라는 이유로

448

감옥에서 이십 년을 산 걸 알면서도 더이상 장인 장모를 찾아보려고 하지 않았다. 파블로는 그날 외출에서 자신의 마지막이 가까워졌음을 깨달았다.

아바나는 우주적 규모로 폭발한 베수비오 화산에 의해 괴멸된 카리브의 폼페이였다. 거리들은 온통 구덩이 천지였다. 낡고 초라하고 부서진, 많지도 않은 차들이 그 구덩이에 처박혀 있어서 길을 잘 살피고 다녀야 했다. 태양은 나무와 정원 들을 불태워버리기라도 할 듯 뜨겁게 내리쬐고 있었다. 그 어디에도 잔디는 없었다. 도시는 전쟁과 적군의 괴멸, 무자비한 증오를 호소하는 포스터와 광고물로 넘쳐나고 있었다.

검은 대리석 묘비─'쿠바 땅의 중국인 가운데 도망자는 없었다. 쿠바 땅의 중국인 가운데 배신자도 없었다'─만이 그대로였다. 묘비명의 영웅들과 같은 재료로 만들어지기라도 한 듯. 지난날 투사들이 가슴에 품었던 꿈과 같은 물질로 되어 있기라도 한 것처럼. 파블로는 말레콘에서 불어오는 미풍을 들이마셨다. 감옥에서 나온 이후 처음으로 기분이 좋아졌다. 증조할아버지 위앙은 그를 자랑스러워하고 있을 것이다.

가는 보슬비가 떨어지기 시작했다. 아스팔트에서 뜨거운 김을 뿜어올리는 태양의 존재에 아랑곳없이. 파블로는 구름 한 점 없이 푸른 하늘을 향해 눈을 들었다. 달콤하고 반짝이는 눈물에 얼굴이 젖어들었다. 그 역시 배신이라고는 한 적도 없고 앞으로도 그럴 것이다…… 그는 불가사의한 비를 보며 죽은 맘비가 축복을 내려주고 있다는 걸 알았다.

죄를 벗어버리고

세실리아는 차를 몰아 코럴 게이블스의 뒷골목을 관통했다. 사
람들과 집 위로 나뭇잎 소나기를 들이붓는 나무들로 골목에는 그
늘이 져 있었다. 아바나의 구불구불한 골목들을 상기시키는 길이
었다. 설명하기 힘든 일이었다. 깔끄러운 벽들과 덩굴손으로 습기
를 머금은 고딕풍 정원들이 있는 코럴 게이블스는 떠나온 폐허의
도시보다는 마법에 걸린 마을과 닮아 있었기 때문이다. 아마도 두
지역을 연결 지어 생각하는 것은 방식은 다르지만 노쇠하다는 유
사성 때문일 것이었다. 하나는 노쇠함을 아름답게 위장하고 있었
고 다른 하나는 영광스러운 과거의 잔해였다. 꽃들이 점점이 피어
있는 정원 사이를 돌아보았다. 향수의 맥박이 느껴졌다. 그녀는 얼
마나 강박증적인 영혼인가. 해안에 와 부딪히는 파도의 울음소리,
부서진 거리들을 내리쬐는 태양의 열기, 미지근한 소나기가 내리
고 난 뒤 물기를 머금어 다시 비옥해진 대지가 뿜어내는 향기 들을

그녀는 여전히 그리워하고 있었다.

스스로에게는 거짓말을 할 수 없었다. 그 나라는 그녀에게 중요했다. 그녀의 삶만큼이나. 어쩌면 그 이상이었다. 그녀의 한 부분인데 어떻게 무관하겠는가? 세실리아는 그 나라가 지도에서 사라진다면 어떤 기분일까 생각해보았다. 문득 연기처럼 사라져 다른 차원의 세계로 들어가버린다면. 쿠바가 존재하지 않는 지구라…… 그러면 나는 무엇을 할까? 다른 이국적이고 감당하기 어려운 곳을 찾아야 할 것이었다. 삶이 논리에 도전장을 내미는 지역을. 그녀는 사람들이 자신이 자란 곳과 어떤 연결성을 유지할 때, 아니면 그와 유사한 곳에 살 때 더 건강하다는 글을 읽은 적이 있다. 그러니 그녀는 그녀의 생체 시계와 마음의 시계를 재조정할 수 있는 몽환적이고 동시에 목가적인 나라를 찾아야 할 것이다. 어디가 좋을까? 몰타의 기념 거석, 아나사지인들의 버려진 도시*, 모퉁이며 틈새가 하도 많아 아서왕 신화 속의 인물들이 돌아다니는 틴타겔**의 어둡고 오래된 해안 등이 연이어 그녀의 머릿속에 떠올랐다. 위험을 알리는 메아리가 울려퍼지고, 당연하게도 폐허로 가득 찬 신비로운 곳들이었다. 그녀의 섬도 그랬다.

그녀는 몽상에서 깨어났다. 쿠바는 여전히 그 자리에 있었다. 금방이라도 손에 잡힐 듯한 거리에. 아주 어두운 밤이면 도시들의 광채를 키웨스트***에서도 알아볼 수 있었다. 그러나 지금 그녀가 할

---

* 미국 애리조나, 뉴멕시코, 콜로라도, 유타 접경 지역에서 발달했고 차코 캐년에 유적지가 남아 있는 옛 문명.
** 『아서 왕 전설』과 『원탁의 기사』의 배경이 되는 영국 콘월의 대서양 해안 마을.
*** 미국 플로리다 주 최남단의 섬으로 마이애미에서 이백칠 킬로미터, 아바나에서 백칠십 킬로미터 떨어져 있다.

일은 다른 것이었다. 자신의 가까운 미래를 탐구하는 것. 아니면 적어도 그 미래로 가는 바른 길로 이끌어줄 자취를 발견하는 것.

앵무새 울음소리가 그녀의 초인종 소리에 대한 첫 화답이었다. 그림자가 문구멍을 덮었다.

"누구요?"

유혹이 너무 컸다.

"후아나 라 로카*요."

"누구?"

성모님 맙소사! 다 보이면서 도대체 뭐 하러 물어볼까?

"저예요, 할머니…… 세시."

빗장이 풀리는 소리가 들렸다.

"이런, 깜짝이야." 롤로가 문을 열면서 말했다. 그제야 그녀가 보이기라도 한 것처럼.

"단결한…… 인민은…… 절대로 지지 않는다……"

"피델리나! 이 악마 같은 앵무새가 내 신경줄을 끊어놓고 말 거다."

"할머니 잘못이에요. 그냥 내다버리면 될걸."

"그렇게는 못 해." 롤로는 신음했다. "누구한테도 주지 말라고 데메트리오가 밤마다 애원하는걸. 나를 통해서만 앵무새를 볼 수

---

* '미치광이 후아나'라는 뜻으로 이슬람 왕국을 축출하고 가톨릭 국가를 통일한 아라곤의 페르난도 왕과 카스티야의 이사벨 여왕의 딸. 남편에 대한 사랑이 지나쳐 광기를 보여 붙여진 이름.

있다고 말이야."

세실리아는 한숨을 내쉬었다. 그리고 광기와 선한 성정 사이에서 씨름하는 게 집안의 혈통이라는 걸 체념하고 받아들였다.

"커피 줄까?" 이모할머니가 주방으로 들어가며 물었다. "방금 막 뽑았다."

"아니요, 괜찮아요."

롤로는 잠시 후 손에 커피 잔을 들고 돌아왔다.

"그 집에 대해 좀 알아보았니?"

"아니요." 세실리아는 밝혀낸 사실과 다시 대면할 자신이 없어 거짓말을 했다.

"아우라 보는 연습은 잘돼가?"

세실리아는 화분 주위에 부연 안개가 끼던 일을 떠올렸다.

"신기루만 보였어요." 그녀는 툴툴거렸다. "절대로 델피나 할머니처럼은 못 될 거예요. 유령은 털끝만큼도 안 보여요."

"그럴 수도 있어." 롤로는 커피를 조심스럽게 마시면서 말했다. "델피나도 나도 천사나 망자 들과 이야기하자고 그런 이상한 연습을 할 필요는 없었으니까. 하긴 이제는 예전 같지 않다만."

세실리아는 이모할머니가 커피를 다 마시기를 기다렸다.

"할머니, 샤레이드의 숫자들 좀 아세요?"

할머니는 기억을 떠올리려고 애쓰는 것처럼 뭔가 어정쩡한 표정을 지으며 그녀를 바라보았다.

"누가 그 놀이에 대해 말하는 걸 들어본 게 참 오래전 일이구나. 가끔 로또를 사려고 사용하기는 한다마는. 실제로 들어맞는다니까. 내가 찍은 번호가 당첨된 적이 있어."

"그런데 중국 샤레이드로 하세요, 쿠바 샤레이드로 하세요?"

"그런 게 왜 궁금한 거냐? 네 또래는 샤레이드가 뭔지도 모를 텐데. 누구한테서 그 얘길 들었니?"

"어떤 부인요." 모호하게 대답했다. "로또를 한번 사보라고 여러 개의 숫자를 알려줬어요. 그런데 그 숫자들이 무슨 의미를 갖고 있는지 알고 싶어서요."

"숫자가 뭔데?"

세실리아는 핸드백에서 메모장을 꺼냈다.

"중국 샤레이드로 24, 68, 96이구요. 쿠바 샤레이드로 40, 62, 76이에요."

롤로는 손녀의 거짓말을 알은체해야 하나 어쩌나 가늠을 하며 세실리아를 유심히 쳐다보았다. 플로리다 로또에는 68이나 96같이 높은 숫자는 없었다. 그러니 제정신이 있는 사람이라면 아무도 그 숫자를 찍어보라고 했을 리가 없다. 그녀는 조카손녀가 그 숫자들에 관심을 갖는 다른 이유가 있다고 확신했다. 그러나 그냥 되어가는 대로 내버려두기로 했다.

"어디 리스트가 있을 텐데." 자리에서 일어나 침실로 가며 롤로가 말했다.

세실리아는 거실에 남아 자신이 적은 메모들을 살펴보았다. 점은 탐정소설식의 여가 놀이가 아니라 미스터리하면서도 잘 다듬어져 있는 수수께끼라고 항상 믿어왔다. 이 놀이를 계속해야 할까?

"찾았다." 이모할머니가 방에서 나오면서 말했다. 구겨진 종이를 책장 위에 펼쳐놓았다. "어디 보자…… 24는 비둘기…… 68은 큰 묘지…… 96은 도전이구나."

세실리아는 단어들을 받아 적었다.

"이제 쿠바 샤레이드 숫자만 남았네요." 그녀는 이모할머니에게 상기시켜주었다.

"그건 한 번도 안 해봤다." 롤로 할머니가 말했다. "중국 게 제일 유명해."

"어디서 구할 수 있을까요?"

이모할머니는 어깨를 으쓱했다.

"어쩌면……" 그녀는 입을 열다 말고 허공을 바라보았다. "어느 상자에?"

이모할머니가 램프에 대고 말하고 있다는 것을 알고 세실리아는 머리칼이 곤두섰다.

"벽장에?" 롤로가 물었다. "하지만 기억이 안 나……"

세실리아는 이모할머니와 대화를 나누는 존재를 향해 돌아보았다. 자기 눈에는 보이지 않으리라는 걸 알았지만.

"알았어, 그렇게 말하니까……"

롤로는 아무런 설명도 없이 소파에서 일어나 방으로 갔다. 잠시 부스럭대는 소리가 들리더니 그녀는 작은 상자를 하나 손에 들고 방에서 나왔다.

"맞는지 어디 보자." 이모할머니는 종이가 가득 들어 있는 상자를 뒤엎으면서 말했다. "그래, 데메트리오 말이 맞네. 생각만큼 그렇게 기억이 흐려진 건 아닌 모양이군."

상자에서 꺼낸 신문 스크랩을 말하는 것이었다. 금방이라도 찢어질 듯한 상태여서 반반하게 펼치려다 귀퉁이가 떨어져 나갔다. 쿠바 샤레이드를 복사해놓은 것이었다.

"빌려주시겠어요?" 세실리아가 물었다.

롤로는 얼굴을 들어 다시 시선을 허공에 두었다.

"데메트리오가 너 가지라고 하는구나. 너 같은 젊은 애가 그런 고릿적 물건에 관심을 가지면 우리는 이미 전쟁에 이긴 셈이라는구나. 그리고 더……"

세실리아는 또 찢어질까봐 조심스럽게 종이를 접었다.

"너를 좀더 알면 좋겠다는데……" 롤로가 한숨을 쉬었다.

세실리아가 시선을 들었다.

"저를요? 왜요?"

"딱 한 번밖에 못 봤으니까. 네가 처음 나를 찾아온 날 말이다."

"전에도 말씀하셨는데, 저는 기억이 안 나요."

롤로는 한숨을 내쉬었다.

"그는 너를 아주 소중하게 여기거든!"

"저를요?"

"내가 비밀을 하나 얘기해주마." 롤로 할머니가 흔들의자에 앉으며 말했다. "남편이 죽고 나자, 편히 잠들어 있기를, 나는 데메트리오를 제일 많이 의지했단다. 우리는 젊을 때부터 알았거든. 그는 항상 나를 사랑했지만 말을 안 했어. 그래서 내가 쿠바를 떠나자마자 여기로 따라온 거야. 델피나는 네가 유일한 손녀다보니 쉴 새 없이 네 얘기도 하고 네 사진을 보여주며 자랑하곤 했단다. 네 부모는 네가 태어나자 이곳으로 옮겨 올 계획을 세웠지. 끝내 네 엄마가 마음을 정하지 못했지만. 사실 네 엄마는 변화를 두려워했어. 델피나는 죽은 뒤에도 계속 우리에게 네 소식을 전해주었다. 데메트리오는 내가 죽은 언니랑 이야기한다는 걸 알고 있었고, 그

걸 매우 자연스럽게 생각했단다. 그래서 네 생활도 환히 꿴지. 특히 네 부모가 죽고 난 뒤의 삶을 말이다. 나는 네가 완전히 혼자라는 사실에 걱정을 많이 했다. 그러자 데메트리오가 나에게 사랑을 고백하고는, 네가 여기 오면 둘이서 친딸처럼 돌보면 된다고 말했지. 우리는 아이를 가져보지 못할 테니까. 얼마나 그 생각에 사로잡혀 있었는지 모를 거다. 너를 만나게 되고 너의 결혼식에 가고 손자들을 키우고…… 아무튼 얼마나 기대가 컸는지 몰라. 태어날 네 아이들을 우리 손자이기라도 한 것처럼 얘기하곤 했다니까. 가엾은 데메트리오! 정말 좋은 아버지가 되었을 텐데!"

롤로가 이야기를 해나가는 동안 세실리아는 무릎이 돌처럼 굳어지는 느낌이었다. 그게 바로 여태까지 찾지 못하던 연결점이었다. 데메트리오는 그녀를 돌봐줄 수 있기를 소망했던 것이다. 그에게 세실리아는 신의 섭리로 얻은 딸이 될 터였다. 또 그녀는 데메트리오에게 죽은 뒤에도 계속 찾아오는, 평생을 꿈꾸던 연인 롤로와의 연결 고리이기도 했다. 그래서 유령의 집에 살면서 그녀의 부모와 함께 여행을 하고 있었던 것이다. 그녀를 보호하고 돌보기 위해……

"가야겠어요, 할머니." 그녀는 중얼거렸다.

"언제든지 전화해라." 이모할머니는 세실리아가 갑작스럽게 가려 하자 놀라며 말했다.

롤로는 세실리아가 자동차에 시동을 거는 모습을 창에서 내려다보았다. 젊은 애들은 참 이상한 유행이 있다니까! 그 숫자들의 의미가 도대체 뭐에 필요하다고? 자신이 젊었을 때 샤레이드로 점치던 게 유행하던 일이 떠올랐다. 저 아이가 옛날 사람이었다면 수수께끼에 홀딱 빠져 다녔을 게 분명했다. 그녀는 쇠고리를 걸고 돌아섰다. 여느 오후처럼 델피나와 데메트리오가 와 있었다. 의자에 앉아 몸을 가볍게 흔들며.

"말을 했어야지……" 델피나가 중얼거렸다.

"모든 게 때가 있어." 롤로가 말했다.

"맞아." 데메트리오가 한숨을 쉬며 말했다. "이제 혼자서 알아내게 될 거야. 중요한 건 우리가 그 아이를 위해 여기 있다는 거지."

그렇게 그들은 석양이 가득 집을 채울 때까지 대화를 나누었다.

한 시간이 지나자 도시에 밤이 내렸다. 롤로는 손님들과 작별했다. 손님들은 이제 그들의 현재 상태에 맞는 일을 하러 갔다.

시계가 아홉시를 알렸다. 롤로는 주방으로 가다 조금 전부터 아파트가 불안한 고요 속에 가라앉아 있었다는 걸 깨달았다. 앵무새가 새장에서 자고 있는 모양이었다. 이렇게 일찍? 식당으로 가 새장의 창살 사이로 손을 넣어보았다. 그러나 새는 움직이지 않았다. 불현듯 예감이 들어 새장 문을 열어 깃털을 만져보았다. 뻣뻣하지만 아직은 온기가 남은 몸이 급속하게 식어가고 있었다. 새장 주위를 돌아가며 다른 방향에서 들여다보았다. 피델리나는 눈을 뜬 채 죽어 있었다.

가엾은 앵무새에게 안쓰러운 마음이 일어 롤로가 새의 영혼을 위해 기도하려는 순간이었다…… 근데 이 불쌍한 새—이런 악마 같으니!—는 그녀와 이웃과 수많은 사람들의 생활을 뒤흔들어놓지 않았던가. 적어도 이제는 사람들을 미치게 만드는 구호를 외쳐댈 일이 없을 것이다. 기도는 무슨, 눈앞에서 치워버릴 궁리나 하는 게 나을 터였다. 롤로는 이놈의 새가 살아 있을 때 진작에 했어야 하는 일인데, 하고 생각하며 후회했다. 왜 전에는 그러려고 하지 않았던가? 하늘이 정한 일이자 피할 수 없는 업보였다. 누가 알겠는가? 그러나 이젠 그만이다. 이제 그녀는 비참한 불행에서 놓여났다. 자신의 인생에 다시는 그런 비슷한 일이 일어나지 못하게 하겠다고 다짐했다.

"지옥에서 편히 쉬렴, 피델리나." 그녀는 죽은 앵무새 위에 천을 던졌다.

수수께끼의 해답을 갖고 아파트로 돌아가는 길에 세실리아는 사춘기 시절을 떠올렸다. 그 행복한 시기에 가장 큰 모험은 정부가 폐쇄한 집들을 뒤지고 다니는 일이었다. '작은 성'이라고도 불렸던 미라마르의 대저택이 그랬다. 핼러윈 밤이면 그녀는 친구들과 그 집에 모여 유령 이야기를 하곤 했다. 쿠바에서는 핼러윈을 기념하지는 않았지만 그들은 해마다 마법의 집 옥상에 올라가 아바나의 유령들을 불러냈다. 탐욕스럽고 광기 어린 곳이지만 죄를 지은 적은 없는 듯한 도시 아바나.

전설에 따르면 태양과 비, 태풍은 쿠바의 성모의 자녀들에게 내리는 자연의 세례였다. 성모는 널빤지를 타고 파도에 미끄러지며 바다를 건너왔는데 그건 역사상 최초의 서핑이었다. 교황이 직접 '쿠바 여왕'의 관을 씌워준 성모가 사랑의 여신과 닮았다는 건 전혀 이상한 일이 아니었다. 노예들을 사랑하고 아프리카의 여신처럼 노란 옷을 입었으며 엘 코브레에 성소를 가진 여신. 엘 코브레는 아프리카 오리샤에게 바친 금속이 발굴된 곳이었다.* 아, 몽환

적이고 혼혈적인 그녀의 섬, 에덴동산처럼 순결하고 순수한 섬.

산 라사로 성소에서 교황에게 작별 인사를 하던 보슬비가 떠올랐다. 금과 은으로 길게 세로줄 세공을 한 듯한 섬세한 치유의 비가 섬나라의 밤 위로 흘러내렸다. 검은 대리석 추모비 앞에 선 파블로에게 떨어져내리던 구름 없는 비가 떠올랐다. 기억의 우연으로 로베르토도 생각났다…… 아아, 이루어질 수 없었던 연인. 나의 섬처럼 아름답고 먼 존재. 세실리아는 마음속으로 키스를 보내고 행운을 빌었다.

---

* '엘 코브레(El Cobre)'는 스페인어로 구리를 가리킨다.

그대가 나를 길들였다네

위앙의 비의 메시지로 인해 파블로는 호랑이해의 표지인 반역적이고 모험심 가득한 영혼을 되찾은 듯했다. 비는 결코 잃어버리지 않을 기운을 북돋아주었다. 감옥을 나오면서 그가 흘린 눈물은 아말리아의 생각처럼 패배의 표시가 아니라 분노의 표시였다. 다시 삶과 접촉을 하자마자 파블로의 내면의 목소리가 힘을 되찾았다. 그 목소리는 무엇보다 정의를 부르짖고 있었다. 마음속으로 생각하던 바를 말하고 있었다. 그로 인해 몽둥이질을 당하거나 또다시 감옥에 갈 수 있다는 건 의식하지 않는 듯했다. 그의 내면은 여전히 티그레였다. 섬이라는 우리에 갇힌 늙은 호랑이지만 어쨌든 호랑이였다.

반면 아말리아는 가혹한 사법체제하에서 남편과 다른 가족들 생각에 겁이 났다. 그녀는 가족들이 모두 살 수 있는 유일한 가능성을 꾀하기 시작했다. 오고 가는 서류들, 증명서와 인지, 인터뷰

와 신분증.

어느 날 외출했다 돌아온 그녀는 문간에 멈춰 서서 호흡을 가다듬었다. 그리고 파블로와 딸, 손자를 쳐다보았다. 손자는 할아버지가 테이블 위에 놓아주는 종이배들을 색칠하고 있었다.

"우리 가요." 아말리아가 말했다.

"어딜 말이에요?" 이사벨이 물었다.

아말리아는 숨이 가빠졌다. 우리가 갈 수 있는 곳이 달리 있겠니!

"북쪽으로. 아버지에게 비자가 나왔어."

아이가 종이배에서 눈을 떼었다. 몇 달 동안 비자 얘기를 들어왔던 터였다. 정치범 전력이 있는 할아버지와 관련이 있다는 걸 알았다. 그게 무슨 의미인지는 제대로 몰랐지만. 그저 학교에 가서 말하면 안 된다는 것만 알았다. 특히 수수께끼 같은 이유로 부모님이 이혼하고 난 뒤에는 더더욱 그러면 안 되었다.

"두 분 언제 떠나세요?" 이사벨이 물었다.

"우리 모두가 언제 떠나냐고 물어야지. 너와 아이 앞으로도 비자가 나왔다."

"아르투로가 절대로 아이를 데리고 나가지 못하게 할 거예요."

"이미 얘기 끝낸 줄 알고 있었는데."

"그 사람은 자기는 괜찮대요. 그런데 서류에 서명은 못 해준대요. 직장을 잃게 되니까요."

"그 인간은……" 아말리아는 무슨 말을 하려다 손자의 시선을 느끼고 멈췄다. "자기 생각만 해."

"아이가 클 때까지는 어떻게 할 수 없을 거예요."

"그래, 그러다가 열다섯이 되면 군대에 갈 나이가 될 텐데 그때는 더 출국을 허용하지 않을 거다."

이사벨이 한숨을 내쉬었다.

"두 분만 떠나세요. 아빠와 엄만 고통을 너무 많이 받았어요. 이 나라에서는 아무것도 할 게 없어요."

아이는 엄마와 할머니 사이의 팽팽한 대화에 겁먹고 가만히 듣고 있었다.

"이제 와서 딸과 손자를 잃으려고 이십 년이나 너희 아버지를 기다린 게 아니다."

"우리를 잃는 게 아니에요. 다시 모여 살게 될 거예요." 이사벨은 곁눈으로 아버지를 바라보며 확신했다. 아버지는 자기 생각에 파묻혀 전혀 입을 열지 않고 있었다. "기다리면 안 되는 건 두 분이에요."

"어쨌든 아르투로와 이야기나 해봐라. 내가 얘기할까?"

"한번 해볼게요." 이사벨은 자신 없는 표정으로 중얼거렸다. "늦었어요. 저희는 가는 게 좋겠어요…… 인사해라, 애야."

아이는 할머니 할아버지에게 키스하고는 폴짝거리며 보도로 달려나갔다. 아이는 보도에서도 계속 외발뛰기를 했다. 이사벨이 아이의 손을 잡고 멀어져 갔다.

아말리아는 그들이 가는 걸 보려고 밖으로 나왔다. 아버지가 죽는 장면을 보던 날처럼 가슴이 아파왔다. 저 아이들을 두고 떠날 수 있을까? 손자가 자라는 것도 못 보고 딸을 더이상 안아보지도 못 하고. 그게 그녀가 느끼는 공포의 절반이었다. 나머지 절반은 파블로를 다시 잃는 것이었다. 이곳에서 그를 빼내지 않으면 그런 일이 일어날 것이다.

그녀는 정부에서 나올 출국 허가서를 초조하게 기다렸다. 그 유명한 흰색 카드. 한 드라마의 성공 이후 쿠바인들은 그것을 '자유 카드'라고도 불렀다. 한 여자 노예가 허가서를 기다리며 겪는 수백 가지 에피소드를 다룬 드라마였다. 여행용 비자를 갖게 된 사람들은 모두 비슷한 한 편의 드라마 주인공이었다. 흰색 카드가 나오지 않으면 결코 출국할 수 없었다.

처음 몇 달은 희망에 가득 차 있었다. 일 년이 지나자 희망은 초조함으로 변했다. 삼 년이 지나자 초조함은 고통으로 바뀌었다. 사년이 지난 후에 아말리아는 결코 자신들을 내보내주지 않을 거라는 걸 알게 되었다. 아마도 이십 년의 수형 생활로 충분하지 않았던 모양이다.

아말리아는 손자의 성장을 보며 위안을 삼았다. 손자는 먼 옛날 처음 만났을 때의 파블로처럼 잘생기고 다정한 소년이었다. 아말리아는 아이가 할아버지를 즐겁게 해주려고 얼마나 정성을 들이는지 알고 있었다. 손자는 할아버지 옆에 있으려고 항상 시간을 조정했다. 마치 이별의 위협 앞에서 함께 보내는 순간들을 저축하고 있는 듯했다. 그것은 갈수록 더 비현실적으로 보이는 두려움이었다. 시간이 흘러도 파블로는 여전히 쿠바라는 감옥에 갇혀 살고 있었다.

파블로는 여전히 거리낌 없이 말을 내뱉어 사람들을 깜짝깜짝 놀라게 했지만 다시 수감되지는 않았다. 아마도 비밀경찰은 이제 그를 힘없는 노인이라고 결론 내린 모양이었다. 뭐라고 떠들어대든 아무 일도 벌일 수 없는 노인일 뿐이라고.

결핍은 반란자들을 통제하는 가장 효율적인 무기였다. 성벽들이나 공공장소의 화장실에 나붙은 포스터들을 제외하면 아무 일도 일어나지 않은 듯했다…… 함께 모반을 꾸밀 사람도 없었다. 잘못이 있다면 그건 모든 사람의 피부에 기생충처럼 달라붙은 '공포'라는 전염병 탓이었다. 감히 뭔가 시도하려는 마음을 먹는 사람들은 없었다. 그랬다. 겨우 몇 사람뿐이었다. 그러나 그들은 벌써 감옥에 가 있었다. 그들은 규칙적으로 감옥에 드나들었고 폭로나 항의 외에는 할 수 있는 게 없었다. 파블로보다 젊은 그 남녀들은 파블로만큼 용기는 컸지만 파블로보다 많은 걸 이룰 만한 수단이 없었다.

파블로는 그냥 지켜보는 것 외엔 할 수 있는 게 없었다. 나라가 점점 이상해져가는 걸 지켜보고 이해하려고 애쓰는 것이 전부였다. 어느 날 산책을 하려고 아침 일찍 집을 나선 그는 멩 가족의 옛 식당 앞에 섰다. 이제 그곳은 '공산주의청년연합'의 팸플릿 보관 장소가 되어 있었다. 얼굴을 들어 구름으로 흐려진 하늘을 올려다보았다. 증조할아버지의 축복을 받을 수 있도록 비가 조금 내렸으면 하고 바랐다. 파블로 옆으로 옴에 걸려 털이 다 빠진 개 한 마리가 지나갔다. 털이 거의 없어 '중국 개'라고 불리는 개였다. 개가 공포와 희망이 담긴 눈빛으로 그를 쳐다보았다. 파블로는 쭈그리고 앉아 개를 쓰다듬었다. 어린 시절의 노래 가사가 떠올랐다.

아바나를 떠날 때
아무도 작별해주지 않았지.
내 뒤를 졸졸 따라오던
중국 강아지 한 마리뿐이었지.
중국 강아지여서
돈 몇 푼과 에나멜 장화 한 켤레에
한 남자가 사갔네.
장화는 닳아갔고
돈도 바닥났네.
아아, 금쪽같은 내 강아지!
아아, 사랑스런 내 강아지!

　주위를 둘러보았다. 중국인 훌리안의 가게에서 코코 아이스크림, 과나바나 아이스크림, 버터 아이스크림이 나왔다는 종소리가 울리기를 기다리는 듯이. 동네에서 제일가는 아이스크림 집이었다. 그러나 길에는 반쯤 발가벗은 꼬마 아이 셋뿐이었다. 아이들은 놀다가 지루했던지 집으로 들어갔다.
　파블로가 막 그곳을 떠나려는 순간, 모퉁이 저쪽에서 일어나는 일을 쳐다보던 한 어린 여자아이의 얼굴이 그의 눈에 들어왔다. 무슨 일인지는 보이지 않았다. 파블로는 몸을 살짝 숨기고 고개를 내밀었다. 두 명의 소녀가 쓰레기통 옆에서 신나게 이야기를 나누고 있었다. 그중 하나가 매춘부라는 건 금방 알아챘다. 옷차림이나 화장으로 알 수 있었다. 파블로는 마음이 아팠다. 소녀는 예쁘고 섬세한 생김새에 매우 기품 있어 보였다. 다른 소녀는 수녀였다. 그러나 길을 잘못 들어선 소녀에게 설교를 하고 있는 것 같지는 않았다. 오히려 두 사람은 오랜 친구처럼 수다를 떨고 있었다.

매춘부 소녀는 부드럽고 장난스러운 웃음소리를 지니고 있었다.

"네가 검은 여자 노예의 정령과 얘기했다고 말하면 고해신부가 어떤 표정을 지을지 상상이 된다."

"그런 말 하지 마, 클라우디아." 수녀가 말했다. "그게 얼마나 내 기분을 나쁘게 만드는지 모르니?"

저 소녀들은 무슨 얘기를 하는 걸까? 주위를 둘러보았다. 다른 사람은 아무도 없었다. 문설주에 그대로 앉아 있는 어린 여자아이뿐이었다.

세 남자아이가 다시 길로 나왔다. 스페인 지배자들이여 받아라. 아이들은 서로 마체테를 흔들어대며 소리를 지르고 있었다. 파블로는 두 소녀의 대화 뒷부분을 듣지 못했다. 매춘부 소녀가 떠나면서 건네준 종이를 어린 수녀가 집어넣는 게 보였을 뿐이다. 갑자기 어린 수녀가 이상한 동작을 했다. 쓰레기 더미를 바라보더니 성호를 그은 것이다. 그러고는 금방 얼굴이 붉어지더니 화난 듯한 표정으로 다시 쓰레기통을 향해 십자가를 긋고는 자리를 떠났다.

신이시여, 이 섬이 얼마나 이상한 나라로 변해버렸는지요.

밤에는 비가 오고 낮에는 더위가 찾아오는 계절이 시작되었다. 새로운 구호들이 만들어지고 어떤 구호들은 금지되었다. 정권이 조직한 시위도 있고 집에서 침묵으로 항의하는 사람들도 있었다. 폭력 사태가 있다는 소문이 돌아다녔고 그것을 부정하는 연설들이 행해졌다. 시간이 지나면서 파블로는 모든 걸 잊어갔다. 처음 섬에 와서 살던 시절의 생활, 섬의 언어를 배우느라 고생하던 일, 세탁물을 가져오고 가져다 주던 무수한 오후. 세 가지 일—의대 공부, 아말리아와의 은밀한 데이트, 비밀 투쟁—사이에서 싸우던 대학 시절도 망각했다. 사랑하게 된 나라를 떠나고 싶어하던 기억도 잊었다. 서랍 속에서 좀이 슬고 있는 서류들도 잊었다…… 그러나 분노는 잊지 못했다.

한밤중이 찾아들자 그의 가슴은 오래된 고통으로 신음했다. 허리케인과 가뭄, 홍수의 날들. 그는 그 모든 것의 목격자였다. 그러나 자신의 인생은 갈수록 의미가 줄어들었다. 이제 나라는 새로운 단계를 지나고 있었다. 다른 시절과는 달리 계획에 따라 조직되는 듯한 날들이었다. 마침내는 그 단계를 부르는 공식적인 이름도 생겼다. "평화기 속의 특별 전시(戰時)." 우스꽝스럽고 현학적인 이름이군. 파블로는 고독으로 아우성치는 마음을 달래려 애쓰며 생각했다. 지금까지는 이처럼 사납고 절대적이고 보편적인 허기를 느낀 적이 없었다. 그래서 이 나라를 떠나지 못하도록 하는 건가? 천천히 죽이려고?

그는 문을 열고 문간에 앉았다. 동네는 어둠에 잠겨 있었다. 끝나지 않을 것 같은 정전 속으로 다시 가라앉아 있었다. 부드러운 미풍이 거리를 훑어와 중앙공원에서 울어대는 종려나무의 흐릿한 소리들이 전해졌다. 달은 반쯤 어둠에 묻혔고 소용돌이 모양이 생겨 있었다. 위앙 할아버지가 떠올랐다. 최근 들어 부쩍 증조할아버지 생각이 났다. 세월이 지나니 증조할아버지의 지혜가 더 소중하게 여겨진 탓이리라.

"증조할아버지가 살아 계실 때 지혜의 도움을 더 많이 받았어야 하는 건데." 그가 혼잣말을 했다. "그러나 많은 사람이 그렇겠지. 우리는 너무 늦게 깨닫곤 해. 우리가 조상들을 얼마나 사랑하는지, 그분들이 얼마나 많은 걸 해주고 싶어하는지. 순진한 무지로 인해 우리는 그런 마음을 몰라보지. 하지만 그런 경험의 흔적은 불멸의 것이어서 어떤 식으로든 우리에게 남아 있어……"

그는 그런 독백의 시간을 즐겼다. 다시 맘비 할아버지와 이야기를 하는 듯했다.

바람이 유령의 목소리로 휘파람을 불었다. 본능적으로 고개를 들었다. 별들이 구름 사이에서 반짝이고 있었다. 더 주의 깊게 쳐다보았다. 빛나는 점들이 다가왔다 물러났다 했다. 한데 모여 하나의 빛이 되는가 싶더니 금세 불꽃처럼 사방으로 흩어졌다…… 그러나 불꽃은 아니었다.

'아쿤.' 마음속으로 불러보았다.

거리는 텅 비어 있었다. 다른 쪽 문의 허공 속에서 파블로는 뭔가 실루엣을 본 듯했다. 저게 현실일까?

'아쿤.' 부드럽게 다시 불렀다.

별들이 변덕스러운 모양들을 만들어가며 움직였다. 동물이었다…… 어쩌면 말인 듯도 했다. 그리고 말에 사람이 타고 있었다. 전사였다.

"아쿤."

그러자 속삭이는 소리가 들렸다.

"파그 리…… 로우푸차이……"

희끄무레한 환영이 어둠 속에서 움직였다.

파블로는 미소를 지었다.

"아쿤……"

구름의 눈꺼풀 사이로 달이 보였다. 살아 있는 사람들 사이를 방황하는 유령들 위로 달빛이 쏟아져내렸다. 흙에서 옛날 집 냄새가 올라왔다. 엄마가 만들던 수프 냄새 같기도 하고 샤워를 끝낸 아버지가 뿌리는 탤컴파우더 향 같기도 했다. 증조할아버지의 쭈글쭈글한 손 냄새 같기도 했다…… 사형선고를 받은 영혼처럼 밤이 스러져갔다. 그러나 파그 리는 새롭고 들뜬 행복을 느꼈다.

실루엣이 다가오더니 한없이 다정한 눈으로 그를 잠시 쳐다보았다. 망자로 사는 동안에도 사라지지 않은 애정의 눈이었다. 그가 차디찬 손으로 파블로의 뺨을 만지고 몸을 숙여 이마에 키스를 했다.

"아쿤." 파그 리는 흐느꼈다. 문득 자신이 세상에서 가장 외로운 존재라고 느껴졌다. "가지 마세요. 절 혼자 두고 가지 마세요."

그는 증조할아버지의 무릎을 움켜잡았다.

"울지 마라, 아가. 나 여기 있다."

증조할아버지가 요람을 살살 흔들며 부드럽게 그를 얼렀다.

"무서워요, 할아버지. 왜 이렇게 무서운지 모르겠어요."

노인은 옆에 앉아 파그 리가 어릴 때 그랬듯 어깨에 팔을 둘러주었다. 그리고 가슴에 기대게 하고는 전설적인 영웅들의 무용담을 들려주었다.

"내가 아꽉 마르티를 어떻게 알게 되었는지 기억하니?" 증조할아버지가 물었다.

"기억나요." 파그 리는 눈물을 훔치면서 대답했다. "그렇지만 또 얘기해주세요……"

파그 리는 눈을 감았다. 잊힌 전투들의 함성과 영상 들이 기억 속으로 가득 차올랐다. 증조할아버지의 품안에서 허기진 느낌이 조금씩 사라져갔다.

오늘도 어제처럼

　　·

아주 이른 시간이어서 하늘은 아직 보랏빛 색조를 띠고 있었다.
그러나 바는 어느 때보다 어두운 듯했다. 세실리아는 감에 의존해
늘 아말리아가 앉던 구석 자리로 다가갔다. 벌써 와 있을 거라고
생각하지는 않았지만 먼저 도착해서 기다리고 싶었다. 하지만 의
자에서 움직이는 그림자를 보고 그녀는 멈춰 섰다. 그림자는 남자
의 것이었다.

"미안합니다." 그녀가 뒤로 물러서며 말했다. "다른 사람과 헷
갈렸어요."

"잠시 앉으시겠어요?" 그가 물었다. "여기 아는 사람이 없어서요."

"아니요, 괜찮아요." 그녀는 냉랭한 목소리로 대답했다.

"미안해요, 기분 나쁘게 할 뜻은 없었습니다. 조금 전에 쿠바에
서 왔는데 이곳 관습이 어떤지 몰라서요."

세실리아는 멈춰 섰다.

"어디라고 다를 게 있나요?" 화난 말투였다. 이유는 알 수 없었다. "어떤 여자든 조금만 신중하다면 바에 와서 낯선 남자와 같이 앉지는 않겠죠."

"네…… 그렇군요……" 남자는 아주 고지식할 정도로 말을 더듬거리며 수긍했다. 세실리아가 안쓰러운 기분이 들 정도였다.

문득 왜 성가신 느낌이 들었는지 알았다. 남자의 초대를 받았기 때문이 아니었다. 그녀와 아말리아가 많은 밤을 공유했던 구석 자리를 낯선 남자가 침범했기 때문이다.

친구가 오는 걸 지켜볼 수 있을 만한 테이블을 찾았다. 그러나 바는 거의 차 있었다. 플로어 근처의 테이블에 앉아야 했다. 그녀는 아말리아와 이야기를 나누고 싶어 몸살이 날 지경이었다. 수수께끼를 풀지 못했다는 걸 빨리 인정하고 싶었다. 여섯 숫자의 의미는 찾았지만 아무것도 이해하지 못했다. 그녀 자신과 연결된 첫번째 수수께끼는 여전히 불가사의였다. '주점' '환영' '깨우침'이 그 숫자들에 해당하는 단어였다. 그러나 무엇을 의미하는지 전혀 생각이 떠오르지 않았다. 두번째 숫자들도 마찬가지였다. '도전' '비둘기' '커다란 묘지'라는 단어들을 어떻게 조합해야 할지 알지 못했다.

시선을 들자 스크린을 가득 채우고 있는 풍경이 보였다. 다시 그곳에 가 있었다. 마이애미에서 쿠바는 코카콜라처럼 사방에 존재했다. 아말리아와 함께 앉곤 했던 테이블을 쳐다보았다. 그러나 너무 멀었고 실내는 너무 어두웠다. 아말리아가 들어와도 자신을 볼 수 없을지도 몰랐다. 그리고 어쩌면 자기 자리에 낯선 남자가 있는 걸 보고 그냥 가버릴지도 몰랐다. 심호흡을 하며 다시 젊은 남자에게로 다가갔다.

"제 친구가 이제 곧 올 거예요." 그녀는 자신의 무례함을 정당화시키려고 했다. "여기서 조금 기다려도 될까요? 항상 이 구석 자리에서 만났거든요."

"물론이죠. 뭐 좀 마실래요?"

"아니, 괜찮아요."

그녀는 시선을 피했다.

"저는 미겔이라고 합니다." 그가 손을 내밀며 말했다.

세실리아는 순간적으로 망설이다가 대답했다. "저는 세실리아예요."

얼굴을 찬찬히 살펴볼 수 있을 정도의 불빛은 있었다. 그녀 또래였다. 그러나 생김새가 아주 이국적이어서 다른 세상에서 온 듯했다.

"이곳에 많이 와보셨어요?" 그가 물었다.

"좀요."

"저는 처음 왔습니다." 그가 고개를 끄덕이며 말했다. "혹시 아실는지……?"

그때 두 사람 옆으로 여러 사람이 지나가다가 의자에 부딪혔다.

"가이아!" 세실리아가 소리쳤다.

앞에 가던 여자가 멈춰 서자 다른 사람들도 뒤따라 서는 바람에 카드 패처럼 뒤엉켰다.

"안녕! 어떻게 지내?" 가이아가 물었다. "남자랑 같이 와 있잖아……"

그러나 말을 끝내지 못했다.

"가이아!" 남자가 소리쳤다. "마이애미에 있는 줄은 몰랐어."

"미겔?" 그녀가 더듬거리며 말했다.

그녀의 반응에 잠시 머뭇거리나 싶더니 이어 금세 지진이라도 난 듯 뒤에 있던 사람들이 우르르 테이블로 달려왔다.

"당신이 미겔이에요?"

"어머, 놀라워라!"

"언제 왔어?"

"클라우디아, 이런 일은 생각도 못 했어! 멜리사, 얼마 만이야!" 그가 웃으며 말했다. "맙소사, 이런 우연이 다 있네!"

그녀들은 웃으면서 그를 포옹했다. 마치 오랜 시간이 지난 후에 가족을 다시 만난 사람들 같았다.

"어디서 서로 알게 된 거예요?" 세실리아가 물었다.

"아바나에서요." 그가 모호하게 대답했다.

"누구 리사 본 사람?" 가이아가 끼어들었다. "오늘 여기에서 모이자고 한 사람이 왜 안 보이지……"

그러나 리사는 와 있지 않았다.

"우리가 두 테이블을 예약해뒀어." 클라우디아가 말했다. "같이 앉고 싶으면……"

세실리아는 기다리는 사람이 있다고 말했고, 두 사람은 그 자리에 그냥 남았다.

"아, 베니……" 미겔이 낮게 중얼거렸다.

스크린에서는 쿠바의 위대한 손 가수의 영상이 나오고 있었다.

"오늘도 어제처럼, 여전히 그대를 사랑해요, 나의 가장……"

"춤출래요?" 남자가 물으며 그녀의 손을 잡았다. 그러고는 대답할 겨를도 주지 않고 그녀를 플로어로 끌고 갔다.

"다행히 아는 사람이 전혀 없는 건 아니었군요." 그런 환대를 받는 걸 보고 남자에 대해 믿음이 생긴 세실리아가 핀잔을 주듯 말했다.

"몇 번 저 친구들을 도와준 적이 있어요." 그는 자기 말이 들리지 않을까봐 세실리아 귀에 대고 속삭였다. "그러고 나서 다시는 소식을 듣지 못했거든요."

세실리아는 의심스러운 눈초리로 그를 쳐다보았다. 반투명한 맑은 눈에 속지는 않으리라 결심하면서.

"도와주다니요, 어떻게요?"

"친구가 피자 가게에서 일하던 클라우디아를 소개해줬어요." 그가 이야기했다. "좀 이상한 일이었지요. 대학에서 예술사를 전공한 학사거든요. 정치적인 문제가 있는 듯했어요. 어린 아들이 있다는 걸 알고는 돈을 좀 줬지요."

"결혼한 줄 몰랐어요."

"결혼한 거 아니에요."

세실리아는 입술을 깨물었다.

"가이아는 대학을 졸업하고 나서 한때 내 사무실에서 일했는데 그때 알았어요. 항상 겁먹은 눈을 하고 다녔지요. 모든 것에서 도망치고 싶어하는 사람처럼…… 나는 그녀를 정신과에 데려가보려고 했어요. 그런데 마이애미로 오는 바람에 결국 가보지 못했죠."

"가이아가 아픈 사람 같지는 않던데요."

스크린을 마주 보고 있는 미겔의 얼굴이 빛으로 가득 찼다. 이제 그의 눈은 초록색으로 보였다.

"아마도 이 도시가 우리를 구한 듯해요." 그가 넌지시 말했다. "마이애미는 쿠바인들에게 그런 능력을 보인다고들 하더군요. 멜리사도 정신과 치료를 받았어요. 그래서 보다시피…… 저야 그녀가 문제가 있다고 생각한 적은 한 번도 없지만 말이에요. 정말 알 수 없는 일이에요……"

볼레로가 끝나자 그들은 테이블로 돌아왔다. 여자들은 친구들과 어울려 다른 테이블에 앉았다. 클라우디아가 합석하자고 손짓했지만 세실리아는 구석 자리에서 움직이지 않기로 했다.

"이 자리를 떠나고 싶지 않아요." 그녀가 속마음을 털어놓았다.

"저도요."

그도 손짓으로 클라우디아의 초대를 거절했다.

"뭘 전공했어요?"

"사회학이요."

"거기서 어떤 일 했어요?"

'거기'는 섬을 의미했다.

"병원에서 그룹 치료를 도왔어요. 그렇지만 누구에게도 진짜 제 꿈을 얘기한 적은 없어요."

세실리아는 아무 말 없이 듣고 있었다.

"오래전부터 책을 쓰려고 메모를 하고 있는 중이에요."

"작가예요?"

"아니요. 그냥 조사를 하는 거죠."

"뭐에 대해서요?"

"중국 문화가 어떤 부분에서 쿠바에 기여했는지에 대해서요."

그녀는 놀라서 쳐다보았다.

"중국인에 대해 말하는 사람은 아무도 없어요." 그가 고집스럽게 말했다. "역사와 사회학 교과서에서는 우리 문화의 세번째 연결 고리라고 계속 말하고 있는데도 말이에요."

종업원이 테이블로 다가왔다.

"주문하시겠어요?"

"모히토요." 세실리아가 망설임 없이 주문했다.

"낯선 사람과는 술을 마시지 않는 걸로 아는데요?" 종업원이 가고 난 후 그가 처음으로 미소를 지으며 말했다.

두 사람은 몇 초 동안 서로를 관찰했다. 어둠은 이제 서로를 보는 데 방해물이 되지 않았다. 세실리아는 그의 눈동자의 광채를 알아볼 수 있었다.

"언제 쿠바에 왔어요?"

"이틀 전에요."

세실리아는 잘못 들은 게 아닌가 싶었다.

"이틀밖에 안 됐다고요?"

그가 더 설명하지 않았기 때문에 다른 질문을 했다.

"이 바는 누구한테 듣고 알았어요?"

종업원이 칵테일을 가지고 왔다. 그가 떠나자 미겔이 테이블 쪽으로 몸을 숙였다.

"이런 이상한 얘기를 하면 어떻게 생각할지 모르겠네요."

'실험해봐요.' 그녀는 도전하는 마음이었지만 말은 다르게 했다. "생각은 안 할게요."

"할머니 때문에 왔어요. 이 바 얘기를 해준 사람도 할머니예요."

세실리아는 멍해졌다.

그때 몸을 숄로 감싼 여자가 플로어에 나타났다. 그녀가 '일곱 베일의 춤'*을 추기라도 할 것처럼 팔을 벌리자마자 속삭이는 듯한 목소리가 들려왔다. 볼레로에 어울리는 목소리였다.

"어땠냐고요? 어땠다고 해야 할지 모르겠어요. 무슨 일이 있는지 설명할 수 없네요. 하지만 당신을 사랑했어요……"

"가요." 미겔이 다시 그녀를 잡아당기며 말했다.

세실리아 자신은 저렇게 청하는 게 얼마나 어려웠던가!

"할머니는 언제부터 마이애미에 사시는데요?" 그녀가 물었다. 혀끝에 맴도는 이름을 차마 말하지 못했다.

"할머니는 할머니와 할아버지의 출국 허가를 기다리느라 몇 년 동안 쿠바에 있어야 했어요. 할아버지가 죽고 나서야 허가증이 나왔죠. 그래서 할머니는 혼자 이곳으로 왔어요. 어머니와 저도 곧 오게 될 거라고 생각했지요. 하지만 얼마 전에야 겨우 출국을 허락받았어요. 이거 좀 봐요." 그는 셔츠 깃에서 뭔가를 꺼냈다. "할머니 거예요."

눈에 익숙한 흑옥이 금으로 된 자그마한 손에 꼭 끼워진 채 그의 목걸이에 매달려 있었다. 보석은 젊고 건장한 가슴에 걸려 있으니 아주 작아 거의 보일 듯 말 듯했다. 세실리아는 눈을 감았다. 뭐라고 말해야 할지 모를 묘한 기분이었다…… 음악의 리듬을 따라가보려 했다.

"그런데 언제 여기 오세요?"

"누가요?"

---

* 살로메가 헤롯 왕 앞에서 춘 춤.

"당신 할머니요."

미겔은 이상하다는 눈빛으로 그녀를 쳐다보았다.

"우리 할머니는 돌아가셨어요."

순간 세실리아는 동작을 멈췄다.

"뭐라고요?"

"일 년 전에요."

그는 계속 춤을 추려 했지만 세실리아는 그 자리에 못 박힌 듯 서 있기만 했다.

"이 바에서 만나기로 했다고 하지 않았어요?"

"꿈에서요. 여기로 오라고 했어요…… 어디 안 좋아요?"

"좀 앉고 싶어요."

머리가 빙빙 돌았다.

"할머니의 목걸이는 어떻게 갖게 된 거예요?" 그녀는 제정신을 차리면서 겨우 물었다.

"저한테 주라고 할머니 친구한테 맡겨두었더군요. 어젯밤에 받았어요. 아마 그래서 할머니 꿈을 꾸었나봐요."

그제야 세실리아는 첫번째 수수께끼가 떠올랐다. '주점' '환영' '깨우침'. 왜 미처 몰랐을까? 주점. 아말리아 시대에는 바를 그렇게 불렀다. 그녀가 전하고 싶었던 의미는 그것이었다. 그녀는 바에 나타난 환영이고 누군가가 자신을 알아채주기를 기다리고 있었던 것이다. 아말리아의 말을 생각해보았다. "그 숫자들의 조합은 세시가 누군지, 무엇을 기다려야 하는지 알려줄 거예요." 이제 의심의 여지가 없었다. 세실리아 자신도 환영을 보는 사람이었던 것이다. 유령들과 이야기할 수 있는 사람. 그래서 그녀를 두고 떠나지 못하는 사람들의 영혼이 사는 집을 달고 다녔던 것이다. 이제는 자신이 델피나 할머니의 유전자를 물려받았다는 걸 믿었다. 클라우디아도 그렇게 말하지 않았던가. "당신은 망자를 달고 다녀요." 그러나 전에는 못 보고 있었던 것이다.

그러나 두번째 수수께끼가 남아 있었다. 모든 사람의 강박이 되는 미래와 관계된 '도전'이란 무엇일까? 아말리아는 점은 직관적인 것이고 연상을 해야 한다고 주의를 주었다. 좋다, '비둘기'는 평화의 상징이다. 그러나 비둘기와 '묘지'의 이미지를 어떻게 연결시킬 것인가? 모든 사람이 평화와 죽음, 조화와 카오스 중에서 선택해야 한다는 점에서 섬의 미래가 도전이라는 뜻일까?

"그대를 떼어놓을 수 있는 날은 한순간도 없어요." 숄을 두른 여자가 계속 노래했다. "그대가 옆에 없으니 세상도 다르게 보여요……"

달콤하고 우수에 어린 노래에 그녀는 평정을 되찾았다.

"좀 괜찮아요?"

"별거 아니었어요."

"춤출 수 있겠어요?"

"그런 것 같아요."

"그대가 나오지 않으면 아름다운 노래가 아니에요. 그대가 나오지 않는 노래는 듣고 싶지도 않아요……"

볼레로는 그녀의 도시에게 바치는 노래였다. 어쩌면 아바나를 떠올리지 않고는 볼레로를 들을 수 없는지도 모른다.

"그대는 내 영혼의 일부가 되었어요……"

그랬다. 그녀의 도시도 그녀의 일부였다. 매 순간 그녀의 호흡이었고 그녀가 보는 환영들의 본질이었다…… 지금 흐릿한 바 안에서 그녀의 눈에 보이는 저 환영도 그랬다. 사제복 비슷한 옷을 입고 피아노 위에서 우스꽝스럽게 그네를 타고 있는 기괴한 작은 남자.

"미겔……"

"네?"

"모히토 반 잔을 마시고 내가 취한 것 같아요. 아니면 정말로 피아노 위에 난쟁이가 있는 거예요?"

그는 그녀의 어깨 너머로 쳐다보았다.

"무슨 얘기예요?" 그가 말했다. "나는 안 보이는데요……"

순간 그가 말을 멈췄다. 세실리아는 자신을 쳐다보는 순간 그도 마르티니코의 전설을 알고 있을뿐더러 그게 보인다는 게 무슨 뜻인지도 알고 있음을 알아챘다. 그러나 두 사람 모두 아무 말 하지 않았다. 설명할 때가 오겠지. 그리고 이제 망자들에 대해 물어볼 수 있는 때도 오겠지. 순간 세실리아는 망자들이 항상 가까이에 있었던 게 아닐까 하고 생각했다. 강물에 피어오르는 안개처럼 뿌연 연기 사이로 아말리아가 보였던 것이다.

세실리아는 춤을 멈추었다.

"왜 그래요?" 미겔이 물었다.

"아무것도 아니에요." 그녀는 몸을 떨며 대답했다. 아말리아가 차가운 감각을 남기며 그들 사이로 걸어오고 있었다. 그러나 세실리아는 그 차가움에 신경 쓰지 않았다. 아말리아가 매혹당한 시선으로 좇고 있는 게 무엇인지 알고 싶을 뿐이었다. 고개를 약간 돌리자 곧 그게 뭔지 알 수 있었다. 사춘기 시절의 아말리아 자신이었다. 그녀는 미겔과 닮았고 아시아인의 용모를 한 젊은 남자와 춤을 추고 있었다.

"그대 입술 너머에, 태양과 별 너머에, 멀리 있어도 나는 그대와 함께 있어요, 내 사랑……"

전 세계에 흩어져 있는 수많은 유령이 사는, 세실리아의 죽어가는 아바나.

'사람은 자신이 사랑했던 곳을 다시 사랑하는 법을 배우게 돼.' 세실리아는 속으로 되뇌었다.

세실리아는 고개를 들어 미겔을 바라보았다. 그녀의 기억 속에 살아 있는 사랑하는 망자들의 얼굴들이 떠올랐다. 그녀의 가슴은 아바나와 마이애미 사이에 자리하고 있었다. 그녀의 영혼은 두 도시의 어느 쪽에서 숨을 쉬는 걸까?

"내 영혼은 내 가슴의 중심에서 고동치지." 세실리아는 혼잣말을 했다.

그리고 그녀의 가슴은 살아 있는 사람들 — 멀리 있든 가까이 있든 — 의 것이었고 그녀를 따라다니는 망자들의 것이었다.

"멀리 있어도 나는 그대와 함께 있어요, 내 사랑하는……" 세실리아는 스크린에 비친 그녀의 도시를 바라보며 노래를 흥얼거렸다.

아바나, 내 사랑.

세실리아가 미겔의 가슴에 머리를 기대자 아말리아가 돌아보며 미소를 지었다.

감사의 말

이 소설은 여러 사람과 많은 사건에 바치는 오마주이다. 또 여러 장소들에 바치는 것이기도 하다. 당연히 하나의 도시에 바치는…… 어쩌면 두 개의 도시일 수도 있겠다. 이 소설에 영감을 준 모든 정보원에게 감사드린다. 각 장의 제목으로 가사를 갖다 쓴 볼레로의 작가들에게도 각별한 감사를 드린다.

이 이야기를 구성하게 된 근본적인 요인이 하나 있었다. 쿠바를 구성하는 세 종족의 상징적인 결합을 재창조하는 이야기를 꾸며보고 싶다는 바람이었다. 특히 쿠바에서 중국인의 사회학적 영향력은 많은 이가 생각하는 것보다 훨씬 크다. 이 세 인종에게 경의를 표하고자 하는 나의 열망에서 이 소설은 탄생했다.

이 책에 재구성된 여러 시기, 여러 관습에 대해 귀중한 데이터를 제공해준 책이 많다. 그러나 그중에서 19세기 중반 쿠바에 도착한 중국인들의 이민과 정착의 원형을 이해하는 데 필수불가결

한 세 권을 언급하지 않을 수 없다. 나폴레온 세우크의 『쿠바의 중국인 집단촌(1930~1960)』, 호세 발타르 로드리게스의 『쿠바의 중국인: 종족의 기록들』 그리고 후안 히메네스 파스트라나의 『쿠바 역사 속의 중국인(1847~1930)』이 그것이다.

살아 있는 정보원 중에서는 퐁 가족의 도움이 가장 중요했다. 특히 알프레도 퐁 엥과 그의 어머니 마틸데 엥의 도움이 컸다. 그들은 나에게 백오십 년도 훨씬 전에 광둥을 떠나 아바나로 이주해 온 중국인들에게는 공동의 역사일 거대한 이민의 오디세이에 얽힌 개인적인 일화들과 추억들을 나누어주었다. 두 사람의 도움이 없었다면 이 소설에 나타난 가족들의 분위기를 제대로 재생시키지 못했을 것이다.

크리스토발 디아스 아얄라의 『쿠바 음악: 아레이토에서 누에바 트로바까지』에 들어 있는 역사적, 일화적 자료들이 없었다면 그 시기 음악 세계에 대한 조사가 완전해질 수 없었을 것이다.

나는 소설의 줄거리 속에 쿠바 음악의 역사적 인물들을 몇 사람 포함시켰다. 그들의 개성과 전기적 사실들을 존중하려 애썼다. 소설에 기술된 대화나 사건 들은 그들에게서 물려받은 음악적 유산에 대한 나의 찬사에 영감을 두고 만들어낸 허구이다. 그러나 이러이러한 상황에 처했더라면 그들이 이와 아주 비슷한 방식으로 행동하지 않았을까 하는 생각이다.

또한 실종된 알도 마르티네스-말로에게도 이 세상에서부터 저 세상을 향해 감사를 드리고 싶다. 가수이자 배우인 리타 몬타네르(1900~1958)의 유품 집행인이었던 그는 오래전 어느 날, 자리에 함께한 친구들이 엉뚱하다고 표현한 몸짓을 지으며, 전설적인 디바의 은빛 숄을 내 어깨 위에 얹어주었다. 그는 항상 그 유물을 보여주고 싶어하기는 했지만 아무도 손을 대지는 못 하게 했다. 그 숄은 독보적인 예술인의 영혼과 어떤 연결성을 간직하고 있는 걸까? 과거의 낯선 환영들을 보았다고 느낀 건 그 이상한 의상과 접촉하고 황홀해진 나의 환상일 뿐일까? 누가 알리오! 중요한 건 아무튼 그 경험이 나에게 지속적인 흔적을 남기는 바람에 결국에는 이 소설 속에 버무려 넣게 되었다는 사실이다.

1998~2003년 마이애미에서

다이나 차비아노

옮긴이의 말

　『끝없는 사랑의 섬』은 19세기에 카리브 해 국가인 쿠바로 이주한 세 집안의 가족사와 1990년대 마이애미로 이주하여 살고 있는 젊은 쿠바 여성 세실리아의 이야기가 교직되는 소설이다. 19세기의 세 가문은 곧 세 국가, 나아가 세 대륙을 대표하는데, 유럽의 스페인(중부내륙의 쿠엥카), 아시아의 중국(광둥), 아프리카의 나이지리아가 그것이다. 이 세 대륙은 쿠바를 비롯한 카리브 해 지역의 인종적, 문화적 기원을 의미하기도 한다. 세 집안사람들은 쿠바에 온 뒤 결혼을 통해 인연을 맺고 서로 친인척 관계를 형성하며 대를 이어간다.

　한편, 현재 시점의 인물인 세실리아는 쿠바에서 유년기와 청년기를 보냈지만 쿠바를 떠나와 팔 년째 마이애미에 살고 있다. 신문기자인 세실리아는 가까운 친구들이 몇 명 있지만 마이애미에서 늘 외로운 이방인이라는 느낌을 가지고 생활한다. 그녀가 쿠바를 떠난 이유는 명확하게 나타나 있지 않다. 다만 단편적으로 언급된 것들을 종합했을 때 할머니와 부모님이 죽고 난 뒤 쿠바에 다른 가족이 없었다는 것과 카스트로 정권하의 억압이 이유였던 것으로 짐작된다. 마이애미에는 삼십 년 전에 망명 온 이모할머니가 살고 있을 뿐이다.

세실리아는 떠나온 고향 아바나에 대한 애증 사이에서 갈등한다. 쿠바를 떠나왔으면서도 늘 아바나에 대한 그리움에 가득 차 있다. 현재 살고 있는 앵글로색슨계 도시 마이애미는 실용주의와 합리주의적인 분위기가 지배적인 반면, 추억 속의 고향 아바나는 정겹고 느긋한 라틴계 정서가 가능한 곳이기 때문이다. 역설적인 것은 그러면서도 세실리아는 쿠바에 대한 자신의 그리움과 애정을 인정하지 못한 채 쿠바 얘기가 나올 때면 언제나 무심한 어조로 일관한다는 사실이다. 그런 점에서 이 소설은 쿠바에 대한 세실리아의 간절한 그리움의 노래인 셈이다. 거부하고 싶어도 늘 가슴을 저미어오는 대상에 대한 애절한 사랑의 노래. 따라서 소설의 제목은 많은 사람들의 사랑의 대상이면서 동시에 많은 사람들을 사랑해주었고 사랑해주는 주체인 섬, 곧 쿠바를 지칭하는 것이다.

소설은 모두 6부로 구성되어 있고, 각 부는 다시 여섯 개의 소챕터로 세분되어 있다. 그리고 이 소챕터들은 세실리아의 시퀀스에 해당하는 챕터와 아말리아의 시퀀스에 해당하는 챕터가 서로 교차되며 전개된다.

세실리아는 친구들에게 이끌려 들른 쿠바풍의 한 바에서 아말리아를 알게 된다. 기다리는 사람이 있어서 밤마다 이 바를 찾는다는 아말리아는 백오십여 년 전에 살았던 사람들의 이야기를 세실리아에게 들려준다. 아말리아가 들려주는 먼 옛날 한 스페인 가족의 이야기, 나이지리아 가족의 이야기, 그리고 광둥 집안의 이야기는 세실리아가 '유령의 집'의 수수께끼를 풀어가는 과정과 병렬적으로 진행된다.

아말리아가 옛날 사람들의 이야기인 양 들려주는 세 집안의 가족사는 결국 아말리아 자신의 이야기이다. 아말리아는 스페인의 쿠엥카라는 중부 고원지방의 전통적인 가족에게서 부계 혈통을 물려받고, 나이지리아에서 끌려온 노예에게서 모계 혈통을 물려받았다. 아버지 호세의 가족은 그 윗대에, 그리고 엄마 메르세데스 집안은 두 세대 이전에 쿠바에 왔다. 유럽인의 피와 아프리카인의 피를 물려받은 아말리아는 따라서 "얼굴이 하얀 물라타"의 외모를 띠고 있다. 한편, 아말리아는 파그 리(파블로)와 결혼하는데, 그는 중국 광둥의 중류층 혈통이다. 파그 리의 아버지 시우 멘드와 어머니 쿠이 파는 할아버지 위앙이 살고 있는 쿠바로 이민을 왔다. 위앙이 쿠바 독립혁명기의 혁명 전사였다는 표현에서 중국의 쿠바 이민사 역시 아주 오래되었음을 짐작할 수 있다. 저자 스스로도 '감사의 말'에서 쿠바라는 국가의 뿌리를 형성한 세 민족의 자산에 대한 헌정의 의미로 이 소설을 썼고, 특히 그중에서도 기여도를 제대로 인정받지 못한 중국인들의 이민사를 알리고 싶었다고 밝히고 있다.

이 작품에는 '유령의 집' 모티브가 작품 전체를 관통하는 요소로 등장한다. 소설 초반 세실리아는 '유령의 집'에 대한 이야기를 접하게 된다. 처음에는 신문 기사를 작성하기 위해 유령의 집의 실체는 무엇인가, 유령들은 누구인가의 문제를 조사해나가지만 세실리아는 점차 강박처럼 그것을 밝혀내는 일에 몰입해간다. 이는 친구 가이아가 마이애미뿐만 아니라 아바나에서도 유령의 집을 보았다고 증언함으로써, 고향 아바나에 대한 그리움을 품고 사는 세실리아에게 심리적인 동기를 유발했기 때문이다. 또한 세실리아 자신이 마이애미에서 유령처럼 살고 있다는 느낌도 유령의 집의 정체를 알아내고자 하는 욕구의 동인이 된다.

결국 세실리아는 이모할머니의 이야기를 통해 유령의 집에 나타난 유령들이 자신을 따라다니는 죽은 가족들, 곧 할머니와 부모님이라는 수수께끼의 해답에 이르게 된다. 유령이란 원한이 있거나 그리워하는 존재가 있을 때 나타나는 것이라는 통념에 따르자면, 결국 세실리아의 죽은 가족들은 마이애미에서 혼자라는 기분으로 살아가는 세실리아를 지켜보며 끊임없이 공간이동을 하고 있었던 것이다.

또한 유령의 집 모티브는 아말리아의 이야기 속에 등장하는 예지력을 지닌 존재들과도 연결되어 있다. 평범한 사람들에겐 보이지 않는 사물들을 보거나 예측하는 예지자들의 설정은 카리브 해 지역, 넓게는 라틴아메리카 대륙의 마법 및 주술의 일상성과도 맞닿아 있다. 가령 세실리아의 할머니 델피나는 가족들의 일과 쿠바의 역사적인 일을 미리 알리고 죽은 가족들과 이야기를 나누는 능력이 있었다. 소설 말미에 이르면 세실리아 역시 델피나 할머니의 피를 물려받은 예지력을 지닌 존재라는, 〈식스 센스〉의 멋들어진 반전 못지않은 반전이 기다리고 있다.

노예제가 폐지되기 훨씬 전의 역사에서 시작하는 이 소설은 어떤 면에서는 '쿠바의 이주사'라고 할 수 있다. 쿠바라는 곳이 일찍부터 이주의 역사로 점철되어 있고, 이 소설에는 근대 쿠바 형성의 주요 에스닉적 요소들이 총망라되어 있기 때문이다. 몇 편의 쿠바 여행기가 출간되었음에도 불구하고 아직 대부분의 국내 독자들의 쿠바에 대한 인식은 쿠바혁명, 카스트로 체제하의 궁핍, 살사 등에 국한되어 있는 게 현실이다. 그런 점에서 이 소설은 쿠바의 역사가 아프리카에서 끌려온 흑인노예들, 스페인에서 이주해 온 사람들, 그리고 우리가 놓치고 있지만 중국인 이민자들에 의해 이루어졌음을 알게 한다. 스페인에 의한 정복, 식민기는 작품에서 다뤄지지 않지만, 스페인, 아프리카, 중국에서 온 집안의 설정은 오늘날 쿠바의 혈통과 문화의 여러 뿌리를 제시하고 있다. 한국의 쿠바 이민도 벌써 백 년이 넘었음을 생각하면 쿠바가 이주자들의 공간으로 형성되었음은 자명하다.

그런데 쿠바와 더불어 작품의 주요 공간이 되고 있는 마이애미 역시 이주의 공간이다. 수많은 쿠바 이민자들이 정착지로 택한 도시 마이애미. 이곳은 라틴아메리카와 여러 가지 면에서 대조적인 앵글로색슨 아메리카 국가 미국에서 가장 라틴아메리카적인 도시이다. 도시의 밤거리와 음악 들, 카리브 해에 면한 해변들 등은 모두 아바나를 닮아 있다. 밤바다에 앉으면 저 멀리 아바나의 불빛이 보일 정도로 가까운 거리에 있고, 동질적인 자연을 가진 곳이다. 그래서 마이애미는 쿠바인들에게 가장 적절한 이주 공간이었다. 그러나 바로 그렇기 때문에 세실리아는 마이애미를 일종의 아바나의 '모조품'으로 느낀다. 그리고 그런 위조의 느낌이 세실리아에게 오히려 결핍감을 가중시킨다. 닮았으되 진정한 그것은 아닌 것, 그것이야말로 외로움의 극치를 자극하는 것이다.

결국 두 공간의 또 다른 유사성은 디아스포라의 공간이라는 사실이다. 쿠바가 한 세기 전 이주자들이 모여들었던 디아스포라의 공간이었다면, 마이애미는 오늘날 라티노 이주자들이 모여드는 디아스포라의 공간이다.

옮긴이로서 이 작품의 한국어판 출간을 통해 다이나 차비아노의 문학세계를 국내에 처음으로 소개할 수 있어 기쁘다. 다이나 차비아노는 디아스포라가 일상이 되어버린 전지구적 시대에 콜럼버스가 첫 항해에서 정박한 쿠바 섬에서 태어나 가장 라틴아메리카적인 앵글로색슨 도시 마이애미에 정착하여 하염없이 고국 쿠바를 향한 애가를 부르는 작가이다. '신비의 아바나' 시리즈들이 특히 그러한데, 이 시리즈에는 1998년 스페인의 아소린 문학상을 수상한 『남자, 여자, 그리고 허기』 『게임의 집』 『감금된 고양이』가 있다. 그리고 이 소설이 시리즈의 대미를 장식한다. 사실 『끝없는 사랑의 섬』은 쿠바 문학 전 시기를 통틀어 가장 많은 언어로 번역된 작품이라는 영예를 안고 있다. 또한 전년도에 출간된 도서를 대상으로 한 2007년 플로리다 북어워드(Florida Book Awards)의 스페인어 부문 최고 소설에 선정되기도 했다.

이 소설에는 세 대륙, 세 국가의 다채로운 신화와 풍습, 요리, 식물, 실존 인물 들이 워낙 많이 등장해 번역하는 동안 백과사전을 뒤지는 기분이었다. 이들의 내용을 잘 파악하고 최대한 정확하게 번역하기 위해 인터넷과 사전을 총동원해야 했고, 불가피한 경우

저자에게 도움을 요청하기도 했다. 그러나 그 번거로운 과정 모두가 의미 있었던 것은 번역 과정에서 다른 세계, 다른 문화가 생동하는 현장을 목격하는 듯했기 때문이다. 독자들도 스페인과 나이지리아, 광둥 그리고 쿠바와 마이애미를 넘나든 이 여행에서 다른 문화의 존재는 우리에게 단순히 이국적인 분위기를 불러일으키는 데 그치지 않고 내가 몸담고 있는 문화와의 접점이 어디인지 끊임없이 추적하게 만드는 자극과 유희의 동인이라는 것을 경험할 수 있기를 바란다.

끝으로 상반기 동안 여러 차례의 교정을 거치는 과정에서 옮긴이가 놓친 부분을 꼼꼼히 찾아내 가독성을 높일 수 있도록 애써준 문학동네 편집부에 감사 인사를 전하고 싶다.

2010년 여름
조영실

옮긴이 **조영실**

서울대학교 서어서문학과를 졸업하고 동 대학에서 박사 학위를 받았다. 스페인 마드리드 콤플루텐세대학교 및 아르헨티나 부에노스아이레스대학교에서 수학했다. 서울대, 숙명여대, 경희대 등에서 강의했고, 현재 부산외국어대학교 중남미지역원의 연구 교수로 있다. 옮긴 책으로『세피아빛 초상』『세상에서 나가는 문』『노새』가 있다.

문학동네 세계문학

끝없는 사랑의 섬

초판 인쇄 2010년 7월 23일 │ 초판 발행 2010년 7월 30일

지은이 다이나 차비아노 │ 옮긴이 조영실 │ 펴낸이 강병선
책임편집 오영나 │ 독자 모니터 서윤이
디자인 엄혜리 이원경 │ 저작권 김미정 한문숙
마케팅 정민호 김도윤 장선아 나해진 박보람 정진아 │ 온라인 마케팅 이상혁 한민아
제작 안정숙 서동관 김애진 │ 제작처 한영문화사

펴낸곳 (주)문학동네
출판등록 1993년 10월 22일 제406-2003-000045호
주소 413-756 경기도 파주시 교하읍 문발리 파주출판도시 513-8
전자우편 editor@munhak.com │ 대표전화 031) 955-8888 │ 팩스 031) 955-8855
문의전화 031) 955-3576(마케팅) 031) 955-8861(편집)
문학동네카페 http://cafe.naver.com/mhdn

ISBN 978-89-546-1210-4 03870

www.munhak.com